고전소설의 구조론적 이해

저자 최광석(崔光晳)

경북대 사범대 국어교육과를 졸업하고 경북대 대학원에서 박사학위를 받았다.
경북대, 대구교대, 울산대, 금오공대 등에 출강하였으며 현재 중등학교에서 학생
들을 가르치고 있다.
저서로는『고전문학 교육의 방법과 실천』(역락, 2010),『토끼전의 지평과 변이』
(보고사, 2010)가 있고, 논문으로는「고전문학 교육의 진단과 방법론적 설계」
(2009),「맥락을 활용한 고전문학 교수·학습 방법론」(2009) 외 다수가 있다.

고전소설의 구조론적 이해

초판 인쇄 2010년 10월 21일
초판 발행 2010년 10월 28일

지은이 최광석
펴낸이 이대현
편 집 권분옥
펴낸곳 도서출판 역락
　　　　서울시 서초구 반포4동 577-25 문창빌딩 2층
　　　　전화 02-3409-2058(영업부), 2060(편집부)
　　　　팩시밀리 02-3409-2059
　　　　이메일 youkrack@hanmail.net
　　　　등록 1999년 4월 19일 제303-2002-000014호

ISBN 978-89-5556-859-2 93810
정 가 20,000원

고전소설의 구조론적 이해

최 광 석

역락

머리말

  필자는 고전문학을 가르치면서 '텍스트 그 자체'를 강조해 왔다. 텍스트를 텍스트 그 자체로 이해하는 것이 작품 이해의 첫걸음이라 믿고, 텍스트를 맥락과 분리하여 텍스트 그 자체에 구조론적으로 접근하려 하였다. 그러나 필자는 이것이 전부라고 하지는 않았다. 빠뜨릴 수 없는 과정이 더 남아 있다. 그것은 텍스트와 관련된 특정 맥락 위에서 재이해하는 일이다. 이 과정에서 구조론적 이해가 더욱 구체화·심화되기도 하고, 때에 따라서는 수정·폐기될 수도 있다. 나아가 고전문학 텍스트를 '지금 여기' '나'의 맥락에서 이해하고, '나'의 텍스트를 생산하는 데까지 나아가야 고전문학이 오늘날에도 살아 있는 고전이 될 수 있다고 믿는다.

  그러나 처음부터 이런 생각을 뚜렷이 가지고 학생들을 가르치고, 글을 썼던 것은 아니다. 가르치고 글을 쓰는 동안 필자 나름으로 자연스럽게 형성되었다는 것이 정확한 표현이다. 책을 내려고 묶은 글을 꺼내보니 의식하지 않은 가운데 공통점이 있다. 그것은 구조주의라 할 수는 없더라도 텍스트를 구조적으로 이해하려는 일관된 흐름이다. '구조론적 이해'라는 말은 그래서 붙였다.

　　마치 오래된 텔레비전 프로그램을 다시 볼 때 거기 등장하는 인물에게서 느끼는 촌스러움 같은 것을 필자의 글에서 본다. 그래서 가능한 글의 흐름을 바꾸고 문장을 다듬으려 하였다. 제1부에는 전계·전기계 소설을, 제2부에는 판소리계 소설을 비롯한 판소리 문학을, 제3부에는 야담계 소설을 모았다. 여기에는 아직 발표한 적이 없는 글도 한 편 있다. 이곳저곳에 손을 댔지만 헛손질만 한 느낌을 떨쳐버리기 어렵다. 각 계통의 소설을 좀 더 깊고 넓게 공부해야겠다는 생각이 절실하다. 이 일을 힘찬 새 출발을 위한 동력으로 삼고자 한다.

　　10년 전 쯤 이대현 사장님께 책을 내고 싶다고 했을 때 흔쾌히 받아주셨다. 이제야 그 약속을 지킨다. 산만한 글이 책의 모습을 갖춘 것은 권분옥 팀장님을 비롯한 편집부 여러분의 노고 덕이다. 감사의 말씀을 전한다.

2010년 9월

최 광 석

차례

제1부 전계·전기계 소설의 구조론적 이해

제1장 '신선되기'와 '신선찾기'의 현실 담론적 성격 ·············· 13

1. 선행 연구 검토를 통한 문제 제기 __ 13
2. 시점과 서술 중심의 서사적 특징 대비 __ 17
3. '신선되기'와 '신선찾기'에 나타난 현실적 의미 __ 22
4. 서술자(작가)와 인물의 어울림과 어긋남 __ 31
5. 신선 이야기의 변모와 사회·문화적 맥락 __ 37

제2장 「전우치전」의 설화 수용과 지평전환 ·············· 41

1. 설화와 소설의 거리 __ 41
2. 전우치 전승의 양상 __ 43
3. 소설로의 수용과 변모 __ 52
4. 소설화 방향과 지평전환 __ 60
5. 지평의 전환과 융합 __ 71

제2부 판소리 문학의 구조론적 이해

제1장 「토끼전」 이본 계열화의 구조론적 접근 ·· 77

    1. 이본 분류, 어떻게 할 것인가 __ 77

    2. 구조적 특성에 따른 이본 분류 __ 80

    3. 이본 계열의 범주와 좌표 __ 94

    4. 이본 계열의 역사적 전개 __ 96

    5. 이본 계열화의 의의와 전망 __ 101

제2장 신재효 판소리 사설의 서술자 개입 양상과 지평전환 ····················· 103

    1. 서술자 개입과 합리성 지향 __ 103

    2. 자료의 분석과 제시 __ 105

    3. 서술자 개입의 양상 __ 114

    4. 서술자 개입으로 인한 지평전환의 방향 __ 127

    5. 논의의 확장과 전망 __ 137

제3장 신재효본 「적벽가」와 「토별가」의 서사적 특성과 의미 지향 ··········· 141

    1. 신재효 사설, 무엇이 문제인가 __ 141

    2. 신재효 판소리 사설의 서사적 특성 몇 국면 __ 143

    3. 서사적 특성에 내포된 중세적 질서의 제자리 찾기 __ 159

    4. 논의의 확장 가능성 검토 __ 166

    5. 마당의 확장을 위하여 __ 172

제3부 야담계 소설의 구조론적 이해

제1장 「허생전」의 형상화 방향과 현실인식의 층위 ·· 177
 ─구전설화 및 한문단편과의 대비적 관점에서
  1. 「허생전」을 떠받치는 기둥들 __ 177
  2. 「허생전」 창작의 서사문학적 배경 __ 179
  3. 「허생전」의 설화 수용과 형상화 방향 __ 209
  4. 「허생전」에 나타난 현실인식의 층위 __ 219
  5. '지금 여기', 그리고 「허생전」 __ 224

제2장 「채생기우(蔡生奇遇)」의 구조와 시대적 의미 ·································· 227
  1. 한문단편소설의 수작(秀作), 「채생기우」 __ 227
  2. 「채생기우」의 구조 __ 229
  3. 구조의 시대적 의미 __ 239
  4. 관념주의에 대한 현실주의의 승리 __ 252

제3장 「허생전」의 현대적 변용 ··· 255
  1. 「허생전」의 재창조 __ 255
  2. 서사구조의 재편과 변모 __ 256
  3. 인물의 형상화 방향과 관계 설정 __ 262
  4. 작가의 지향의식 변화 __ 271
  5. 고전문학 제재 변용의 방향 __ 279

참고문헌 / 281
찾아보기 / 289

제1부
전계·전기계 소설의 구조론적 이해

제1장 '신선되기'와 '신선찾기'의 현실 담론적 성격

제2장 「전우치전」의 설화 수용과 지평전환

'신선되기'와 '신선찾기'의 현실 담론적 성격

1. 선행 연구 검토를 통한 문제 제기

허균(許筠, 1569~1618)과 박지원(朴趾源, 1737~1805)은 문학 창작 활동을 통해 자기 시대의 현실을 비판적으로 인식한 대표적 작가이다. 그래서 이들이 신선 이야기[1]를 썼다는 것은 다소 뜻밖이다. 그 가운데 「남궁선생전(南宮先生傳)」(이하 「남궁」)과 「김신선전(金神仙傳)」(이하 「김」)은 서사적 특성, 도선적 세계에 대한 인식, 작품 구조와 주제 또는 작가의식 등 여러 면에서 함께 다루어 볼 만한 작품이다. 그런데 선행 연구에서는 대부분 두 작품을 따로 논의하거나 작가의 여타 작품 또는 전(傳)이나 신선

---

[1] 「남궁」과 「김」을 모두 소설로 보는 견해에서 「남궁」은 소설적 성향이 우세한 작품으로 「김」은 전의 성향이 우세한 작품으로 보는 견해에 이르기까지 다양하게 제시되었다. 장르 문제는 본고의 주된 관심이 아니므로 논란을 피하기 위해 '신선 이야기'로 칭하기로 한다.

이야기 전체 맥락 속에서 부분적으로 언급되었다.

「남궁」의 경우 장르적 특성 연구,2) 작품에 나타난 작가의 도선(道仙) 사상 연구,3) 작품의 구조 또는 서사적 성격 연구,4) 작품에 나타난 작가의식 연구5)가 진행되어 상당한 성과가 축적되었다. 「김」의 경우 상대적으로 연구가 미흡한 편인데, 작품에 나타난 도선 사상 및 실학사상 연구6)와 작품 구조와 작가의식 연구7)가 나왔다.

선행 연구를 두루 검토해 보면 몇 가지 문제 또는 쟁점을 발견할 수 있다. 우선 작품에서 도선 사상을 찾아내려는 관점은 제한적 의의만 갖는다. 작품에 나타난 사상이 작품 밖의 사상과 동일하다면 문학 작품의

---

2) 최창록, 「신선전과 신선소설 장르의 설정」, 『인문예술논총』 31, 대구대학교 인문과학 예술문화연구소, 1982.
　박희병, 「조선후기 전의 소설적 성향 연구」, 서울대학교 박사학위논문, 1991.
　이정진, 「전의 서술양식과 소설로의 변용 연구」, 원광대학교 박사학위논문, 1993.
3) 최삼룡, 「남궁선생전에 나타난 도선사상 연구」, 『한국언어문학』 16, 한국언어문학회, 1978.
　박영희, 「조선후기 전에 나타난 신선관」, 『이화어문논집』 11, 이화어문학회, 1990.
4) 전상경, 「남궁선생전의 형성과 작품 구조」, 『문학과언어』 14, 문학과언어연구회, 1993.
　차충환, 「남궁선생전의 서사적 성격」, 『고황논집』 17, 경희대학교대학원, 1996.
　이영지, 「남궁선생전의 서사적 성격」, 『경상어문』 13, 경상대학교 국어국문학과 경상어문학회, 2007.
5) 문범두, 「남궁선생전의 기술태도와 작가의식」, 『영남어문학』 27, 영남어문학회, 1995.
　차충환, 「남궁선생전의 의미구조와 작가의식」, 『인문학연구』 5, 경희대학교 인문학연구원, 2001.
　이재인, 「허균 전의 탈이데올로기 지향성 연구」, 『논문집』 49, 경기대학교 교무처, 2005.
6) 권진숙, 「연암의 김신선전 연구」, 『경기어문학』 1, 경기어문학회, 1980.
　문영오, 「김신선전에서의 도교사상 요소 고구」, 『동대논총』 20, 동덕여대, 1990.
　박수밀, 「박지원의 노장사상 수용과 신선관」, 『도교문화연구』 22, 한국도교문화학회, 2005.
7) 박기석, 「김신선전 연구」, 『고전문학과 교육』 7, 한국고전문학교육학회, 2004.

가치는 제한되기 때문이다. 더욱이 다수의 논의가 작품의 구조나 내적 논리에 바탕을 두지 않고 작품 외적 맥락을 일방적으로 수용하는 방식으로 이루어져 있다는 점에서 문제가 있다. 아울러 도선적 세계나 존재에 대한 긍·부정과 도선적 삶에 대한 긍·부정을 분리해야 할 듯하다. 도선적 세계나 존재 자체를 인정하더라도 그러한 삶의 지향은 부정할 수 있기 때문이다.

작품에 나타난 사상 또는 작가의식에 관한 연구는 쟁점이 되는 영역이다. 즉, 「남궁」의 경우 차충환(2001)의 신선 사상 또는 주체적 도맥의 긍정이라는 견해와 박희병(1992)의 신선에 대한 부정적 의미 또는 도선적 삶에 대한 회의가 드러나 있다는 견해가 대립되어 있고, 「김」의 경우 문영오(1990)의 도선 사상의 수용이라는 견해와 권진숙(1980)의 도선 사상의 배격이라는 견해가 대립되어 있다. 도선 사상이나 작가의식과 관련된 「남궁」과 「김」의 쟁점은 도선적 세계와 도선적 삶을 분리해서 이해하는 데서 해결될 수 있으리라 기대한다. 그리고 도선적 세계와 삶에 대한 인식의 변화는 작가 개인의 맥락뿐만 아니라 사회·문화적 맥락과 맞물려 있다는 점 또한 간과할 수 없다. 허균과 박지원이 살았던 시대는 150여 년의 시차가 있기 때문이다.[8] 그러므로 「남궁」과 「김」의 대비와 더불어 이들이 남궁두와 김홍기를 주인공으로 한 여타 이야기와 어떻게 다른지를 작가 맥락 및 사회·문화적 맥락과 관련시켜 이해할 필요가 있다.

「남궁」의 경우 차충환(1996)과 이영지(2007)의 서사적 성격 분석이 큰

---

8) 「남궁」에 따르면 허균이 이 작품을 지은 것은 1608(선조 41~광해군 즉위)년 이후이다. 「김」의 경우, 박지원이 이 작품을 지은 것은 「김」에 따르면 1764(영조 39)년 이후이고, 박종채의 『과정록』에 따르면 1765(영조 40)년 이후이다.

성과를 거두고 있으나, 「김」의 경우 서사적 특성 연구가 미흡하다. 「남궁」의 경우 남궁두가 살인 후 세상을 등지는 부분을 가볍게 여긴 문제점이 있다. 선행 연구는 대부분 남궁두가 신선술을 닦는 부분에 무게중심을 두고 전자는 후자를 서술하기 위한 도입 부분 또는 전제적 서술로 보았다. 그러나 전자가 후자의 서술량에 크게 미치지 못하지만, 남궁두가 속세로 돌아온 이후의 삶의 궤적과 연관되어 그것이 가지는 구조적 기능과 내포적 의미를 가볍게 여길 수 없다. 차충환(2001)과 박희병(1992)의 견해 대립은 각각 작품의 서술자와 인물(주인공) 중 어느 하나에 초점을 두었기 때문일 수도 있다. 그러므로 서술자와 인물을 함께 주목해야 하며, 이것이 작가의식 논의와 서로 긴밀하게 연결되어야 할 것이다.

이상에서 검토한바, 「남궁」과 「김」은 작품의 제재적 차원뿐만 아니라, 작품의 구조와 의미, 작가의식 등의 측면에서 함께 살펴볼 만하다. 작품의 통합적 이해를 위해 이 글에서는 시점과 서술을 중심으로 한 서사적 특성, 서술자와 서술대상(인물)의 욕망 또는 의식, 작가·서술자·인물의 의식의 어울림과 어긋남 또는 만남의 어긋남에 대한 분석을 토대로 그것이 갖는 현실 담론적 성격 또는 의미를 파악하려 한다. 작품 자체의 문면과 논리에 충실한 논의가 되도록 하되, 작가나 사회·문화적 맥락은 작품 내적 연결 고리가 있는 범위 내에서 수용하기로 한다.9) 구조론적 접근을 통해 현실 담론과 가장 거리가 멀 것 같은 신선 이야기에서 현실적 의미를 찾아내고자 한다.

---

9) 작품 원문과 번역은 한국고전번역원(http://www.itkc.or.kr/itkc/Index.jsp)의 '한국고전종합DB'를 인용하되, 번역은 일부 수정하였다.

2. 시점과 서술 중심의 서사적 특징 대비

「남궁」은 일인칭 서술자인 '나[禹]'의 시점에서 서술하고 논평하는 부분과 전지적 서술자 시점에서 서술하는 부분으로 구성되어 있다. 전자는 외부 이야기이고 후자는 내부 이야기이다. 세부적으로 보면, 내부 이야기는 남궁두(南宮斗)가 과거를 통해 입신(立身)하려다 살인으로 세상을 등지는 사건을 서술한 부분[A]과 남궁두가 신선술을 익히다가 실패하고 권장로(權長老)의 출처를 듣고 신선 조회를 구경한 후 환세하여 상민의 딸과 결혼하고 용담(龍潭)에 은거하는 사건을 서술한 부분[B]으로 구성되어 있다. 외부 이야기도 두 부분으로 구성되어 있는데, 서술자가 남궁두를 만나 그의 이야기를 듣게 된 내력을 서술한 부분[C]과 서술자가 남궁두에 대해 편집자적 논평을 하는 부분[D]이 그것이다. 내부 이야기가 전지적 시점으로 먼저 제시되고 이 이야기를 '나'가 어떻게 알고 서술할 수 있게 되었는지 밝혀지는 외부 이야기가 나중에 제시되는 구도로 되어 있다. 그러므로 '나'가 남궁두의 내력을 어떻게 알게 되었는가는 내부 이야기가 종결된 다음에야 밝혀진다.[10]

「김」은 서술자인 '나[余]'가 주변 사람들의 전언(傳言)을 서술한 전반부와 '나'가 김홍기(金弘基)를 직접 찾아다니는 후반부로 구성되어 있다. 세부적으로 보면, 전반부는 김홍기에 대해 개략적으로 소개하는 부분[가]과 윤생(尹生)을 비롯한 주변 사람들의 김홍기에 대한 전언을 서술하는 부분[나]으로 구성되어 있다. 특히 [나]는 '나'의 부탁을 받은 사람들이 김홍기에 관해 탐문한 바를 보고받는 방식으로 김홍기에 관한 정보가

---

10) 박희병은 조선후기 전(傳)이 형식면에서 보인 가장 두드러진 특징으로 액자구성을 들고 있다(앞의 논문, 75면). 특히 도입액자가 많다.

독자에게 제시된다. 신생(申生)의 탐문과 보고는 윤생과 같았다는 말로 생략하고 윤생의 탐문과 보고만 구체적으로 서술하였다. 윤생의 보고 가운데 윤생과 임동지(林同知)의 문답을 통해 김홍기의 정체를 드러내는 서술방식은 보여주기(showing) 방식으로 탁월하다. 후반부는 '나'가 금강산 유람할 때 김홍기를 찾아다니는 부분([다])과 신선 및 김홍기에 대해 서술자가 논평하는 부분([라])으로 구성되어 있다.

두 작품에서 특기할만한 서술상의 유사성을 몇 가지 발견할 수 있다. 먼저 두 작품은 특정 부분에서 서술자 이외의 작중 인물을 초점자(焦點者, focalizer)로 설정하고 있다. 「남궁」에서는 [A]의 외질(外姪)과 첩(妾)의 사통 장면 일부분과 [B]의 신선 조회 장면에서 빈번히 남궁두를 초점자로 설정하여 그가 목격한 장면을 전달하고 있다.11) 「김」에서는 [나]의 윤생의 탐문과 보고 부분에서 윤생을 초점자로 설정하여 그가 탐문한 바를 서술자가 서술하고 있다. 「남궁」에서는 주인공의 체험을 생생하게 전달하려는 의도에서 전지적 시점 서술 도중 특정 부분에서 주인공을 초점자로 설정한 반면, 「김」에서는 주인공을 은폐한 후 그의 정체를 조금씩 드러내기 위해 주변 인물을 초점자로 설정한 것으로 보인다.

작중 인물 사이에 대화가 오가는 것이 아니라 특정 인물의 말이 일방적으로 길어지고 한 사람이 듣기만 하는 상황이 오래 지속되면 그 인물은 서술자와 유사한 구실을 하고, 그 부분은 액자의 내부 이야기 또는 삽화 구실을 한다.12) 「남궁」의 [B]에서 권장로가 일인칭 주인공 시점으

---

11) 차충환(1996)은 이를 인물의 시점이 서술자의 시점에 침투하는, 시점의 상호 침투 현상으로 보았다. 이런 현상이 생긴 까닭은 외부 이야기 서술자인 '나'가 남궁두로부터 들은 이야기를 전지적 시점으로 서술하는 방식을 취했기 때문이다. 전지적 서술시점으로 서술하다가 서사 세계를 생생하게 재현하려는 부분에서 남궁두의 서술시점으로 바뀌면서 결과적으로 시점의 상호 침투 현상이 나타나는 것이다.

로 자신의 출처를 이야기하는 부분과 「김」의 [나]에서 윤생이 일인칭 관찰자 시점으로 김홍기에 대해 탐문한 바를 '나'에게 보고하는 부분에서 그러하다. 「남궁」에서 이 부분은 작품 전체 구도에서 상대적으로 유기성은 떨어지지만 도선적 세계에 대한 관심을 드러내는 데 기여하고, 「김」에서 이 부분은 작품 전체 구도에서 유기성이 있는 부분으로 김홍기의 정체 해명에 필수적이다.

「남궁」에서 "만력(萬曆) 무신년 가을에 나는 공주에서 파직당하고 부안에서 살았다. 선생이 고부(古阜)로부터 걸어서 나의 여관방을 찾아 주셨다. (…중략…) 또한 선사를 만났던 전말에 대한 상세한 이야기를 위에서와 같이 말해 주었다."[13]는 서술로 보아 서술자가 남궁두를 만나 그의 이야기를 들은 시점과 그것을 우리에게 들려주는 시점 사이에는 상당한 시차가 있음을 짐작할 수 있다. 「김」 또한 "나는 예전에 우울증을 앓은 적이 있었다."[14]는 말로 보아 서술자가 김홍기를 만나려 한 시점과 그러한 자신의 경험을 우리에게 들려주는 시점 사이에 상당한 시차가 있다. 그러므로 두 작품은 서술자가 사건을 경험하는 시간과 사건을 서술하는 시간 사이에 상당한 시차를 두고 있다는 점에서도 유사성이 있다.

「남궁」의 작품 논리에 따르면 외부 이야기의 '나'가 남궁두를 만나 그로부터 모든 이야기를 들었기 때문에 전지적 시점에서 내부 이야기 서술이 가능했다고 할 수 있다. 서술자인 '나'는 남궁두로부터 들은 이

---

12) 액자는 내부 이야기가 외부 이야기보다 더 중요하고 비중이 큰 반면 삽화는 그 반대이지만, 둘의 경계가 명확한 것은 아니다. 김천혜, 『소설 구조의 이론』, 문학과지성사, 1990, 167~170면. 이에 따르면 「남궁」과 「김」의 이들 부분은 삽화 쪽에 가깝다.
13) 萬曆戊申秋　筠罷公州　家扶安　先生自古阜步訪於旅邸 …… 且以遇師顚末詳言之如右
14) 余嘗有幽憂之疾

야기를 독자에게 가감 없이 전하는 것처럼 말하고 있다. 그러나 '나'가 남궁두로부터 들었다는 이야기 가운데 [A]는 현실성을 갖춘 이야기이지만, [B]는 대부분 현실성이 없는 이야기이다. 이것은 작가가 [A]는 작중 인물로 전해들은 바를 밀도와 긴장감을 갖춘 이야기로 재조직하여 서술하였고, [B]는 이와 더불어 남궁두와 관련된 여러 구전과 기록을 수용하고 허구적 상상력을 발휘하여[15] 형상화했기 때문일 것이다.

「김」에서는 처음부터 끝까지 현실 공간에서 '나'가 김홍기에 관한 제한된 정보를 바탕으로 그의 정체를 확인하고 규명하는 데 주력하고 있다. 서술자가 주변 사람들로부터 전해들은 이야기는, 그것이 설령 풍문(風聞)과 낭설(浪說)일 수는 있어도 작가가 허구화한 이야기는 아니다. 서술자는 이런 풍문과 낭설의 장막을 헤치고 은폐된 인물의 실체를 객관적으로 확인하려는 태도를 보인다. 그리하여 인물의 은폐와 서술자의 탐색 사이에 긴장감을 형성하는 서술 방식을 택하였다. 이것은 작가가 치밀하게 의도한 창조적 작품 구도이다.

「남궁」의 내부 이야기 서술에서 서술자는 남궁두의 삶에 대한 관심에서 도선적 세계에 대한 관심으로 옮아간다. [A] 전체와 [B]의 전반부는 남궁두의 삶을 서술하고 있지만, [B]의 후반부, 즉 권진인의 출처와 신선 조회 장면에 대한 서술은 남궁두의 삶의 궤적과 무관한 것으로 도선적 세계 그 자체에 대한 서술이다. 그래서 서술자의 관심은 남궁두의 극

---

15) 박희병(1992 : 207)에서 「남궁」은 작가가 남궁두로부터 직접 들은 이야기, 이인설화, 허균의 허구적 창조가 결합되어 이루어진 작품이라고 했다. 전상경(1993)에서는 『동패낙송』에 실려 있는 남궁두 관련 설화와 대비를 통해 「남궁」의 특성을 밝혔으나, 선후 관계는 분명하지 않다고 했다. 한편 최창록(1982 : 15)은 「남궁」이 남궁두와 권 장로의 두 전기적 유형 구조가 병립되어 있다고 본바, 이것도 전승 설화를 수용한 결과로 보인다.

적인 삶에 대한 서술과 도선적 세계와 주체적 도맥(차충환, 2001 : 209)에 대한 서술로 분산되어 있다.16)

「김」의 경우 작품 전체가 김홍기의 탐색에 모아져 있다. 그러나 서술 대상인 김홍기는 작품 전면에 한번도 그 실체를 드러내지 않는다. 인식과 행위의 주체인 자아는 실상 김홍기가 아니라 서술자인 '나'이다. 김홍기는 사건 추동의 계기를 만들어주지만, 서술의 초점 또한 김홍기의 정체를 파악하려는 서술자인 '나'의 행위와 의식에 맞추어져 있다. 작품에서 김홍기의 정체에 대한 관심만큼이나 그에 대한 '나'의 인식이 중요하다. 김홍기는 신선 또는 신선으로 일컬어지는 존재의 실체를 드러내기 위해 선택된 인물이다. 그러므로 김홍기의 정체 해명은 신선이라 일컬어지는 부류에 대한 해명이다.

요컨대, 「남궁」은 남궁두의 삶의 궤적을 그리는 데 초점을 두면서 도선적 세계 자체에 대한 관심도 함께 드러낸 작품인 반면, 「김」은 서술자인 '나'의 김홍기 탐색에 초점이 있는 작품이라 할 수 있다. 두 작품은 시점과 서술의 차이로 인해 인물과 사건을 제시하는 방식이 다르고, 이에 따라 독자가 작품을 수용하는 방식도 달라지게 된다. 「남궁」의 독자는 전지적 서술자의 서술을 수동적으로 수용하기도 하고 인물시점 서술에 의해 도선적 세계에 빠져들기도 하면서 작품을 수용하는 반면, 「김」의 독자는 서술자와 같은 입장 또는 위치에서 제3자가 전하는 정보를 바탕으로 김홍기의 정체를 파악하려는 데 관심을 모으게 된다. 즉, 「남궁」의 주인공은 전지적 서술자에 의해 그 성격이 미리 규정되기 때문에

---

16) 그러나 이 부분이 초월적 세계에 대한 관심만 드러난 것은 아니다. 신선 조회 장면에서 탐욕에 대한 경계는 현실적 의미를 내포하고 있다. 이 점은 3절에서 밝혀질 것이다.

독자는 서술자가 규정한 인물 성격을 그대로 수용하게 되는 반면,「김」의 서술대상은 일인칭 관찰자 서술 시점으로 탐색되기 때문에 독자는 서술자와 함께 인물을 스스로 파악하고 판단하게 된다. 그러므로「남궁」은 독자로 하여금 남궁두가 득도할 수 있을 것인가와 '나'가 남궁두에 관한 정보를 어떻게 알게 되었는가에 관심의 초점을 두게 하는 반면,「김」은 독자로 하여금 서술자를 따라가면서 김홍기의 정체가 무엇인가 판단하게 하고 '나'가 김홍기를 만날 수 있을 것인가에 수용의 초점을 두게 한다.

3. '신선되기'와 '신선찾기'에 나타난 현실적 의미

「남궁」의 내부 이야기 중, [A]는 '입신하기'로, [B]의 신선조회 장면까지는 '신선되기'로 이름 지을 수 있다.「김」은 작품 전체를 '신선찾기'로 이름 지을 수 있다. '입신하기'와 '신선되기'는 주인공의 욕망이고, '신선찾기'는 서술자의 욕망이다. '입신하기'는 유교적 입신 출세를 지향한다는 점에서 현실적 성격이 강하다. 그러나 '신선되기'와 '신선찾기'에서도 현실적 의미를 읽어낼 수 있다.

「남궁」의 '입신하기'와 '신선되기'는 주인공인 남궁두의 욕망과 좌절의 궤적이다.[17] 선행 연구에서는 '신선되기'에 초점을 두고 '입신하기'는 가볍게 여겨 왔다. 그것은 서술량에서 '입신하기'와 '신선되기'는 대

---

17) 신태수(1987 : 6~19)는「남궁」에서 '고난'과 '해결'의 단락소를 추출하여 작품을 분석한 바 있다.

략 1 : 4 정도[18])로 차이가 나기 때문이다. 그러나 논리구조의 측면에서 '입신하기'는 '신선되기'와 대등한 자격을 갖고 있다. '신선되기' 좌절 후에 [C]에서 보인 남궁두의 행적과 의식에 주목할 때 더욱 그러하다.

　선생의 이름은 두(斗)이다. 대대로 임피(臨陂)에서 살아 집안도 오래되고 재산도 넉넉하여 고을에서 으뜸가는 집안이었다. 그의 할아버지와 아버지 2대에는 과거에 뽑혀 관리되기를 좋아하지 않았으나, 두(斗)만은 박사의 제자로서 과거공부를 하여 집안을 일으켰다. 30세에 처음으로 을묘년(1555, 명종10) 사마시(司馬試)에 합격하여 과장(科場)을 울렸다. 일찍이 '대신불약부(大信不約賦)'라는 글을 지어 성균관(成均館) 시험에 수석으로 뽑혀 사람들이 모두 그 글을 전송(傳誦)하기도 했다. 두(斗)는 거만하고 고집이 세며 자신만만하고 오만한 성격이어서 감히 재주만 믿고 고을에서 꺼릴 것 없이 제 멋대로 나다녔다. 거만하여 고을 원에게도 예의 바르게 대하지도 않으니, 고을 상하가 모두 두(斗)를 흘겨보았으나, 마음에 쌓아두고 겉으로 나타내지는 않았다.[19])

남궁두의 집안은 임피 고을의 토반(土班)으로서[20]) 향촌사회에서 영향

---

18) 원문을 '훈글'(워드프로세서) 파일화하여 행수를 비교한 결과이다. '신선되기'에서 권장로의 출처 부분과 신선 조회 부분을 제외하면 대략 1 : 2.5 정도이다. 서술량 비교 방식은 이하 같다.

19) 先生名斗 世居臨陂 家故饒 財雄於鄉 自其祖父二世 皆不肯推擇爲吏斗 獨以博士弟子業 起家 年三十 始中乙卯司馬 有聲場屋間 甞以大信不約賦 魁泮解 人皆傳誦之 斗忼倨自 矜懻 剛忍敢爲 恃才豪橫於閭里 倨不爲禮於長吏 縣上下俱側目於斗 而積不敢發

20) 선행 논문 대부분에서 남궁두의 신분을 아전으로 보고 있다. 이것은 아마도 "自其祖 父二世 皆不肯推擇爲吏"에 근거하고 있는 듯하다. 여기에 대해 김명호(1983 : 658~659)는 "推擇爲吏"를 '관직에 추천되다'로 해석해야 한다는 점, 아전 신분으로 사마시(司馬試)에 응시할 수 있는가 하는 점, 본문 중에 남궁두가 만난 소년승이 남궁두를 사족으로 일컫는 점 등을 근거로 양반 신분으로 보았다. 이 밖에 소과 급제 후 성균관에 들어가 대과를 준비한다는 점도 남궁두를 사족으로 볼 수 있는 근거이다. 남궁두의 실제 신분이 어떻든 작품에서 양반 신분으로 설정하고 있다는 사실이

력 있는 집안으로 설정되어 있다. 남궁두는 조부 대부터 끊어진 벼슬길을 다시 이어 집안을 일으키려는 욕망을 가진 인물이다. 그의 탁월한 능력은 그것을 실현시키기에 충분하였으나 재주와 세력만 믿고 유교적 예법을 따르지 않는 것이 문제였다.

남궁두는 인간에 대한 배신감과 분노 때문에 저지른 살인으로 삶의 전환을 겪는다. 살인 행위는 잘못이지만 정상 참작의 여지가 있었는데, 평소 자신의 행위 때문에 수용되지 않을 것이라 판단한다. 이후 주변 인물의 대응을 보면 이 판단은 정확했음을 알 수 있다.[21] 서술자는 남궁두의 성격과 행위보다는 이를 포용하지 못하는 조선사회를 문제 삼고 있다(문범두, 1995 : 125). 결국 '입신하기'는 뛰어난 능력을 가진 사족 신분의 인물이 규범적 예법에 어긋나는 언행을 한다는 이유로 용납되지 못하고 소외되는 과정을 형상화한 것이다. 그 과정에서 편협하고 폐쇄적인 사회 질서가 드러난다.

「김」의 김홍기 또한 사족(士族) 신분임이 분명하다. 봉사(奉事), 첨지(僉知), 만호(萬戶), 초관(哨官), 첨사(僉事), 승(丞), 판관(判官), 동지(同知) 등, 그가 교유하는 인물들의 직함이 이렇게 추정할 수 있는 근거이다. 서술자가 금강산 여행을 갔을 때 가마를 맨 중으로부터 선암(船庵)에서 영남의 선비인 듯한 사람이 벽곡(辟穀)하고 있다는 말을 듣고 그가 김홍기가 아

중요하다.

21) 첩과 외질의 사통은, "집안의 종들은 첩이 보이지 않음을 알아차렸다. 그녀와 당질이 도망친 것으로 여기고 당질의 집에 가서 물어보니 역시 간 곳을 알지 못하고 있었다(家僕覺之 意其與堂姪逃 問姪家則亦莫知所之)."는 서술로 보아 공공연한 비밀이었음을 알 수 있다. 그럼에도 남궁두의 곡식을 절도한 종의 밀고를 기회로 현령과 아전들이 개인적 혐의로 죄안을 날조하는 사건 서술은 서술자의 서술시각이 어떠한가를 말해 준다.

닐까 여기며 찾아가려는 데서도 김홍기가 사족임이 분명하게 드러난다.

그러나 김홍기의 욕망은 작품 문면에 전혀 드러나지 않는다. 그것은 그가 작품 전면에 등장하지 않아 욕망과 의식이 은폐되어 있기 때문이기도 하지만, 이미 과거를 통한 진출의 욕망조차 품을 수 없는 처지이기 때문이기도 하다. [가]를 통해 이를 짐작할 수 있다.

> 김 신선의 이름은 홍기(弘基)이다. 나이 16세에 장가를 들어 아내와 한 번 동침하여 아들을 낳고서는 더 이상 가까이하지 않았다. 화식(火食)을 물리치고 벽을 향하여 앉아서, 그렇게 하기를 여러 해 만에 몸이 갑자기 가벼워졌다. 국내의 명산을 두루 구경하였는데, 항상 수백 리 길을 걷고서야 때가 얼마나 되었나 해를 살폈으며, 5년에 신을 한 번 바꿔 신고, 험한 곳을 만나게 되면 걸음이 오히려 더욱 빨라졌다. 그런데도 그는, "물을 만나 바지를 걷고 건너기도 하고, 배를 타고 건너기도 하느라 이렇게 늦었네."라고 말하곤 하였다. 밥을 먹지 않기 때문에 사람들은 그가 찾아오는 것을 싫어하지 않았으며, 겨울에도 솜옷을 입지 않고 여름에도 부채질을 하지 않았으므로 마침내 신선이란 이름을 얻게 되었다.22)

"5년에 신을 한 번 바꿔 신고", "밥을 먹지 않"고, "겨울에도 솜옷을 입지 않고 여름에도 부채질을 하지 않"는 것이 김홍기가 세상 사람들로부터 신선의 이름을 얻게 되는 까닭이다. 그러나 이 말의 이면을 들여다보면, 김홍기는 신 한 켤레를 5년 동안 신고, 끼니를 잇기 어려우며, 겨울의 추위와 여름의 더위를 피하지 못할 정도로 궁핍하게 사는 인물임

---

22) 金神仙名弘基 年十六娶妻 一歡而生子 遂不復近 辟穀面壁坐 坐數歲 身忽輕 遍遊國內名山 常行數百里 方視日早晏 五歲一易履 遇險則步益捷 嘗曰 褰而涉 方而越 故遲我行也 不食故人不厭其來客 冬不絮 夏不扇 遂以神仙名

을 말하고 있는 것이다. 그렇다면 김홍기는 사족으로서의 명맥만 유지하고 있을 뿐, 경제적으로는 서민과 다름없는 생활을 하는, 서민화된 몰락양반이다.

「남궁」에서 '입신하기'의 욕망이 좌절된 남궁두는 자신의 정체를 꿰뚫어보는 소년승을 만나 도선적 세계의 경이에 충격을 받고, 거기에 입문하려는 강렬한 열망으로 일 년 넘게 찾아 헤맨 끝에 소년승이 소개한 권장로를 만난다. 「남궁」에서 남궁두가 권장로를 만나 신선술을 익히는 과정은 어느 부분보다 구체적으로 형상화되어 있다. 이제 남궁두는 [A]의 '입신하기'에 이어 [B]에서는 '신선되기'의 새로운 욕망을 품게 된다.

남궁두가 신선술을 익히는 과정은 일체의 욕망을 끊어버리는 과정이다.[23] 그러나 남궁두는 욕념(慾念)을 끊는 일에 실패한다. [A]에서의 좌절에 이은 또 하나의 좌절이다. 그런데 '신선되기' 실패는 처음부터 예견된 일이다. 그것은 욕망을 성취하기 위해서는[24] 일체의 욕망을 끊어버려야 한다는 모순을 내포하고 있기 때문이다. 초인적 인내력을 지닌 남궁두[25]의 좌절을 통해 인간은 일체의 욕념을 끊는다는 것 자체가 불가능한 존

---

23) 권장로는 남궁두에게 수면욕과 식욕을 차례로 끊도록 하고, 남궁두가 이것을 이루자 욕념을 끊을 것을 주문한다. "욕념이 비록 일어더라도 오직 그걸 참아야 하네. 무릇 욕념이란 비단 식색(食色)만이 아니라 일체의 망상(妄想)이라네. 모두 참[眞]에 해로우니 반드시 모든 유(有)를 없애고 고요한 마음으로 단련해야 하네(慾念雖動 地忍之 凡念雖非食色 一切妄想 俱害於眞 須空諸有 靜以煉之)."라는 권장로의 말로 미루어 볼 때, 욕념이란 식욕과 색욕을 포함한 일체의 망상으로, 무엇을 하거나 이루고자 하는 일체의 마음이다.

24) 신선술을 배워 "행세(行世)"하려는 것, 죽지 않는 법을 연마하려는 것은 세속적 욕망의 본질과 다를 바 없다.

25) 「남궁」에서 가장 중요한 열쇄말은 '인(忍)'이다(이재수, 1969 : 178). 소년승은 남궁두의 관상을 보고 참을성이 많은 사람임을 간파했고, 권장로는 남궁두의 참을성을 5회에 걸쳐 칭찬했다. 무엇보다 남궁두가 신선술을 익히는 과정에서 그의 초인적 인내력을 여실히 보여주었다.

재이며(박희병, 1992 : 208), 사람의 타고난 본성을 거스르며 신선이 되겠다는 것이 얼마나 어리석은 일인가를 말하고 있다. 남궁두가 살인을 하는 동기가 된 인간에 대한 배신감과 분노 또한 지극히 인간적 감정이다. 인간은 생명이 있는 한 이런 욕망과 감정으로부터 자유로울 수 없는 존재이며, 이것이 인간다움의 본질임을 역설적으로 말하고 있다.

「남궁」이 욕망을 인간 본연의 것으로 긍정한다고 해서 탐욕까지 용인한 것은 아니다. [B]의 신선 조회 장면 중 임진왜란을 예고하는 부분에서 탐욕에 대한 경계가 잘 드러난다.

> 삼한의 백성들이 지나치게 교사스럽고 간사하여 속임수를 잘 쓰고 복을 아끼지 않으며, 하늘을 두려워하지 않고, 불효·불충하고, 귀신을 모독하였다. 그래서 구림동(句林洞)에 사는 이면(狸面)의 대마(大魔)를 빌려다가 적토(赤土)의 군대를 모두 모아 가서 소탕하려 한다. 7년이나 이어지는 전쟁에 나라는 다행히 망하지 않을 것이나 3방의 백성들을 10에 5, 6을 살육하여서 경계하려 한다.[26]

인용문은 "요즈음 액운이 다가오고 있어 만백성이 재앙에 걸려들었는데 이에 대하여 구출할 방책을 강구하였는가?"[27] 하는 권장로의 물음에 광하(廣霞) 등 조선을 다스리는 세 진인이 옥황상제를 모시는 삼도제군(三島帝君)의 말을 인용하여 대답한 부분이다. 그 요지는 조선 백성들이 극도로 탐욕스럽기에 전쟁으로써 경계하려고 한다는 것이다. 작품에서 초인적 금욕을 부정하고 욕망을 긍정했지만, 그것은 인간 본성으로서의

---

26) 三韓之民 機巧姦騙 誑惑暴殄 不惜福不畏天 不孝不忠 嫚神瀆鬼 故借句林洞狸面大魔
　　拳赤土之兵往勦之 連兵七年 國幸不亡 三方之民 十集其五六以警之
27) 今者厄會將至 萬姓當罹其殃思所以捄之榮耶

욕망 긍정이지 무절제한 탐욕까지 긍정한 것은 아님을 알 수 있다. 탐욕은 금욕처럼 인간다운 삶을 훼손하는 일이다. 그리고 탐욕은 피할 수 없는 재앙과 파국을 초래한다는 생각을 읽을 수 있다.

요컨대, 「남궁」에서 인욕(忍慾)을 강조하고 있지만 역설적으로 욕망에 대한 강한 긍정을 보여주고 있다. 유교적 예법이 윤리적 구속이라면 도선적 금욕은 생리적 구속이다. 남궁두가 어긴 유교적 예법이란 자신이 가진 능력을 드러내며 자랑한 것에 불과하다. 보편성이 희박한 예법으로 사람의 타고난 본성을 구속하는 것은 잘못이듯, 인간의 타고난 본성을 거스르는 도선적 금욕 또한 잘못이다. [A]가 탐욕이라면 [B]는 금욕이다. [C]의 남궁두는 [A]의 정(正)과 [B]의 반(反)을 거쳐 변증법적 합(合)에 이른 모습이다. [A]에서 [C]에 이르면서 탐욕과 금욕을 모두 부정하고 인간의 타고난 본성으로서의 욕망을 누리는 것이 인간다움의 가치라는 주제를 드러내고 있다.

한편, 「김」에서는 김홍기가 세계와 대결하는 과정이 아니라 대립해 있는 상황을 보여준다. 김홍기는 벗과 더불어 술, 노래, 바둑, 거문고, 화초, 기서(奇書), 고검(古劍) 등으로 소일하는 소모적 삶을 살고 있다. 작품에서 형상화된 것은 김홍기를 찾으려는 서술자의 노력과 이에 따라 조금씩 밝혀지는 김홍기의 정체이다. [가]에서 서술자는 세상 사람들이 풍문을 근거로 김홍기를 신선으로 여기는 사실을 객관적으로 서술할 뿐 이에 대한 나름의 평가를 배제하고 있다. [나]에 이르면 서술자는 주변 사람들의 전언을 바탕으로 김홍기에 대해 나름의 판단을 내린다. 윤생과 신생, 그리고 5명의 주변 사람들의 전언을 토대로 서술자는 "단지 술을 잘 마실 뿐이요 딴 방술이 있는 것은 아니고 오직 그 이름을 빌려서 행세한다는 것이다."28)라고 정리한다. 이것은 김홍기는 신선이 아니라는 말로서, 서술자는 세상 사람들과 동일한 근거로 전혀 상반되는 판단을 하고 있다.

서술자는 김홍기가 신선이 아니라는 판단을 했음에도 [다]에서 김홍기와의 만남에 대한 미련을 버리지 못하고 있다. 이것은 연암이 "이 산중에 도승이 있느냐? 있다면 그 도승과 더불어 놀 수 있느냐?"29)는 물음에서 잘 드러난다. 선암(船庵)에서 영남에서 온 것으로 보이는 선비가 벽곡하고 있다는 말을 듣고 김홍기로 추정하고 만나려 했으나 끝내 수포로 돌아가고 만다.

김홍기를 만나지 못했지만 서술자의 김홍기에 대한 판단은 더욱 분명해진다. [라] 말미에서 "벽곡하는 사람이 반드시 신선이라고 할 수는 없다."30)는 말은 김홍기가 벽곡을 했지만 신선은 아니라는 말이다. 여기에 이르면 [가]에서 김홍기가 벽곡했다는 것을 가난하여 곡기를 잇기 어려운 삶을 살고 있다는 현실적 의미로 읽을 수 있음이 확인된다. 결국 서술자는 김홍기를 "뜻을 펴지 못하고 울적하게 살다간 사람(鬱鬱不得志者)"으로 규정하고 있다. 「방경각외전(放璚閣外傳)」 자서(自序)에서 "홍기는 큰 은자(隱者)라 세상의 노님에 숨었다오. 세상이 맑건 흐리건 맑고 깨끗함을 잃지 않았으며 남을 해치지도 탐내지도 않았네."31) 하는 데서 김홍기를 흐린 세상에서 청정(淸淨)을 잃지 않고 살아간 불우한 선비로 인식하고 있는데, 이것은 「김」의 내적 형상화와 일치한다. 서술자는 김홍기가 신선이라는 세간의 말을 부정하고 현실 사회로부터 소외된 선비로

---

28) 今弘基有善飮酒　非有術　獨假其名而行云
29) 山中有異僧　得道術可與遊乎
30) 辟穀者　未必仙也
31) 弘基大隱　酒隱於遊　淸濁無失　不忮不求

규정하고 있는 것이다.

결국 「김」에서는 세상 사람들이 신선이라 일컫는 존재는 세상으로부터 소외된 사람이고, 세상에서 소외된 자가 곧 신선이라는 결론에 이르게 된다. 이것은 박지원이 「민옹전(閔翁傳)」에서 '세상을 싫어하는 사람이 신선이다. 가난한 사람은 세상을 싫어한다. 그러므로 가난한 사람이 신선이다.'는 연역적 논리로 표현되어 있는 것과 상통한다.[32] 그리하여 '신선찾기' 실패는 초월적 존재로서의 신선을 부정함과 동시에 김홍기가 뜻을 펴지 못하고 소모적 삶을 살고 있는 소외된 인간에 다름 아님을 형상화한 것이다.[33] 「김」은 도선적 세계와 신선의 존재 자체를 부정하면서 신선이란 다름 아니라 세상에 뜻을 이루지 못한 사람이며, 신선이나 방술을 쫓는 것은 현실의 모순이 낳은 병리 현상임을 말하고 있는 것이다.

「남궁」은 '입신하기'와 '신선되기'의 실패를 통해, 「김」은 '신선찾기'의 실패를 통해 무엇을 말하고자 하며 어떤 현실이 드러나는가? 「남궁」의 남궁두와 「김」의 김홍기는 양반 신분으로서 당대 사회로부터 소외된 인물이라는 공통점이 있다. '입신하기'와 그 좌절은 유교적 예교(禮 敎) 사회의 폐쇄성을 문제 삼고, '신선되기'와 그 좌절은 인간의 욕망에 대한 역설적 긍정을 드러낸다. '신선찾기'와 그 실패는 뜻이 있어도 그것을 펼 수 없는 조선사회의 모순을 드러낸다. 결국, 「남궁」과 「김」은 도선적 세계에 대한 인식을 바탕으로 사회적으로 소외된 자의 삶을 그림으로써 당대 현실의 모순과 불합리를 비판했다고 할 수 있다.

---

32) 관련 부분은 "又問翁見仙乎 曰見之 仙何在 曰家貧者仙耳 富者常戀世 貧者常厭世 厭世者非仙耶"이다.

33) 김홍기가 교유하는 인물들은 객을 청해 담론과 풍류를 즐기며 취미 생활이나 하고 있는 여항의 지식인이다(박기석, 2004 : 148). 다수의 지식인들이 이런 소모적 삶을 살고 있다면, 이것은 사회적 문제이다.

4. 서술자(작가)와 인물의 어울림과 어긋남

문학 작품은 그 생산주체인 작가와 관련하여 이해할 때 의미가 구체화되고 심화된다. 특히 「남궁」과 「김」의 서술자는 작품 밖 작가의 맥락을 그대로 갖고 작품 속에 들어와 있는 인물이기 때문에 둘을 관련시켜 이해하는 일이 더욱 긴요하다.

「남궁」과 「김」은 작중 인물, 서술자, 작가의 관계에 있어서 유사한 면이 있다. 「남궁」의 서술자인 '나[昜]'는 자신을 '균(筠)', '허자(許子)'로 일컫고 있다. 공주(公州)에서 파직 당했다는 것도 허균의 실제 삶과 일치한다. 「김」의 서술자인 '나[余]' 또한 작가인 박지원으로 비정(比定)할 수 있다. 서술자는 [나]에서 우울증을 앓고 있다고 했고, [다]에서 금강산 유람을 하고 있는데, 이것은 박지원의 전기적 사실과 일치한다.34) 그러므로 「남궁」과 「김」에서 서술자이자 작중 인물인 '나'의 상황이나 처지, 행위와 의식을 허균과 박지원의 그것으로 치환시켜도 무리가 없다. 서술자(작가)와 서술대상인 남궁두·김홍기의 행위와 의식이 어떤 유사성과 변별성이 있는가를 살펴보면 두 작품의 심층적 의미가 드러날 것이다.

「남궁」에서 서술자가 남궁두를 만난 시점과 「김」에서 서술자가 김홍기를 찾는 시점은 유사한 면이 있다. 「남궁」의 서술자와 「김」의 서술자는 불우한 처지나 상황에 놓여 있었다. 「남궁」의 서술자는 파직을 당한

---

34) 박종채의 『과정록』에 박지원이 스무살 남짓 무렵에 불면증에 시달린 적이 있다는 기록과 1765년 가을에 금강산 유람을 했다는 기록이 있다(박희병, 2005). 「김」 외에 연암소설의 서술자를 박지원 자신으로 볼 수 있는 작품으로 17,8세 무렵에 불면증과 우울증을 겪고 있는 서술자로 설정된 「민용전」이 있다.

상황이었고, 「김」의 서술자는 우울증[幽憂之疾]을 겪고 있었다. 허균은 이때 공주목사로 있었으나 성행이 경표무검(輕飄無檢)하다는 이유로 충청도 암행어사에 의해 파직되었고(소재영, 1981 : Ⅱ-5), 박지원은 10대 후반부터 30대 초반까지 혼탁한 정치 현실에 대한 비판적 인식과 이에 따른 진로 문제(김명호, 1998 : 391~393), 즉 어떻게 살 것인가에 대한 번민으로 우울증을 겪고 있었다. 허균의 파직과 박지원의 우울증의 원인은 중세적 질서 때문에 생긴 것이라는 점에서 유사하다. 작가의 이런 처지와 맥락이 투영된 서술자는 신선의 자취를 가진 인물을 만났거나 만나려고 했다. 그러므로 서술자의 '신선되기' 동경과 '신선찾기'는 동질적 작가 맥락을 갖고 있다.

서술자(작가)와 작중 인물 사이에서도 유사성을 발견할 수 있다. 「남궁」에서 남궁두의 '입신하기' 좌절은 유교적 예법에 어긋나는 그의 성격과 행동의 결과라는 점에서 작가의 파직에 상응하는 의미가 있다. 「김」에서 김홍기가 뜻을 얻지 못하고 불우하게 사는 까닭은 조선사회의 모순 때문이었다. 이것은 작가의 진로 문제가 조선의 정치 현실 때문인 것과 맥이 닿아 있다. 즉, 김홍기나 서술자(작가)의 불행은 모두 조선사회의 모순이 낳은 사회적 질병이다. 남궁두와 허균의 불행 또한 마찬가지이다.

그런데 「남궁」과 「김」에서 서술자와 인물 사이에 엇갈림이 발생한다. 「남궁」에서는 서술자와 인물 사이의 의식의 엇갈림이, 「김」에서는 만남의 엇갈림이 발생한다. 이 두 엇갈림은 각기 작품의 총체적 의미를 형성하는데 중요한 구실을 한다.

「남궁」에서 서술자와 남궁두의 엇갈림은 그들이 만난 시점을 서술한 부분에서 잘 드러난다.[35)]

내가 처음에는 비승(飛昇)하리라 여겼는데 빨리 이루고 싶어하다가 이루지를 못하고 말았네. 우리 스승님께서 이미 지상의 신선은 되었으니 부지런히 수련하면 8백 세의 나이는 기약할 수 있다고 하셨네. 요즘 산중(山中)이 너무 한가하고 적막하여 속세로 내려왔으나 아는 사람 한 사람 없을뿐더러, 가는 곳마다 젊은이들이 나의 늙고 누추함을 멸시하여 인간의 재미라고는 전혀 없네. 사람이 오래도록 보고 싶어하는 것이란 본래 즐거운 일인데, 쓸쓸하고 즐거움이라고는 없으니 내가 왜 오래 살려고 하겠는가? 이 때문에 속세의 음식을 금하지 않고 아들을 안고 손자를 재롱부리게 하며 여생을 보내다가 승화(乘化)하여 깨끗이 돌아가 하늘이 주신 바에 순종하려네.36)

위 인용문은 '나'가 남궁두의 "음식·거처가 보통 사람과 같음을 보고서 이상하게 여겨"37) 물은 말에 남궁두가 대답한 말이다. 여기서 우리는 도선적 삶의 공허함을 깨닫고 지금까지의 삶의 방식을 회의하는 남궁두를 만나게 된다. 남궁두의 생각을 정리하면, 사람이 오래 살려는 이유는 즐거움을 위해서인데, 나는 오래 살아도 즐거움이 없으므로 오래 살 이유가 없어 수련을 그만두었다는 것이다. 그래서 남궁두는 짧은 삶을 살더라도 살아있는 동안 즐거움을 마음껏 누리는 것이 더욱 보람

---

35) 이보다 앞서, 신선술을 배워 "행세(行世)"하려는 욕망을 가진 남궁두와 남궁두를 자신의 후계자로 키워 선대의 도통을 전하려는 권장로 사이에서 엇갈림이 있었다. 이것은 인물 상호간의 엇갈림이다. [D]에서 "내가 처음에 비승(飛昇)하려 했다."는 말에서 "처음"은 남궁두가 권장로로부터 신선술을 익힐 때를 지칭하는 것으로 보인다. 그러므로 "행세"하겠다는 욕망보다 뒤의 욕망이다. 그렇다면 남궁두는 "행세"의 욕망을 "비승"의 욕망으로 바꾼 셈이다. 이렇게 바뀐 것은 신선술을 익히는 과정에서 권장로의 욕망 속에 남궁두가 이끌려 들어간 결과이다.

36) 吾初擬飛昇 而欲速不果成 吾師旣許以地上仙 勤脩則八百歲可期矣 近日山中頗苦閑寂 下就人寰 則無一個親知 到處年少輩輕其老醜 了無人間興味 人之欲久視者 原爲樂事 而 怡然無樂 吾何用久爲 以是不? 弄孫以度餘年 乘化歸盡 以順天所賦也

37) 不佞見先生飮啖食息如平人 怪之

되고 하늘의 이치에 순종하는 것이라고 판단하기에 이른 것이다. 남궁두는 '입신하기'와 그 좌절, '신선되기'와 그 좌절을 겪으면서 현재의 깨달음에 이르는데 한평생이 걸렸다.38)

서술자(작가)가 남궁두를 만난 시점은 유가적 입신이 좌절된 상황이라는 점에서 그 옛날 남궁두가 소년승을 만난 시점과 유사하다. 남궁두는 서술자의 파직에서 입신출세를 지향하다 좌절했던 자신의 모습을 발견했을 것이고, 서술자는 남궁두의 '입신하기' 좌절에서 자신의 현재 모습을 발견했을 것이다. 남궁두와 서술자(작가)는 관료를 지향하면서도 관료 사회가 요구하는 예법을 지키지 않아 좌절을 맛보았다. 그러므로 두 사람의 좌절은 공통적으로 조선 유교 사회의 폐쇄성 때문이다. 허균은 정욕과 같은 인간의 기본적 욕구를 긍정하면서 정(情)의 가치를 깊이 인식하였다.39) 그는 유교적 입신을 꿈꾸었지만, 타고난 기질과 자유분방한 사고는 유연성이 결여된 조선중기 유교 사회에 용인되기 어려웠다. 남궁두처럼 허균도 좌절을 여러 차례 경험했다.40) 서술자(작가)의 남궁두에

---

38) 남궁두는 세속으로 귀환 후 방황하다가 상민 출신과 결혼한 후에도 수련을 계속한다. 그때부터 서술자를 만나기까지의 오랜 시간은 세속적 삶의 행복과 신선 수련의 고행이 동반되는 삶이었을 것이다. 이 과정에서 남궁두는 세상 사람들과 부대끼면서 늙음은 한낱 누추하고 업신여김을 당하는 일일 뿐이라는 인식에 이르고, 신선술을 익혀 오래 사는 것이 부질없는 일임을 깨달아 수련을 그만두게 된 것이라 할 수 있다.

39) 조동일, 「허균」, 『한국문학사상사시론』, 지식산업사, 1978.

40) 허균의 이번 파직은 벌써 네 번째이다. 9년 전, 황해도 도사(都事)로 있을 때 서울의 기생을 숨겨두고 놀았다는 이유로 사헌부의 탄핵을 받아 파직 당했을 때 지은 "예교가 어찌 자유로움을 구속하리. 인생살이를 다만 정(情)에 맡기겠노라. 그대들은 마땅히 그대들의 법을 지켜라. 나는 스스로 나의 삶을 살겠노라(禮敎寧拘放 浮沈只任情 君須用君法 吾自達吾生, 「문파관작(聞罷官爵)」)"에서 그의 삶의 태도가 잘 드러나 있다. 공주목사 파직 이후에도 2번의 파직과 3번의 귀양살이를 더 경험한 것을 보면, 그 이유가 모두 유교적 예법 문제는 아니지만 자신의 삶의 태도를 바꾸지 않았음을 알 수 있다.

대한 연민과 동일시는 여기에 기인한다.

그러나 두 사람이 만날 때 남궁두는 도선적 세계를 회의하면서 세속적 세계로 회귀하여 일상적 삶을 살고 있었고, 서술자는 세속적·일상적 삶에서 좌절을 경험하고 도선적 세계에 대해 동경하고 있을 때였다. 이러한 만남의 시기적 상황 때문에 두 사람 사이의 미묘한 의식의 차이가 존재한다.[41] 남궁두는 도선적 삶의 어려움과 무의미함을 말하면서도 서술자에게 도선적 삶을 권한다.[42] 이것은 남궁두가 서술자와 대화하는 과정에서 서술자의 그러한 지향 의식을 읽었기 때문일 것이다. 한편 서술자는 남궁두의 '신선되기' 좌절과 회의를 보면서도, "우리 나라 사람들이 불교는 숭상했으면서 도교는 숭상하지 않았다고 한다."[43]는 말을 남궁두와 그의 스승의 존재를 들어 반박하면서 남궁두의 실패를 무한히 안타까워한다. 도선적 삶을 회의하고 현재의 일상적 삶에 만족하는 남궁두와 유가적 삶을 회의하고 도선적 삶을 동경하는 서술자의 상반된 상황이 지향 의식의 엇갈림을 낳은 것으로 판단할 수 있다.

여기서 우리는 세속적 욕망에 따르는 삶과 그것이 좌절되어서 오는

---

41) 엇갈림이 발생한 이유를 서술태도 또는 창작의식 측면에서 생각해 볼 수도 있다. [A], [B]에서는 소설적 대결 관계나 허구화에 역점을 둔 반면, [C], [D]에서는 작가가 입전 인물을 만난 내력을 전하고 "허자왈(許子曰)"로 입전 인물을 평하려는 전(傳)의 기술 태도를 보여 주고 있다. 허균은 자신의 상황에 따른 의식과 자신이 만난 작중 인물의 의식을 작품 속에 여과 없이 그대로 노출시킴으로써 서술자와 인물의 엇갈린 의식이 그대로 드러난 것이다.

42) 다음이 그것이다. "그대야말로 선재(仙才)와 도골(道骨)이 있으니 힘써 행하고 쉬지 않는다면 진선(眞仙)이 되기에 아무런 어려움이 없을 것이네. 우리 스승께서 일찍이 나에게 인내력이 있다고 하셨는데 참아 내지를 못하고 이 지경이 되었네. 인(忍)이라는 글자 하나는 선가(仙家)의 오묘한 비결(祕訣)이니 그대 또한 삼가 지니고 놓치지 말게나(君有仙才道骨 力行不替 神仙去君何遠哉 吾師嘗許我以忍 不能忍而止是 忍之一字 仙家妙訣 君亦愼之勿墜也)."

43) 傳言東人尙佛不尙道

도선적 세계 지향 사이에서 방황하는 작가의 모습을 읽을 수 있다. 그렇다면 「남궁」의 총체적 의미는 유가의 현실적 세계와 도선의 초월적 세계 사이에서의 방황과 번민이라 할 수 있다. 서술자와 인물의 의식 이 어긋나는 현상은 작가의 형상화 능력 부족 때문이 아니라 작품 그 자체가 삶의 방향에 대한 허균의 고뇌를 담고 있는 것으로 이해할 수 있다.

한편, 「김」에서 서술자는 신선의 방술이 우울증에 효험이 있다고 하여 김홍기를 만나고 싶어했다.44) 그러나 우리는 이 말을 액면 그대로 받아들이기 어렵다. 서술자가 방술 때문에 김홍기를 만나고자 했다면 김홍기가 별다른 방술이 없는 인물임을 인지한 뒤에도 그토록 간절히 만나려 했던 까닭을 설명할 수 없다. 그렇다면 서술자가 그토록 김홍기를 만나고 싶어했던 까닭을 어디에서 찾아야 할 것인가? 그것은 서술자의 관심이 김홍기의 방술에 있었던 것이 아니라 김홍기란 인물 그 자체에 있었던 까닭으로 볼 수밖에 없다.45) 즉, 서술자는 자신과의 동질성을 김홍기에게서 발견할 수 있을 것이라는 기대 때문에 그토록 김홍기를 만나고자 했던 것으로 추정할 수 있다.

박지원은 과거를 통한 진출에 대해 마음을 완전히 접은 30대 초반에 우울증에서 벗어났다. 이것은 우울증의 원인이 어디에 있었던가를 확인시켜 준다. 박지원이 김홍기를 만나고자 한 것은 20대 후반이니 우울증에서 벗어나기 이전이다. 정치적·사회적 불만으로 인한 우울증을 겪고 있던 박지원이 김홍기에게서 우울증에서 벗어날 수 있는 길을 발견할

---

44) 관련 부분은 "盖聞神仙方技 或有奇效 益欲得之"이다.
45) 본문 중에 "益"이란 부사어에 주목할 필요가 있다. 이것은 방술 이외에 김홍기를 만나고 싶었던 이유가 있었다는 말이고, 서술자의 행동으로 보아 사실상 그것이 더 중요하다는 말로 받아들일 수 있다.

수 있지 않을까 하는 기대를 가졌을 법하다. 즉, 서술자(작가)는 김홍기를 찾아 방술로 자신의 우울증을 치료하려는 것이 아니라 김홍기의 삶 자체에서 자신의 삶의 문제에 대한 해답을 얻을 수 있지 않을까 하는 기대감이 작용한 것으로 보인다. 「민옹전」에서 박지원에 비정되는 서술자가 민옹과의 만남을 통해 우울증을 치료하려 했고 실제로 효험이 있었듯이, 「김」에서도 서술자(작가)는 김홍기와 만남을 통해서도 사회적 불만을 함께 나누며 동질감을 확인하고 공감을 느껴보고 싶었던 것으로 보인다.

서술자와 김홍기가 만났다 하더라도 결과가 크게 달라질 것은 없다. 두 사람이 만나면 작품의 논리에 따라 김홍기에 대한 서술자의 판단이 옳았음이 확인되었을 것이다. 그러나 두 사람의 만남이 어긋남으로써 인물에 대한 독자의 판단을 유도하고 서술의 이면을 깊이 음미할 수 있게 한다. 즉, 서술자와 인물의 만남이 어긋남으로써 독자는 능동적 읽기를 통해 초월적 존재에 대한 부정과 신선 지향의 사회사적 의미를 찾아내게 된다.

5. 신선 이야기의 변모와 사회·문화적 맥락

「남궁」과 「김」은 설화나 야담 같은 구전이나 기록의 바탕에 작가의 탁월한 문학적 형상화 능력이 더해져 이루어진 작품이다. 이것은 「남궁」과 동일한 인물을 대상으로 한 『동패낙송(東稗洛誦)』류에 실려 있는 남궁두 이야기나, 「김」과 동일한 인물을 대상으로 한 것으로 보이는 조희룡(趙熙龍, 1789~1866)의 「김신선전」과 견주어 보면 금방 알 수 있다. 이들

이야기는 기이하고 초현실적인 행적을 보인 인물에 대한 설화나 야담에 머물러 있다.

　그러나 신선 이야기 측면에서 「남궁」과 「김」 사이에 상당한 차이를 보이는 것 또한 사실이다. 「남궁」에서는 도선적 세계의 존재를 인정하지만, 「김」에서는 인정하지 않는 결과에 이른다. 「남궁」에서는 초월적 도선 세계 자체에 대한 관심을 보이지만, 「김」에서는 이에 별다른 관심을 보이지 않는다. 「남궁」에는 도선적 삶에 대한 회의와 동경이 공존하지만, 「김」에서는 도선적 삶이란 것이 사실은 소외된 자의 삶일 따름이라고 한다. 요컨대, 「남궁」에서 「김」으로 이르면서 초월적 도선 세계에 대한 관심이 현저히 줄어들고 그러한 세계를 동경하고 지향하는 이면의 현실적 의미에 대한 관심이 증가하고 있음[46]을 알 수 있다.

　「남궁」과 「김」의 이런 차이가 두 작품에 국한되는 것은 아니다. 신선 이야기의 흐름을 보면 초경험적 행적이나 초월적 세계에 대한 관심에서 인물형상의 현실적인 면이나 이야기의 생성이 갖는 사회적 의미를 드러내려는 경향이 강화된다. 그것은 신선으로 일컫는 인물의 범위가 확장된 것과 관련 있다. 신선 이야기는 후대로 가면서 현실 공간에 보통 사람과 어울려 살면서 일상적 삶을 사는 인간까지 포괄하고 있다. 이를테면 정약용(丁若鏞, 1762~1836)와 조수삼(趙秀三, 1762~1849)의 「조신선전(趙神仙傳)」, 조희룡의 「죽서조생전(鬻書趙生傳)」은 동일인을 주인공으로 한 전인데, 주인공은 나이가 많고 나이보다 젊어 보이는 책 중개인일 따름이다(박영희, 1990). 액자형식을 통한 서술방식으로 문예성을 강화하거나 일상인을 신선으로 신비화하는 세인의 시각에 대한 부정적 시각을 드러

---

46) 박영희, 「조선후기 전에 나타난 신선관」, 『이화어문논집』 11, 이화어문학회, 1990.

내기도 한다. 이리하여 신선 이야기가 야담과 가까워지는 결과에 이른다 (박희병, 1991 : 78). 이런 점에서 「남궁」과 「김」의 차이는 신선 이야기의 흐름과 맥을 같이하거나 그런 흐름을 선도하는 작품들이라 할 수 있다.

신선 이야기의 등장은 조선후기 전에서 인간형과 신분의 면에서 입전 (立傳) 인물이 다양화(박희병, 1991 : 51~52)되는 문학사적 맥락 위에서 이해할 일이다. 여기에는 규범적 가치가 아니더라도 나름의 가치가 있는 인물이 등장하고 있는 특징이 보인다. 신선 이야기는 규범적 인물이 아닌 도선적 취향의 인물을 대상으로 했다는 점, 그리고 다수의 작품의 주제의식이 기존 규범의 재확인이 아니라 불합리한 규범이나 부조리한 현실에 대한 비판적 시각을 갖고 있다는 점에서 가치가 있다.

도선적 인물을 통한 인간다움의 가치 추구는 사회·문화 다양성에 대한 조선중·후기의 욕구를 반영하는 것으로 이해할 수 있다. 여기에는 사회·문화적 변화를 요구하는 계층이나 집단의 의식적 성장이 맞물려 있을 것이다. 즉, 상공업의 발달과 더불어 경험적·합리적 사고와 의식이 성장하면서(박영희, 1990 : 324) 신선 이야기도 변모를 겪은 것으로 보인다. 허균은 그 선구자이고 박지원은 그 정점이다. 「남궁」은 허구적 창조성, 전지적 서술시점 등의 면에서, 「김」은 유기적 전체성, 보여주기의 서술방법 등의 면에서 전(傳)의 자장에서 거의 벗어나는 탁월한 형상화를 통해 이런 문제의식을 갈무리하고 있다.

「전우치전」의 설화 수용과 지평전환

1. 설화와 소설의 거리

「전우치전(田禹治傳)」[1]은 전우치(田禹治)란 실존인물과 관련된 전승[2] 및 「홍길동전(洪吉童傳)」과 같은 영웅소설과 밀접한 관련을 지니면서 형성된 작품이다. 이본에 따라 설화 또는 영웅소설과의 친소성에 있어 차이가 있지만, 이들이 「전우치전」 형성에 끼친 영향을 부정하기는 어렵다. 이 글은 「전우치전」 생성의 서사적 기반인 전우치 전승과 관련시켜 「전우치전」을 논의하고자 마련된다.

---

1) 이본에 따라 작품명이 '田禹治傳'과 '田雲治傳' 등으로 달리 나타나는데, '田禹治傳'을 쓰기로 한다. 실존 인물의 이름이 전우치(田禹治)이며 학계에서도 '田禹治傳'으로 통용되고 있기 때문이다.
2) 이 글에서 '전승'과 '설화'라는 용어가 함께 쓰인다. '전승'은 사실과 설화를 포함하여 한편의 서사단위로 충분하지 못한 것까지 포괄하는 용어로 쓰며, '설화'는 '전승' 중에서 한편의 이야기로서 충분한 자격을 갖춘 것만을 특칭하기 위해 쓴다.

선행 연구[3]의 경우 설화는 「전우치전」을 다루기 위한 선행 작업으로서 의의가 컸으며 둘 사이의 대응성을 확인하는 데 치중하여 설화가 소설의 한 부분으로 수용되면서 일어난 변모는 소홀히 취급되었다. 화소 간의 대응에 그치지 않고 설화의 화소가 소설에 수용되면서 일어나는 변화와 소설 작품 안에서 수행하는 기능과 의미를 세밀히 논의하여, 설화의 화소가 「전우치전」의 통합된 서사세계를 구성하는 부분들로 변용되어 기능한다는 점을 밝혀야 할 것이다. 이는 「전우치전」을 단순히 설화의 집적으로 이루어졌다는 논의를 극복할 수 있는 길이 된다. 그러므로 이 글은 「전우치전」 선행 지평의 수용과 전환이라는 관점에서의 논의가 중심축을 이루게 될 것이다.

위와 같은 목표와 방향을 설정하고 다음 순서에 따라 논의한다. 먼저 전우치와 관련된 여러 전승을 검토한다. 이를 통해 「전우치전」 생성의 토대를 확인하게 될 것이다. 둘째, 「전우치전」이 전우치 전승을 수용하는 양상와 그 과정에서 일어나는 변모를 검토한다. 이 논의는 설화와의 친연성이 강한 경판본(京板本) 계열[4]을 통해 이루어질 것이다. 끝으로 대상 이본의 범위를 넓혀 이본에 따라 달라지는 양상을 검토한다.[5] 경판

---

3) 설화와 「전우치전」을 함께 주목한 대표적 업적을 들면 다음과 같다.
　윤재근, 「전우치 전설과 「전우치전」」, 고려대학교 석사학위논문, 1982.
　박일용, 「전우치전과 전우치 설화」, 『국어국문학』 92, 국어국문학회, 1984.
　문범두, 「전우치전의 이본 연구」, 『영남어문학』 18, 영남어문학회, 1990.
4) 경판본 계열에는 경판37장본, 경판22장본 경판17장본, 일사본(一簑本) 등이 속한다.
5) 이본간의 차별성에 대해 검토한 다음 논의를 참고할 수 있다.
　이현국, 「'전우치전'의 형성과정과 이본간의 변모양상」, 『문학과 언어』 7, 문학과 언어연구회, 1986.
　방대수, 「전우치전 이본군의 작품구조 연구」, 서울대학교 석사학위논문, 1988.
　신태수, 「전우치전 작품군의 현실주의와 이상주의」, 『하층영웅소설의 역사적 성격』, 아세아문화, 1995.

본 계열이 가장 먼저 생성되었고 그 이후에 나손본(羅孫本) 계열6)이 생성되었다고 보기 때문에, 이것은 이본의 파생이라는 관점이 내포되어 있다. 신문관본 계열7)은 크게 보면 경판본 계열에 속하지만 뚜렷한 개작의식과 지평전환이 보이기에 따로 주목하기로 한다. 대표 이본은 경판 37장본,8) 나손본,9) 신문관본10)이다.

2. 전우치 전승의 양상

전우치의 실제 행적을 알려주는 자료는 거의 없다. 전우치에 관해 기록하고 있는 여러 문헌과 그 저작 시기를 통해 볼 때 그는 15세기 후기에서 16세기 초기를 살다 간 실존 인물이다. 도가적 인물로 알려져 있지만 원래는 사족(土族)이었다. 그의 증조부인 전흥(田興)을 정점으로 그 전·후대는 몰락한 처지였던 것 같다.11) 결국 전우치의 집안은 고려말기에서 조선초기까지의 정치적 변화에 따라 부침을 거듭하다가 한미(寒

---

6) 이 계열에는 나손본, 박순호본, 사재동본 등이 속한다.
7) 신문관본을 비롯하여 영창서관, 세창서관, 해동서관, 동창서관 등 대부분의 구활자본이 여기에 속한다.
8) 「뎐운치젼」 : 한국정신문화연구원 소장본(MF번호 : R16N-1142-2).
9) 「전우치젼」 : 김동욱 편, 나손본 필사본고소설자료총서 55, 보경문화사, 1993.
10) 「뎐우치젼」(신문관, 1914).
11) 『조선왕조실록』 세조(世祖) 3년(三年) 정축(丁丑) 5월(五月) 조(條)에 따르면 그의 증조부인 전흥은 이방원의 잠저(潛邸) 시에 그를 섬겨 공을 세워 공신의 녹훈을 받은 사람이다(『조선왕조실록』 7, 국사편찬위원회, 1969, 196면 참조). 전흥 윗대에서는 이성계에게 협조하지 않고 고려를 섬겨 평민 이하의 신분으로 몰락해 있던 처지였으며, 전흥 이후에 세조에게 협력하지 않아 다시 중앙 정계에서 밀려 났던 것으로 보인다(윤재근, 1982, 13~15면 참조).

微)한 가문으로 몰락한 것으로 보인다.

전우치는 처음부터 도가적 이단 사상에 심취했던 것이 아니라 과거를 통한 유교적 입신의 한계를 느낀 뒤에 그런 방향으로 나아갔으리라 생각된다.[12) 그의 도가적 행적은 자신의 내면에 숨겨진 반발의 표출방식일 수 있다. 그가 남긴 시 중에 당대의 현실이 반영된 작품[13)에서 그의 현실인식과 현실 대응 방식의 한 단면을 읽을 수 있다. 이 시는 가소로운 사람들이 잘난 척하는 잘못된 세상을 시비하는 반어적인 시로 이해된다. 화자는 악화가 양화를 구축하는 뒤틀린 세상을 뒤로 하고 풍치 좋은 자연을 지향하는 것으로 형상화되어 있다. 이 시가 그의 삶의 궤적을 단적으로 드러내주는 것일 수 있다.

요컨대, 전우치는 시적 재능이 뛰어난 양반 신분으로 실제 계층은 양반으로서의 신분 유지가 어려울 정도로 가난한 처지였으며, 진출에 한계를 느끼고 내심의 반발을 간직한 채 이단 사상인 도교를 신봉하다가 세상을 현혹하게 한다는 죄목으로 잡혀 옥사한 인물로 생각된다. 그런

---

12) 『송천필담(松泉筆譚)』에서 "또 이르기를 전우치는 문장에 능하여 일찍 진사에 합격하여 태학에 들어갔으나 여러 차례 과거에 합격하지 못했다. 或云 田禹治 能文章 早召進士 入太學 屢擧不中"(정명기 편, 『한국야담자료집성』 18, 계명문화사, 1992, 161면)이라 했다. 김택영(金澤榮)은 『송양기구전(崧陽耆舊傳)』에서 "전우치는 맑은 재주가 있었으며 노래와 시를 잘 하였다. 집이 가난하여 책이 없어 환경이 어렵고 벗이 없었다. 이름난 산수간에서 노니는 것을 좋아하여 세속을 희롱하며 그의 불평한 기운을 드러냈다. 田禹治有淸才 善爲歌詩 而家貧無書 以觀落拓無友 好遊名山水間 以玩世譏俗 而洩其不平之氣焉"(한국학문헌연구소 편, 『김택영전집』 5, 아세아문화사, 1978, 552면)이라 하여 그의 도가적 행적이 자신의 처지에 대한 자각이나 세상에 대한 불만과 무관하지 않음을 짐작할 수 있다.
13) 『어우야담(於于野談)』과 『죽창한화(竹窓閑話)』 등에 실려 있는데, 여기서는 『송양기구전(崧陽耆舊傳)』에서 인용한다. "紫蛙周禮正王法 南相文章眞伊周 璞亦撲鼠亦璞 隋珠珠魚目珠 蝘蜓嘲龍眞龍羞 山人掉頭歸去早 桂樹丹崖風日好"(『김택영전집』 5, 552면).

데 그의 이러한 삶이 『조선왕조실록』에 한 번도 거론되지 않은 것은 국가적 차원에서 취급할 만한 중대한 문제로 발전되지 못했기 때문이다.14) 그의 행적이 전우치 개인적 차원에서 그치고 집단적 움직임을 형성하는 데까지 나아가지 못했던 것이다.

어떤 인물에 관한 사실(事實) 전승이 시간이 흐름에 따라 실제의 사실에 완강히 묶여 있던 고리를 끊고 허구화·설화화되는 것은 보편적 현상이다. 그런데 전우치 전승은 그의 생존시에도 상당히 허구화되어 전승되었던 듯하다.15) 이것은 그의 도가적 행적이 설화화되기 유리한 조건을 갖추고 있기 때문일 것이다. 그가 도술을 부렸다는 것을 부정하지 않는 데서 설화화의 바탕은 마련된 셈이다.

「전우치전」 이전의 설화적 지평으로 문헌설화와 구전설화가 공존했을 것이나, 그때의 구전설화는 확인할 길이 없다. 오늘날 전우치에 관한 설화가 몇 편 채록되어 있기는 하지만16) 소설의 구연인지 소설 이전의 설화적 지평이 변형된 모습으로 전승되는 것인지 판별하기 어렵다. 따라서 「전우치전」의 선행 지평으로 문헌설화를 검토하는 것이 섣부른 판단에서 오는 잘못을 막을 수 있는 길이 된다.

문헌설화에는 전우치에 관한 풍부한 자료를 남기고 있다. 전우치의 행적으로 설화화 되어 전승되는 서사단위들을 제시하면 다음과 같다.

---

14) 문범두, 「「전우치전」의 이본 연구」, 『영남어문학』 18, 영남어문학회, 1990, 234면.

15) 전우치 생존시기와 거의 동시대나 이와 근접한 시기에 기록된 자료(『송와잡설』, 『어우야담』 등)에서조차 실재 행적으로 인정될 수 있는 이야기는 드물고 대부분이 허구화된 이야기들이다.

16) 『한국구비문학대계』(이하 '『대계』')에 '금대들보 바치게 해서 빈민구제한 이인(전우치전 유형)'으로 3편의 이야기가 채록되어 있다(조동일 외, 『한국구비문학대계 별책 부록(Ⅰ) 한국설화유형분류집』, 한국정신문화연구원, 1989, 189면).

① 여우로부터 기문벽서(奇文僻書)를 얻어 익힘.
② 도승(道僧)을 따라가 도술을 배움.
③ 동자에게 천도를 따오게 함.
④ 밥을 나비로 바꿈.
⑤ 배 위에 참외가 열리게 함.
⑥ 병을 낫게 함.
⑦ 재상가의 잔치를 훼방 놓음.
⑧ 유부녀의 남편으로 변신하여 유부녀 겁탈함.
⑨ 장도령을 만나면 항상 절하며 공경함.
⑩ 서화담(徐花潭) 또는 윤군평(尹君平)(또는 윤세평(尹世平))에게 패배함.
⑪ 신천옥에서 옥사함.
⑫ 관을 열어보니 비어 있음.
⑬ 신선이 되어 감.

①~②는 전우치의 도술 습득, ③~⑧은 전우치의 도술 행각, ⑨~⑩은 전우치의 패배, ⑪~⑬은 전우치의 죽음에 관한 화소들로서, 도술을 획득한 전우치가 도술 행각을 벌이다가 다른 인물에게 패배하여 죽거나 신선이 되어 갔다는 전우치의 설화적 일생을 재구성하고 있다. 그런데 자세히 보면 전우치 전승이 둘 이상의 층위로 존재함을 알 수 있다.[17] ①은 전우치의 도술이 사특한 것임을 뜻하는 것이고, ②는 그의 도술이 높은 것임을 뜻하는 것이다. 전우치의 도술 행각을 서사한 화소에서도 이런 층위가 존재한다. ③과 ④에 전우치는 도술로 장난이나 일삼는 인물이다. ⑦과 ⑧에서 장난의 수준을 넘어 악행을 일삼는 인물이다. ⑨와 ⑩은 악행을 일삼은 결과이다. 이와 달리 ⑤와 ⑥은 전우치가 도술을 바람직한 일에 쓰고 있다. 전우치의 죽음에 관해서도 ⑪은 전우치가 옥

---

17) 문범두(1990), 9~14면에서 전우치 전승을 몇 가지로 나누어 설명했다.

사했다고 하고 ⑫와 ⑬에서는 죽지 않고 신선이 되었다고 했다. 이처럼 전우치 전승은 뚜렷한 몇 가지 층위를 지닌 채 전승되고 있음을 볼 수 있다.

화소 그 자체가 기록자의 시각을 어느 정도 결정하게 하기도 하지만, 실제 이야기에서는 기록자의 특정한 시각이 화소들의 의미를 변화시키며 화소들을 선택적으로 수용하는 경향이 더 강하다. 『동패낙송(東稗洛誦)』과 『동야휘집(東野彙輯)』에 실린 이야기를 통해 이를 증명할 수 있다.

『동패낙송』은 ①을 『동야휘집』은 ②를 수용하고 있다. 『동패낙송』에서는 먼저 ①을 서술하고 나서 "전우치는 그 책을 스스로 익혀서 요술을 잘 부렸으며 불법한 일을 많이 저질렀다"[18]고 했다. 그리고는 ⑦과 ⑩을 차례로 서술하고 있다. 그러므로 『동패낙송』에서는 전우치 도술의 유래를 말하고 나서 그가 악행을 일삼았던 인물었음을 일반화시켜 이야기하고 그 구체적 사례를 들고 있는 셈이다. 이런 악행은 용납될 수 없는 것으로 인식하기에 기록자는 ⑩이 필요했다.

한편, 『동야휘집』에서 ②를 서술하고 나서 "가히 괴이하고 놀랍고 신기한 일이 많았다"[19]고 일반화한 다음, ⑥에 해당하는 이야기를 2가지, ⑤와 ④에 해당하는 이야기를 차례로 했다. 이들 화소들은 전우치를 긍정적으로 형상화하는데 유리한 내용을 갖추고 있다. 전우치는 "태어나면서부터 민첩하고 총명하였다"[20]는 것으로 말머리를 삼았으므로 전우치를 긍정적으로 형상화하려는 의도를 내비치고 있다. 여기서 우리는

---

18) 禹治自得其書 善於妖術 多行不法, 이우성 편, 『동패낙송』, 아세아문화사, 1990, 348면.
19) 多可怪可愕神奇之事(『동야휘집(東野彙輯)』), 동국대 한국문학연구소, 『한국문헌설화전집』 3, 태학사, 1981, 403~404면.
20) 生而敏慧(『東野彙輯』), 402면.

문헌설화의 기록자들이 자기 나름대로 전우치에 대한 분명한 입장을 견지한 채 이야기에 접근하여 자신의 기대지평에 부합되는 화소를 선택적으로 수용하고 있다는 사실을 알 수 있다. 이것은 전우치 전승이 두 가지 이상의 층위로 존재한다는 것을 의미하는 동시에 전우치 전승이 두 가지 이상의 시각에 의해 지배받고 있음을 말해 주는 것이다.

보는 사람에 따라 긍정과 부정의 두 시각이 존재할 수 있는 ⑦을 검토해 보면, 기록자의 특정 시각이 이야기에 덧입혀져 있음을 보다 분명히 알 수 있다.

> 번화가에 있는 어느 재상가에서 잔치를 배설하고 손님을 초청하니 내외의 사람들이 다 모였다. 진수성찬을 차려 놓았는데 지극히 화려하고 아름다운 것들이었다. 여러 손님들이 취해 쓰러져 돌아갈 생각을 잊고 있었는데, 문득 깨달으니 잡초가 우거지고 돌이 흩어져 있는 곳에 있었다. 이른바 음식물이란 것은 모두 말똥과 돼지똥이었다.[21]

위 이야기의 기록자는 전우치의 행위를 비판적으로 서술하고 있다. 전우치의 위와 같은 행위를 악행으로 보지 않을 수도 있다는 점에서 기록자가 특정한 시각이 개입되어 있다는 사실은 분명해진다. 재상가의 잔치에서 제외된 사람이나 어려운 처지에서 살아가는 대부분의 사람들은 재상가의 행태에 대해 반감을 가지기에 충분할 것이기 때문이다. 위의 이야기의 기록자는 재상가의 잔치에 참석한 사람 또는 참석할 만한 사람의 입장에서 서술하고 있는 셈이다.

⑧은 의로운 부인(婦人)이 있으면 요술로 본부(本夫)로 변신하여 작란했

---

21) 市中宰相家 設宴請客 內外咸集 鋪陳饌羞 窮極華美 諸客醉倒忘歸 忽然覺之 則臥草莽 亂石之間 所謂饌物 皆馬糞猪矢也(이우성 편, 1990, 348면).

다는 화소로서,[22] ⑦과는 달리 전우치를 부정적인 인물로 보는 태도에 반론의 여지가 없게 만든다. ⑦은 소외된 자의 항거로 받아들일 수 있지만, ⑧은 서울 한복판에서 도덕적으로 용납될 수 없는 악행을 저지른 것이니 전우치를 긍정적으로 볼 가능성은 희박하다. 이런 유형의 이야기들은 혹세무민(惑世誣民)의 죄목으로 전우치를 옥사케 한 통치권력과 같은 시각을 가진 사람에 의해 기록·전승되었다고 추측할 수 있다. 전우치는 세상 사람을 현혹시킨다는 죄목으로 잡혀 죽은 인물이므로 그를 긍정적으로 평가하는 데는 조심스러워질 것이다. 그의 행적이 기이하여 관심을 가지기는 하되 부정적으로 평가하고 있는 여러 자료가 발견되는 것도 이러한 이유가 없지 않을 것이다. 이 화소에서 악행의 원인은 제시하지 않고 결과만 제시하고 있는데, 이것은 전우치에 대한 부정적 시각이 강하게 작용한 결과로 보아야 할 것이다.

한편, 전우치에 대한 긍정적 시각이 전우치의 죽음을 부정하는 쪽으로 이야기를 견인하고 있음을 볼 수 있다. 유몽인(柳夢寅)의 『어우야담(於于野譚)』과 허균(許筠)의 『성수시화(惺叟詩話)』에 실린 이야기에서도 전우치의 옥사를 부정하는 이야기가 실려 있지만,[23] 홍만종(洪萬宗, 1643~1725)의 『해동이적(海東異蹟)』(1666)에 전우치를 적극적으로 평가하려는 성향이 가장 뚜렷하다.

> 세상에는 다음과 같은 이야기가 전해 온다. 전우치는 소년 시절에 천년 묵은 여우의 무덤에서 책을 얻어서 그것 때문에 환술을 부리게 되었다. 서울의 재상가 부녀(婦女)와 여러 가지 음행(淫行)을 일삼다가 일이

---

22) 方士田禹治 以妖術作 拿京城 潛入人家 見有義婦人 則化作本夫 以亂之 人不勝其憤(『동야집사(東野集史)』, 정명기 편, 『韓國野談資料集成』 10, 고문헌연구회, 1987, 709면).
23) 조동일, 『전우치전』, 시인사, 1983, 172면, 176면 참조.

발각되자 도망을 가면서 성문에다 백만 장안에 한 사람의 정녀(貞女)도 없다고 써 붙였다. 오직 서화담이 윗자리에 앉아 있으면 감히 함부로 하지 못했는데, 마침내 윤군평(尹君平)에게 죽임을 당했다.

그러나 허균이 광해군 초년에 동인시(東人詩)를 엮었는데 전우치는 마친 바를 알지 못한다고 했으므로 죽임을 당했다는 것은 잘못이다. 하물며 친구에게 알려 그를 경계하였으니 우치가 어찌 요술을 부려 세상을 어지럽혔단 말인가. 자고로 선불(仙佛)을 비록 외도(外道)라고는 하지만 그것을 요약하면 하나의 죄악도 짓지 않는다는 것이다. 그렇지 않으면 앙화를 부르지 않음이 없다.24)

홍만종은 전우치를 악인으로 형상화한 선행 지평과 전우치에 대한 부정적 평가를 반박하면서 그를 적극 변호하고 있다. 전우치에 대한 변호를 위해 먼저 기존 기록에 대한 해석을 엄밀하게 했다. 인용문 앞에서 친구를 경계했다는 일화를 통해 주장을 보강하였다. 끝으로 선불(仙佛)에 대한 항간의 부정적 시각을 비판하였다. 또한 자기 아버지에게 들은 이야기와 세상에 전해오는 말이라며 "전우치는 죽지 않았고 지금 사람도 혹 만났다는 자가 있다."25)고도 하고, "사람들이 신선이 되어 갔다고 한다"26)고도 했다. 윤군평에게 죽임을 당한 것이 아님을 허균의 기록을 들어 반박하고 있는 것은 역사적 사실의 고증에 충실하고자 해서가 아니다. 만약 홍만종이 역사적 사실의 고증에 충실하고자 했더라면 신천

---

24) "世言 禹治少年時 得千年妖狐塚中書 因之爲幻 徧淫京中宰相婦女 及其事覺且途 大書城門 曰百萬長安 無一貞女 惟徐華潭座上 不敢有售 終爲尹君平所殺 然許筠當光海初年 編東人詩 曰禹治不知所終 則見殺之說誤矣 況以告友人者徵之 禹治豈作妖惑世乎 自古 仙佛雖曰外道 要之無一作惡 不然 未有不招殃禍耳"(『해동이적(海東異蹟)』) 동국대 한국문학연구소 편, 『한국문헌설화전집』 6, 태학사, 1981, 459면.

25) "田君不死 至今人或有遇之者云"(『해동이적』, 458면).

26) "人言儒去"(『해동이적』, 459면).

옥에서 옥사했다는 것을 믿었을 것이다. 이로 보건대 홍만종은 다양한 방법을 동원하여 전우치를 긍정적으로 형상화하고 있는데, 선불에 대한 긍정적 시각이 전우치를 긍정적 인물로 형상화하는 방향으로 견인하는 힘으로 작용하고 있다. 유가적 사고의 틀에만 구속되어 있지 않고 도가적 사상과 같은 이단적 사상이나 혁신적 사고를 지닌 인물에 의해 적극적으로 이루어지고 있음도 드러난다.

이덕형(李德泂)의 『죽창한화(竹窓閑話)』에 있는 「전우치전」은 문헌설화의 지평을 폭넓게 수용하여 이루어진 것이다. 이를 소설로 보는 것이 일반적인 견해인 듯한데,[27] 이상의 문헌설화와 차별성이 있는 것은 사실이지만 소설이라고 단언하기에는 주저된다. 자아가 부딪치는 세계의 정체성이 뚜렷하지 못함이나 일방적인 승리나 패배가 나타나는 대결 방식 때문에 소설에까지 이르지 못한 것으로 판단된다. 그 내용의 삼분의 일이상이 도술 습득의 경위에 관해 서술하고 있으며, 윤군평과의 도술내기, 서화담과의 도술내기 화소가 들어있고 전우치의 시와 문장 및 그에 대한 평으로 구성되어 있어서, 그 이후의 문헌설화에 수록된 이야기의 서사세계와 본질적인 차이가 있는 것은 아니기 때문이다. 전승되는 전우치 설화를 단순히 다 묶어 놓는다고 해서 소설이 되는 것은 아니다. 개별 이야기들을 묶어놓더라도 대결하는 세계가 자아에 의해 일관성 있는 세계로 구성되지 않는다면 설화적 대결 방식에서 벗어나기 어려울 것이기 때문이다. 그런데 도술 자체에 대한 흥미는 소설화를 방해하는 요인으로 작용할 수 있다. 개별적인 도술 행각에 관심을 둘 경우 도술은 대상 세계에 대한 전체적 이해보다는 부딪힌 세계에 대한 파편화된 관

---

27) 최삼룡, 「전우치전」, 김진세 편, 『한국고전소설작품론』, 집문당, 1990, 264~267면 참조.

심에 매몰될 수 있기 때문이다. 문헌설화에서는 적대 세계의 정체성이 뚜렷이 확립되어 있지 않다는 점은 분명하다.[28]

3. 소설로의 수용과 변모

다양한 층위의 전우치 전승이 소설 속에 모두 수용되어 있는 것은 아니다. 작자의 지평에 의해 선택적으로 수용되어 있으며 일정한 관점의 지배를 받고 있다. 설화에서 다양한 층위로 공존하던 지평이 소설에서 선택적으로 수용·변모됨으로써 소설 전체에 기능하는 바와 이것이 형성하는 의미망을 검출해 보기로 한다. 이를 위해 경판37장본의 서사 전개를 제시하면 다음과 같다.

1. 전우치 출생
2. 부친의 죽음
3. 호정의 획득
4. 천서의 획득
5. 황금들보 사건
6. 살인누명 벗겨주기
7. 저두 임자 찾아주기
8. 거만한자 혼내주기
9. 효선한 사람 구하기
10. 장례 못지내는 사람 돕기
11. 선전관 아내를 창기로 만들기

---

28) 전승의 층위가 역사적으로 형성되어 누적된 것인가 하는 문제는 좀 더 세밀한 논의가 필요하다.

12. 전우치의 개심
13. 염준 일당 소탕
14. 선전관 혼내주기
15. 호조의 은전 원상복귀
16. 역모 초사에 이름이 올라 도망함
17. 모친의 엄훈
18. 수절과부 훼절시킨 중 징치하기
19. 왕연희 혼내주기
20. 오생에게 족자 팔고 민씨 징계함
21. 수절과부 훼절시키려다 강림도령에게 제지당함
22. 용담과의 도술 대결
23. 서화담에게 제지당함
24. 서화담과 영주산에서 선도를 닦음

위의 인용은 문헌설화로 전승되던 화소들이 엮여 소설의 전체적인 틀을 형성하고 있음을 말해준다. 즉 문헌설화의 도술 습득, 도술 행각, 전우치의 제지당함, 전우치의 패배에 관한 화소들이 소설 속에 모두 수용되어 있다. 이것은 경판본이 문헌설화를 수용하여 이루어졌음을 뜻한다.

소설에서 배제된 화소와 수용된 화소를 변별해 보면 중요한 특징이 발견된다. 화소 ③과 ④가 배제되고 ①, ⑥, ⑧, ⑨ 등의 화소가 채택되어 있다. 제외된 화소들은 도술을 장난거리로 삼는 이야기들이라는 점에서 공통성을 지닌다. 즉, 밥을 나비로 바꾸었다든가 동자를 시켜 천도를 따오게 하는 등의 이야기는 특정한 다른 목적이 없는 도술을 위한 도술이라 할 수 있다. 이런 화소들은 설화적 흥미성을 추구하는 것으로서 소설적 의미를 심화시키는 데 도움이 되지 않는다고 판단했을 것이다. 소설에서는 이런 화소들이 배제되면서 도술이 다른 목적을 위한 수

단으로 기능하고 있다. 도술로써 자신을 업신여기는 무리들을 혼내주거나 어려움에 처해 있는 사람을 도술로써 도와주는 등, 새로이 생성된 화소들도 도술이 다른 목적을 위한 수단적 기능을 한다.

전우치가 도술로써 해결하는 문제가 무엇인가 하는 점을 살펴보면 개인적 문제 해결과 사회적 문제 해결이 공존함을 알 수 있다. 그런데 하나의 화소가 개인적 문제와 사회적 문제의 두 층위로 인식되기도 한다는 점이 주목된다. 5의 경우, 국왕을 속여 황금들보를 바치게 하는 것은 사회적·국가적 차원의 문제일 수 있는데 서술자는 전우치의 이 행위를 부모 봉양을 위한 것으로 설정함으로써 개인적 차원의 문제로 격하시키고 있다. 또한 그 행위가 개인적 문제 해결을 위한 것이었음을 서술자와 주인공의 입을 통해서 거듭 밝히고 있다는 점에서 대결의 의지를 약화시키고 사회적 문제 해결의 의지를 희석시켰다는 점이 간과되어서는 안 된다. 사회적 문제와 그 해결로 확대될 수 있는 것을 개인적 문제의 틀 속에 가두어 두려는 의식을 끊임없이 노출시키고 있는 것이다.

소설 밖에서 가져온 제재는 소설로 수용되면서 소설 구조물을 형성하는데 적합한 모습으로 변형되기 마련이다. 수용된 화소가 변모되면서 일어난 의미 변화에 관심을 가지기로 한다.

소설에서 전우치가 도술을 습득하게 되는 과정이 길게 서사되어 있다. 화소로 갈라서 보면 여우로부터 호정(狐精)과 천서(天書)를 획득하는 화소가 주요 부분을 이룬다. 호정을 삼키고 비범한 능력을 얻게 되었다는 화소는 문헌설화에는 보이지 않으며, 「전우치전」에서 독창적으로 창안한 화소도 아닌 것으로 보인다. 문헌설화가 아닌 다른 서사 기반 위에서 형성된 것으로 생각되는데, 문헌설화 이외의 서사 기반이라면 「전우치전」 이전에 폭넓게 전승되던 구전설화를 생각할 수 있다. 오늘날 채록된 이야기를 조사해 보면 전우치뿐만 아니라 다른 인물도 여우의 구슬을 삼키고 비범한 능력을 획득하게 되었다는 이야기가 풍부하게 전승되고 있어서 우리의 추정에 신빙성을 더해준다.[29] 예컨대, 여우와의 교접으로 인해 정기를 빼앗겨 거의 죽어가던 총각이 여우의 구슬을 빼앗아 삼킴으로써 생명력을 회복했다는 이야기[30]나, 어떤 인물이 호정을 삼키고 비범한 능력을 획득하게 되었다는 공통성을 지닌 이야기[31]가 구비전승되고 있다. 후자는 보통 사람보다 뛰어난 능력을 지녔다고 믿는 인물을 호정과 결부시켜 이야기를 생성시킨 것이다.

이처럼 전우치와 직접 관련되지 않고 유명 또는 무명의 다른 인물과 관련되어 호정 이야기가 널리 전승되고 있는 것으로 보아, 호정 획득 화소는 구전설화의 토대 위에서 「전우치전」의 한 부분으로 수용된 것으로 생각된다. 소설에 수용된 호정 획득 화소는 이물(異物)과 교접했다는 설화와 호정을 삼키고 비범한 능력을 갖게 되었다는 설화가 합쳐져 이루어진 것으로 판단된다. 이로써 「전우치전」에서 전우치의 도술 획득은 문헌설화뿐만 아니라 구전설화의 지평을 폭넓게 수용하면서 이루어지고 있음을 알 수 있다. 호정 화소가 전우치의 비범함을 드러내주는 구실을 한다는 점에서 문헌보다는 구전의 층위와 보다 가깝다는 사실을 발견할 수 있다. 또한 특정 인물과 결부되어 있지 않거나 다른 인물과 결부되어 있는 이야기를 전우치의 이야기로 특수화시켜 가져오는 현상이 일어나

---

29) 『대계』에만 여우 여인에게서 도술을 얻었다는 이야기가 전국에 걸쳐 40편 가까이 수집되어 있다. 조동일, 1989, 258~259면 참조.
30) 「여우의 구슬 뺏어 먹은 총각」, 『대계』 2-6, 640~641면.
31) 「여우의 구슬」(『대계』 7-2, 126~129면), 「여우의 구슬을 삼킨 퇴계」(『대계』 2-8, 646~648면), 「여우 구슬 삼키고 명풍이 된 곽상」(『대계』 4-2, 649~651면), 「여우 구슬 삼켜 풍수된 사람」(『대계』 7-16, 157~159면) 등.

고 있음을 볼 수 있다. 구전설화의 지평 수용은 여기서 그치는 것이 아
니라 소설에서 새로이 생성된 화소를 검토해 보아도 드러난다. 족자(簇
子) 화소가 그러한 예이다. 그림 속에서 미인이 나와 그림 소유자의 소
원을 들어준다는 이야기32)가 특정 인물과 결부되지 않은 민담으로 널리
전승되고 있다. 이것이 화소 20으로 수용되어 있다.

  소설 이전에 문헌설화의 지평이 확보되어 있었음에도 구전설화의 지
평을 수용한 것은 일반인과 친숙한 구전설화의 지평을 통해 독자층을
확보하려는 의도였던 것으로 보인다. 방각본 소설의 주된 독자층이 서
민 계층이었으므로33) 양반계층에게 친숙한 문헌설화만으로는 독자의 확
보가 쉽지 않았을 것이다. 따라서 서민 독자층의 기대지평에 부합되는
소설을 만들려는 방각본 출판업자의 상업적 전략의 일환으로 구전설화
를 수용한 결과 문헌설화의 층위에 구전설화의 층위가 첨가되어 현재의
모습으로 남게 되었으리라 생각된다.34)

  설화 화소 ①에 대응하는 천서(天書) 화소도 경판본에 수용되어 있다.
김유신(金庾信)이 중악(中嶽) 석굴(石窟)에서 신령한 노인으로부터 비결(秘訣)
을 얻었다는 기록35)도 김유신 전후 시대에 전승되던 구전설화를 바탕으
로 했을 것이기에, 천서 획득 화소는 연원이 매우 깊을 것으로 생각된
다.36) 천서 화소를 남겨둔 채 호정 화소를 수용한 것은 소설 독자층의

---

32) 「소원 들어주는 그림」(최운식, 『한국의 민담』, 시인사, 1987, 140~147면), 「그림 속
    의 미인」(『대계』 2-7, 577~584면), 「그림 속의 미녀」(김선풍 편, 『조선민족구비문
    학총서』 11, 민속원, 1991, 346~351면) 등.
33) 대곡삼번(大谷三繁), 『조선후기 소설독자 연구』, 고려대 민족문화연구소, 1985,
    118~119면 참조.
34) 전우치의 출생과 도술에 관한 이야기는 독자의 환상적 쾌감을 맛보게 하는 역할을
    한다. 박일용, 1984, 472면.
35) 『삼국사기(三國史記)』 권 제41 열전(列傳) 제1 김유신(金有信) 상(上) 조.

이동이 아닌 확대를 지향했기 때문이다. 상업성을 지닌 방각본 출판은 가능한 한 많은 독자를 확보하는 것이 무엇보다 중요하므로 어느 특정 계층으로 독자층을 제한할 소지를 제공할 필요가 없었던 것이다. 물론 이들 화소가 독자층 확보에 얼마나 영향을 미쳤는지 확인할 수 없으나 출판업자의 입장에서 볼 때 그런 의도가 있었음을 배제하기 어렵다는 것은 분명하다.

천서 화소는 소설로 차용되면서 전우치의 비범함을 고양시키는 동시에 전우치의 한계를 설정하는 요인으로 기능한다. 즉 전우치가 여우로부터 얻은 천서를 다 익히지 못하고 부분밖에 익히지 못했기 때문에 강림도령이나 서화담을 능가할 수 없는 것으로 설정되어 있다. 전우치가 지닌 도술의 한계를 미리 설정함으로써 강림도령과 서화담의 제지가 납득할만하게 이해되는 것이다. 이것은 설화에서 수용된 개별 화소가 소설 전체 구조물의 한 부분으로 기능하는 것을 의미한다.

소설에도 전우치가 병을 고쳐준 이야기가 있지만 설화와는 그 모습이 사뭇 다르다. 설화에서 전우치가 병을 낮게 하는 대상은 불특정 다수인인 경우가 대부분이다. 또한 병의 원인이 불분명하거나 귀신에 씌어서 그렇다는 등 초경험적인 것이며, 병을 낮게 하는 과정도 도술에 의해 신비화되어 있다. 소설에서는 동문수학하던 친구가 이웃의 과부에 대한 상사(相思)의 정 때문에 병이 들어 거의 죽을 지경에 이르렀다. 전우치는 이를 알아채고 도술로써 이웃 과부를 데려 옴으로써 그의 병을 치료하

---

36) 이것이 오늘날 「김유신 이야기」(『대계』 7-3, 570~580면)로 채록되고 있어서 전승이 끊이지 않았음을 알 수 있다. 「수운선생의 행적」(『대계』 7-1, 475~479면)도 천서를 얻은 영웅의 이야기이다. 영웅이 아니더라도 천서를 얻어 도술을 익혔다는 이야기를 「용왕의 병을 고치고 침을 얻다」(『대계』 1-3, 54~58면), 「용한 점쟁이」(『대계』 2-4, 800~803면), 「이토정 일화」(『대계』 4-2, 789~791면) 등에서 찾아볼 수 있다.

려 한다. 병이 난 사람은 불특정 다수인이 아닌 친한 벗이며, 병의 원인과 그 치료 과정이 합리적으로 제시되어 있다. 전설에서 병의 치료 과정이 신비한 도술로 이루어진다면, 소설에서 병의 치료 과정은 합리적 원인 분석을 거쳐 이루어지고 과부를 데려오는 과정이 도술로 이루어질 뿐이다. 이것은 인간의 현실 생활과 보다 밀착된 경험적 차원에서 서사됨을 뜻한다.

경판37장본에서 전우치는 자신이 벌이는 도술 행각이 항상 마음의 짐이 되는 것으로 보인다. 도술로써 세상을 희롱하지만 전우치는 이것에 대한 죄의식을 지니고 있다. 원래 과업(科業)을 닦으려 했지만 여우로부터 비범한 능력을 얻고 나서는 "과업의 쯧이 업셔"(8장 앞)진 전우치이다. 왕 앞에 나아가 "신의 죄 만수무셕이오니 무슴 말씀을 알외리잇가"(16장 앞)하며 엎드려 사죄한다. 자신을 업신여기는 선전관을 혼내주고 나서 "내 나라히 죽을 죄를 면ᄒ고 도로혀 벼술를 바드니 쳔은이 망극ᄒ지라 맛당히 회과쳔션ᄒ여 츙셩을 극진히 ᄒ라 ᄒ곡 슈신병공ᄒ여 긱슈를 다스리며 사복마를 신칙ᄒ여 말이 술찌고 병이 업스니 죠뎡이 긔특이 녀기"(17장 뒤~18장 앞)기에 이른다. 여기서 그치지 않고 스스로 가달산에 웅거한 대적 염준 일당을 무찔러 나라의 근심을 없애기까지 한다. 이러한 일련의 생각과 행동은 전우치의 내면에 상당한 갈등이 자리하고 있음을 엿보게 한다. 전우치가 겪는 내적 갈등의 이면에는 대대 명문거족의 후예라는 출신 신분이 자리잡고 있다. 전우치가 겪는 이런 갈등은 작자층의 양반의식을 드러낸 것으로 판단된다. 이런 의식이 체제에 대한 항거를 적극적으로 수행하지 못하게 하는 요인으로 작용한다.

전우치가 도술을 부리다가 강림도령에게 제지당하는 이야기가 경판37장본에 있다. 소설에 설정된 강림도령은 전설의 장도령(將道令)에 대응될 수 있을 것으로 보인다. 『동야휘집(東野彙輯)』[37] 등 여러 문헌에 전우치가 경성의 거지인 장도령을 보면 두려워하여 길에서 만나면 곧 절을 하였는데, 남들이 그 까닭을 물으면 장도령은 동국(東國) 삼선(三仙) 중에 상선(上仙)이라 했다는 이야기가 보인다. 겉으로 보기에 거지에 불과한 장도령이 사실은 도가 높은 신선이라는 숨은 사실이 충격을 준다는 점이 이 이야기를 전승시키는 힘일 것이다. 그런데 소설에서 장도령은 나타나지 않고 이 인물에 비정(比定)되는 강림도령이 전국을 떠돌아 다니며 구걸하는 것으로 나타난다. 설화의 장도령이 소설에서 강림도령으로 나타난다 하겠는데, 전설에서는 전우치가 일방적으로 굴복함으로써 인물 간의 대결이 미약하지만[38] 소설에서 전우치와 강림도령은 양보 없는 대결 끝에 전우치가 패배하게 된다. 함부로 나서서 행동하다 뜻하지 않은 패배를 당한다는 우리 설화의 보편적 논리가 소설에 수용되면서 설화적 대결 방식이 소설적 대결 방식으로 전환되고 있음을 볼 수 있다.

전우치가 윤세평이나 서화담에게 제지당하는 이야기를 통해서도 대결 방식이 달라지고 있음을 볼 수 있다. 『계압만록(鷄鴨漫錄)』의 경우처럼 전우치가 죽임을 당하기까지 했으니 대결이 치열하게 전개된 듯이 보이지만, 사실상 전우치는 정면으로 대결하지 않고 일방적으로 피해다니기만 해서 대결이 미약하다. 서화담과의 대결[39]에서도 전우치가 서화담을 한

---

37) 정명기 편, 『한국야담자료집성』 16, 고문헌연구회, 1992, 254~255면.

38) 전우치가 환술(幻術)로 서울의 부인들을 능욕하자 윤세평 그를 처치하려 하였는데, 전우치가 이를 알고 항상 피해다니다 결국 잡혀 죽었다는 이야기가 『계압만록(鷄鴨漫錄)』에 실려 있는데, 여기서도 한쪽의 일방적인 패배로 끝나고 있다(정명기 편, 『한국야담자료집성』 8, 고문헌연구회, 1987, 461~462면 참조).

39) 『동패(東稗)』(정명기 편, 『한국야담자료집성』 1, 고문헌연구회, 1987, 258면) 등 여러 문헌에 나타난다.

번 찾아갔다가 혼이 났다는 식의 서술로 되어 있어서 서화담과의 대결이 전우치의 삶을 새로운 국면이나 차원으로 진전시키지 못하고 일화(逸話) 차원에 머물러 있다. 이와 달리 소설에서 용담 및 화담과의 양보없는 대결 후 전우치의 삶은 서화담과 선도를 닦으며 새로운 차원으로 상승, 고양되고 있다.

앞 절에서 전우치 전설이 도술에 대한 파편화된 관심에 매몰되어 있다고 했는데, 설화로 전승되는 전우치 이야기는 통일된 세계상과 대상 세계의 총체성을 드러내지 못하고 있다는 결론을 얻을 수 있다. 이들 각각의 화소들은 소설 전체에서 통합적으로 기능하여 자아와 세계의 대결을 소설적 방식으로 심화시키는 방향으로 수용 변모되는 것이다. 전우치 전승의 소설로의 형상화에 주목하는 이유도 여기에 있다.

4. 소설화 방향과 지평전환

(1) 나손본 계열의 생성과 지평전환

경판본 계열과 나손본 계열의 선후 관계에 대한 확실한 근거를 대기는 어렵지만 대체적인 추정은 가능하다. 소설 창작의 손쉬운 방법의 하나는 그 제재를 설화에서 가져오는 것이다. 『죽창한화(竹窓閑話)』의 「전우치전」이 소설에 이르지는 못했지만 설화에서 소설로 상당히 접근한 양상을 보이고 있는데, 이런 예를 통해서도 「전우치전」 생성의 손쉬운 방법이 전우치 설화를 소설적 대결로 전환시키는 것임을 알 수 있다. 그러므로 설화와 친연성이 강한 경판본 계열이 선행 지평으로 생각되며,

나손본 계열은 경판본 계열을 지양하고 이와는 다른 지평의 수용을 통해 이루어진 이본으로 생각된다.

> 부친의 빈민구제 / 부친의 선정(善政) / 전우치의 출생 / 전우치의 절 공부 / 전우치의 객승 환대 / 객승의 명당 지시 / 조부의 묘소 이장 / 부모의 우치 근심 / 중국에 가 적당의 우두머리가 됨 / 영천사 재물 탈취 / 황제에게 황금들보 바치게 함 / 영천사 중들의 속음 / 황금들보 방매 / 우치가 자현하여 소동을 일으킴 / 황제가 조선으로 하여금 전우치를 잡게 함 / 왕이 전중보 감금 / 우치 자현하여 아버지를 강원감사 제수케 함 / 조부의 산소 개수 / 중국의 일각로에 오름 / 연나라 공주와 혼인 / 연나라의 왕이 됨

경판본 계열과 서사단락을 견주어 보면 나손본은 매우 이질적인 서사 전개를 보여주고 있음을 알 수 있다. 나손본에서 우선 눈에 띄는 것은 전우치 전승의 지평을 수용·변모시킨 경판본 계열과 달리 영웅소설의 지평을 수용하고 있다는 점이다.[40] 영웅소설 중에서도 「홍길동전」과 같은 초기 영웅소설[41]의 지평을 수용하였다. 이 점은 도술을 부릴 줄 아는 비범한 능력을 타고 났음을 말하고 있는 데서 드러난다.[42] 타고난 비범한 능력은 건국영웅신화의 지평을 수용한 초기 영웅소설에서 보이던 주

---

40) 방대수(1988), 36~40면에서 '영웅의 일대기'에 「전우치전」의 단락을 대응시키고 있다.

41) '초기 영웅소설'은 조동일이 초기소설의 한 유형으로 영웅소설을 설정하고 「홍길동전」을 들고 있는 데서 따온 것이다. 조동일, 『한국소설의 이론』, 지식산업사, 1977, 197~270면 참조.

42) 작품 서두에서 전우치를 손오공의 후신으로 설정하고 있으며, 도술 습득 과정을 구체적으로 서술하지 않고 "동서남북으로 다니며 과인호 슐법을 비와 세승의 못할 일이 읍"(6장 뒤)게 되었다고만 하여 도술적 능력을 타고 났거나 스스로 습득한 것임을 시사하고 있다.

인공의 능력이다. 그러므로 나손본은 전설의 지평보다는 「홍길동전」과 같은 영웅소설의 지평을 수용한 것이 아닌가 생각된다.

경판37장본에서는 "뎌뎌 공후ᄌ손"(1장 앞)으로, 나손본에서는 "셰뎌 관노"(1장 앞)의 후예로 설정되어 있다. 이미 살펴본 바와 같이 전우치의 가계는 정치적 변화와 함께 부침을 거듭했으나 근본이 사대부임에 틀림없다. 그의 신분을 명문거족의 후손에서 관노(官奴)의 후예로 설정한 것은 나손본이 전우치의 신분 상승에 관심을 두었기 때문이다. 나손본은 전우치가 관노의 후손에서 중국 연나라의 왕이 되기까지의 일생을 서사하는 데 가장 큰 관심을 두고 있다. 따라서 신분 변화의 폭을 가능한 크게 잡기 위해 최하층의 신분에서 최상층의 신분으로 상승하는 것으로 설정하였다고 생각된다.

전우치 가문의 신분이 관노에서 사대부로 상승하는 과정이 소설이 향수되던 당대의 사회·경제 현상의 토대 위에서 이루어진다는 점이 주목된다.

인죠디왕 즉위쵸의 강원도 원쥬 감영셔 슈난 한 스람이 잇스되 셩은 젼이요 명은 즁보니 근본이 셰뎌 관노로셔 형셰 요부ᄒ더니 임자년 흉년을 당ᄒ여 빅셩덜이 쳐〃의 긔훈을 견디지 못ᄒ여 죽ᄂᆫ지 불가승슈라…… 영쇽 즁의 젼즁보라 ᄒᄂᆫ 관쇽이 복지 쥬왈 소인이 형셰가 늄덜리 이르기을 만셕군이 말슴 잇스오니 벼 슈만셕을 밧치올 거시니 슛도님은 밧비 빅셩을 구졔ᄒ소셔 ᄒᆞᆫ디 감사 크게 층찬 왈 이런 디살년의 슈만 셕 곡식을 빅셩 슐이니 쳣지은 나라의 근심을 들게 ᄒ니 츅훈 스람이로다 ᄒ고 그 연유을 나라의 장계ᄒ니 잇쩌 젼즁보 집으로 도라와더니 감사 즉시 좌긔ᄒ고 각 읍의 관ᄌᄒ여 빅셩을 영솔ᄒ라 ᄒ고 젼즁보의 집의 슈만셕 곡식 올여 분급ᄒ여 쥬니 도니 빅셩덜이 즁보의 은혜을 못니 치ᄉᄒ며 도라가니라. 잇쩌 감ᄉ 장계을 나라의 계달ᄒ니 상이

> 보시고 더찬왈 긔특ᄒ다 일도 빅셩을 다 술인 ᄉ람을 엇지 그져 두리요
> ᄒ시고 병죠판셔 젼교를 무루와 즉시 젼즁(보)를 명ᄒ여 당승을 시기고
> 동니 부산 쳡ᄉ을 졔슈ᄒ니
>
> ― 나손본, 1장 앞~1장 뒤

18・9세기는 신분의 변동이 그 어느 시기보다 활발히 전개된 시기였
다. 특히 부를 축적한 하층민이 경제력을 바탕으로 신분 상승을 이루게
되는 일은 예거할 수 없을 정도로 흔한 것이었다.[43) 관노는 공납(貢納)의
의무를 지니되 독립된 가호(家戸)와 가계(家計)를 유지하면서 생활하는 외
거노비(外居奴婢)였으므로 상공업에 종사하며 부를 축적할 수도 있었다.[44)
인용문에서 보다시피, 전우치 가문의 신분 상승이 축적된 부를 토대로
이루어지는 것으로 설정되어 있다. 이에 따르면 전우치는 대대 관노의
자손으로서 그의 아버지가 흉년에 빈민을 구제한 공로로 벼슬을 획득하
여 신분 상승을 이루게 된다. 세대 관노 신분으로서 한 고을의 가난을
구제할 만한 큰돈을 모을 수 있다는 것은 조선후기 사회의 신분 및 경
제 동향을 받아들인 결과로 봐야 할 것이다. 천인의 신분으로 만석꾼의
재물을 모을 수 있는 것은 신분제도의 동요와 상공업의 발달이 전제되
어야 가능한 일일 것이며, 경제력을 바탕으로 양반 신분을 살 수 있었던
당대의 일반적 현상의 토대 위에서 이와 같은 설정이 가능했으리라 추
정할 수 있다. 큰 재산을 국가에 헌납하거나 자신의 재산으로 가난을 구
제함으로써, 또는 국가의 납속종량(納贖從良)에 의한 노비 해방 정책에 힘

---

43) 18・9세기의 시대상을 충실히 반영하고 있는 야담 자료에서 그러한 사례를 쉽게 발
   견할 수 있다. 이우성・임형택 역편, 『이조한문단편집 (상)』, 일조각, 1973.
44) 여중철, 「관노촌(官奴村)」, 한국정신문화연구원, 『한국민족문화대백과사전』 3, 1991,
   44면.

입어 국가로부터 신분 해방을 공인받는 현상45)이 일반화되고 나아가 벼슬까지 얻을 수 있는 사회적 토대 위에서 이러한 서사적 계기가 설정될 수 있는 일이다.

결국, 소설이 유통되던 당대 사회의 경제 상황 및 신분의 동향이 나손본 「전우치전」의 서사세계 형성의 기반으로 작용하고 있음을 알 수 있다. 작품의 배경이 경판본에서 고려말로 되어 있었으나 나손본에서 인조대왕 때로 설정한 것도 「전우치전」이 향수되던 당대의 사회상과 밀착시켜 현실감을 확보하려는 의도에서 나온 것이라 생각된다.

이러한 전환은 경판본이 당대 사회상과 긴밀한 연관성이 부족한 데 대한 불만에서 비롯된 것이 아닌가 한다. 경판본이 사회의 제반 문제를 보여주기는 하지만 조선후기라는 특정한 시기의 사회에서만 배태될 수 있는 문제가 아니라는 점46)에서 조선후기 당대의 사회 문제에 관심을 가진 독자라면 경판본에 대한 불만이 컸으리라 짐작된다. 일반 독자들은 당대 현실과 밀착된 소설 지평을 요구하고 있음에도 경판본은 이를 충족시켜주지 못했기에 독자 자신의 기대지평에 부합하는 이본을 직접 생성·필사하지 않았던가 생각된다. 나손본 계열이 주로 필사본으로 전승되었으므로 영웅소설의 구조에 익숙한 어떤 독자가 기존의 「전우치전」을 '영웅의 일생'이라는 구조적 틀에다 끼워 맞춘 것으로 생각된다.47)

---

45) 성종 때 이런 사례가 있었으나 전례가 없는 일이라며 강력한 반대에 부딪혔던 일을 보아서도 조선전기에는 납속에 의한 신분 해방은 극히 드문 일이었음을 알 수 있다. 조선후기에 와서 납속에 의한 신분 해방 사례는 쉽게 찾을 수 있다. 평목실, 1982, 165~174면 참조.

46) 「전우치전」이 인간 사회 전반에 편재하는 모든 인간적 부도덕성을 징계하고자 한다는 주장은 이런 측면에서 받아들일 수 있는 말이다. 김일렬, 「홍길동전과 전우치전의 비교 고찰」, 『어문학』 30, 한국어문학회, 1974, 67면 참조.

47) 나손본 계열의 창작 방법이 '이상적 현실 그리기'에 토대를 두었다고 한 신태수

영웅소설은 방각본 출판을 통해 폭넓은 독자층을 확보하고 있었으므로[48] 영웅의 일대기 구조는 매우 친숙한 지평이었을 것이 분명하다.

나손본에서 도술은 주인공 전우치의 신분 상승을 가능케 하는 기능을 한다. 전설에서는 도술 행각의 이유가 뚜렷하지 않았으며, 경판본에서는 서술 자체로는 사회적 문제 해결이 나타나지만 주인공과 서술자의 입을 통해서는 개인적 문제 해결이 강조되어 두 층위가 대립·공존하고 있었다. 그러나 나손본에서는 신분 상승을 통한 자아의 실현이라는 하나의 목적을 향해 사용된다. 관노의 자식이라는 최하위의 신분에서 중국의 왕이라는 최상위의 신분으로 상승하는 과정에서 사회적 문제와 중국과의 대결 의식이 드러난다. 이것은 신분 상승이라는 하나의 문제 해결 속에 다른 두 문제가 통합되어 있는 모습이다.

설화 화소의 대폭 축소와 삽화적 질서의 지양으로 나손본은 유기적 질서를 지니게 되었다. 설화 화소를 수용하여 이루어진 경판본이 삽화적 질서에 경도되어 있던 것[49]을 지양하고 조선 및 중국의 통치권자와 대결을 통한 전우치의 신분 상승에 초점이 두어져 있다. 체제와의 대결은 어느 이본보다 치열하다는 점에서 반체제적 성격이 뚜렷하다. 전우치의 신분 상승이 체제와의 화합을 통해 이루어지는 것이 아니라 체제와의 대결을 통해 이루어진다는 점에서 의의가 있다. 왜냐하면 전우치가 대결하는 체제는 무능하거나 폭력적이어서 그 정당성을 잃었기 때문

(1995 : 77)의 논의는 독자의 욕구를 반영한 결과로 해석하는데 도움이 된다.

48) 방각본 출판에서 가장 인기 있었던 종목이 영웅소설이었음은 출간 횟수를 통해 짐작할 수 있다. 조동일, 1977, 286면 참조.

49) 경판22장본은 경판37장본의 판을 여러 장 빼버림으로써 분량을 축소한 이본이다. 이러한 방식으로 분량 축소가 가능했다는 점은 경판본 계열이 삽화적 구성을 강하게 지녔음을 보여주는 증거이다.

이다.

부친과의 대결, 통치권자와의 대결을 벌여 전우치가 마침내 왕이 된다는 서사 전개는 「홍길동전」과 매우 흡사하지만, 중국과의 대결이라는 점에서 구별된다. 홍길동처럼 도적의 우두머리가 되어 체제와 투쟁한다는 점에서 전우치는 민중적 영웅이면서, 전우치가 대결하는 체제가 중국이라는 점에서 민족적 영웅이기도 하다. 서화담을 따라 선계(仙界)로 들어가는 경판본 계열의 이야기를 속세에서의 투쟁을 통해 민중적·민족적 영웅으로 형상화되는 이야기로 변모시키고 있음도 눈여겨 볼만하다. 이상은 작품의 주제적 의미가 달라지고 있음을 뜻하는 것이다. 전우치 전승에서 전우치는 조정에서 잡으려 하자 피해 달아나기만 하거나 마침내 잡혀 죽거나 하는데, 소설에서의 전우치는 기존 지배체제로 대표되는 적대 세계와 정면 대결하여 승리를 거두는 것으로 변화된다. 설화와 경판본에서의 고립된 개인에 불과하던 전우치는 여기서 민중과 함께 행동하는 집단적 영웅으로 상승하고 있다. 도술의 사회적 의미가 심화되어 감을 볼 수 있다.

(2) 신문관본의 생성과 지평전환

신문관본은 적극적인 개작 의사를 가진 사람에 의해 이루어진 이본이다. 출판사 측의 말로 짐작되는 부분에서 선행 이본의 지평을 비판하고 "사연과 글의 잘못된 것을 바로잡으며 올치 못혼 것을 맛당토록 고치"겠다는 의사를 표명하는 데서 짐작할 수 있다. 이 불만이 기존 「전우치전」의 어떤 점에 관한 것인지는 선행 이본과의 대비를 통해 드러날 것이다.

개작의 토대로 경판본 계열과 나손본 계열이 모두 존재했다. 그런데 유통 형태상 경판본은 널리 알려져 있었고, 나손본은 필사본으로 전승되었기에 개작자가 보지 못했을 가능성도 있다. 실제로 작품을 서로 견주어보면 신문관본은 경판본 계열의 서사 전개와 거의 일치하고 있다. 그러나 작품이 지니고 있는 사회의식을 검토해 보면 나손본 계열과 더욱 가깝다. 그러므로 신문관본은 두 지평과 무관하지 않을 것으로 짐작된다.

신문관본은 경판본의 틀을 수용하면서 이와는 다른 방향으로 개작하고 있다.[50] 가장 두드러진 특징은 개인적 문제 해결을 가능한 한 배제하고 기존의 삽화를 활용하여 사회적 차원의 문제로 상승시키려는 노력이 뚜렷하게 드러난다는 점이다. 경판본의 1~4, 12, 17, 18 등의 화소를 삭제함으로써 전설과 민담의 일부 지평이 제거되고, 개인적 문제 해결을 지양하면서 전우치를 보다 긍정적으로 형상화하고 있다. 따라서 이들은 설화적 지평에서 멀어지면서 사회적 문제 해결을 적극적으로 수행하는 전우치를 긍정적으로 형상화하려는 의도에서 일어난 변화로 파악할 수 있다. 나머지 화소는 공통적으로 들어있되 개인적 문제 해결을 사회적 문제의 일부분으로 파악될 수 있도록 변모시키고 있다는 점도 같은 맥락에서 이해할 수 있다.

개작자가 밝힌 개작 의사의 핵심은 개인 문제 해결에 비중을 두었던 것을 사회적 문제 제기와 해결로 상승시키고, 개인적 문제를 사회적 문제와 결부시켜 사회적 문제를 더욱 뚜렷이 부각시키고자 하는 것으로

---

50) 김정문, 「'전우치전'의 개작 연구—목판본과 구활자본의 대비를 통하여」, 『배달말』 19, 배달말학회, 1994, 199~206면에서 경판본 계열과 대비하여 삽화의 의미가 달라짐을 논의한 바 있어 참고가 된다.

요약될 수 있을 것이다. 이 점은 전우치가 신선의 도를 배우며 종적을 숨기고 지내다가 세상으로 나오게 되는 과정을 서술하는 부분과 황금들보를 얻어 곡식으로 바꿔 백성들에게 나누어주고 나서 내건 방문(榜文)에서 잘 드러난다.

이째 남방 히변 여러 고을이 여러 히 바다 도적의 노략을 닙은 눔아지에 업친디 덥쳐 무서운 흉년을 맛나니 그 곳 빅셩의 참혹훈 형샹은 이로 붓으로 그리지 못훌지라 그러나 죠뎡에 벼슬흐는 이들은 권셰룰 닷호기에만 눈이 붉고 가슴이 탈 뿐이오 빅셩의 질고는 모르는 듯키 브려 두니 쯧 잇는 이의 팔을 쏩내여 통분홈이 닐을 길 업더너 우치 쏘훈 참다 못흐여 그윽히 쯧을 결단흐고 집을 브리며 세간을 헷치고 쳔하로써 집을 삼고 빅셩으로써 몸을 삼으려 흐더라

— 신문관본, 1〜2면

이번에 곡식을 난홈으로 혹 나룰 칭숑흐는 듯흐나 이는 맛당치 아니훈지라 대개 나라는 빅셩을 뿌리삼고 부쟈는 빈민의 믄들어 줌이어늘 이제 너희들이 량슌훈 빅셩과 츙실훈 일군으로 이러틋 참혹훈 디경에 니르럿건만은 벼슬훈 이가 길을 트지 아니흐고 감열훈 이가 힘을 내고쟈 아니홈이 과연 텬리에 어그러져 신인이 공분흐는 바이기로 내 하눌을 디신흐여 이러뎌러훈 방법으로 이리뎌리흐얏슴이니 너희들은 모름직이 니 쯧을 쌔다라 잠시 눔에게 맛겻던 것이 돌아온 줄로만 알고 눔의 힘을 닙는 줄은 아지 말지어다 더욱 즈쳥흐야 심바람훈 내야 무슴 공이 잇다 흐리오 이리 말흐는 나는 쳐스 뎐우치로라

— 신문관본, 4면

경판본에서는 자신의 행위가 부모 봉양을 위한 것이었다고 했지만, 신문관본에서는 집권층의 횡포와 해적의 침입으로 안팎으로 고초를 겪

는 백성들을 구하고자 분연히 떨치고 일어난 것으로 형상화하고 있다. 여기에는 조선후기 해적이 빈번히 출몰하여 횡행하던 사실이 서사 세계의 기반을 형성하여 소설에 수용되어 있다.[51] 이것은 조선후기 사회현상과 밀착된 지평을 수용한 것이다. 이렇게 함으로써 경판본보다 포괄적이고 집단적이며 현실성 있는 방향으로 지평전환이 이루어졌다 하겠다. 대의명분이 뚜렷한 전우치이기에 누구 앞에서도 자신의 정당성을 당당하게 말한다. 관군이 자신을 잡으러 찾아 오자 "나는 죄 업슴애 결단코 가지 아니ᄒ"(7면)겠다고 했다. 왕이 병속에 든 전우치를 기름에 끓이자 "신의 집이 빈한ᄒ여 치워 견딜 수 업스옵더니 텬은이 망극ᄒ샤 썰던 몸을 녹여 주시니 황감ᄒ여이다(9면)", "군신간 신의 죄롤 다스릴 정신으로 빅성이나 더 편안케 홈이 올흘가 ᄒᄂ이다"(9면) 하며 조롱과 훈계를 삼가지 않았다. 경판본에서 보이던 전우치 자신의 행위에 대한 내면적 갈등이 전연 나타나지 않는다.

이런 전환은 「전우치전」의 향유층과 관련을 맺고 있을 것으로 보인다. 경판본의 경우 폭넓은 독자층을 지향했지만 양반의식을 지닌 작자에 의해 이루어졌기 때문에 그들의 의식이 작품의 문면에 노출되는 것을 배제할 수 없었다. 나손본의 경우 서민적 의식을 지닌 향유층에 의해 필사·전승되었을 것으로 판단된다. 신문관본의 경우 조선후기 사회의 제 모순에 대한 비판의식이 강한 작가에 의해 이루어졌을 것이다. 나아가 사회 현상의 제반 모순이 곧 정치적·제도적 차원의 문제에 기인한 것임을 간파하고 있다. 이렇게 볼 때 향유자의 의식 면에서 신문관본은

---

51) 「홍길동전」 서사세계의 형성 기반으로 조선후기 해적의 출몰 현상을 주목한 다음 업적을 참조할 수 있다. 서종문·김석배·장석규, 「홍길동전 '율도국'의 생성과 그 의미」, 『국어교육연구』 27, 국어교육연구회, 1995, 107~121면.

나손본과 더 가깝다고 할 것이다.

그런데 신문관본에서는 사건이 전개됨에 따라 작품의 초반부에 강하게 드러나는 문제의식은 점차 희석되어 간다. 작품의 앞부분에 설정되었던 대의명분은 망각되고 체제에 대한 도전 의지는 약화되어 간다. 자신의 친구를 위해 수절과부를 속여 훼절시켜려 하는 데 이르러 마침내 강림도령에게 제지당하기에 이른다. 그런데 제지의 의미가 경판본과는 차이가 있다. 신문관본은 도술을 정당한 목적에 사용하지 못하고 있음을 문제 삼고 있다는 점에서 도술이 지닌 사회적 문제 해결 기능을 긍정적으로 평가하는 입장이다. 강림도령은 "네 요술로 나라를 속이니 그 죄 크되 다만 착호 일호는 방편을 삼음으로 무수함을 엇엇거니와 이제 흉악호 심장으로 절부를 훼절코자 호니 엇지 명텬이 브려두시리오"(54면) 하며 전우치를 제압한다. 그 동안 전우치의 도술 부림을 묵과했던 것은 도술이 정당한 목적을 위해 쓰였기 때문인데, 목적의식이 약화되고 문제의식이 둔화됨에 따라 자신이 나서서 제지하지 않을 수 없었음을 말하고 있는 것이다. 경판본에서는 전우치가 도술의 지극한 경지에 이르지 못했기 때문에 강림도령이나 서화담에게 패배하였으나, 신문관본에서는 도술의 우열이 문제되는 것이 아니라 도술의 정당함과 부당함이 문제된다. 즉, 도술은 그 목적이 정당해야 힘을 발휘할 수 있다는 논리가 성립된다.

신문관본은 조선후기 사회에 대한 강렬한 비판을 통해 문제적 현실의 책임 소재를 밝히고 사회를 개혁하자는 의도에서 나온 이본이 아닌가 생각한다. 서사전개의 기본틀을 경판본 계열에서 가져오되 사회적 문제를 개인적 문제로 격하시키려는 한계를 극복하고 나손본의 신분 상승에 초점을 두었던 것을 사회비판 의식에 초점을 두도록 바꾸어 놓았다. 서사의 골격을 경판본으로 삼은 것은 서사의 주무대를 중국으로 설정한 나손본보다 조선으로 설정한 경판본이 비판의 대상을 직접적으로 드러낼 수 있다고 판단했기 때문일 것이다.

5. 지평의 전환과 융합

「전우치전」은 설화 및 영웅소설과 밀접한 관련을 맺으면서 이들 지평을 수용하거나 변모시켜 생성된 작품이다. 이런 상호 관련성을 생각하면서 「전우치전」의 생성과 지평전환 문제를 따져보고자 하였다.

「전우치전」 생성의 토대로 문헌설화가 다양한 의미 층위를 형성하며 전승되고 있다. 크게 보면 전우치에 대한 긍정적 시각과 부정적 시각이 대립·공존하고 있는데, 도술에 대한 긍정 또는 부정적 관심이 전우치 설화를 생성시키는 힘이다. 문헌설화 기록자들은 선행하는 여러 이야기들 중에서 그들의 기대지평에 부합하는 이야기들을 선택적으로 수용하여 전우치에 대한 특정한 시각을 형성하고 있다. 그러나 전우치가 대결하는 세계가 뚜렷하지 않으며 자아는 세계를 통합적으로 인식하지 못하고 있다.

소설은 설화의 여러 화소 중에서 도술을 통해 특정한 문제를 해결하는 기능적 효용성에 초점을 둔 화소를 선택적으로 수용하여 특수한 의미망을 형성하고 있다.

경판본 계열은 문헌설화에 수록된 전우치 전승을 수용하면서 전우치와 직접적 관련이 없던 구전설화를 전우치 설화로 특수화하여 폭넓게 수용하고 있다. 이처럼 구전설화를 가져온 것은 방각본 국문소설의 주된 독자층이 서민 계층이므로 이들과 친숙한 구전설화를 받아들임으로써 독자층의 기대지평에 맞추려는 방각본 출판업자의 상업적 전략에 기인한 것이라 추정된다. 한편, 도술 행각 중에서는 도술의 기능성이 강한 것을 선택적으로 수용하여, 도술을 통해 개인적 문제를 해결하는 데 초점이 놓여 있다. 사회적 문제조차 개인적 문제의 틀 속에 가두어 두려는 한계를 보이기도 한다.

나손본 계열은 「홍길동전」과 같은 반체제적 투쟁을 보여주는 초기의 영웅소설을 수용하여 생성된 이본이다. 주인공의 신분 상승을 통한 자아실현에 초점이 놓여 있는데, 이 과정에서 주인공은 민중적·민족적 영웅으로 부각된다. 전우치 전승과 경판본에서 전우치는 항상 고립된 존재였으나 나손본에서의 전우치는 민중의 광범위한 지지를 받는 집단적 영웅으로 형상화된다. 이렇게 함으로써 주제적 의미가 달라졌다. 나손본 계열은 경판본이 지닌 삽화적 성격이나 설화적 요소, 조선후기 사회적 문제와의 괴리, 사건 전개의 맥락이 닿지 않는 지나친 축약 등에 대해 불만을 가진 독자층이 방각본 한글소설을 통해 익숙한 영웅소설의 구조를 「전우치전」에 가져와 생성시켰을 것으로 짐작된다.

신문관본은 경판본 계열의 개인적 문제의식과 나손본 계열의 영웅의 일생 구조를 지양하고 경판본 계열의 서사전개와 나손본 계열의 사회의식을 수용하여 생성된 이본이다. 경판본과 견주어보면 개인적 문제 해결을 지향하는 삽화가 탈락되어 있으며 남겨둔 삽화들도 사회·정치 의식을 심화하는 방향으로 변모되어 있다. 이렇게 함으로써 경판본의 조선후기 사회상과 유리된 문제점과 나손본의 주인공의 신분 상승에 초점을 둔 한계를 극복하고 작품이 지닌 사회적 의미를 예각화하면서 심화시키고 있다.

「전우치전」은 전우치 전설과 일반 민담을 수용한 경판본 계열과 초기 영웅소설의 지평을 수용한 나손본 계열, 앞의 두 이본 계열을 선택적으로 수용한 신문관본에 이르기까지 선행 지평을 수용 또는 지양하면서 전개되어 왔다. 이 과정에서 작품이 지닌 의미망이 달리지기도 하고 심화되거나 예각화되기도 했다. 이것은 여기서 나눈 계열들이 이본적 가치가 크다는 것을 의미하는 동시에 개별 이본 또는 이본 계열에 대한 보다 집중적인 논의가 필요하다는 것을 뜻한다.

제 2 부

판소리 문학의 구조론적 이해

제1장 「토끼전」 이본 계열화의 구조론적 접근

제2장 신재효 판소리 사설의 서술자 개입 양상과 지평전환

제3장 신재효본 「적벽가」와 「토별가」의 서사적 특성과 의미 지향

「토끼전」 이본 계열화의 구조론적 접근

1. 이본 분류, 어떻게 할 것인가

고전소설 작품의 이본을 어떻게 분류할 것인가는 매우 중요한 문제이다. 그것은 고전소설 작품의 존재양상을 정리하는 작업 이상의 의미가 있다. 그런데 이본의 계통 분화를 밝힐 수 있는 증거가 불충분한 경우가 대부분이다. 그래서 우리는 이본들의 상호 대비를 통한 이본 내적 근거에 의거하여 이본의 계통 분화나 선후 관계 또는 친소 관계를 추정할 수 있을 따름이다.

판소리계 소설은 고전소설에서 특이한 위상을 차지한다. 그것은 구비 연행 가창물(口碑演行歌唱物)인 판소리의 한 부분으로 존재하던 판소리 사설을 근간으로 형성되었다는 점에 기인한다. 판소리 바탕에 따라 소설을 판소리화한 경우도 있지만, 일단 판소리가 성립된 이후에는 이런 관계가 형성되었다. 판소리계 소설이 판소리를 근간으로 하고 있다는 사실은 판소리계 소설의 이본 분류의 측면에서 보면 낙관적 전망을 갖게 한다. 300년 내외의 판소리사에서 우리는 판소리 명창의 사승(師承) 관계뿐만 아니라, 과거 명창들이 남긴 판소리 사설의 편린들을 만날 수 있으며, 현재의 판소리도 그 편린을 간직한 채 전승되고 있다. 이들이 판소리계 소설의 이본을 연구하는 데 빛을 던져주고 있다.

그러면 판소리계 소설의 이본 분류에 어떻게 접근해야 하는가. 개별 이본들의 관계를 면밀히 견주어보는 것에서 출발해야 할 터이지만, 나무만 보고 길을 가다 숲에서 길을 잃을 수 있다. 숲 전체를 가늠하면서 나무를 보기 위해서는 거시적 조망과 미시적 분석이 병행되어야 한다. 거시적 조망에서 잣대 구실을 할 수 있는 것은 소리판에서 연행물로 전승되는 것인가, 읽기 위한 독서물로 정착된 것인가 하는 점이 될 것이다. 연행물인가 독서물인가의 잣대는 모든 판소리 문학의 이본 분류를 관통하는 것이 될 수 있다. 왜냐하면 모든 판소리 문학은 판각이나 필사를 통해 파생된 이본을 갖고 있고, 그 과정에서 독서물화된 이본들이 존재하기 때문이다. 「토끼전」의 이본 분류에서도 이 점이 고려되어야 한다.

어떤 문학 텍스트가 「토끼전」[1]이 되려면, 그 텍스트는 ① '수궁의 용왕이 병이 든다', ② '용왕은 토끼 간을 먹어야 산다', ③ '별주부가 토끼 간을 구하러 간다', ④ '별주부가 토끼를 유인하여 수궁으로 데려온다', ⑤ '용왕이 토끼에게 속아 토끼를 풀어준다', ⑥ '토끼가 육지로 도

---

1) 「토끼전」은 이본군 전체를 가리킨다. 「수궁가」는 창본만을 가리킬 때 사용한다. 한편, 개별 이본을 지칭할 때는 그 이본의 소장자(처)와 표제를 활용해 쓰기로 한다. 단, 표제가 독특하여 혼란의 우려가 없는 이본은 작품 표제로 제시된 것을 현대 표기로 고쳐 쓴다. 박순호 소장본과 김동욱이 소장했던 이본의 경우에는 표제가 비슷한 것이 많아 소장자와 이본의 장수를 함께 밝히는 방식을 취하기로 한다(단, 「토별산수록」은 예외임).

망간다’, ⑦ ‘용왕은 죽거나 소생한다’는 사건 전개를 갖추고 있어야 한다.2) 이렇게 사건이 전개되는 「토끼전」에는 판소리 공연에서 창자(唱者)에 의해 악곡(樂曲)에 얹혀 불렸던 노랫말인 판소리 사설과 「토끼전」의 기본 서사 골격을 공유하면서 일반 고전소설의 문체를 가진 문장체 소설의 양 극단이 존재하며, 그 사이에 이들의 성격을 공유하는 중간적 성격의 이본이 모두 포함된다.

지금까지 「토끼전」의 이본 분류는 크게 두 방향에서 진행되었다. 화소의 공유 여부에 따른 계열 분류와 결말 부분의 변이양상에 따른 계열 분류가 그것이다.3) 이들을 검토해 보면 이본 계열 분류의 뚜렷한 표지와 적절한 기준을 찾지 못하고 있음을 알 수 있다. 또한 연행물인지 독서물인지는 고려의 대상이 되지 않거나 중요시 되지 않는 경향이 있었다. 결말 부분의 사건 전개가 매우 다양하고 중요함에도 적절한 지표를 찾지 못해 전혀 다른 방향으로 사건이 전개되는 이본을 같은 계열에 넣기도 했다.

이에 따라 필자는 다음과 같은 관점에서 이본 분류에 접근하려 한다. 첫째, 「수궁가」 사설은 연행에서 악곡에 얹혀 제시되든 문자로 기록되어 제시되든 문학적 구조물 그 자체의 본질은 변하지 않을 것이므로 이본 그 자체가 지닌 성격을 기준으로 계열을 분류할 필요가 있다. 둘째, 결말 부분의 변이 양상을 주목하려 한다. 셋째, 이본 분류가 구조나 의미 연구와 연계되도록 하려 한다.

이러한 관점에 부합하는 두 잣대로 텍스트의 성격이 연행물인가 독서물인가 하는 것과 결말 부분의 사건이 육지위기로 전개되는가 토끼포획

---

2) 최광석, 『토끼전의 지평과 변이』, 보고사, 2010, 11면.
3) 이에 관해서는 최광석, 위의 책, 12~14면 참고.

으로 전개되는가 하는 것을 설정하고자 한다. 연행물 / 독서물 잣대는 첫째 관점을 뒷받침한다. 육지위기 / 토끼포획 잣대는 첫째 관점과 둘째 관점을 뒷받침한다.

첫째 잣대에 관해서는 긴 설명을 필요로 하지 않을 터이다. 둘째 잣대는 설명이 좀 더 필요하다. 토끼전의 결말 부분은 크게 두 가지로 대별된다. 하나는 토끼가 수궁을 탈출하여 육지로 귀환한 뒤 초동(樵童), 독수리 등으로부터 거듭되는 위기를 겪는 방향으로 사건이 전개되는 이본이다. 다른 하나는 토끼가 수궁을 탈출하여 육지로 귀환한 뒤 수궁의 토끼 재포획론이 제기되어 수궁과 토끼 사이에 대결 관계가 지속되는 이본이다.

이 두 잣대는 「토끼전」이 판소리 연행의 환경 속에서 판소리 사설로서 전승·변모해 온 자취를 밝혀주는 잣대와 판소리 사설이 읽을거리로 정착되는 과정에서 판소리 사설과는 다른 지평을 열어간 방향을 밝혀줄 수 있을 것으로 기대한다. 왜냐하면 이 두 잣대는 이본 계열 분류를 작품의 구조적 특성과 밀접하게 연관시킬 수 있기 때문이다. 그러므로 이 두 잣대는 셋째 관점을 뒷받침할 수 있다.

2. 구조적 특성에 따른 이본 분류

(1) 연행물 / 독서물의 기준

연행물 / 독서물의 잣대가 이본 존재의 실상을 변별할 수 있는 잣대인지, 서로 다른 서술 양상을 보이는 이본을 통해 살펴보기로 한다.

「토끼전」 가운데는 서술의 비례적 균형을 깨뜨리고 특정 부분을 극단적으로 확대·부연하는 장면 극대화 현상이 나타나는 이본들이 있다. 이런 특성을 보이는 이본의 앞부분은 대체로 다음과 같이 전개된다.

> (가) (아니리)용왕득병－(진양조)용왕탄식1('탑상을 탕탕')－(엇머리)도사등장－(아니리)용왕의 진맥부탁－(자진모리)약성가－(아니리)용왕의 병명 질문－(중모리)도사 재진맥 후 토간처방－(아니리)도사의 토간 처방의 이유 설명－(진양조)용왕탄식2('왕왈 연하다')－(아니리)용왕의 백관 입시령－(자진모리)신하입시－(아니리)용왕이 토간 구할 신하 있는지 하문－(중모리)용왕탄식3('왕이 똘똘')－(아니리)신하 공론－(단중모리)신하천거－(아니리)공론미결－(엇모리 또는 진양조)별주부 등장－(아니리)별주부 자원－(중중모리)토끼화상 그림4)

제시한 부분은 사설을 말로 전달하는 아니리와 악곡에 얹어 전달하는 창이 교체되고, 창 부분에서는 장단이 교체되면서 판소리 연행이 이루어진다. 이 가운데 장면 극대화는 당연히 창으로 불리는 부분에 나타난다. 장면 극대화가 특히 뚜렷한 도사가 맥을 짚으면서 용왕의 병명을 파악하는 '약성가'이다. '약성가' 대목은 '도사 집맥 사설', '약사설', '침사설'로 구성되어 있다. 합리적 관점에서 본다면, 도사가 맥을 짚으면서 병의 이치가 이러하다는 말[도사 집맥 사설]은 할 수 있겠으나, 맥을 짚는 짧은 순간에 온갖 약을 다 써 보고 온갖 침을 다 놓았다는 것은 현실맥락상 이치에 맞지 않다. 그러나 이런 이본에서는 이것은 전혀 중요하지 않다. 왜냐하면 이 대목은 창자가 한의학(韓醫學)과 관련된 온갖 사실들을 끌어와 사설을 확장시키는 데 초점이 있기 때문이다. 불합리하다는

---

4) 「정권진창본」, 뿌리깊은나무 판소리감상회본, 5～14면 요약.

것도 서사의 관점에서 불합리한 것이지 연행의 관점에서 보면 오히려 합리적인 것이다.[5] 이것저것 잡다한 사물을 열거하기에 알맞은 자진모리 장단에 얹혀 매우 확장되어 있는 이 대목을 다른 부분에 비해 비정상적으로 확장시킴으로써 소리판의 흥미를 강화하고자 한 것이다.

> (나) 일일은 왕이 시신을 다리고 망월누에 올ᄂ 월식을 구경ᄒ드니 홀연 긔운이 불평ᄒ여 환자로 부익ᄒ고 침실로 도라와 약의를 힘쓰되 일분 효험이 읍셔 점점 침즁ᄒ니 슈궁 부즁이 쥬야로 황황이 지니여 약방 도졔죠 의원을 다리고 드러와 진믹ᄒ며 삼공뉵경과 부마 종실이 죠셕으로 문안ᄒ여 니리 ᄒ연지 여러 날의 일으니 쩌에 홀연 도ᄉ가 와 이르되 대왕의 병환이 비록 삼신산 션약이라도 효험이 읍슬 거시니 제일 졔 잡담ᄒ고 양계에 잇는 톡기 간을 니여 환약을 지여 진어하시면 효험을 보리이다 ᄒ거날 용왕이 즉시 슈뷰 졔신을 모ᄒ고 톡기 으드믈 의논ᄒ더니 기즁 ᄒ 신희 츌반쥬왈 소신이 비록 지조 읍스오ᄂ 인간에 나가 톡기를 싱금ᄒ여 오리이다 ᄒ거날 모다 보니 이는 거복에 이셩 사촌 별쥬부라 왕이 디희ᄒ여 왈 그디 츙심이 이러ᄒ니 과인에 병이 가히 ᄂᄒ리로다 군신지의는 부자간과 갓트니 경이 신ᄒ되여 위국ᄒ는 마음이 웃지 범연ᄒ리요 ᄒ고 즉시 도화셔에 하교ᄒ사 톡기 화상 그려드리라 ᄒ고 자라에게 전교ᄒ되 경이 이 그림을 가지고 인간에 ᄂ가 톡기를 으더오라[6]

---

5) 어떤 상황이나 장면을 최대한 확장하고 구체화하는 방향에서 추구되는 합리성이라는 점에서 독서물적 합리성에 대응하여 '연행물적 합리성'이라 부를 수 있다. 예컨대, <춘향가>의 춘향모가 이도령을 위해 다담상을 차리는 대목은 독서물적 합리성은 결여되어 있으나 연행물적 합리성을 갖고 있다. 즉, 밤늦게 찾아온 귀한 손님을 위해 월매가 온갖 정성을 다하여 음식을 차린다는 의미를 구체화하는 과정에서 계절성이나 지역성에 맞지 않는 음식도 등장할 수 있다는 관점에서 합리성을 갖는다는 것이다. 신재효의 <동창춘향가>에서 "상단이 나가던이 듯담갓치 찰인단만 이면이 당찻컷다"(강한영, 『신재효판소리사설집(전)』, 교문사, 1971, 132면)며 이를 비판한 것은, 의도야 무엇이었든 독서물적 합리성의 관점에서 행한 비판으로 볼 수 있다.
6) 「국도본토생전」(국립도서관소장 34장본. 한국정신문화연구원 MF 번호 : R35N-

(나)는 (가)의 장면 극대화 현상이 전혀 나타나지 않는다. 9번의 창에 대응되는 부분은 극도로 축약된 형태로 제시되고 있다. 예컨대 (가)의 '약성가'는 "약의를 힘쓰되 일분 효험이 읍셔 점점 침중ᄒᆞ니"라는 서술자의 서술로 대체되었으며, (가)의 '토끼 화상'은 (나)에서 그리는 과정이 생략되었다. 이처럼 (가)의 장면 극대화는 (나)에서 극단적으로 축약된 서술을 통해 제시된다. 그 결과 (가)에서는 서사속도가 느려지고 (나)에서는 서사속도가 빨라진다. (가)가 판소리 연행의 대본이라면, (나)는 순전히 독서물적 성격만 갖는 문장체 소설본이다.

또한 (가)와 같은 이본들에서는 부분의 독자성이 강하고, (나)와 같은 이본들에서는 유기적 전체성이 강하다. (가)와 같은 이본들에서는 이본 전체의 통어(統御)나 서사물의 전체적 균형은 고려의 대상이 아니거나 중요하지 않다. 이들 이본에서는 서사 세계를 합리성 있게 제시하면서 사건을 전개시키기보다 부분에 관심을 집중하면서 이를 확장시키는 데 초점을 두고 있다.

일반 서사물의 관점에서 볼 때, '병사설'은 도사가 진맥하는 장면을 제시하고 도사가 용왕에게 토끼 간이 특효약임을 말하면 되는 곳이다. (나)는 그렇게 되어 있다. 그런데도 용왕이 온갖 병이 들었다며 병든 모습을 장황하게 열거하고, 약을 처방한다며 온갖 약재와 침을 늘어놓으며 병의 원리까지 설명한다. 용왕으로서는 자신의 병명과 특효약이 무엇인지를 알고 싶어 하는데, 도사는 물론 화자(창자)도 이에는 관심이 없다. 오히려 판소리 창자는 청중과 공모하여 은근히 이런 상황을 즐기는 듯하다. 청중은, 도사가 진맥 후 토끼 간을 처방할 것임을 창자의 구연

002974-3), 1장 앞~2장 앞.

이전에 이미 다 알고 있기 때문에 용왕의 병명과 특효약이 무엇인지에는 관심이 없다. 창자와 청중의 입장에서 볼 때, 용왕이 고질병이 들었다는 것을 온갖 병명을 동원해서 그려내면 그뿐이지, 용왕이 그렇게 많은 병이 들었다는 것이 사실인가 여부는 중요하지 않다. 이 대목에서 공연의 성패는 도사가 진맥 후 토끼 간을 처방하기까지의 과정을 얼마나 잘 그려내는가에 달려있다. 여기서는 사건 전개의 합리성이 중요한 것이 아니라 창자가 성악적(聲樂的) 재능과 놀이적 흥미를 얼마나 발휘하는가가 더 중요하다. 이처럼 (가)는 부분 부분을 적실하게 그려내는데 관심을 집중한다.

장면 극대화 지향이 부분의 독자성을 낳고, 이들은 서사 세계로부터 일탈하려는 원심력으로 작용한다. 장면 극대화와 부분의 독자성으로 인한 원심적 일탈이 극단화되면 부분과 부분의 모순을 초래하기도 한다.

> (아니리) ……①별주부 모친께 하직하고 침실로 들어와 <u>부인의 손길 잡고</u>, 당상의 백발모친 기체 평안하시기는 부인에게 매였소. ②<u>별주부 마누라가 울며불며 나오더니</u> (중중모리)여보 나리, 여보 나리. 세상 간단 말이 웬말이요. 위수 파광 깊은 물에 양주 마주 떠, 맛 좋은 흥미 보던 일을 이제는 다 버리고 만리청산 가신다니 인제 가면 언제 와요.……[7]

①과 ②의 모순이 발생한 이유는 암자라가 울며불며 나와서는 별주부에게 떠나지 말라고 애원하는 대목이 하나의 연행단위로 굳어져 있기 때문이다. 남해성은 박초월에게 「수궁가」를 배웠는데, 「박초월창본」에도 이런 모순이 그대로 나타나 있으며,[8] 남해성이 다른 곳에서 「수

---

7) 「남해성창본A」, 뿌리깊은나무 판소리 감상회본, 13~14면.
8) 「박초월창본」, 뿌리깊은나무 판소리 감상회본, 10~11면 참조.

궁가」를 불렀을 때에도 이런 모순은 지양되지 않았다.9) '신하입시' 대목과 '자라등장' 대목 사이에서도 이런 현상이 발견된다. 즉, '신하입시' 대목에서 별주부가 다른 신하들과 함께 입시하였음에도 불구하고 신하들의 공론이 분분할 때 별주부가 영덕전 뒤 또는 옆에서 들어오는 것으로 되어 있다. 이 부분에서의 모순도 '신하입시' 대목과 '자라등장' 대목이 각각 하나의 연행 단위로 굳어져 있기 때문에 생긴 현상이다. 모순까지 그대로 전승되는 이러한 현상은 연행 단위의 집적으로 판소리 한바탕을 엮어내기 때문에 일어나는 것으로, 연행물의 부분의 독자성을 단적으로 보여주는 일이 아닐 수 없다.10) 이상의 두 예에서 우리는 연행물에서는 앞뒤 사건의 합리적 전개보다 창자가 각 부분을 창화(唱化)해 내는 능력이 더 중요하다는 사실을 알 수 있다.11)

> (가) (자진모리) 좌우 나졸 분부 듯고 수달, 해구, 좌우 모지리 둥글 일시 내달라 토끼를 에워쌀 제, 진황 만리장성 싸듯, 사양 싸움에 마초 싸듯, 첩첩이 둘러싸고 토끼 들입대 잡는 모냥, 영문 출사 도적 잡듯 토끼 두 귀를 꽉 잡고, "이놈, 네가 토끼냐?" 토끼 기가 맥혀 벌렁벌렁 떨며, "나, 토끼 아니요." "그러면 네가 무엇이냐?" "개요." "개 같으면 더욱 좋다, 삼복달음에 너를 잡어 약개정도 좋러니와, 네 간을 내어 오계탕 달여 먹고, 네 껍질 벗겨 내야 잘량 모와서 깔고 자면 어혈, 내종, 혈담에는 만병회춘 명약이라, 이 강아지를 말어 가자." "아이고, 내가 개도

---

9) <남해성창본B>, 남해성 판소리(실황) 수궁가 완창, 서울음반, 1996년, 음반(CD-1)의 1번 트랙 및 사설집, 7면 참조.
10) 만약 뒤늦게 이런 모순을 지양하고자 한다면, 아니리 부분의 "부인의 손을 잡고"를 수정 하게 될 것이다.
11) 「이선유창본」과 송만갑제인 「박봉술창본」, 정응민제(강산제)인 「정권진창본」에서는 이런 모순이 그대로 남아 있으나, 유성준제 <수궁가>에서는 이런 모순을 지양하여 보다 합리성 있게 사건을 전개시키는 방향으로 수정하고 있다.

아니란 말이요.” “그러면 네가 무엇이냐?” “송아지요.” “소 같으면 더욱
좋다. 도탄에 너를 잡아 두피, 족 살찐 다리, 양, 회간, 처녑, 콩팥, 후박
없이 노놔 먹고, 네 껍질은 벗겨 내야 북도 매고, 신도 짓고, 네 뿔 베여
활도 묶고, 네 속에 든 우황 값 중한 약이 되고, 똥 오줌 거름 허니 버릴
것 없나니라. 이 송아지를 말어 가자.” “아니고, 내가 소도 아니란 말이
요.” “그러면 이제사 무엇이냐?”, “가만 있으시요. 생각해 갖고 갈쳐 줄
테니 좀 노시요. 나 망아지 새끼요.” “말 같으면 더욱 좋다. 선간목 후간
족, 요단항장 천리마로다. 연인도 오백금으로 네 뼈를 사갔으니, 너를
산 채로 말아다 대왕 전 바쳤으면 천금상을 아니 주랴. 들어라” 우우[12]

(다) 수궁 졍원사령 자발업는 즈ㄱ살이 살을 별이고 니다러 퇵기 어듸
잇눈야 ᄒ며 덤벙이니 퇵기 듸쇼ᄒ고 압발노 톡 찬니 자기살이 별별 쓸
며 울고 드러가 용왕젼의 <u>엿즈오듸퇵기가</u> 본듸 사오와 발짓실 잘ᄒ고
용밍이 관닌ᄒ여 좀쳐로 잡아드리지 못ᄒ것나이다 ᄒ니 왕니 <u>듸로 왈</u>
수부 명령으로 일기 퇵기을 졀박ᄒ여 못 올일가 호령ᄒ니 수궁이 경동
하여 오군문 발표할 졔 듸장 별치며 수진졍병과 쎄만혼 도리목 슐영슈
주홍당사 겨먹사실을 와락 겸쳐 들고 졉졉이 둘너쌀 졔 젹벽강 쇼자쳠
이 금망 드려 고기 싸듯 산양수 큰 싸홈의 위국 쳥병 마초 싸듯 스면으
로 에위싼니 퇵기 쓸치면 왈 나눈 퇵기 안니로세 그러면 무엇신야 밤나
지로 도젹 직키눈 긔로다 긔면 더옥 됫타 유월 염쳔 복다름의 약긔장도
됫컨이와 네 털노 갓딋ᄒ여 쌀고 자면 닝병도 업고 네의 간보눈 어혈
혈담 니동의 조흔이 만병회츈 션약이라 어서 밧비 올겨 가자 긔도 안이
요 그러면 무엇인고 송아치로고 송아친면 더옥 됫타 두피둑 살진 다리
양획 간 쳔엽 콩팟 진평이 분육ᄒ듯 골고로 난워먹고 네 속 우황 니면
후혼 갑 즁이 밧고 네 가쥭 북도 메고 신도 짓꼬 뿔은 각도 여발듸활 싹
지테 골고로 다 씨고 쏭 오짐 바더다가 논의 겨름ᄒ니 발일 거시 ᄒ나
업다 어서 밧비 모라가자 소도 안이로고 그러면 무엇시냐 말이로구 말

---

12) 「박봉술창본」, 판소리학회 감수, 『판소리 다섯마당』, 한국브리태니커회사, 1982, 17
8~179면.

니면 더옥 돗타 연인의 죽은 말며도 오빅금을 쥬엇겨든 너을 산 치로
즙벼다가 우리 디왕전의 밧쳐시면 쳔금이야 안니 주라 이 말 어셔 모라
가자[13]

(가')와 (다)의 서술 문면을 면밀히 검토해 보면, (가')는 연행문법을 충
실히 구현하고 있는 반면, (다)는 연행문법에 비교적 충실하면서도 일반
문장체 소설에서 보이는 서술상의 특성이 나타나고 있음을 발견할 수
있다. 그것은 작중 인물이 대화를 주고받을 때 대화가 진행 중임을 드러
내는 표지가 되는 말, 즉 대화 표지어(對話標識語)의 존재이다. (다)에서는
밑줄 친 부분처럼 대화 표지어로 발화 주체가 바뀌고 있음을 알려주고
있다. 그러나 (다)에서 문장체 소설의 특성은 부분적인 것에 불과하다.
(다)는 서사문법보다는 연행문법을 더 충실히 따르고 있다. 그러므로
(다)는 본질적으로 연행물에 가깝다.
　그러나 다음과 같은 예는 그렇게 볼 수 없다.

　(라) 슐영슈 가물치와 느쟝이 쏠쏙이와 삼부 느쫄더리 쥬장 능장 둘너
메고 오라스실 빗게 츠고 일시의 벌쩨가치 우당퉁탕 니다르니 잇쩌 톳
기놈이 늡요 나오기를 기다리고 안져더니 슈궁 안으로 좌우 느쫄 긴 디
답에 잡아들리라 ᄒᄂᆞᆫ 쇼리 들니거놀 톳기놈이 쌈죽 놀ᄂᆞ <u>ᄒᄂᆞᆫ 말이</u> 모
셔간가 ᄒᆞ더니 잡는 말이 웬 말인 급히 몸을 쮜여ᄂᆞ려 허슈쳥 말로 밋
ᄒᆡ 납죡이 업듸려셔 동졍을 살피더니 미구ᄒᆞ여 눌닌 군사 슈명이 능쟝
쥬장 둘너메고 벌쩨 갓치 찻는지라 그 군ᄉᆞ 니다르며 <u>ᄒᄂᆞᆫ 말리</u> 돗기라
ᄒᄂᆞᆫ 놈은 웃더훈 놈이완디 우리 디왕은 뉘 말를 드러시고 이디지 관디
ᄒᆞᄉᆞ 우리로 ᄒᆞ여금 남요에 모셔오라 짓쵹이 분분ᄒᆞ신디 토셩원인지 발

---

13) 「박순호35장본」(월촌문헌연구소 편, 『한글필사본고소설자료총서』 17, 오성사, 1986),
　　20장 뒤~21장 뒤.

겨갈 놈인지 어듸로 가고 읍ᄂᆞ 혼 군시 니다르며 ᄒᄂ는 말리 별쥬부가
쳔거ᄒᆞ야 병죠판셔 시키라고 남요에 뫼셔오라 ᄒᄂ는니를 너무 막구마라
그러ᄒᆞ다가 듯게 되면 싱쥬리를 당ᄒᆞ리라 그러ᄒᄂ 토싱원니 업스니 그
듸로 드러가서 읍더라고 쥬달ᄒᆞ세 방정맛다 톳기놈 병죠판셔 마다ᄒᆞ고
어듸를 가고 읍스며 왁즈이 쩌들면서 우리 오는 거슬 보고 졔 방귀에
졔가 놀ᄂ 발셔 버렷고ᄂ 톳기놈이 이 말 듯고 반가이 ᄂ오면셔 톳기는
츳져셔 무어슬 ᄒᆞ라시뇨 군사들이 <u>허는 말이</u> 당신니 토싱원니 아니시요
톳기놈이 <u>ᄒᄂ는 말니</u> ᄂ는 안이로듸 요란ᄒᆞ기에 뭇는 말이로셰 그러ᄒᆞ나
잡아들리라 ᄒᆞ는 듯ᄒᆞ니 톳기는 즈어서 무어셰 씨ᄂ요 군슈더리 <u>ᄒᄂ는
말리</u> 우리 듸왕이 토싱원을 쳥ᄒᆞ여 국슈를 의논ᄒᆞ랴고 모셔오라 ᄒᆞ시기
의 남묘를가지고 ᄂ왓더니 안이 계시니 혹시 보와 계신잇고 톳기놈이
그졔야 우셔 <u>갈오듸</u> 니가 토싱원이로셰 져 군슈 놈더리 토싱원이란 말
을 듯고 쇼리 질너 <u>ᄒᄂ는 말니</u> 요놈이 톳기로다 일시에 달녀들여 두 귀
를 훔쳐 쥐고 동당이를 쳐서 결박할 졔 쇠스실 푸러닉여 스족을 잘근
묵거 불근 쥬장과 능장쩨를 가온듸로 푹 질너 압뒤로 들러메고 광니젼
너른 쓸노 ᄂ는다시 들어갈 졔 톳기놈이 혼미즁에 바라보니 갓치 오던
자라놈이 인는지라 크게 불너 <u>일른 말이</u> 이러 즈라야 너의 슈궁에 니것
시 늄묘나 우션 압허 어렵고ᄂ 즈라놈 <u>ᄒᄂ는 말이</u> 죠금만 견듸여라 ᄂ죵
은 죠흐리라 군슈 더리 톳기 잡아들엿쇼[14]

(가´)에서 토끼와 나졸 간의 대화 표지어 없이 전개되던 문답이 (다)에
서는 토끼와 군사들, 토끼와 별주부의 문답이 "ᄒᄂ는 말이", "갈오듸",
"일른 말이" 등의 대화 표지어에 의해 열고 닫히는 형태로 전개된다. 또
한 극도의 축약을 지향하는 (나)와 달리 (라)는 서술이 팽창되어 있으나
그 양상이 (가´)와는 전혀 다르다는 것이다. 즉, (라)는 연행문법에 따른
장면 극대화가 아니라 서사문법에 따른 서술량 팽창이다. 이것은 (라)의

---

14) 『나손본토별산수록』(『나손본필사본고소설자료총서』 75, 보경문화사, 1993).

본질적 특성이 (가')가 아닌 (나)와 같다는 것을 뜻한다.

(가')와 같은 이본에서는 선행발화(先行發話)와 후행발화(後行發話)[15] 및 서사세계에서 일탈하는 발화가 빈번히 나타나며, 같거나 유사한 구절의 반복과 비교적 짧은 율문적 문장 구조로 기억과 창화에 적합한 형태로 구현된다. 이와 달리 (나)와 같은 이본에서는 이런 특성이 완전히 제거되고 일반 문장체 소설의 서술 기법과 전혀 차이가 없다. (가')는 판소리 창본이고, (나)는 문장체 소설이다. (다)는 (가')와 본질이 같고, (다)는 (나)와 본질이 같다. (다)를 연행물적 성격이 우세한 이본, (라)를 독서물적 성격이 우세한 이본으로 규정할 수 있다. (가')와 (나)의 두 극단 사이에 (다)와 (라)가 차례로 놓여, (가'), (다), (라), (나)로 갈수록 독서물적 성격이 강하고, 그 역순으로 갈수록 연행물적 성격이 강하다고 할 수 있다.

요컨대 「토끼전」 이본은 그것이 연행문법에 의해 지배되는가 서사문법에 의해 지배되는가를 따져 귀속시킬 수 있다.

(2) 육지위기 / 토끼포획의 기준

다음으로 「토끼전」 결말 부분의 변이양상이 이본 계열 분류의 중요한 지표가 된다. 서사문학 작품의 결말부는 지금까지 전개되어 왔던 갈등 구도가 마무리되면서 작중 인물의 운명이 결정되고 주제적 의미가 최종적으로 구현된다는 점에서 중요한 의미를 갖는다. 「토끼전」은 토끼가 용왕을 속이고 육지로 귀환한 후 벌어지는 결말 부분에서 다른 어느 부

---

15) 최광석, 2010, 17면 참고.

분보다 큰 변이를 보이고 있으며, 이 변이가 「토끼전」에서 중요한 의미를 갖는다. 선행 논의에서 결말 부분을 주목한 것은 이런 맥락에 기인한다. 결말 부분의 가장 중요한 지표가 무엇인가를 찾아서 그것을 이본을 분류하는 기준으로 삼아야 할 것이다.

우선 별주부와 용왕의 운명을 어떻게 처리하는가를 주목해 볼 만하다. 대체로 판소리 사설에서는 "(엇중몰이)독수리 그제야 돌린 줄을 알고 훨훨 날아가고, 별주부 정성으로 대왕병 직차하고, 토끼는 그 산중에 완연히 늙더라. 그 뒤야 뉘가 알리. 더질더질."[16]과 같은 방식으로 끝난다. 이것은 토끼가 '독수리위기'를 극복한 직후에 이어지는 대목으로, 「수궁가」에서 창으로 제시되는 마지막 대목이다. 토끼가 도망간 이후 이 부분까지 별주부 또는 수궁에 대한 언급은 전혀 없었으며, 여기서 처음이자 마지막으로 언급된다. 하지만 이들의 운명 처리는 작품의 맨 끝 부분에 서술자의 설명적 진술이나 인물의 극도로 축약된 발화를 통해 후일담의 형식으로 언급되는 수준에서 그치기 때문에 작품 구조에 결정적인 변이를 가져오지는 않는다. 암토끼 삽화를 중요한 지표로 삼아 이것을 공유하는 이본을 한 계열로 설정하는 것도 생각해 볼 수 있으나, 암토끼 삽화 역시 작품 구조에 미치는 영향이 미약하다.

여기서 우리는 작품의 구조를 크게 변화시키는 구실을 하는 결말 부분의 사건 전개 양상을 주목하는 것이 더욱 타당할 것이라는 결론에 이르게 된다. 이본을 두루 검토해 보면, 「토끼전」의 결말 부분은 매우 뚜렷한 사건 전개 양상을 갖고 있는 두 유형의 이본군으로 대별됨을 알 수 있다. 토끼가 육지로 귀환한 후 초동이 쳐 놓은 그물에 걸렸다가 꾀

---

16) 「박초월창본」, 한국브리태니커 판소리 감상회본.

로 도망치는 '그물위기', 그물에서 벗어난 기쁨에 들떠 방심하다가 독수리에게 낚이는 '독수리위기' 등 거듭되는 위기를 겪는 이본군과 토끼에게 속은 수궁에서 토끼를 잡기 위해 토끼 재포획론을 제기하는 이본군이 그것이다. 전자를 육지위기 계열, 후자를 토끼포획 계열이라 부르기로 한다.

육지위기 계열과 토끼포획 계열 간에는 중요한 차이가 존재한다. 전자의 경우 결말 부분에서 토끼와 수궁의 대결 관계가 종결되고 토끼의 이야기로만 사건이 전개되는 양상을 보이는 반면, 후자의 경우 지금까지 전개되었던 대결 관계가 결말 부분에 와서도 지속되는 양상을 보이고 있다.[17] 계열에 따른 작품의 구조적 변이가 작품의 의미에 지대한 영향을 미치기 때문에 주목해야 마땅하다.

육지위기 계열은 결말부가 그물위기와 독수리위기로 전개되기 때문에 그 앞부분에서 전개된 사건을 수궁위기로 명명할 수 있다. 그러므로 육지위기 계열은 토끼가 수궁위기 → 그물위기 → 독수리위기의 거듭되는 위기를 지략으로 극복하는 방향으로 사건이 전개된다. 이것은 육지위기 계열이 다른 위기가 덧붙어서 더욱 확장되기 용이하다는 것과 동시에, 삽화(화소)가 비교적 용이하게 탈락할 수 있음을 뜻한다. 한편, 육지위기 계열에서 토끼의 거듭되는 위기는 지금까지 지속되어 온 수궁과의 대결 관계가 종결되고 수궁과 무관한 토끼의 이야기로만 사건이 전개된다는 뜻이다. 결말부에서 토끼 이야기와 함께 수궁 이야기도 나타나지만, 수궁과 토끼는 더 이상 관련을 맺지 않고 분리된 채 독자적인 세계로 존재한다. 토끼와 수궁의 대결에서 토끼와 초동의 대결, 토끼와 독수리의

---

17) 최광석, 「토끼전 결말구조의 두 양상과 그 성격」, 『선주논총』 3, 금오공과대학교 선주문화연구소, 2000에서 이 문제에 관한 논의를 진행한 바 있다.

대결로 넘어가면서 토끼와 수궁은 무관한 세계가 되어 버린다.

토끼의 거듭되는 위기 극복과 수궁과의 대결 관계 종결이라는 사건 전개는 작품의 구조를 느슨하게 만드는 요인이 되고 있다. 토끼라는 인물의 관점에서 보면, 육지위기 계열은 토끼가 거듭되는 위기를 극복하는 이야기라는 점에서 구조적 통일성이 결여되었다고 말할 수는 없다. 그러나 토끼와 대결하는 수궁의 인물들, 초동, 독수리는 민중의 생존을 위협하는 존재라는 점에서 동질성이 유지되지만, 이들을 모두 중세 봉건적 통치 집단의 수탈로 의미화하기에는 무리가 있다.

육지위기 계열의 이러한 특성을 우리는 판소리 연행의 특성인 부분의 독자성이나 장면 극대화의 원리로 설명할 수도 있다. 즉, 육지위기가 토끼가 거듭되는 위기를 어떻게 극복하는가에 초점을 둔 이야기라는 사실은 긴장과 이완, 맺힘과 풀림이라는 우리 연행 예술의 일반 원리에 충실한 구조라는 사실과 표리 관계를 형성한다. 창본을 포함한 연행물적 성격의 이본이 모두 육지위기 계열이라는 사실은 결코 우연이 아니다. 결말부로 말미암아 전체적으로 연행물다운 특성이 더욱 강화되었다.

한편, 토끼포획 계열은 수궁위기가 전혀 다른 차원의 위기로 나아가는 것이 아니라 수궁위기의 연장선상에서 대립과 갈등이 전개된다. 육지위기 계열이 수궁과 무관한 토끼만의 위기가 이어진다면, 토끼포획 계열은 토끼와 수궁간에 전개되었던 치열한 대결 구조가 토끼가 육지로 탈출한 이후에도 지속적으로 이어진다. <경판토생전>, <국도본토생전>처럼 토끼 재포획 논의만 있고 실행에 옮기지 않는 이본도 있고, <고대본토공전>, <가람본토끼전>, <임형택본토공전>처럼 재포획 방안을 토의하여 실행에 옮기는 이본도 있다. 어느 경우나 문제 제기로 인한 긴장 국면이 수궁과 토끼 사이에 새롭게 형성됨에 따라 대립 관계가 결말부에서도 지속된다는 점에서 동일하다.

이러한 대결의 지속은, 육지위기 계열이 구조적 통일성이 느슨했던 것과 달리, 토끼포획 계열의 구조적 통일성을 더욱 견고하게 만드는 결과를 낳고 있다. 육지위기 계열이 토끼를 중심으로 한 통일성과 토끼와 대결하는 인물이 수탈자라는 동질성이 있다는 점에서 통일성을 갖는다면, 토끼포획 계열은 대결의 장소를 수궁에서 육지로 바꾸거나 천상계와 같은 새로운 세계, 신령이나 옥황상제와 같은 새로운 인물을 추가시키면서 토끼와 줄곧 대결 관계를 유지해 오던 수궁과의 관계를 그대로 지속시킨다는 점에서 구조적 통일성을 갖기 때문에, 그 견고성이 더욱 확고하다. 육지위기 계열은 거듭되는 위기 가운데 수궁위기를 제외하고는 추가·삭제하거나 다른 것으로 대체할 수 있다. 그러나 토끼포획 계열은 서술을 구체화하는 것은 가능하지만 추가, 삭제, 대체가 거의 일어나지 않고 있다는 사실은 토끼포획 계열의 구조적 견고성을 방증하고 있다.

토끼포획 계열에서는 토끼와 수궁의 대결은 어느 한 쪽으로 승패를 확고하게 판가름하는 방향으로 사건이 전개된다. 즉, 토끼포획 계열은 <토생전> 계열처럼 통치체제에 대한 정당성을 부여하든가, 아니면 <임형택본토공전> 계열처럼 철저하게 이를 부정하든가 어느 한 방향으로 귀결된다. 이것은 또한 판소리 연행물이 갖는 이중적 태도를 독서물에서는 거부하였기 때문에 나타나는 현상이며, 적층성이 약화되고 특정인의 개작 의지가 반영되었기 때문이기도 하다. 토끼포획 계열의 결말부가 갖는 이상의 특성은 토끼포획 계열에 속하는 특정 텍스트 전체가 지향하는 바와 구조적 통일성을 갖고 있다. 그러므로 결말부로 말미암아 앞부분의 특성이 더욱 강화되고 전체적으로 일정한 방향성을 갖게 되었다.

이상으로 볼 때, 육지위기와 토끼포획의 잣대는 토끼전의 사건 전개상의 차이에 그치지 않고 토끼전의 구조를 완전히 바꾸어 놓는 구실을 한다. 그러므로 토끼전 이본 분류의 잣대로 삼기에 충분하다.

3. 이본 계열의 범주와 좌표

위에서 설정한 연행물 / 독서물과 육지위기 / 토끼포획의 두 기준을 함께 적용하면 다음과 같은 그림을 얻을 수 있다.

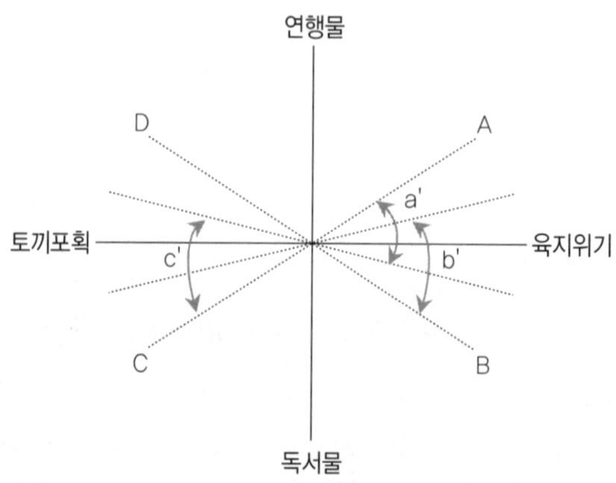

A는 연행물−육지위기 계열, D는 연행물−토끼포획 계열, B는 독서물−육지위기 계열, C는 독서물−토끼포획 계열이다. a'는 A계열이면서 연행물적 성격이 우세한 계열이고, b'는 B계열이면서 독서물적 성격이 우세한 계열이고, c'는 C계열이면서 독서물적 성격이 우세한 계열이다.

이본의 수효에 있어서 연행물 계열과 독서물 계열이 어느 정도 균형을 유지하고 있으나, 육지위기 계열이 토끼포획 계열에 비해 압도적으로 많고, 연행물-토끼포획 계열이 존재하지 않는다는 사실을 발견할 수 있다. 독서물-토끼포획 계열은 수적인 면에서 이본의 주류적 위치에 있지 않지만 이본적 가치가 클 뿐만 아니라 작품구조나 문제의식 등 여러 면에서 중요한 의미를 내포하고 있어서 작품적 가치도 매우 크기 때문에 계량적 수치가 작더라도 주목해야 마땅하다.

한편, 연행물인가 독서물인가와 결말 부분의 사건이 육지위기로 전개되는가 토끼포획으로 전개되는가를 기준으로 계열을 분류하였으므로 계열 명칭이 이본의 성격과 사건 전개 양상을 드러내 준다. 이본의 성격에 따른 분류와 결말 부분의 사건 전개 양상 사이에는 긴밀한 연관성을 갖고 있다. 연행물 계열은 모두 육지위기 계열이며, 토끼포획 계열은 모두 독서물 계열이다. 이런 상관성은 육지위기가 연행물 계열에 적합한 부분이며, 토끼포획이 독서물에 적합한 부분이기 때문에 생긴 것이다. 육지위기는 연행 현장에서 연행문법에 따라 생성된 부분이고 토끼포획은 독서물로 정착되는 과정에서 서사문법에 따라 생성된 부분이다. 그 결과 육지위기 계열이 토끼포획 계열보다 연행물적 성격이 강하며, 토끼포획 계열은 육지위기 계열보다 독서물적 성격이 강하다. 독서물-육지위기 계열은 두 계열의 중간적 성격을 갖는다. 왜냐하면 연행물을 서사문법에 따라 독서물화하였기 때문에 독서물적 성격을 지니지만, 연행문법에 의해 생성된 육지위기[18]를 가지고 있기 때문이다.

---

18) 육지위기가 판소리 연행 기반 위에서 생성되었다는 것은 이원수, 「토끼전의 형성과 후대적 변모」, 『국어교육연구』 14, 경북대 사범대 국어교육과, 1982와 정출헌, 「조선 후기 우화소설의 사회적 성격」, 고려대학교 박사학위논문, 1992 등에서 제기되었다.

4. 이본 계열의 역사적 전개

이본 계열의 존재양상을 통해 이본 계열의 파생 과정을 파악할 수 있다. 연행물—육지위기 계열은 「토끼전」 이본 계열 가운데 가장 먼저 생성되었으며 이본 계열의 주류를 형성하고 있다. 이 계열이 가장 먼저 파생된 까닭은 「토끼전」이 설화→판소리→소설의 과정을 거쳐 형성되었기 때문이다. 이 계열이 이본의 주류를 이루고 있는 까닭은, 창본이 이 계열에 포함되며, 판소리 「수궁가」의 역사적 전개와 더불어 다수의 기록물[19]들이 파생되었기 때문이다. 연행물—육지위기 계열 안에서도 창본 계열이 먼저 파생되었고, 이것이 기록되면서 독서물의 성격을 덧입은 연행물적 성격이 우세한 계열이 파생되었다.[20]

독서물—육지위기 계열은 연행물—육지위기 계열의 이본이 독서물화되면서 파생된 이본이다. 그러므로 독서물화 정도에 따라 독서물적 성격이 우세한 계열과 연행물적 성격이 완전히 제거된 문장체 소설 계열로 나눌 수 있다. 독서물—육지위기 계열에서 독서물적 성격이 우세한 계열이 주류를 이루고 문장체 소설 계열은 한문본을 제외하면 「박순호 15장본」이 유일할 정도로 매우 드물다.

독서물—토끼포획 계열은 육기위기 부분이 토끼포획론으로 대체되면서 생성된 이본이다. 그러므로 연행물을 독서물화하는 변이와 육지위기 부분을 토끼포획으로 대체하는 변이가 병행적 또는 순차적으로 일어나

---

19) ‘독서물’이 그 성격을 규정하는 용어로 사용하는 것과 달리, ‘기록물’은 단순히 문자의 형태로 구현되어 있는 읽을거리란 의미로 사용한다.

20) 육지위기 생성의 하한선은 야담집 『기문(奇聞)』에 실린 「교토탈화(狡兎脫禍)」, 「가람본별토가」 계열 이본의 생성 시기 등을 근거로 볼 때 19세기초 이전일 것으로 판단된다.

야 하기 때문에 이 이본 계열이 파생되는 데는 더 오랜 시간이 소요되었을 것이다. 이 계열에서 독서물적 성격이 우세한 이본은 「가람본토끼전」 정도가 있을 뿐, 문장체 소설 계열이 주류를 형성하고 있다.

연행물－토끼포획 계열은 현재로서는 존재하지 않는다. 그 까닭은 육지위기를 확장하는 것이 판소리 연행원리에 부합했기 때문에 연행 현장에서 육지위기를 확장하는 방향으로 발전하였으며, 토끼포획은 독서물적 성격에 부합하는 부분으로서 연행문법에 따라 파생되는 이본에 수용되기 어려웠기 때문이다. 연행물 계열은 모두 육지위기 계열이며 토끼포획 계열은 모두 독서물 계열인 까닭은 바로 여기에 있다.

연행물－토끼포획 계열이 등장할 가능성은 열려 있지만 실제로 등장할 가능성은 희박하다. 연행물－육지위기 계열이면서 토끼포획의 흔적을 간직하고 있는 「정권진창본」을 통해 그 이유를 짐작할 수 있다. 「정권진창본」에서 용왕이 진세(塵世)의 산신에게 공문을 보내 토끼를 잡아 보내 달라고 청하자 산신이 수국과 진세의 화친을 생각해 토끼를 잡아 보낸다는 내용이 보인다. 이것은 독서물－토끼포획 계열이 생성된 이후 이 계열의 토끼포획을 수용하여 첨가시킨 것으로 판단된다. 「정권진창본」이 판소리 여러 계보 가운데 가장 후대에 파생된 강산제를 잇고 있다는 사실과 구체적 서술이 결여된 채 극도로 축약된 형태의 아니리로 제시된다는 점과 공문 내용이 한문 문장 형태로 되어 있다는 점이 이를 뒷받침한다. 그렇다면 토끼포획 계열 생성의 하한선은 「정권진창본」이 속한 강산제 수궁가인 셈이다. 「정권진창본」의 '토끼포획'이 정권진이 생성시킨 것으로 보이지 않고 그 윗대 명창인 정재근이나 정응민에 와서 생성된 것으로 보이는데 정응민일 가능성이 높다.[21]

한편, 「토별산수록」에는 육지위기와 '토끼포획'이 공존하고 「경판토생전」에는 '그물위기'와 '토끼포획'이 공존한다.

판소리 창본이 필사되는 과정에서 파생된 이본들은 연행물의 특성을 거의 그대로 간직하기도 했지만, 독서물의 성격을 덧입으면서 독서물화되기도 했다. 읽을거리로 정착하는 과정에서 연행적 흥미가 아닌 독서물적 흥미 요소를 첨가하기 마련이다. 「토별산수록」은 연행물 계열이 필사본으로 정착된 이본 계열이다. 삽입가요를 다수 포함하고 있기는 하지만 극히 일부만 현행 「수궁가」와 일치한다. 이것은 「토별산수록」이 연행물 계열에 기반을 두고 있기는 하지만, 계열의 생성자가 독자적으로 생성시킨 가요이거나 다른 곳에서 가져온 것일 가능성이 크다. 그러므로 「토별산수록」의 육지위기는 연행물 계열에서 왔고, '토끼포획'은 친연성으로 보아 「경판토생전」의 모본계나 미지의 이본에서 왔을 것이다.

「경판토생전」은 독서물－토끼포획 계열이면서 육지위기 가운데 '그물위기'의 흔적을 보이고 있다. 이것은 연행물－육지위기 계열 또는 독서물－육지위기 계열에서 독서물－토끼포획 계열을 파생시키는 과정에서 저본에 존재하던 '그물위기'를 완전히 삭제하지 않고 극히 축약된 형태로 남겨 두어 현재의 모습을 갖게 된 것으로 보인다. 「경판토생전」의 저본이 된 필사본에 '독수리위기'가 있었을 것이나 극도의 축약을 지향하는 이본의 특성상 이를 삭제한 것으로 보인다.

「정권진창본」의 '토끼포획'과 '육지위기' 공존의 후대적 교섭 양상이라면, 「토별산수록」과 「경판토생전」의 '토끼포획'과 육지위기의 공존은

---

21) 이에 관해서는 다음 논문을 참고할 것. 최광석, 「「토끼전」에서 '육지위기'와 '토끼포획'의 공존과 그 의의」, 『판소리 연구』 29, 판소리학회, 2010.
「경판토생전」과 「토별산수록」도 육지위기 '토끼포획'이 공존한다.

육지위기 계열에서 토끼포획 계열이 생성되는 과도기적 양상이라 할 수 있다. 여기서 토끼포획이 연행물의 지평이었을 가능성을 생각해볼 수 있다. 과거 어느 시기 창본에 토끼포획이 있었는데 육지위기가 생성되면서 토끼포획이 밀려나고 육지위기가 세력을 얻어 오늘날 우리가 볼 수 있는 「수궁가」 형태로 남게 되었을 가능성을 완전히 배제할 수 없다는 것이다.

그러나 필자는 독서물 계열이 파생되는 과정에서 독서물의 구조에 적합한 토끼포획이 생성·확대되어 나갔을 가능성이 더 클 것으로 본다. 왜냐하면, 비교적 이른 시기의 창본을 반영한 것으로 보이는 이본에 토끼포획이 포함되어 있지 않은 반면, 비교적 후대의 이본으로 보이는 창본에 포함되어 있다는 점, 「정권진창본」을 제외하고 연행물적 성격의 이본에 토끼포획의 흔적이 전혀 보이지 않는 반면에 독서물적 성격의 이본에 두루 포함되어 있으며 독서물적으로 크게 확장되어 있다는 점으로 볼 때 토끼포획은 창본과는 무관한 지평이었던 것이 아닌가 생각된다. 즉, 토끼포획은 육지위기로 확대·발전되던 창본이 독서물로 정착되면서 독서물적 성격을 강화하기 위한 차원에서 확대 부연되어 나갔던 것으로 판단된다. 「정권진창본」의 토끼포획은 보수적 성향을 강화하기 위한 일환으로 후대에 수용한 것으로 보인다.[22]

이상의 논의를 통해 「토끼전」 이본 계열은 연행물-육지위기 계열, 독서물-육지위기 계열, 독서물-토끼포획 계열의 순서로 파생되었음을

---

22) 「경판토생전」의 저본이 된 필사본에 '독수리위기'가 있었을 것이나 극도의 축약을 지향하는 이본의 특성상 이를 삭제한 것으로 보인다. 이에 관한 논의는 최광석, 「「토끼전」에서 '육지위기'와 '토끼포획'의 공존과 그 의의」, 『판소리연구』 29, 판소리학회, 2010을 참고할 것.

추정할 수 있다. 연행물−육지위기 계열에 들어있는 토끼포획의 흔적이나 독서물−토끼포획 계열에 들어 있는 육지위기의 흔적은 두 계열의 후대적 교섭 양상이거나 과도기적 형태라 할 수 있다. 「토끼전」은 연행 현장에서 판소리적 성격을 강화하는 방향으로 이본이 파생되어 나가는 한편, 판각 또는 필사의 과정에서 독서물적 성격을 강화하는 방향으로 파생되어 나갔음을 알 수 있다. 파생의 중심에 육지위기와 토끼포획이 자리하고 있음을 확인할 수 있다.

여기서 육지위기와 토끼포획의 성격을 살펴보자. 육지위기와 토끼포획이 함께 구체화되어 나타나는 이본이 존재하지 않는 이유를 생각해 보는 것이 성격 파악의 확실한 방법이 될 것 같다. 결론부터 말한다면, 육지위기는 연행물에 적합한 구조를 갖고 있고 토끼포획은 독서물에 적합한 구조를 갖고 있기 때문이라고 할 수 있다. 연행물 계열이 모두 육지위기 계열이고, 토끼포획 계열이 모두 독서물 계열인 이유도 이 때문이다. 독서물−육지위기 계열에는 독서물적 성격이 우세한 계열이 적고 문장체 소설이 적고 독서물적 성격이 우세한 이본이 대다수이고, 독서물−토끼포획 계열에는 문장체 소설이 대다수인 것도 육지위기가 갖는 연행적 특성과 토끼포획이 갖는 독서물적 특성을 어느 정도 반영한 결과로 보인다.

토끼가 수궁과 무관한 육지위기를 거듭 겪고 나서 또다시 수궁과 대결하는 토끼포획으로 사건이 전개되기 어렵다는 것도 육지위기와 토끼포획이 동시에 장면화·구체화되기 어려운 이유이다.[23] 육지위기와 토

---

23) 「정권진창본」에서 육지위기가 탈락되고 극도로 축약되면서 아니리로 전승되는 '토끼포획'이 장면화되면서 대결관계가 펼쳐지고 창으로 불리게 된다면 이미 연행물−토끼포획 계열로 탈바꿈했다고 할 수 있지만, 이런 방향으로 전개될 가능성은 희박

끼포획의 대결 관계의 양상이 전혀 다르기 때문에 육지위기는 토끼포획을 지양하게 되고 토끼포획은 육지위기를 지양하게 되어 한 이본에 서로 지향성이 다른 두 부분이 함께 나타나기 어렵다. 연행물－육지위기 계열을 지양하면서 독서물－토끼포획 계열이 파생된 「토끼전」의 역사적 전개가 이것을 증명하고 있다. 연행물－육지위기 계열에서 파생된 독서물－육지위기 계열에서 육지위기 부분이 축약되는 것도 이런 맥락에서 이해할 수 있다.

5. 이본 계열화의 의의와 전망

이 글에서 필자는 '연행물 / 독서물'과 '육지위기/토끼포획'의 잣대로 「토끼전」의 이본 계열을 분류하려 하였다. 그 결과 연행물－육지위기 계열, 독서물－육지위기 계열, 독서물－토끼포획 계열로 분류할 수 있음을 확인하였다. 이런 이본 계열 분류가 토끼전의 구조적 특성을 드러내 줄 뿐만 아니라, 토끼전의 역사적 전개를 밝혀주고, 연행물－토끼포획 계열이 존재하기 어려운 이유를 해명할 수 있음을 보았다.

판소리 문학은 어떤 계통보다 이본의 수가 많고 이본 간 편차가 크다. 이것은 특정 이본으로부터 도출된 성과를 작품군 전체로 일반화하는데 제약이 크다는 것을 의미한다. 그러므로 일반화가 어디까지 가능한가를 가늠하기 위해서는 이본을 체계적으로 분류하는 것이 필수적으로 요청

해 보인다. 정권진의 소리를 잇고 있는 정회석의 창본에서 '토끼포획'은 탈락되는 경향을 보인다는 점이 이를 증명한다. 최광석(2010) 참고.

된다. 이런 점에서 이본 분류는 판소리 문학 연구의 출발점이라 할 수 있다.

이 글에서 논의한 토끼전의 이본 분류가 여타 판소리 문학의 이본을 분류하는데 도움을 줄 수 있다. '연행물 / 독서물'의 잣대는 모든 판소리 문학에 적용될 수 있는 것이라면, '육지위기 / 토끼포획'의 잣대는 토끼전에만 적용될 수 있는 것이다. 그러므로 다른 판소리 마당의 이본 분류에서도 '연행물 / 독서물'의 잣대를 활용하면서 '육지위기 / 토끼포획'에 상응하는 구조적 특성을 찾아내는 노력이 필요하다.

제2장

신재효 판소리 사설의 서술자 개입 양상과 지평전환

1. 서술자 개입과 합리성 지향

신재효 판소리 사설의 특성에 관한 연구는 여러 선행 연구자들에 의해 그 성과가 적지 않게 축적되었다. 서술자 개입 문제를 다룬 연구에서 개작자적 입장에서 판소리 사설을 자신의 기대지평으로 전환시켰다는 사실이 확인된 바 있다.[1] 그러나 그것은 사설의 몇몇 대목을 일반화하여 얻거나 「춘향가」를 통해 결론으로, 신재효 사설 전체를 대상으로 서술자 개입의 양상을 포괄적·체계적으로 검토할 필요가 있다. 왜냐하면 신재효 사설 전 바탕에서 서술자 개입이 나타나고 있으며, 그 양상이 다양하면서도 양식화될 수 있는 형태를 띠고 있기 때문이다.

---

1) 서종문, 『판소리와 신재효 연구』, 제이앤씨, 2008, 60~71면.
　김석배, 「춘향전의 지평 전환과 후대적 변모」, 김병국 외 편, 『춘향전 어떻게 읽을 것인가』, 서광학술자료사, 1993.

이 글에서는 기왕이 성과에 힘입으면서 논의의 범위를 확대하여 신재효 판소리 사설 다섯 바탕을 가능한 한 충실히 검토하여 그 양상을 정리한다. 이렇게 정리한 유형이 신재효 판소리 사설의 구조적 특성을 드러낼 수 있기를 기대한다.

서술자 개입의 양상 정리 결과를 활용하여 신재효 사설의 지평전환이 어떤 방향으로 이루어졌는지 파악하는 것이 다음 논의 과제이다.2) 지금까지 신재효 판소리 사설의 특성을 합리성 지향으로 규정해 왔으며 합리성의 세부 양상이 탐색되기도 했다.3) 이런 성과를 바탕으로 지평전환의 방향을 세분하여 전반적으로 검토할 필요가 있다.

서사물에서 합리성은 서사적 개연성과 핍진성을 확보할 때 가능하다고 보아, 개연성을 플롯상의 그럴듯함을 가리키는 개념으로, 핍진성을 사실적 신빙성을 지칭하는 개념으로 사용하고자 한다.4) 개연성은 서사의 여러 요소들이 전후 모순 없이 부합될 때 획득되고, 핍진성은 서사의 여러 측면에서 그 서사가 실제 현실과 흡사한 느낌을 주는 것으로 실제 현실과의 일체감에서 비롯된다고 할 수 있다.5) 그리하여 전자를 구성상

---

2) 신재효 선행지평의 특성을 이해하는데 도움 받을 수 있는 논저로 서종문(2008), 김석배(1993)의 위의 논저 외에 다음을 들 수 있다. 김석배, 「춘향전 이본의 생성과 변모 양상 연구」, 경북대학교 박사학위논문, 1992 ; 유영대, 『심청전 연구』, 문학아카데미, 1989 ; 장석규, 『심청전의 서사구조 연구』, 박이정, 1998 ; 김동건, 2001 ; 최광석, 2001 ; 정충권, 『흥부전 연구』, 월인, 2003 ; 김기형, 「적벽가의 역사적 전개와 작품 세계」, 고려대학교 박사학위논문, 1993.

3) 서종문(2008)의 '연극적 표출상의 합리성'과 김석배(1993)의 '구성상의 합리성'(442면) 및 '현실문맥상의 합리성'(449면)이 그것이다. 본고에서는 이들 용어를 참고, 활용하였다.

4) 개연성과 핍진성에 대한 간명한 정리는 다음 책을 참고할 수 있다.
오탁번 · 이남호, 『서사문학의 이해』, 고려대학교출판부, 1999, 67~80면.

5) 오탁번 · 이남호, 위의 책, 75면.

의 개연성이란 용어로, 후자를 현실맥락상의 핍진성이란 용어로 지칭하고자 한다. 이에 더하여 판소리 사설을 미적 구조물로 구체화하려는 방향에서 서술자 개입이 이루어지고 있는 자료가 있다. 이는 미적 형상성과 관련된다. 이 글에서는 미적 구조물로서의 구체성을 의미하는 용어로 미적 형상성을 사용한다.6)

2. 자료의 분석과 제시

신재효 판소리 사설에서 서술자 개입은 전달자적 입장이 아니라 사설의 기록자·비판자·개작자의 입장에서 이루어지고 있다. 그 결과 신재효의 사설은 선행본과 구별되는 특성을 갖게 되었다. 대표 자료를 먼저 검토하여 지평전환과 관련된 요소를 추출하고, 그 결과를 이를 다른 자료 분석에 적용하여 제시한다.

> [토1] ㉠톡기가 나올 젹의 이비 슘여 보단 말은 ㉡아마도 망발인게, 김 셩은 낌싱까지 스람말을 비러다가 셔로 문답ㅎ려니와, 스람이야 김싱 보고 무슨 말을 ㅎ것나냐. 즈리의 즁훈 츙셩 톡기의 죠흔 귀변 즈룽 ㅎ 자 훈 말이니 ㉢김싱으로 쒸밀 텐듸, 고기 타령 김싱타령 두 가지만 ㅎ 여쥬고 시타령을 안희쥬면 한 즌 슐의 눈물이라, 시타령이 씃막으되 희 승으로 지나오니 시 엽폐 물 업시면 근졍이 아니엿다. ㉣자리 등의 톡기 안져 가라치며 연에 물어, 져기 져것 무엇시냐. 봉황더승봉황유 봉거더

<hr>

6) 「박타령」의 경우, 특히 '놀부박사설' 부분은 다른 판소리 마당과 달리 축약되어 왔다 (정충권, 『흥부전 연구』, 월인, 2003, 263~267면 참고). 그래서 신재효 선행 지평이 어떠한 모습이었는지 확인하는데 어려움이 있지만, 신재효본보다 먼저 형성된 것으로 보이는 경판본과 연경도서관본이 신재효 선행본으로서 구실을 할 수 있을 것이다.

공강즈류, 그게 금능 봉황디다 져기 져것 무엇시냐 셕인이승황학거 연
파강숭황학누다 져기 져기난 쳥쳔역역흔양슈 방쵸쳬쳬 흐엿시니 그거시
잉무쥬다 져기 져기난 이십오현탄야월 불승쳥원각비리 기럭이 도라오난
쇼숭강이다 져기 져기난 낙하고목졔비흐고 츄슈중쳔일식이라 쓰옥이 나
는 등왕각이다 져기 져기는 황잉구쥬혼숭식 욕별빈졔스오셩 꾀꼬리 우
는 호숭졍이다 져기 져기 월낙오졔숭만쳔 강풍어화드슈면 가마귀 우난
고쇼셩이다 져기 져기는 월명셩히 오죽남비 간치 나난 젹벽강이다 져기
나라오난 것 무엇 요식봉강관긔허오 디붕비진슈여남 북명의셔 남명 오
난 붕죠다 져기 안진 것 무엇 쳥고엽숭양풍기요 홍요화변빅노한 거 히
오리다 져기 죠유난 것 무엇 별유풍류난화쳐의 논평신셰백구심 거 갈막
이다 져기 나는 것 무엇 원앙지숭양양비 녹슈 찬난 원앙이다 져 감한
것 무엇 즈거즈리당숭연 강남셔 오난 졔비다 져기 가난 것 무엇 강쳔니
막막죠쌍거 거 참시다(316, 318)[7]

   인용한 부분은 「토별가」 중 별주부가 수궁에서 육지로 토끼를 업고
나오는 대목이다. ㉠은 신재효가 사설을 개작·정리할 때 그가 인지한
선행지평을 제시한 부분이다. 신재효의 선행지평은 토끼가 수궁에서 육
지로 나올 때 순임금의 두 부인 아황·여영(娥皇·女英)과 전국시대(戰國時
代) 초(楚)나라의 정치가인 굴원(屈原)을 만나는 내용임을 알 수 있다.

   ㉡에서는 선행지평에서 별주부와 토끼가 절의(節義) 있는 인물을 만나
는 설정이 자라의 충성과 토끼의 구변을 강조하기 위한 것이라 하더라
도, 토끼와 사람(아황·여영과 굴원 등)이 문답하는 것은 불합리하다고 비
판했다. ㉡은 선행지평에 대해 판단하는 부분이라 할 수 있다.

---

7) 신재효 사설은 다음 자료집에 실린 것을 인용한다. 괄호 안의 숫자는 이 자료집의 면
   수이다. 필요할 경우 밑줄을 첨가하고 굵은 글자체로 변형한다. 이하 같은 방식으로
   제시한다.
   강한영, 『신재효 판소리사설집(전)』, 교문사, 1984.

ⓒ에서는 짐승끼리, 즉 토끼와 자라가 문답하는 우화적 수법으로 개작하되 앞서 모족 모여드는 대목인 '짐승타령'과 어족 모여드는 대목인 '고기타령'을 해 주었으므로 새들이 날아드는 '새타령'을 하겠다고 예고했다. 그러면서 새 주변에는 으레 물이 있기 마련이므로 물도 포함시키겠다고 했다. ⓒ은 지평전환의 방향을 제시하는 부분이라 할 수 있다.

ⓐ에서는 ⓒ에서 제시한 방향대로 자신의 지평을 만들고 있다. ⓐ을 보면 토끼가 거듭 눈앞에 펼쳐지는 경치에 대해 묻고 별주부가 이에 대답하는 방식으로 개작했는데, 그 경치는 이름난 시문 속의 명승지와 새와 물을 절묘하게 결합시킨 것이다. ⓐ은 신재효 자신의 지평으로 전환시키는 부분이다.

이상의 분석을 통해 서술자 개입 부분의 지평전환의 요소를 'ⓐ 선행지평 제시', 'ⓑ 선행지평 판단', 'ⓒ 지평전환 방향 제시', 'ⓐ 전환된 지평 서술'의 넷으로 추출할 수 있다.

그런데 신재효 사설의 서술자 개입 부분은 위에서 분석한 요소들 가운데 한두 가지가 생략되기도 한다. 사설을 두루 검토하여 서술자 개입이 있는 부분을 추출하고 이를 위의 틀에 의거해 분석·제시하면 다음과 같다.[8]

[남1] ⓒ사벽에 붙인 것은 열녀 그림뿐이로다. ⓐ동벽에 붙인 그림 소상강에 밤비 개고 동정호에 달 오르니 아롱아롱 죽림속에 백의 입은 두 부인이 이십오현 타는 거동이요 남벽에 붙인 그림 구의산 가을 달에 십면매복하였는데 천하장사 초패왕이 기음장중하올 적에 남자장 차린 미인 옥수로 장검 쥐고 목 찌르는 거동이며 서벽을 바라보니 장신궁에 꽃

---

8) 「남창 춘향가」는 [남], 「동창 춘향가」는 [동], 「심청가」는 [심], 「토별가」는 [토], 적벽가는 [적], 「박타령」은 [박]으로 표시하고 사설의 서술된 순서에 따라 번호를 부여한다.

이 지고 거친 풀이 만정한데 지나가는 까마귀가 소양일색 띄워오니 미인이 환선쥐고 바라보는 거동이요 북벽을 바라보니 금곡행락 심리금창 일조풍파 웬 일인고 누젼갑스분여셜의 스셰가 위급ᄒ니 옥빈홍안 일미인이 삼월츈풍 낙화갓치 타루ᄒᄂᆫ 거동이라(16, 18)

[남2] ㉢상단이를 다리고셔 잡술 상을 차리ᄂᆫ듸 졍결ᄒ고 맛이 잇다 ㉣나쥬칠 팔모반의 힝자질 졍이 치고 쇄금흔 외물 져붐 상하 아ᄅ 씨셔 노코 계란 다슷 수란ᄒ야 청치긔의 밧쳐 노코 가진 약염 만이 너어 초지령을 졋듸리고 문채 조흔 금스화기 봉순 문비 임실 곳감 호도 빅즈 졋듸리고 문어 전복 약포 쪼각 빅치 접시 다ᄆ노코 상단을 급피 시켜 셔돈엇치 약쥬바다 츈향어무 상드리며 야간이라 셤셔ᄒ오(20)

[남3] ㉠츈향의 고든 마음 아푸단 말 ᄒ여셔ᄂᆫ ㉡열녀가 아니라고 ㉢져러케 독흔 형벌 아푸돈 말 아니ᄒ고 제 심즁의 먹은 마음 낫〃시 발명 ᄒᆯ 제 ㉣[십장가](44)

[남4] ㉠십장가〃 질어셔ᄂᆫ ㉡집장ᄒ고 치ᄂᆫ 민의 언의 틈의 ᄒᆯ 슈 잇나 ㉢한귀로 몽구리되 안쪽은 제 글즈요 밧쪽은 육담이라 ㉣[십장가](44)

[남5] ㉠다른 ᄀᆞ객 몽즁가는 황능묘의 갓다ᄂᆫ듸 ㉡이 사셜 짓ᄂᆫ 이ᄂᆫ 다른 듸를 갓다ᄒ니 좌상쳐분 엇덜넌디 ㉣[천장전행 사셜](48)

[남6] ㉠져 쇼경ᄒᄂᆫ 말이 옥즁 고생ᄒᄂᆫ 터의 복치롤 달ᄂᆫ 말니 ㉡리면은 틀녓시나 졈이라 ᄒᄂᆫ 거슨 신으로만 ᄒᄂᆫ터니 무물이면 불셩이라 졍셩을 안 드리면 귀신 감동 못ᄒᆯ 터니 ㉣복치를 닉여 놋쇼(72)

[남7] ㉠다른 가긱 몽즁가는 옥즁의셔 어스 보고 산물을 ᄒ다ᄂᆫ듸 ㉡이 스셜 짓ᄂᆫ 이ᄂᆫ 신힝질을 츠려시니 좌상쳐분 엇더ᄒᆯ지 ㉣[신행길 사셜](76)

[남8] ㉠그 즁의 죠즈 긔싱 부득이 압폐 와셔 스긔 졉시 모쥬 부어 어스쏘씌 드릴 젹의 ㉢바로보기 뇌흐다고 고기를 외로 틀고 권쥬가는 과흐다고 시죠로 권흐난듸 허우가 안 나와셔 반말노 부르것다 ㉣즈부란씌 즈부란씌 이 슐 흔 잔 자부란씌 **싹싹쥬** 승다탕이 과긔의게 그도 과체 엥간흔 교 쎄지 말고 잔 어셔 바더란씌(86)

[남9] 어스쏘 안 마음의 ㉠아무리 귀흐긔로 너긔 너의 낭군이다 졍당으로 불너 올녀 두리 셔셔 디면흐면 ㉢쇼즁하신 봉명힝츠 그 우세긔 엇쪄컨나 ㉣다시 분부흐시기를 네 말노만 가지고셔 쥰신을 못 흘테니 다시 염문 작쳐흐게 아직은 방숑흐라(96)

[동1] 츈향 어모 상단 불너 귀흔 손임 오셔슨이 잡슈실 상 츠리오라 ㉠상단이 나가던이 드담갓치 찰인단 말이 ㉢이면이 당찻것다 ㉣금치 노은 왜칠반의 갈분의 〃 꿀죵즈며 쳥치 졉시 다문 슈란 초장 죵즈 겻틔 놋고 어란 젼복 약포 쏘각 백졉시의 것듸리고 싱율 참비 임실쥰시 쳥치졉시 흔틔 담고 맛 죠흔 나박침치 화보이의 담아 놋코 숑순쥬 잉무비와 은수져 씨셔노와 슐상을 듸려노코(132)

[동2] ㉠츈향 어모 눈치 업시 밤 깁도록 안나간니 도령임 뇌비 아라 비디이면 낫것단직 츈향 어모 비니노코 니비터즈 흔단 말이 ㉢아모리 농담이나 망불리라 할슈잇나 ㉣일어셔며 흐난 말이 우리 스회 오날 져역 디스나 잘 지니고 니일 아츰 장모의게 일즉와셔 절흐렷다 문 닷고 나가거날(132)

[동3] ㉢아모리 긔싱이나 열녀되는 아히로셔 ㉠첫날 져역 졔긔 벗고 외옹 〃 〃 말농질과 스랑 〃 〃 어붐질은 ㉢광디의 스셜이느 참아 엇지 흐건난가 ㉢도령임은 스나히라 왼갓 작난 다 흐여도 츈향은 북그려워 입의로 말 안 흐고 속맛으로 지니것다 ㉣[이도령이 주도하는 말농질·사랑가](134)

[동4] ㉠[양반 사랑가] ㉡양반의 스랑가라 사셜이 유식ᄒ여 우슘집이 격
다하고 ㉢진멋진 도령임이 육담작난으로 널음시 희가면서 판스귐을 ᄒ
는듸 이런 야단이 업셔 ㉣[육담 사랑가](136, 138)

[심1] ㉠심쳥이 거동보쇼 비머리에 나셔보니 시팔혼 물겨리며 울울울 바
람쇼리 풍낭이 딥죽ᄒ야 빗젼을 탕〃치니 심쳥이 깜짝놀리 뒤로펵 쥬져
지며 이고 아버지 다시난 못 보겄니 이 물헤 ᄲᅡ져씨면 고기밥이 되것쑤
나 무슈이 통곡ᄯᅡ긋 다시금 일어나셔 바람 마진 병신갓치 이리 빗틀 져
리 빗틀 치마폭을 물음씨고 압이를 아드득 물고 아고 나 죽니 쇼리ᄒ고
물의가 풍 ᄲᅡ졋다 하되 ㉡그리하여셔야 회녀 죽엄 될 슈 잇나 ㉣두 손
을 합장하고 ᄒ나님젼 비난 마리 도화동 심쳥이가 밍인 이비 희원키로
싱목슘이 죽쓰오니 명쳔니 하감ᄒ스 캉캄혼 이비 눈을 불일너의 발기
ᄶᅥ셔 셰승보게 ᄒ옵쇼셔 빌기를 다혼 후의 션인덜 도라보며 평안이 비
질ᄒ여 억십만금 퇴를 너여 고향으로 가올 적의 도화동 츳져들어 우리
부친 눈 ᄶᅥ난가 보디 츳져보고 가오 빗머리의 썩 나셔셔 만경창파를 제
안방으로 알고 풍 ᄲᅡ지니(196, 198)

[심2] ㉡황후가 체즁ᄒ고 셩졍이 침즁하신들 부녀쳔륜 힐 슈 잇나 ㉣발
박끠 왈칵 나셔 심봉스의 숀을 줍고 이고 아버님 졔슉으로 팔여갓든 심
쳥이 살어 왓쇼(244)

[심3] ㉠심싱원이 깜쪽 놀나 인당슈의 아니 죽고 스단 말도 신통혼듸 향
곡의 밍인 여식 만승황후 되단 마리 만고의 잇것난가 ㉡아무리 아비라
도 군신분의 즁ᄒ기로 ㉢말버릇 슬쩍 곳쳐 ㉣ᄒ기의 혼 일이오니 젼후
니력을 이약이로 ᄒ옵쇼셔(246)

[심4] ㉡심봉스가 목쇼리나 아졔 얼골리야 알 슈 잇나 ㉣뜻박끠 눈 ᄶᅥ
보니 칠보즁엄 곤위황승 어쩌ᄒ신 혼 부인이 엽폐가 안져쑤나 깜쪽 놀
나 니외ᄒ야 도라안져 ᄒ난 마리 내가 졍영 꿈을 꿔졔(246)

[토2] 져 선관 거동보소 두 소미 뒤거드며 옥슈를 넌짓드러 왼 몸을 만져보고 압푸로 물너안져 긔식을 슬핀 후의 묵〃이 싱각다가 용왕끠 엿즈오디 ⓛ디왕의 귀훈 몸이 인싱과 달은지라 스람이라 흐난 거슨 오중육부 잇난 병을 촌관쳑믹을 보면 부침지지슉 잇건니와 디왕의 귀훈 형체 제 뉘라 짐죽허리 안치가 영농ᄒ되 돌과 바위 못 보시고 양각이 징영ᄒ여 말쇼리 쏠노 듯고 턱 밋티 훈 빈을이 거슬여 부텨기로 분을 니면 이러나고 입 속의 여의쥬가 죠화를 부리오니 몸을 격즈 흐거드면 못 속의도 줌겨잇고 변화를 흐즈흐면 흐날의도 올나가고 용밍을 씨즈흐면 티슌을 부슈우고 디희를 뒤집우니 운무가 시위ᄒ고 벽역이 호령이라 이 형체 이 기슝의 병환이 중ᄒ오니 인간의 침약으로 뉘라서 구ᄒ릿가 ⓡ황졔소문 의학입문 만병을 의논ᄒ되 디왕의 당훈 약은 그 중의 업난지라 인갑이 구더씨니 침이 어이 들어가며 화식을 아니ᄒ니 탕약 어이 줍슈릿ㄱ 병셰를 즈시보고 이치를 싱각하니 쳔련퇴간 아니오면 구할기리 업습니다(254)

[토3] 만죠빅관드리 풀〃 쮜여 달여들졔 ⓒ티호복히씨 유용셔여늘 이용기관ᄒ단 마리 스기의 잇셔씨니 용궁의 베슬 일홈 숭고의 난 거시라 죠션과난 달의것다 ⓡ동편의 문관 셔고 셔편의 무관셔〃 양반을 구별ᄒ여 일쓰로 들어올 제 좌승슝 거복 우승슝 이어 이부승셔 노어 호부승셔 방어 예부싱셔 문어 병부승셔 슈어 형부승셔 줌어 공부승셔 민엉 한림학스 쌀짜구 간의디부 못치 빅의지슝 궐어 금즈광녹 금치 은쳥광녹 은어 디원슈 고리 디스마 곤어 용양중군 이심 호위둥군 스어 표긔중군 벌덕게 유격중군 시우 합장군 죠긔 원춤군 메어기 쥬부 자리 쳥쥬즈사 쳥어 셔쥬즈스 셔디 연쥬즈스 연어 쥬쳔티슈 홍어 쳥빅이 즈숀 빅어 탐관오리 즈숀 오젹어 허리진 비암 숭어 슈염 진 디하 구녁업난 견복 비부른 올충이쩨가 반츠로 들어와셔 쥬루를 업듸리니(256)

[토4] ⓛ남의 지긔 짐죽ᄒ기 좀 어려운 놀웃시냐 욧님군이 곤니 식켜 홍슈를 다스리고 공명이 마쇽보니 가졍을 직켜시니 허물며 병든 용왕 신

ㅎ 지죠 알슈 잇나 ㉢뭇난 쏙〃 당쵼쿠나 ㉣[용왕의 신하 쳔거](264)

[토5] 쥬부가 발힝ㅎ여 ㉡슈국 풍경은 죠셕의로 보던 듸라 ㉢슌즁을 어셔 츠즈 만경층파 얼는 지나 쳔봉만학 편답할 졔 ㉣[산중풍경](272)

[토6] ㉠톡기가 이력나셔 무셔운 긔 ㅎ나 업고 과거경쳐 알기로 들어 져 그 져것 무어시요 ㉡쥬부의 된 스졍이 육지 온 지 열어 달의 밤나스로 고숭ㅎ다 토기를 게우 돌나 고국으로 도라가기 시각이 밧바시니 톡기 귀경 시기자고 흿슝의셔 두류ㅎ야 가르쳐 쥴 이가 잇나 ㉢죠케 듸답ㅎ 여 슈궁의셔 벼살ㅎ면 남명팔쳔리를 죠셕 귀경홀 거시니 지체 말고 어 셔 가즈(300)

[토7] ㉠이왕의 왓든 테니 츅실리 귀경ㅎ여 슌즁 여러 동무덜게 이약이 나 ㅎ자ㅎ고 쥬부를 달니여, 올 쎠의는 총총ㅎ야 만경층파 몽이과라 아 무던 쥴 몰나시니 오날은 그러말고 너가 문난듸로 즈셰이 갈의치면 너 도 먹고 오릭 살게 죠흔 간을 혼 부 주졔 ㉡쥬부가 싱각혼 즉 <u>이번의 가난 길은 톡기의게 미인 목슘 톡기의 ㅎ난 말을 드러야 홀 테여든 그 리ㅎ즈 허락ㅎ니</u> ㉢경망혼 져 톡기가 존말리 비숭ㅎ다. ㉣[별주부와 토 끼의 해상경치 문답](316)

[젹1] ㉠화로에 향 피우고 바리의 물 부어 앙쳔암츅 ㅎ시는듸 ㉡가 만〃〃 빈 말슴을 알 슈가 업건마는 졔스를 지니실 졔 츅문이 잇것기예 ㉢이 스셜 짓는 스룸 졔 의스로 지어시니 공명션싱 알으시면 쑤중이나 안 ㅎ실지 ㉣[공명 축문](474, 476)

[젹2] 쳐량혼 우름소리 구쳔의 사못치니 ㉡엄동셜혼 이 시졀에 싯가 분 명 업슬터나 젹벽 오림 호노곡에 원통이 죽은 군스 원죠가 되야나셔 ㉢ 조조의 허다 죄목 죠롱ㅎ야 쑤진는다 ㉣[원조타령](510)

[적3] ㉡일언 난리 당ᄒ야셔 인신이 잡유ᄒ니 인형 지닌 쟝승으로 목신이 업것나냐 ㉣[쟝승타령](516)

[적4] ㉠삼국지에 잇ᄂᆞᆫ ᄉᆞ적 조조가 관공보고 말 타고 비러시되 ㉢비ᄂᆞᆫ 쏜 아니기로 부드기 이 ᄃᆞᆯ문을 셰상이 곳쳣썻다 ㉣[조조 애걸 사셜](524)

[박1] 하직ᄒ고 나올젹의 ㉠남드른 놀보 가쇽이 쓰렁이에 밥 ᄊᆞ 쥬네 진가리 퍼셔 쥬고 공알답인 혼다ᄒ되도 ㉡모도 거진말 ㉢이연의 마음씨난 놀보ᄲ단 더 독ᄒ여 ㉣낭ᄌᆞ하고 진ᄃᆞ 물고 안중문의 비겨셔ᄲ 시종을 귀경타가 홍보 가난 거슬 보고 졔 셔방을 나무리여 졀어한 쎄군놈을 단ᄲ이 쳐쥬어야 다시난 안 올턴듸 엇터케 쎠려관듸 예상으로 거러가니 게집은 잘 즙줘졔 다리칼 공알 쥬먹 동싱은 우이ᄒ야 사졍을 보와쑤만(344)

[박2] ㉠스물다셧 되난 ᄌᆞ식 다른 ᄉᆞ람 ᄌᆞ식 낫듯 혼 ᄇᆡ의 ᄒᆞ나 나아 습ᄉᆞ셰 되연 후의 나코 나코 ᄒ여셔야 ㉡ᄉᆞ십이 못다되여 그리 만이 나컨ᄂᆞ냐 ㉣혼 ᄇᆡ의 두셋식 ᄃᆞ고 나아 노와구나(344)

[박3] ㉡남의 ᄌᆞ식 갓트면은 농ᄉᆞ하니 나무ᄒ니 혼창들 벌연만은 원 늦되여셔 부르난게 엄메 아비 음식 일흠 아난 거시 밥쑨이로구나 다른 음식 아ᄌᆞ한들 셰상의 난 년후의 먹기난 고ᄉᆞᄒ고 보거나 듯거나 ᄒ엿셔야 허졔 ㉢밥 갓다 줄 쎠가 죠금 지닌면은 뭇 놈이 그져 각청으로 어메 밥 어메 밥 ᄒ난구나(346)9)

---

9) 「셩두본B」의 이 부분은 지평전환의 방향만 제시한 것이 아니라 자신의 지평을 서술한 ㉡+㉣의 형태이다.
[박3-셩두본B] ㉡남의 ᄌᆞ식 갓거드면 농ᄉᆞ하니 나무ᄒ니 혼창들 벌연만은 원 늦되여셔 부르난게 엄메 아비 음식 일흠 아난 거시 밥쑨이로구나 다른 음식 아ᄌᆞ한들 셰상의 난 년후의 먹기난 고ᄉᆞᄒ고 보거나 듯거나 ᄒ엿셔야 허졔 ㉣밥 갓다 줄 쎠가 죠금 지닌면은 뭇 놈이 그져 각청으로 어메 밥 어메 밥 ᄒ난소리 비올 날 졔방축 기

[박4] ㉠졔비가 바다 물고 죠션으로 나올 젹의 ㉡무인지경 누만리의 인가를 볼 슈 잇나 ㉣츈연이 쇼임목 밤이면 낭긔 자고 날리 시면 듸시 날아 숨월 숨일 원정일의 흥보집 차자드니(360, 362)

[박5] ㉡묵은 스셜 써 무드니 ㉢박 늬력을 가지고셔 사셜 지어 먹이거든 즈니난 뒤만 밧쇼 ㉣[박내력 사설](366)

[박6] ㉠비심이 든든혼 춤 둘치 통을 쏘 켜난디 ㉢장 굼썬 흥보 신셰 쯧박기 밥보더니 아죠 밥의 골몰ᄒ여 톱질 셜쇼리를 밥으로 메기것다 ㉣[밥사설](374)

3. 서술자 개입의 양상

(1) 지평전환 관련 요소들의 개별적 양상

'㉠ 선행지평 제시'는 대부분 [토1]의 ㉠처럼 선행지평의 핵심을 요약하여 제시하는 방식으로 이루어진다. '요약 제시'를 주로 하는 이유는 불만스런 선행지평보다 자신의 지평을 제시하는 것이 더 중요하기 때문이다.10) 그러나 드물게 [동4]의 ㉠과 [심1]의 ㉠처럼 선행지평을 거의

고리 서릐도 갓고 셕양천 쩨미암이 소리도 갓고 언졔라도 밥 들고 들어가도록 어메 밥 어메 밥 ᄒ는구나 (346)

10) 채트먼이나 리몬-케넌 등 서사 이론가에 따라 서사물의 의사소통 과정을 다르게 도식화하지만, 작가와 서술자는 다르며 개념적으로 구분된다는 것은 명백하다. 그런데 신재효 판소리 사설에서 서술자는 신재효의 개작의식을 충실히 수행하는 대리자이다. 그러므로 서술자가 개입하여 자신의 존재를 드러내는 부분은 신재효 자신의 개작 의사를 내비친 부분으로 볼 수 있다. 실제작가와 서술자(화자)를 구분할 필요가 있을 때는 그렇게 하겠지만, 그렇지 않은 경우에는 서술자의 개입을 실제작가인 신

그대로 제시하기도 한다. [동4]의 ㉠은 선행지평의 '양반 사랑가'를 더 늠 형태로 제시한 것이다. [심1]의 ㉠은 선행지평인 심청의 인당수 투신 대목에서 심청이 두려워하는 모습을 더늠 형태로 제시하고 있다. 선행 지평의 사설을 이렇게 제시하면 신재효가 인지한 선행지평의 특징을 분 명히 확인할 수 있다. 온전한 더늠 형태로 제시하면 장면 구체화가 이루 어지므로 이를 '장면 제시'라 할 수 있다.

'㉡ 선행지평 판단'은 [토1]에서처럼 선행지평의 문제점을 지적하며 부정하는 것이 일반적이다. 신재효는 선행지평에 대해 무엇인가 불만스 런 점이 있었기 때문에 서술자로서 비판적 개입을 했을 것이므로 이것 은 당연하다.[11] 그러나 비판적 검토를 통해 선행지평의 합리성을 인정 하여 수용하는 경우도 있다.[12] [남6], [동4], [심2] 등이 그러한 예이다. [남6]의 경우 선행지평의 "옥즁 고생ᄒᆞᄂᆞᆫ 터의 복치를 달는 말니" 이면 이 틀렸음을 지적하면서도 수용했다. [동4]의 경우 선행지평인 '양반 사 랑가'를 골계성이 적다고 비판하면서도 삭제하지 않았다. [심2]는 ㉠이 없지만 황후가 된 심청이 맹인 잔치에서 심봉사를 확인하자 심봉사에게 달려드는 내용이었음을 짐작할 수 있다. 이를 두고 ㉡에서 서술자는 황 후로서의 체통보다 부녀간 천륜을 중요시한 선행지평을 비판적으로 검

재효의 개입으로 보면서 논의를 진행한다.

채트먼과 리몬-캐넌의 이론은 다음을 참고하였다.

한용환 옮김, 『이야기와 담론—영화와 소설의 서사구조』, 고려원, 1991, 179면.

최상규 역, 『소설의 시학』, 문학과 지성사, 1985, 133면.

11) [심1]에서 선행지평의 의의를 인정하지 않음에도 더늠의 형태로 제시한 이유를 서 종문(2008)에서 "판소리 사설의 충실한 기록자의 기능과 비판적 개작자의 기능을 동시에 수행하려한 결과"(67면)로 해석하였다.

12) 수용하되 변형을 하기에 지평전환이 이루어지기도 하고 서술자 개입 그 자체가 사 설의 변형을 초래하기도 한다. 이에 관해서는 본장 4절에서 논의할 것이다.

토한 후, 자기 나름의 논리적 근거를 들어 선행지평의 적절성을 인정하고 있다.[13] 결과적으로 적절성을 인정하긴 했지만, 수용자들 사이에 의혹과 논란이 있을 수 있는 부분으로 판단한 신재효가 서술자 개입을 통해 비판적 검증을 거침으로써 이런 의혹을 해명하고 논란을 잠재우려 했던 것으로 보인다.

'ⓒ 지평전환 방향 제시'는 ⓛ과 밀접한 관령성이 있다. 이들 두 요소가 [토1]에서처럼 모두 존재하기도 하지만, 둘 중에 하나만 나타나기도 한다. 그러나 둘 다 존재하지 않는 경우는 없다. ⓒ에서 자신의 개작에 대해 다른 사람, 특히 상층 감상자인 좌상객(座上客)의 판단, 평가를 요청하기도 한다. [남5]에서는 춘향이 꿈에 황릉묘(皇陵廟)가 아닌 다른 장소를 찾아가는 것으로 개작하려 하는데 좌상객들이 판단, 평가해주기 바란다고 했다. [적1]의 "공명션싱 알으시면 쑤즁이나 안 흥실지"도 판소리 감상자를 의식한 발언으로 볼 수 있다.

'ⓔ 전환된 지평 서술'은 [토1]을 비롯해 [남1], [남2], [남3], [남4], [남5], [남7], [동1], [동3], [동4], [심1], [토3], [토4], [토5], [토7], [적1], [적2], [적3], [적4], [박5], [박6]에서처럼 온전한 더늠 형태로 서술되기도 하고, [남6], [남8], [남9], [동2], [심2], [심3], [심4], [토2], [토6], [박1], [박2], [박3 – 성두본B], [박4]처럼 요약적 서술 형태로 처리되기도 한다. 더늠 형태는 창으로, 요약 형태는 아니리로 제시할 것을 염두에 둔 것으로 생각된다. ⓛ에서 부정된 선행지평은 ⓔ에서 삭제되거나 다른 것으로 대체된다. 전에 없던 새로운 지평이 생성되기도 한다.

드물지만, 지평전환 관련 요소의 제시 순서가 바뀌기도 한다. [동3]이

---

13) 현재 전승되는 여러 창본에서 [동4]의 ㉠과 유사한 사랑가 지평은 전승되고 있으나, [심2]의 ㉠에서 언급한 황후의 체통을 앞세우는 이본은 보이지 않는다.

그 예이다. ㉠은 선행지평의 특징을 요약적으로 제시한 것이고 ㉡은 ㉠을 비판하는 근거이다. ㉡이 ㉠을 분할함으로써 요소들의 제시 순서가 바뀌었다고 할 수 있다. 순서 바뀜이 큰 의미가 있는 것 같지는 않다. [동3] 이외에는 제시 순서가 바뀐 예가 없어서 ㉠, ㉡, ㉢, ㉣의 순서가 일반적임을 알 수 있다.

이상에서 살핀 지평전환 관련 요소들로 본 서술자 개입의 양상은 대략 다음과 같이 정리할 수 있다.

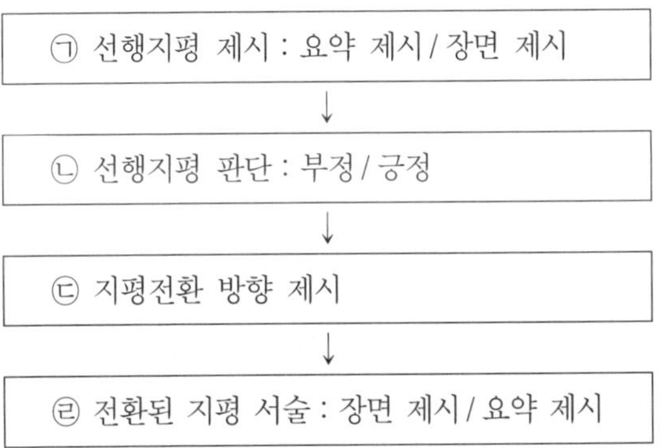

(2) 개작 의사를 드러내는 방식으로 본 양상

사설 개작 의사를 드러내는 방법에는 서술자에 의한 간접화법을 통해 드러내는 방법, 인물에 의한 직접화법을 통해 드러내는 방법, 인물의 발화에 서술자의 발화를 침투시켜 드러내는 방법이 있을 수 있다. 이 가운데 인물의 직접화법을 통해 드러내는 방법을 서술자 개입으로 보기 어려우므로 나머지 두 방법이 논의 대상이 된다.

서술자의 발화를 통해 개작 의사를 드러내는 것이 일반적인 형태임은 긴 설명이 필요 없을 것이다. 개작 의사를 사설 문면에 명시적으로 드러내기도 하지만, 경우에 따라 개작 의사를 뚜렷이 내비치지 않고 선행지평을 의식하면서 자연스럽게 자신의 기대지평으로 전환시키는 경우도 있다.

잘라 말하기 어려운 자료도 있으나, [남4], [남5], [남6], [남7], [동1], [동2], [동3], [동4], [심1], [심2], [토1], [토4], [토6], [적1], [적4], [박3], [박4] 등은 명시적으로 개작 의사를 드러낸 경우로 볼 수 있다. 예컨대, [남4]의 경우 "㉠십장가〃 질어셔는"은 선행지평의 불만인 점을, "㉡집장ᄒ고 치는 미의 언의 틈의 홀 슈 잇나"는 그 이유를, "㉢한귀로 몽구리되 안죽은 제 글즈요 밧죽은 육담이라"는 개작할 방향을 나타냄으로써 명시적으로 개작 의사를 드러냈다. 그러나 [남7]처럼 개작 의사 속에 그 이유를 드러내지 않기도 한다.

[토5]의 "㉡슈국 풍경은 죠셕의로 보던 듸라 ㉢순즁을 어셔 츠즈 만경창파 얼는 지나 천봉만학 편답할 졔"라는 구절은 개작 의사를 명시적으로 드러낸 것이 아니다. 우리가 이 부분을 서술자의 개작자적 개입으로 판단하는 것은, ㉡이 선행지평인 '고고천변'의 불합리함을 비판한 것이고, ㉢은 이를 대신하여 '산중풍경'을 서술하겠다는 의사 표시이며, ㉣은 '산중풍경'을 서술하는 부분임을 다른 자료와 견주어 파악해낼 수 있기 때문이다. 이 자료의 경우, 신재효는 개작 의사를 문면에 명시적으로 드러내지 않았지만 선행지평을 의식하면서 서술자 개입을 통해 자신의 기대지평으로 전환시키고 있다. 이 밖에 [남1], [남2], [남3], [남8], [심2], [토3], [적2], [적3], [박1], [박3]([박3-성두본B]) 등을 이 경우로 볼 수 있다.

한편, 서술자의 발화가 인물의 발화에 침투하는 방식으로 선행지평을 전환시키는 경우도 있다. [남6], [남9], [심3], [토2], [토7], [박5] 등이 그 예이다.

[남6]에서 "옥중 고생ᄒᆞᄂᆞᆫ 터의 복치를 달ᄂᆞᆫ 말ᄂᆡ 리면은 틀럿시나"는 "져 쇼경 ᄒᆞᄂᆞᆫ 말이"에 의해 이끌려 나왔으므로 표면상으로 인물의 발화 중 일부이다. 그러나 이것은 봉사가 꿈해몽을 하면서 복채를 달라고 하는 선행지평을 의식한 신재효가 서술자의 발화를 작중인물인 봉사의 발화에 침투시켜 이루어진 것이다. [남9]도 이와 다르지 않다. "아무리 귀ᄒᆞ긔로 ᄂᆡᄀ 너의 낭군이다 정당으로 불너 올녀 두리 셔셔 ᄃᆡ면ᄒᆞ면 쇼즁하신 봉명ᄒᆡᆼᄎᆞ 그 우셰ᄀ 엇쩌컨나"는 "어ᄉᆞ쏘 안 마음의"란 표지로 보아 이몽룡의 내면의식을 서술하려 한 것이 분명하다. 그런데 여기서 이몽룡이 자신의 "봉명ᄒᆡᆼᄎᆞ"를 "쇼즁하신"으로 표현한 데 주목할 필요가 있다. '-시-'는 행위의 주체를 높이는 구실을 하므로 봉명행차의 주체인 이어사가 자신을 스스로 높이는 꼴이다. 이것은 이어사의 행차가 지엄한 왕명에 의해 이루어지는 거룩한 행위라는 신재효의 의식이 침투한 결과로 해석할 수 있다. 즉, 인물의 발화에 서술자의 의식이 침투하는 방식으로 서술자 개입이 이루어지고 있는 것이다.

[심3]에서 ㉠의 "인당슈의 아니 죽고 ᄉᆞ단 말도 신통ᄒᆞ듸 향곡의 밍인 여식 만승황후 되단 마리 만고의 잇것난가"는 선행지평의 존비법(尊卑法)을 따라 심봉사의 발화를 제시한 것이다. ㉣ "ᄒᆡ기의 ᄒᆞᆫ 일이오니 전후 ᄂᆡ력을 이약이로 ᄒᆞ옵쇼셔"는 ㉠에 연속되는 심봉사의 발화이다. 심봉사의 연속되는 발화가 ㉡과 ㉢에 의해 분리되어 있는 셈이다. ㉡은 ㉠을 비판한 것이고, ㉢은 개작의 방향을 제시한 것이다. ㉣은 자신의 기대지평으로 개작한 것이다. 그런데 ㉣은 순수한 작중인물의 발화로

보기 어렵다. "흥기의 혼 일이오니"는 선행 지평에서 심봉사가 황후인 심청에게 낮춤말로 하기에 서술자도 이를 따라해 본 것이라는 말이다. 이것은 서술자의 입장에서 할 수 있는 말로서, 작중인물인 심봉사의 발화에 서술자의 발화가 침투한 것이다. 이 말을 전후로 앞부분은 선행지평의 존비법이고 뒷부분은 신재효의 지평으로 전환시킨 존비법이다.

[토2]의 ㉡은 "대왕의 형체는 인간과 달라서 인간의 침약(針藥)으로 구할 수 없다."는 것으로 요약된다. 선행지평의 침사설(針辭說)과 약사설(藥辭說)의 불합리성을 지적하고 이를 삭제하는 근거를 마련한 것이다. 이것도 선행지평의 침사설과 약사설을 의식한 신재효가 도사의 발화에 침투하는 방식으로 개작 의사를 드러낸 것으로 볼 수 있다. [토7]은 [토1] 바로 앞부분으로, [토1]의 ㉣을 공유한다. 별주부의 내면의식을 드러내는 [토7]의 ㉡ "이번의 가난 길은 톡기의게 미인 목슘 톡기의 흣난 말을 드러야 홀 테여든"은 서술자의 발화인 [토6]의 ㉡ "쥬부의 된 스정이 육지 온 지 열어 달의 밤나스로 고승흐다 토기를 게우 돌나 고국으로 도라가기 시각이 밧바시니 톡기 귀경 시기자고 희숭의셔 두류흐야 가르쳐 줄 이가 잇나"와 정확히 대응되는 부분이다. 그러므로 [토7]의 ㉡은 서술자가 [토6]의 ㉡을 의식하면서 별주부의 발화에 침투한 것이다.

[박5]의 ㉡도 이런 관점에서 볼 수 있다. 즉, [박5]의 ㉡ "묵은 스셜 쩐 무드니"는 작중인물인 흥보의 발화이지만 '박사설'을 두루 섭렵하여 알고 있는 신재효의 의식이 침투해 있다. 언어유희(pun)를 통해 묵은 사설은 새로운 맛이 없으므로 박내력으로 박사설을 새로 짜겠다는 개작 의사를 흥보의 발화에 침투하여 제시하고 있는 것이다.

서술자의 언어가 인물의 발언에 간섭·침투하는 경향은 문장체 소설의 특성이다.14) 신재효 사설에 이런 현상이 나타난다는 것은 그의 서술자 개입이 그의 사설에 문장체 소설의 성격을 덧입히는 결과로 나타남을 의미한다.

(3) 관련 요소들의 출입과 관련된 양상

신재효의 판소리 사설의 서술자 개입은 지평전환 관련 요소들이 여러 형태로 결합하여 이루어진다. 이들 요소를 모두 갖춘 경우도 있지만 그렇지 않은 경우가 더 많다.

ⓒ과 ⓒ 중 하나는 반드시 있어야 한다. 둘 다 없으면 서술자 개입이 이루어질 수 없기 때문이다. ⓒ과 ⓔ 중 하나는 반드시 있어야 한다. 둘 다 없으면 지평전환이 이루어지지 않는다. ⓙ은 다른 요소들과 관계없이, 나타날 수도 있고 나타나지 않을 수도 있다. ⓒ이 생략되면 ⓒ을 통해 선행 지평에 대해 어떤 판단을 했는지 유추할 수 있고, ⓒ이 생략되면 ⓒ을 통해 개작할 사설의 지평전환 방향을 유추할 수 있다. 예컨대, [동1]의 ⓒ에서 선행지평에서 다담상(茶啖床) 같이 술상을 차린다는 것은 이면(裏面)에 합당하지 않음을 비판하고 있다. ⓒ은 생략되었지만 ⓒ을 통해 다담 같은 상이 아닌 다른 형태의 상차림을 하는 방향으로 개작할 것임을 유추할 수 있다. ⓔ을 보면 다담상보다 간소한 상차림을 하는 방향으로 전환되었다. [심1]의 ⓒ은 선행지평에 대한 비판이지만 심청의 인당수 투신을 효녀의 죽음에 부합하는 방향으로 개작하겠다는 의사를 내포하고 있다는 점에서 생략된 ⓒ을 유추할 수 있다. [토2]는 ⓒ이 생

---

14) 김병국, 「판소리 서사체와 문어체 소설」, 『한국 고전문학의 비평적 이해』, 서울대출판부, 1995, 191~198면.

략된 형태이다. [토2]의 ⓒ은 벼슬 이름을 조선의 벼슬 이름과 다르게 부여하는 방향으로 개작하겠다는 의사를 표시하고 있다. 이를 통해 선행지평은 조선의 벼슬 이름을 사용하고 있음을 짐작할 수 있으므로 ⓛ을 유추해 낼 수 있다.

ⓒ이 생략되면 ⓡ이 반드시 있어야 지평전환이 이루어지므로 ⓡ을 통해서도 확인할 수 있다. ⓡ은 ⓛ과 ⓒ이 모두 나타날 때는 ⓒ이 전환시키려는 지평의 방향을 제시하므로 ⓡ을 생략할 수 있다. ⓒ이 생략되면 전환시키려는 지평을 알 수 없으므로 ⓡ이 반드시 있어야 한다. ⓛ이 생략될 경우 ⓒ이 반드시 나타나므로 ⓡ이 반드시 있을 필요는 없지만 ⓡ이 항상 나타나는 것이 자료의 실상이다. 그 까닭은 ⓡ은 자신의 지평을 제시하는 가장 중요한 부분으로 ⓒ만으로는 지평전환이 구체화되지 않기 때문일 것이다.

이상을 토대로 자료의 실상을 정리하면 다음과 같다. ⓛ과 ⓒ 중 어느 하나는 반드시 있어야 하고, ⓒ과 ⓡ 중 어느 하나는 반드시 있어야 하므로 ⓛ+ⓒ, ⓛ+ⓡ, ⓒ+ⓡ, ⓛ+ⓒ+ⓡ의 4가지 형태가 있을 수 있다. 여기에다 ㉠이 생략될 수도 있고 나타날 수도 있으므로 ㉠이 포함된 4가지 형태를 합하여 다음의 8가지 유형이 있을 수 있다. 그런데 자료를 검토한 결과 ㉠+ⓛ+ⓒ 형은 나타나지 않아 7가지 유형으로 정리할 수 있다. 유형과 자료를 대응시키면 다음과 같다.

ⓛ+ⓒ 형 : [박3]
ⓛ+ⓡ 형 : [심2], [심4], [적3], [박3 – 성두본B]
ⓒ+ⓡ 형 : [남1], [남2], [토2], [토3]
ⓛ+ⓒ+ⓡ 형 : [토4], [토5], [적2], [박5]
㉠+ⓛ+ⓡ 형 : [남6], [남9], [동1], [동2], [심1], [토6], [박2], [박4]

ㄱ+ㄷ+ㄹ 형 : [남5], [남7], [남8], [적3], [박6]
ㄱ+ㄴ+ㄷ+ㄹ 형 : [남3], [남4], [동3], [동4], [심3], [토1], [토7], [적1], [박1]

ㄴ이 지평전환의 근거에 해당하므로 이를 기준하여 각 형태의 특징을 살펴보자. ㄱ+ㄴ+ㄷ+ㄹ 형은 모든 요소를 두루 갖추고 있어서 지평전환의 양상을 가장 명확하게 보여준다. ㄱ에서 선행지평을 요약하지 않고 더늠 형태로 제시할 때 더욱 그렇다. ㄱ+ㄴ+ㄹ 형은 지평전환 방향 제시가, ㄴ+ㄷ+ㄹ 형은 선행지평 판단이 생략된 유형이다. 생략이 가능한 까닭은 ㄴ을 통해 ㄷ을 유추할 수 있고, ㄷ을 통해 ㄴ을 유추할 수 있기 때문이다. ㄷ의 생략은 ㄹ이 있기 때문에 가능한 일이기도 하다. ㄴ+ㄷ 형과 ㄴ+ㄹ 형은 선행지평이 생략된 공통점이 있으면서 지평전환 방향을 제시하는가, 전환된 지평을 서술하는가의 차이가 있다. 이렇게 보면, ㄴ과 ㄹ이 지평전환의 핵심적 요소라 할 수 있다.

ㄱ+ㄷ+ㄹ 형과 ㄷ+ㄹ 형은 선행지평에 대한 판단이 빠져 있어 개작의 이유를 선행지평과 전환된 지평의 대비를 통해 유추할 수밖에 없다. 전자의 경우 ㄱ이 있으므로 ㄷ, ㄹ과 견주어 보면 ㄴ을 유추할 수 있다. [남6]의 경우 춘향의 황릉묘행(皇陵廟行)과 천장전행(天章殿行)의 차이가 갖는 의미를 통해, [남7]의 경우 춘향이 산물(散物)을 하는 것과 신행길 차리는 것의 차이가 갖는 의미를 통해, [남8]의 경우 [동1]을 통해 다담상과 간소한 상의 차이가 갖는 의미를 통해 지평전환의 이유와 의미를 유추할 수 있다. ㄴ+ㄷ+ㄹ의 형태는 ㄱ이 없는 대신 ㄴ이 있어서 ㄱ을 유추할 수 있다.

(4) 지평전환과 관련된 양상

지평전환 요소들의 결합하여 선행지평을 어떤 방향으로 전환시키는지 살펴보기로 한다.

[남9], [동2], [토2], [토5], [토6]에서는 선행지평을 삭제했다. 삭제란 선행지평을 소거하고 새로운 지평을 생성하지 않는 개작을 의미한다. 삭제는 선행지평에 대한 전면적 부정이다. [남9]에서는 '동헌 상봉'을, [동2]에서는 이도령 꾀배 앓는 대목을, [토2]에서는 '도사 집맥 사설(道士執脈辭說)', '약사설(藥辭說)', '침사설(針辭說)'을, [토5]에서는 '수국 풍경(水國風景)'을, [토6]에서는 '범피중류(泛彼中流)'를 삭제했다.

[동4]와 [적1]에서는 새로운 사설을 생성했다. 생성이란 선행지평에 없던 것을 창작하는 개작을 의미한다. 생성은 삭제보다 적극적 지평전환이라 할 수 있다. 신재효는 [동4]에서 '육담(肉談) 사랑가'를, [적1]에서 '공명 축문(孔明祝文)'을 생성했다.

선행 사설을 새로운 지평으로 대체한 경우도 있다. 대체란 선행 사설에 있던 것을 부정·지양하고 자신의 기대지평에 부합하는 방향으로 개작하는 것을 의미한다. [남1], [남2], [남3], [남4], [남5], [남7], [남8], [동1], [동2], [동3], [심1], [심3], [토1], [토3], [토5], [토7], [박1], [박2], [박3]([박3-성두본B]), [박5], [박6] 등 다수의 자료가 이에 해당한다.15) [남1]에서는 '사벽도(四壁圖) 사설'을 '열녀 그림'으로, [남2]와 [동

---

15) [토5]의 경우 '수국풍경'을 삭제하면서 '육지풍경'을 서술했다. '육지풍경'은 선행지평에 이미 있던 것이지만 선행지평과 전혀 다르다는 점에서 선행지평을 대체했다고 할 수 있다. 그래서 [토5]는 선행지평의 '수국 풍경'에 대해서는 삭제를, '육지풍경'에 대해서는 대체를 한 셈이다. [토5]는 대체보다는 삭제에 초점을 두고 서술자 개입을 했으므로 삭제를 통한 지평전환에 포함시켰다.

1]에서는 '다담상 차림'을 '간소한 상차림'으로, [남3]과 [남4]에서는 '긴 십장가(十杖歌)'를 '짧은 십장가'로, [남5]에서는 '황릉묘행 사설'을 '천장전행 사설'로, [남7]에서는 '춘향 산물 사설'을 '신행길 사설'로, [남8]에서는 '권주가'를 '시조 반말 권주가'로 대체했다. [동3]에서는 이도령과 춘향이 번갈아가며 하는 말농질·어붐질 사설을 이도령 단독의 말농질·어붐질 사설로 대체했다. [심1]에서는 심청이 인당수 투신을 두려워하며 주저하는 사설을 의연하게 투신하는 사설로 대체했다. [심3]에서는 심봉사가 황후가 된 심청을 하대(下待)하는 것을 존대(尊待)하는 것으로 대체했다. [토1]과 [토7]에서는 토끼와 이비·굴원 문답을 토끼와 별주부의 해상 경치 문답으로 대체했다. [토3]에서는 신하들의 벼슬 이름을 조선의 관직명에서 조선과 다른 관직명으로 대체했다. [박1]에서는 놀보처가 홍보를 후대하며 보내는 것을 박대하며 보내는 것으로 대체했다. [박2]에서는 선행지평에서 홍보가 자식을 2, 3년마다 한 명씩 낳았다고 설정한 것을 한 배에 2, 3명씩 낳는 것으로 대체했다. [박3]([박3-성두본B])에서는 '음식타령'을 '밥타령'으로 대체했으며, [박5]에서는 선행지평의 '박사설'을 '박내력 사설'로 대체했다. [박6]에서는 서럽게 부르는 '박사설'을 흥겨운 '밥사설'로 대체했다.

이상의 삭제, 생성, 대체는 선행지평을 부정 판단하여 지양한 것이라 할 수 있다. 이와 달리 선행지평에 대한 긍정 판단으로 사설을 변형시키거나 사설이 변형되는 경우도 있다.

[토4], [적2], [적3], [적4], [박4] 등은 선행지평의 변형에 해당한다. 변형은 선행지평을 포괄적 범위에서 수용하되 세부적 차원에서 개작하는 전환을 가리킨다. [토4]에서는 선행지평인 용왕의 신하 천거를 수용하되 용왕이 천거하고 백의 재상이 부당함을 지적하는 방식으로 변형시

켰다.[16) [적2]에서는 선행지평의 '새타령' 또는 '원조타령(怨鳥打令)'을 자신의 '원조타령'으로 변형시켰으며, [적3]에서는 '장승타령'을 수용하되 장승의 애걸이나 조조 원망을 지양하고 장승이 조조를 꾸짖는 방향으로 변형했다. [적4]에서 신재효는 『삼국지연의(三國志演義)』의 조조(曹操)가 말타고 비는 부분을 지적하면서, 그렇게 하는 것은 비는 모습이라 하기 어려우므로 개작하겠다는 의사를 드러냈다. 그런데 "셰상이 곳쳣썼다"는 말을 통해 신재효의 선행지평이 이미 조조가 말에서 내려 비는 형태였음을 짐작할 수 있다. 즉, 신재효는 선행지평의 '조조 애걸 사설'을 보고 『삼국지연의』를 떠올리며 선행지평을 긍정적으로 수용하여 변형시킨 것이다. [박4]에서 선행지평의 제비가 조선으로 날아오는 부분을 수용하되, 밤에 자고 낮에 이동하는 것으로 변형시켰다.

[남6], [심2], [심4]는 선행지평을 수용한 경우이다. 그러나 수용의 경우에도 서술자 개입을 통해 수용하므로 서술자 개입 그 자체가 선행지평의 변형인 셈이다. 왜냐하면 서술자 개입이 있는 부분 그 자체가 신재효 사설의 특성이 되기 때문이다. 변형과 수용은 선행지평을 인정하면서 지평을 전환시킨다. 그러므로 선행지평에 대한 부정 판단이 선행지평에 대한 긍정 판단보다 큰 변화를 초래한다.

---

16) 신재효 이전에는 신하들끼리 서로 천거하고 본인은 가지 않겠다고 발뺌하는 형태와 서로 가겠다고 나서는 신하들을 용왕이 그 능력을 의심하며 거부하는 형태가 있었을 것으로 보인다.

4. 서술자 개입으로 인한 지평전환의 방향

⑴ 구성상의 개연성 강화

사건 전개나 인물 행위의 인과 관계 강화는 구성상의 개연성을 높이는 중요한 방법이다. 신재효는 판소리 사설을 구성하는 요소들 상호 간을 긴밀한 인과 관계로 맺거나 전후 모순을 없애는 방향으로 사설을 개작했다. 주지하다시피, 장면 극대화 또는 장면 구체화를 지향하는 경향과 더늠을 중심으로 전승되어 온 연행 방식 등으로 인해 판소리 사설은 부분과 부분, 부분과 전체의 결합력과 통일성이 문장체 소설에 비해 약하다. 신재효는 선행 사설의 이러한 특성을 지양하고 구성상의 개연성을 강화하는 방향으로 사설을 개작했다. 서술자 개입을 통해 구성상의 개연성을 강화하는 방향으로 지평전환이 이루어지는 자료에는 [남1], [남3], [남5], [남7], [동3], [심1], [토3], [적2] 등이 있다.

「춘향가」에서 '사벽도 사설'은 춘향의 성격 형상화와는 별반 관련성이 없다. 그러나 그의 방에 '열녀(烈女) 그림'이 걸려 있다면 이것은 춘향의 성격 또는 이념적 지향성을 표상하는 것으로 해석할 수 있다. 그러므로 [남1]에서 '사벽도 사설'을 '열녀 그림'으로 대체한 것은 구성상의 개연성을 강화한 개작이라 할 수 있다. [남3]에서 신재효는 선행지평이 춘향을 열녀로 설정하였음에도[17] 열녀에 부합하는 언행을 하지 않는다고 ― 않으면 불합리하다고 ― 비판하며 이에 부합하는 방향으로

---

17) 선행지평에서 열녀에 걸맞지 않은 행동을 실제로 했을 수도 있고, 만약 아프다는 말을 한다면 열녀로 설정한 인물형상과 부합되지 않으므로 불합리하다는 가정일 수도 있다.

개작했다.

[남5]에서 선행지평의 황릉묘행을 천장전행으로 개작한 것도 구성상의 개연성을 높이고 있다. 춘향의 몽중 황능묘행은 열녀 행위를 한 춘향이 열녀로 이름난 순(舜) 임금의 두 부인 아황(娥皇)과 여영(女英)을 만나 칭찬을 듣는 장면은 극히 자연스러운 것으로, 춘향의 황릉묘행은 춘향의 열녀 형상을 강화하는 구성상의 개연성을 가진다. 그런데 황릉묘행은 열녀 행위를 한 춘향이 왜 그토록 고통을 받는가 하는 점을 설명하지 못한다. 선행지평에서는 독자들의 이런 의문이 「춘향가」 한바탕이 끝날 때가지 풀리지 않을 것이다. 신재효는 이 점이 불만이었던 것으로 보인다. 천장전행은 춘향의 열녀 행위와는 무관하여 열녀 형상을 강화하지는 못하지만, 춘향의 열녀 행위와 수난 사이의 모순을 설명해 줄 수 있다.18) 사랑 때문에 수난을 겪었던 직녀(織女)의 말을 통해 춘향의 시련은 천상계에서 지은 사랑의 죄 때문임이 밝혀짐으로써 춘향의 수난을 쉽게 수긍할 수 있다. 황릉묘행을 천장전행으로 전환시킨 것은 춘향을 열녀화하는 소재가 하나 줄어드는 정도이지만, 춘향의 수난을 합리적으로 설명함으로써 구성상의 개연성을 강화하고 있다.

[남7]에서 신재효는 춘향이 이몽룡에게 산물(散物)하는 것은 열녀 형상에 부합하지 않는다고 판단하여 '신행길 사설'로 대체했다. 춘향은 천장전행 꿈을 통해 현재 겪는 고난이 전생의 죄과(罪果) 때문임을 알았을 뿐만 아니라, 직녀가 "감심ᄒ고 지니면은 후일의 부귀영화 칙량이 업슬 것을(50)" 일러 주었으므로, 춘향 자신이 죽지 않을 것임을 확신하고 신행길을 당부하는 방향으로 개작했다. 이처럼 춘향의 '천장전행 사설'과

---

18) 김석배, 「춘향가의 더늠과 기대지평의 전환」, 『동리연구』 2, 동리연구회, 1994, 21면 참고.

'신행길 사설'은 구성상의 개연성을 획득하고 있다.

[동3]의 춘향과 이도령의 '초야사설(初夜辭説)'에서 춘향이가 스스로 옷을 벗고 말농질과 어붐질을 한다는 것은 열녀 성격에 맞지 않다고 비판하면서 이도령의 적극적 언행과 춘향의 소극적 언행으로 전환시켜 구성상의 개연성을 높이려 했다.

이상에서 보듯이 신재효는 「춘향가」의 부분과 부분, 부분과 전체 사이의 모순을 제거하여 구성상의 개연성을 강화하는 방향으로 개작하였다. 「춘향가」의 춘향은 '열녀 춘향'과 '기생 춘향'의 성격이 공존한다. 대체로 이른 시기 이본일수록 '기생 춘향'의 성격이 강하고, 후대의 이본일수록 '열녀 춘향'의 성격이 강하다. [남3]의 "아푸단 말 ᄒᆞ여셔는 열녀가 아니라고", [동3]의 "열녀 되는 아히로서"에서 단적으로 드러나듯이, 서술자 개입을 통해 신재효는 춘향 성격의 양면성 가운데 '열녀 춘향'으로서의 면모를 강화하는 방향으로 개작하고 있다. '춘향은 열녀'라는 서술시각(敍述視覺) 설정에 입각하여 이에 합당한 언행을 보여주는 인물로 형상화하려는 노력을 「춘향가」 전바탕을 통해 지속적으로 하고 있는 셈이다. 이런 성향은 「동창 춘향가」보다 「남창 춘향가」에서 훨씬 뚜렷하다.

[심1]에서 두려움과 주저함, 인간적 번뇌의 모습을 보이는 심청을 결연한 의지로 투신하는 효의 화신(化身)으로 바꾸었다. 「심청가」에서 구성상의 개연성 강화가 심청의 효녀화를 지향한다는 점은 「남창 춘향가」에서 구성상의 개연성이 춘향의 열녀화를 지향한다는 것과 같은 맥락에서 이해할 수 있다.

[토3]의 '신하입시' 대목에서 조선과 다른 벼슬 이름을 부여한 것은 구성상의 개연성을 강화하는 방향이다. 공간 배경을 상고 시대부터 문

헌에 등장하는 용궁으로 설정하였으므로 조선과는 다른 관직명을 가지는 것은 자연스럽다는 논리이다. 그런 후 문반과 무반이 구별하여 입시하고 그들이 서로 대립하는 모습으로 그렸다. 이것은 조선의 정치 현실을 일정 부분 반영한 것으로 볼 수 있겠는데, 조선과 다른 관직명 부여는 현실 비판을 강화하기 위한 안전 장치로 해석할 수 있다. '신하입시'에서 별주부가 함께 등장하지 않는 것은 부정적으로 그려지는 다른 신하들과 충신으로 그려지는 별주부를 구별 짓기 위함이다.

[적2]의 '원조타령'은 신재효 이전부터 존재하던 더늠이다.[19] 현실적으로 한겨울에 새가 있을 수 없지만, 적벽강(赤壁江)·오림(烏林)·호로곡(葫蘆谷)에서의 군사들의 원통한 죽음과 인과 관계를 부여함으로써 구성상의 합리성을 꾀하고 있다. 나아가 신재효의 '원조타령'은 '새타령'이나 선행의 '원조타령'보다 「적벽가」 문맥에 밀착시켜 구성적 결합력을 강화시키고 있다.

(2) 현실맥락상의 핍진성(逼眞性) 강화

현실맥락상의 핍진성이란 사건이나 장면이 실제적으로 일어날 만한 특성을 지녔는가를 따졌을 때의 합리성이다. 현실맥락상의 핍진성은 구체적 장면이나 상황 설정에 무리가 없고 사실적인 신빙성이 있을 때 획득된다. 신재효 사설에서 핍진성은 상식이나 통념에 부합하는 방향으로 획득되는 경우가 많다. 대상 자료 중 [남2], [남6], [남9], [동1], [동2], [심2], [심3], [심4], [토2], [토4], [토5], [토6], [토7], [박2], [박3], [박

---

19) 김기형은 '원조타령'의 생성 시기를 18세기 중반에서 19세기 초로 보았다. 김기형 1993, 133면.

4], [적1], [적3] 등이 현실맥락상의 핍진성 강화를 지향하고 있다.

옥에 갇혀 고생하는 춘향에게 복채 내 놓으라고 말하는 것은 비윤리적일 뿐만 아니라, 현실적으로 춘향이 복채를 가지고 있기도 어렵다. 그러나 제대로 점괘를 뽑는 것이 궁극적으로 춘향을 위하는 길이고,[20] 점을 칠 때 복채를 내는 일은 통념에 부합하므로 복채를 달라는 것이 정당하다고 [남6]에서 말했다. 그러므로 [남6]에서 통념이나 상식에 부합하는 방향으로 개작자적 개입을 했다고 할 수 있다. 이처럼 통념이나 상식에 부합하는 차원에서 현실맥락상의 핍진성을 추구한 자료로 [심2], [토2], [토4], [토5], [토6], [토7], [적1], [적3] 등이 있다.

[심2]에서 극적 상황에서는 황후의 체통보다 천륜이 앞선다는 통념에 근거하여, [토2]에서 환자의 형체가 다르면 처방도 달라야 한다는 통념에 근거하여, [토4]에서 병중에 있는 사람은 판단력이 흐려져 사리분별을 제대로 하기 어렵다는 상식적 통념에 근거하여, [토5]에서 친숙한 광경을 흥미롭게 두루 구경하는 것은 현실성이 적다는 상식에 근거하여 개작했다. [토6]에서는 용왕의 목숨이 경각에 달린 마당에 국면의 주도권을 쥔 별주부가 토끼 구경시키느라 지체한다는 것은 상식에 어긋난다는 점에서 개작했고, [토7]에서는 국면의 주도권을 토끼가 쥐고 있으므로 별주부가 토끼의 말을 들을 수밖에 없다는 점에서 선행지평을 수용하되 개작했다. [적1]에서는 제사 지낼 때 제문을 짓는다는 상식에 근거하여 '공명 축문'을 생성했고, [적3]에서는 사람의 형상을 한 장승에 목신이 붙을 수 있다는 통념을 근거로 '장승타령'을 개작했다. 이들 자료

---

20) 최동현은 이렇게 해석하면서 '이면이 틀리다'를 사설 텍스트의 부가적 의미와 관련된 것으로 보았다.
　최동현, 「판소리 이면에 관하여」, 『판소리연구』 14, 판소리학회, 2002, 315~320면.

는 모두 상식이나 통념에 부합하는 방향으로 사설을 개작한 사례들이다.

상식이나 통념에 부합하는 방향으로의 핍진성 부여가 보수적 이념 지향을 강화하는 방향과 맞물리기도 한다. [남9]와 [심3]이 그런 경우이다. [남9]에서 춘향과 이어사의 동헌 상봉은 어사의 직분을 띠고 공사를 처리하는 자리에서 사적인 해후를 하는 것은 현실성이 떨어진다는 점에서 '동헌 상봉'을 삭제했다. [심3]에서는 심청과 심봉사의 흥분이 어느 정도 가라앉으면 이성을 되찾는 것이 마땅하다는 생각에서 존비법을 바꾸어 황후와 신하의 관계로 되돌아가는 방향으로 개작했다.

사건이나 장면의 발생 가능성 여부의 측면에서 현실성을 따져 개작한 자료도 다수 있다. [남2], [동1], [동2], [심4], [박2], [박3], [박4]가 그것이다. [남2]와 [동1]에서는 예고 없이 찾아온 이도령에게 월매가 교자상 같이 푸짐하게 차려내기 어렵다는 점에서 간소한 상차림으로 대체했다. [동2]의 '이도령 꾀배 사설'도 발생 가능성이 적다는 점에서 삭제했다. [심4]에서는 "죠년의 안밍ㅎ"(154)여 심청을 한 번도 본 적이 없는 심봉사가 눈 뜨자마자 심청을 알아보는 것은 불가능함을 들어 개작했다, [박3]에서는 '음식타령'을 '밥타령'으로 전환시킨 것도 발생 가능성을 판단한 개작이다. 신재효 사설의 선행지평은 [박1]에 대응되는 부분에서 홍보 자식들이 온갖 음식 이름을 대며 달라고 조른다. 현재 전승되는 여러 바탕을 통해 이를 확인할 수 있다.[21] 홍보 자식들은 태어나서 먹어 본 것이 밥밖에 없는데 온갖 음식 이름을 대며 달라고 조르는 것은 현실성이 떨어진다. [박2]에서는 홍보 처가 2~3년마다 한 배에 한 명씩

---

21) 김석배, 「김창환제 홍보가에 끼친 신재효의 영향」, 『판소리연구』 15, 판소리학회, 2003, 39~40면 참고. 「박타령」보다 앞서는 창본 성격의 「하버드대본」(1853년 필사)에서도 '음식타령'이 보인다.

자식을 낳아서는 사십 전에 25명을 둘 수 없다는 점에서 개작했고, [박4]에서는 제비가 수만 리를 밤낮으로 쉬지 않고 날아오는 것은 현실적으로 불가능하다는 점에서 낮에 날고 밤에 쉬며 조선으로 날아오는 것으로 개작했다.

이상에서 살펴본 바와 같이 현실문맥상의 핍진성 강화 방향은 서술자 개입 중 가장 많은 비중을 차지한다. 이것은 신재효의 경험적 합리성에 입각하여 세계를 파악하려는 그의 세계관[22]이 반영된 결과라 할 수 있다.

(3) 미적 형상성 강화

형상성(形象性)은 구상성(具象性) 또는 구체성을 주요 의미 자질로 하고 있다. 그러므로 미적 형상성이란 인물의 성격이나 대립 관계, 미의식 등 예술적 자질의 구상성 또는 구체성을 의미한다. 시간이나 공간을 구체화하거나 인물의 성격을 뚜렷이 하거나 인물 간의 대립 또는 대결 관계를 강화하거나 골계미나 비장미 등을 뚜렷이 하는 데서 미적 형상성이 강화된다고 할 수 있다. 여기에 해당하는 것으로 [남4], [동4], [토1], [적2], [적3], [적4], [박1], [박5] 등이 있다.

[적2], [적3], [적4], [박1]은 인물의 대결 관계를 강화시킴으로써 미적 형상성을 강화한 경우이다.

[적2]는 구성상의 개연성뿐만 아니라 미적 형상성을 강화하는 데 기

---

22) 서종문은 신재효 판소리 이론의 특징으로 "합리주의적 관점"과 작품 세계에 나타난 특징으로 "현세적 현실주의"를 들고 있다. 서종문, 『판소리의 역사적 이해』, 태학사, 2006, 323면, 351면.

여한다. 『조선창극사』에 이창운(李昌雲)의 더늠으로 소개된 '원조타령'23)에서도 원통하게 죽은 군사들의 원망의 목소리를 들을 수 있다. 그러나 [적2]의 ㉣ '원조타령'은 "조조의 허다 죄목 죠롱ᄒ야 쑤진ᄂ다"며 원조가 된 군사들이 조조를 향한 맹렬한 공격을 퍼붓고 있다. 이렇게 함으로써 군사들과 조조의 대결을 심화시키고 조조를 격하시켰다. [적3]도 신세타령과 함께 "오날〃 승상 ᄒᆡᆼ츠 문안을 아니ᄒᆞᆫ다 잡아오라 쓰어오라 호긔를 저리 너니 호긔 조금 두엇다가 관공님 맛나거든 푸여보게 ᄒᆞ옵시오(518)" 하며 조조를 비판하는 것으로 끝맺고 있다.24) 현재 전승되는 '조조 애걸 사설'25)을 볼 때 [적4]의 선행지평은 장졸들이 조조의 목숨을 구걸하고 조조가 장졸들을 위로하는 형태였을 것이다. 그러나 [적4]에서는 조조 혼자 관우에게 목숨을 구걸할 뿐이다. 조조와 군사들 사이의 거리는 처음부터 끝까지 좁혀지지 않는다. 이것은 신재효 사설의 미적 형상성을 강화하는 데 기여하고 있다. 「적벽가」의 경우 조조와 군사들의 대결 관계를 강화함으로써 미적 형상성을 강화한 것으로 요약할 수 있다.

선행지평에서 놀보 처가 홍보를 후대하던 것을 [박1]에서 박대하며 독설을 퍼붓는 것으로 전환시켰다. 놀보 처를 선인보다 악인으로 설정할 때 홍보가 당하는 시련이 더욱 가중되는 의미가 있기 때문에 대결 관계를 강화시킴으로써 미적 형상성을 강화한 것이라 할 수 있다.

다음으로, '긴 십장가'를 '짧은 십장가'로 전환시킨 [남4]는 연극적 재

---

23) 정노식, 『조선창극사』, 조선일보사출판부, 1940, 114~115면.
24) 현전 창본은 장승의 신세타령으로 일관한다. 현전 창본 중에 고제에 속하는 「이선유창본」은 "비나이나 비나이다 장군전에 비나이다"(김택수, 『오가전집』, 대동인쇄소, 1933, 127면)로 시작하며 장승이 조조에게 목숨을 구걸하는 것으로 되어 있다.
25) 「박봉술창본」, 뿌리깊은나무 판소리 감상회, 58~59면.

현을 고려한 미적 형상성 강화라 할 수 있다. 얼핏 보면 신재효의 선행 지평 비판과 개작은 초점이 빗나간 듯하다. 집장사령이 매를 치는 간격과 '십장가'의 길이를 연관 짓는 것 자체가 불합리하기 때문이다. 판소리는 배역이 분화되지 않은 일인(一人) 독창이기 때문에 배우의 상호작용을 고려할 필요가 없다. 설령 연극적 표출을 고려한다 하더라도 집장사령이 매를 치는 틈에 춘향이 '십장가'를 한마디씩 부르는 것은 연극적 관습에 의해 용인되는 부분이다. 그러므로 '십장가'의 길이를 문제 삼은 자체가 불합리하다. 그러나 우리가 주목할 것은 합리성이란 잣대를 들이대면서 연극으로 재현할 경우를 가정했을 때 '십장가'가 짧아야 한다는 신재효의 관점이다. '긴 십장가'보다 '짧은 십장가'가 판소리를 극적으로 재현했을 경우 춘향의 매 맞는 장면이 속도감 있게 전개되고, 제글자와 육담(肉談)의 돌연한 결합이 주는 이질적 미감과 맞닥뜨림으로써 급작스런 골계미를 창출한다.26)

[동4]에서 '양반 사랑가'가 지나치게 점잖아서 웃음을 주지 못한다고 비판하고 '육담 사랑가'를 새롭게 생성했다. '양반 사랑가'의 의의를 인정하여 그대로 제시하고서도 '육담 사랑가'를 생성한 이유는 '양반 사랑가'와는 다른 아름다움을 추구하기 위함이다. 전반적으로 골계미를 약화시켰던 신재효가 이 부분에서 '육담 사랑가'를 생성한 것은 정념에 불타는 남녀의 사랑을 너무 점잖게 서술하면 흥미를 줄 수 없다는 판단을 했기 때문일 것이다. 아울러 주목할 것은 "진멋진 도령임이 육담작난으로 널음시 희가면서 판스쿰을 흐는듸"라는 구절이다. "육담작난"을 하

---

26) 신재효 사설의 이런 특성에 대해서는 다음 논문을 참고할 수 있다.
  김대행, 「동리의 웃음 : 터무니없음 그리고 판소리의 세계」, 『동리연구』 창간호, 동리연구회, 1993.

는 것은 작중인물인 이도령이라 할 수 있지만, "널음시 해가면서 판수권을 흐는" 주체는 창자이다. 그런데 이것마저 작중인물인 이도령이 하는 것처럼 표현했다. 이것은 창자가 이도령의 역할을 하는 연극적 상황을 상정하고 한 말이다. 즉, 신재효는 판소리를 연극적으로 표출하는 상황을 고려하면서 미적 형상성을 강화하는 방향으로 개작한 것이다.

[남4]와 [동4]가 극적 재현이나 미감을 고려한 개작이라면 [토1]은 우화적 수법[27)]에 대한 신재효의 인식의 바탕 위에서 예술적 표출상의 합리성을 갖도록 개작했다. 즉, 우화적 수법을 통해 동물들끼리 사람의 말을 빌려 문답하는 것은 사리에 맞지만 사람과 동물이 문답하는 것은 문학적 형상화의 방법으로 적절하지 않다는 것이다.

[박5]는 새로운 지평을 열어 가려는 신재효의 창작 정신이 잘 드러나는 자료이다. 판소리 감상자가 전승되는 더늠을 "묵은 스셜"로 인식한다면, 판소리 창자에게 그것은 새로운 더늠의 개발에 대한 압력이 될 것이다. 신재효는, 판소리 사설 개작자의 입장에서, 최선의 창본을 만드는 과정에서, 선행지평을 자신의 '박내력 사설'로 대체함으로써 새로운 지평에 대한 감상자들의 요구를 적극적으로 수용하였다. 이것은 예술적 새로움을 지향하는 차원에서의 미적 형상성 강화로서, 판소리 명창이 소리판의 경쟁에서 살아남기 위해 끊임없이 자신의 독자적 더늠을 창조해 온 것과 견줄 만하다.

---

27) 서종문, 앞의 책, 61면.

5. 논의의 확장과 전망

신재효는 판소리 사설을 정리하면서 서술자 개입을 통해 선행의 판소리 사설을 자신의 기대지평에 부합하는 방향으로 개작하였다. 그 방향은 구성상의 개연성 강화, 현실맥락상의 핍진성 강화, 미적 형상성 강화로 나타났다. 신재효 사설에서 이들 세 특성이 어떤 관련성이 있는가를 살피고 남은 과제를 제시하는 것으로 마무리를 삼는다.

구성상의 개연성 강화는 인물의 성격을 일관되게 하려는 의도와 맞물려 있다. 인물 행위의 전후 모순을 제거하고, 사건과 사건 사이의 인과관계를 긴밀히 하고, 인물의 성격을 일관성 있게 형상화함으로써 사설의 구조적 정합성이 강화되었다. 「춘향가」에서 춘향의 열녀로서의 성격을 강화하거나, 「심청가」에서 심청의 효녀로서의 성격을 강화하거나, 「토별가」에서 별주부의 충신으로서의 성격을 강화하는 것이 그것이다. 한편, 미적 형상성 강화는 인물 상호 간의 대립 관계 강화와 관련 있다. 「적벽가」에서는 조조와 군사들의 대립을 강화함으로써 조조의 비속화를 가속시켰다. 「흥보가」에서는 놀보 처의 성격을 악인형으로 부각시킴으로써 놀보가 지향하는 삶과 흥보가 지향하는 삶의 대립이 뚜렷해진다. 또한 미적 형상성 강화는 골계적인 부분은 더욱 골계적으로 비장한 부분은 더욱 비장하게 형상화함으로써 미적 대립도 강화시켰다.

이로 볼 때, 구성상의 개연성이 한 인물의 내적 특성 및 일관성 강화와 관련 있다면 미적 형상성은 인물 상호 간의 대립 관계 강화에 초점이 있다. 그러면서 구성상의 개연성 강화가 미적 형상성 강화에 기여하고, 미적 형상성이 강화되면 구성상의 개연성이 뚜렷해진다는 점에서 둘은 상호보완적인 상승작용을 일으킨다. 한편, 현실맥락상의 핍진성 강화는 기존의 통념을 재확인하는 차원으로 나아갔다. 이것은 수용자들의 현실적 경험에 비추어 쉽게 수긍할만한 사설을 만드는 것이라 할 수 있다. 현실맥락상의 핍진성은 보수적 이념과 맞물린다는 점에서 구성상의 개연성과 상통한다.

지평전환의 세 방향은 신재효 판소리 사설이 서사문법의 지배를 강화하는 방향이라는 점에서 공통점을 가진다. 이러한 서사문법의 강화는 그의 판소리 마당에 따라 다양한 스펙트럼으로 나타나지만, 판소리 사설로서의 특성을 약화시켜 판소리계 소설에 근접시키는 결과를 낳았다. 그러므로 신재효의 서술자 개입을 통한 개작이 갖는 역기능 또한 무시할 수 없다.

이 글에서 지평전환에 관한 논의가 충분한 논의가 이루어지지 못한 면이 있다. 신재효가 비판한 선행지평이 구체적으로 어떤 것이며 후대의 어느 창본 또는 텍스트와 가까운가를 탐색하는 작업을 구체적으로 진행하지 못했다. 서술자 개입은 없지만 신재효의 독자 지평으로 확인할 수 있는 부분을 통해 같은 결과를 얻을 수 있으면 설득력을 높일 수 있는데 그렇게 하지도 못했다. 서술자 개입이 없는 부분까지 논의의 범위를 확대하면 구성상의 개연성, 현실문맥상의 핍진성, 미적 형상성의 상호 관련성이 더욱 분명해질 것으로 기대한다.

또한 개별 마당에 대한 연구를 구체화하고 심도 있게 진행하여 이 글의 논의를 보완, 심화할 필요가 있다. 신재효의 영향권 아래 있었던 소리꾼 또는 그의 사설을 수용한 사설을 부른 창자들과 비교 연구도 필요하다. 신재효 사설 다섯 바탕을 두루 수용한 김연수, 김창환제 「춘향가」, 「수궁가」, 「흥보가」를 부른 백성환과 정광수, 김토산제 「춘향가」와 「흥보가」를 부른 김이수(김성수) 등이 그들이다. 이들 가운데 김연수와 정광수는 판소리 사설을 정리하면서 신재효처럼 서술자 개입을 빈번히 하고 있다는 점에서도 주목된다. 신재효는 판소리 창자가 아니지만 이들은 판소리 창자라는 차이점이 주요 변수로 작용할 것이다. 논의의 관점과 무게중심을 달리하면서 신재효와 이들을 통시적으로 비교 논의할 만하다. 서술자 개입으로 인한 지평전환의 순기능과 역기능은 다른 사설과의 대비하는 관점에서 더욱 분명하게 드러날 것이다.

제3장

신재효본 「적벽가」와 「토별가」의 서사적 특성과 의미 지향

1. 신재효 사설, 무엇이 문제인가

신재효가 개작하여 정착시킨 판소리 사설(이하 '신재효 사설' 또는 '신재효본'이라 칭함)의 특성에 관해 연구한다고 할 때, 우리는 그의 사설을 판소리 연행과 관련짓거나, 그의 사설에 나타난 신재효의 의식을 검출하는 문제와 마주치게 된다. 신재효본에 대한 평가도 이 문제와 관련되어 있는데, 각각 긍정과 부정의 상반된 평가가 공존한다.[1]

그 가운데 신재효를 대원군(大院君) 정권과 관련시켜 이해하려는 관점[2]

---

1) 김대행이 신재효 사설을 포함하여 신재효에 대한 전반적인 평가를 검토한 이후, 최진형이 사설과 관련한 연구자들의 평가를 개략적으로 정리하고 문제점을 지적한 바 있다.
   김대행, 「신재효에 대한 평가」, 장덕순 외, 『한국문학사의 쟁점』, 집문당, 1986.
   최진형, 『판소리의 미학과 장르 실현』, 보고사, 2002, 225~228면.
2) 상반되는 평가를 내린 대표적인 논문으로 다음을 들 수 있다.

이 주목된다. 사설(辭說) 외적으로 접근하더라도 신재효와 대원군과의 관계는 이미 잘 알려진 바이며, 신재효본 문면에 고종을 직·간접적으로 지칭하는 부분이 드러나 있기 때문에 더욱 설득력 있는 접근이라 여겨진다. 그런데 신재효의 사설을 대원군 정권과 관련시켜 내린 평가가 전혀 상반되고 있다. 즉, 「남창 춘향가」를 대상으로 하여 어떤 연구자는 왕정복고의 수구적 정치 이념을 읽어내는가 하면,[3] 어떤 연구자는 봉건 권력의 수탈과 횡포로 야기된 현실 문제의 개혁 지향을 읽어내었다.[4] 이런 차이를 연구자의 의도와 전제를 미리 마련하고 작품 분석에 임한 탓으로 보기도[5] 했다.

이 글에서는 신재효 판소리 사설의 특성에 관한 선행 연구의 성과와 반성을 받아들이면서 신재효본의 '서사적' 특성에 초점을 맞추어 살피고 거기에 내포된 의미 지향을 탐색하려 한다. 신재효본에서 사설을 변주하는 방법은 다섯 마당에서 동일하지는 않은 것으로 보인다. 예컨대, 「남창 춘향가」와 「적벽가」에서는 방자형(房子型) 인물인 정욱(程昱)과 방자의 인물 형상을 약화 또는 강화시킴으로써 그와 상호작용하는 인물 형상을 변주시키는 방법을, 「적벽가」와 「토별가」에서는 공동체 내에서 벌어지는 다툼을 강화하는 방법을 사용하고 있다.

사설을 변주하는 방법은 마당에 따라 다르지만, 그 결과로서 나타나는 사설의 서사적 특성은 같을 수 있다. 그러므로 신재효의 다섯 마당에

조성원, 「남창 춘향가의 개작 의식」, 『판소리연구』 6, 판소리학회, 1995.
김현양, 「신재효 판소리 사설의 변주적 특성과 그 성격」, 『민족문학사 연구』 9, 창작과 비평사, 1996.
3) 조성원, 1995, 314~315면.
4) 김현양, 1996, 218~219면.
5) 최진형, 2002, 227면.

서 공통으로 추출할 수 있는 특성 몇 국면을 잡아 논의하고자 하다. 이 글에서는 공동체 내에서 벌어지는 다툼을 강화하는 방향으로 서사적 변주가 일어나는 「적벽가」와 「토별가」를 검토하고, 다른 마당에도 이런 특성과 의미를 검출할 수 있는지 논의를 확대하는 방법으로 접근하기로 한다. 신재효본과 대비되는 주 텍스트로 고제(古制) 소리로 여겨지는 이선유 창본, 동편제의 맥을 잇는 박봉술 창본을 선택하고, 필요에 따라 유성준제 등 다른 창본도 인용한다.

2. 신재효 판소리 사설의 서사적 특성 몇 국면

(1) 동질 공간 내적 대립의 강화

「적벽가」는 적벽에서 대패한 조조 군대가 유비 군대의 추격에 쫓기어 도망가는 사건이 중심을 이루고, 「수궁가」6)는 토끼의 간을 매개로 수궁의 용왕·자라와 육지의 토끼가 속고 속이는 사건이 중심을 이룬다. 「적벽가」에서 유비 진영과 조조 진영은 천하의 패권을 놓고 전쟁을 벌이고, 「수궁가」에서 수궁의 용왕·자라와 육지의 토끼는 목숨을 걸고 지략 대결을 벌인다. 두 대결 모두 대결에서의 승패가 생명의 존속 여부가 달려 있는 적대적·이질적 세계 사이의 대립이라는 점에서 공통성을 갖는다.

그런데 「적벽가」와 「수궁가」에는 적대적·이질적 두 세계 사이의 대

---

6) 창본 계열 전체를 지칭할 때 이 명칭을 사용한다.

결과는 성질이 다른 대립과 갈등이 존재한다. 그것은 동질 공간 또는 세계, 즉 공동체7) 내부에서 벌어지는 대립과 갈등이다. 「적벽가」에서는 '군사설움타령' 대목과 '군사점고(軍士點考)' 대목에서 조조와 그의 장졸들 간의 대립과 갈등이 잘 드러난다.8) 「수궁가」의 경우, '어족회의' 대목에서 출륙 문제를 놓고 수궁 대신들끼리 대립·갈등하고, '모족회의' 대목에서 상좌(上座)를 놓고 산중 동물들끼리 대립·갈등한다. 이처럼 적대적·이질적 세계 사이의 대립과 함께 공동체 사회 내적 대립이 함께 드러나는 것은 「적벽가」와 「수궁가」가 공유하는 특질이다.

그렇다면 적대적·이질적 세계의 대립과 동질 공간 내적 대립은 어떤 관계로 엮이면서 서사적 전개가 이루어지는가? 「적벽가」의 경우 이따금씩 출몰하는 유비 진영 장수들은 조조 진영 내부에서 벌어지는 조조와 장졸들 상호 간의 대립과 갈등을 조장하고 증폭시키는 구실을 한다. 바꿔 말하면, 「적벽가」에서 적대적 세계의 위협은 배경으로 물러나 있고, 서사세계 전면에 부각되는 것은 조조와 그의 장졸들 상호간의 대립과 갈등이다. 「수궁가」의 경우 이질적·적대적 공간인 수궁과 육지의 대결을 근간으로 하고 있다. 동질 공난 내적 대립인 수궁 내적 대립은 이질적·적대적 공간 대립 때문에 발생하며, 육지 내적 대립은 이본에 따라 이질적·적대적 공간 대립과 관련을 맺기도 하고 그렇지 않기도 하다.

---

7) 이 글에서 '공동체'는 자본주의적 생산사회에 선행하는 사회에서 볼 수 있는 폐쇄성이 강한 지역단체를 가리키는 엄밀한 의미로 제한하지 않고, 긴밀한 결합을 유지하는 상호 연대의 기초적인 집단을 가리키는 일반적이고 포괄적인 의미로 사용한다.
8) 이 두 대목의 생성과 의미에 관해서는 서종문, 「「적벽가」에 나타난 '군사점고대목'의 존재양상과 그 의미」, 『판소리연구』 8, 판소리학회, 1997과 서종문, 「「적벽가」 군사설움타령의 생성과 기능」, 『한국 고전소설과 서사문학(하)』, 집문당, 1998을 참고할 수 있다.

「적벽가」와 「수궁가」가 공유하는 이 특성은 신재효본 「적벽가」와 「토별가」에서 어떤 이본보다 뚜렷한 면모를 띠고 있어 주목된다. 이것은 신재효가 사설을 개작하면서 당대 소리판에서 불리던 판소리 사설보다 동질 공간 내적 대립을 강화시킨 결과로 판단된다.

먼저 「적벽가」에서 동질 공간 내적 대립을 강화하는 방법을 살펴보자. 조조 진영 내부에서 조조를 조롱하고 공격하는 주체는 그의 참모격인 정욱을 비롯한 조조의 군사들과 장수들이다. 여기에 원조(怨鳥)가 되어 나타난 조조 군사들의 원혼(冤魂)까지 가세한다. '군사설움타령' 대목은, 조조와 군사들 사이의 직접적인 부딪침은 없으나 군사들의 개별적 사연을 통해 불의한 권력자의 욕망 때문에 파탄에 이른 민중의 삶을 잘 보여주는 부분이다.9) 신재효본에서 이 대목에 등장하는 군사는 모두 9명이고, 이선유 창본에서는 5명이다. '군사점고' 대목은 이선유 창본에 존재하지 않아 비교할 수 없지만, 박봉술 창본과 비교해 보면, 신재효본에서는 점고되는 군사들의 수가 11명이고, 박봉술 창본에서는 4명이다. 그런데 신재효본에서 6명은 전사자이고,10) 박봉술 창본에서 1명이 전사자이므로, 조조를 공격하는 군사는 각각 5명과 3명이다. 한편, '원조타령'의 경우, 신재효본은 11명의 원혼이 등장하고, 이선유 창본은 8명의 원혼이 등장한다. 판소리 연행 문법의 특성상 창본의 등장인물 수가 줄어들었다고 보기 어려우므로, 신재효는 당대 소리판에서 불리던 사설보다 이들 대목에 등장하는 군사들의 수를 대폭 늘인 것으로 볼 수 있다.

---

9) 서종문, 1998, 617면.

10) '쇠'자 항렬 군사들이 줄줄이 전사했다는 설정과 "적벽강 그 불 속에 무슨 쇠가 안 녹겠소."라는 말, "물고요." 소리 계속하기 민망하여 "죽었소", "그놈도 그랬소", "아까 하던 소리요." 등으로 대답뿐을 고치는 것 등은 비극적 상황을 골계적으로 표출하면서 이런 비극을 초래한 조조에 대한 비판 의식을 드러내고 있다.

설움을 늘어놓는 군사들의 수와 점고되는 군사들의 수가 증가하면서 신재효본의 서술량도 팽창되었다. '군사설움타령' 대목의 경우 신재효본은 6 / 40면이고, 이선유 창본은 3 / 24면이다. 군사점고 대목의 경우, 신재효본은 4.5 / 40면이고, 박봉술 창본은 3 / 50면[11]이다. 한편, '원조타령'의 경우 신재효본은 2 / 40면이고, 이선유 창본은 0.5 / 24면이다.[12] 이처럼 세 대목의 절대적·상대적 서술량에서 신재효본은 크게 팽창되어 있음을 알 수 있다.

수량의 증가와 더불어 조조를 향한 발언의 강도 면에서도 신재효본은 여타 창본과 뚜렷한 차이를 보인다. 신재효본에서 조조 조롱과 비판에 참여하는 중심 인물은 단연 정욱이다. 신재효본에서 조조의 참모인 정욱에 방자형 인물로서의 기능과 성격[13]을 한껏 부여하여 동질 공간 내적 대립을 강화하고 있다. 박봉술 창본과 신재효본에서 정욱의 방자형 인물로서의 면모가 드러나는 부분을 모두 적시하면 다음과 같다.

> 탄식하던 끝에 에히히히 해해해 대소하니 정욱이 기가 막혀, "야들아 승상이 또 웃으시겠다. 승상이 웃으시면 복병이 또 나느니라."
> "야들아 승상님 또 웃으셨다. 적벽에서 한 번 웃어 백만 대병 몰사허고 오림에서 두 번 웃어 죽을 봉변 당하고 이 병 속 같은 데서 또 웃으셨으니 이젠 씨도 없이 죽는구나."
>
> ― 박봉술 창본 「적벽가」[14]

---

11) 박봉술 창본은 발화자에 따른 줄바꾸기를 한 반면 신재효본은 하지 않아, 박봉술 창본의 서술량은 3면에 미달한다.

12) 이상 서술량 비교는 다음에 실려 있는 사설을 기준으로 하였다. 김진영 외, 『적벽가 전집』 1, 박이정, 1998.

13) 이에 관해서는 다음 논문을 참고하였다.
권두환·서종문, 「방자형 인물고―판소리계 소설을 중심으로」, 『한국소설문학의 탐구』, 한국고전문학연구회편, 일조각, 1978.

그디로 뫼셔다가 동작대에 안쳐시면 이교녀가 반ᄒ 것쇼(490)

승상 목 좀 니노시오 근본 두풍이 과ᄒ시니 죠타는 편젼으로 쌈박 통겨 피 쎄시면 두풍이 낫소리다(492)

승상의 ᄒ는 분부 엇지 그리 무식ᄒ오 노불승거 셔불장기 옛 명장의 ᄒ 일이라 상창긔곤 남은 군소 울며 불며 쏠오난디 적벽강 불 속에 우슨 어디 남어시며 셜녕 우슨 잇다 ᄒ고 승상 혼조 우슨 밧고 어디로 가시것오. 이만 비를 못 견디고 만일 쟝비 만나시면 우슨으로 막으시랴오(494)

어디 졈고홀 것 잇쇼 나는 가라칠 게 승상님은 고바 보오 여긔 ᄒ아 져긔 ᄒ아 모통이에 ᄒ 놈 남우 밋퇴 ᄒ 놈 부쇠치는 놈 ᄒ나 승상님 ᄒ나 나 ᄒ나 모도 일곱이오(498)

승상의 한번 우슴 조즈룡을 쳥ᄒ여서 남은 인마 다 죽이고 엇던 쟝수 쳥ᄒ자고 쏘 우슴을 우스시오(506)

목 업스면 말ᄒ것쇼(508)

승상님 평싱 어양도 하 만하여 웃기도 하 잘 ᄒ고 울기도 하 잘ᄒ고 불시에 조와ᄒ고 불시에 나져ᄒ니 측냥을 홀 수 업소 즉금ᄒ는 저 지조는 남도르잔 궤슐이오 적벽강 불에 근담을 놀니 지랄병을 어더섯쇼 웨 공연이 안저짜가 솔방울 모양으로 쑥 쩌러져 굴너가오(514, 516)

아스시오 죽음에도 디신 잇쇼 이근 셜화 다 빈 후에 관공은 한 말삼에 에라 이놈 근소ᄒ다 쳥룡도 드는 칼노 연혼 목을 콱 찍으면 어디가 싱심이나 디조조라 ᄒ오릿가(522)

세상 말 알 수 업소 스람마다 ᄒ는 말이 승상님 근소ᄒ야 남의 셩즈 가지고서 힝세를 ᄒ신다고 근본은 하후씬듸 환즈놈의 수양 들어 츄셰를 ᄒ시노라 죠씨라 ᄒ답듸다(520)[15]

박봉술 창본에서 정욱의 조조 공격은 조조의 웃음이 복병을 초래한다

---

14) 김현주 · 김기형, 『적벽가』, 박이정, 1998, 342면, 350면.
15) 강한영 교주(1984)에서 인용하고 쪽수만 밝혔다. 이하 같다.

는 차원에 그치고 있다.16) 신재효본에서는 이를 포함하여 조조의 저열한 행동을 조롱하고, 세속적이고 이기적인 욕망을 풍자하고, 떳떳하지 못한 근본을 낱낱이 파헤치고 있다. 이선유 창본에서는 조조가 정욱에게 밥을 지으라고 재촉17)하는 것으로 보아 정욱이 취사병(炊事兵)의 역할을 하고 있다. 이들 창본들을 볼 때 신재효 당대까지 소리판에서 정욱은 방자적 성격이 미약하여 조조의 참모 역에서 크게 벗어나지 않은 인물로 설정되어 있었을 것으로 판단된다.

신재효본에서 조조에 대한 비판적 발언에 조조 진영의 장수들과 군사들까지 가세한다. 패주하던 조조가 오림(烏林)에 당도하여 갑자기 박장대소하자, 제장들이 조조에게 "여보시오 승상임 장졸을 다 죽이고 좆만 차고 가는 테어 무슨 죠흔 일이 잇서 져더지 우스시오(492)" 하며 비아냥거리고, 제갈공명의 잔꾀에 넘어가겠느냐며 화용도(華容道)로 가려는 조조에게 한 군사는 "웨 져러케 알거드면 황기의 사항서와 방통의 연환계에 그리 몹시 쇠케는고 살망을 저리 쩔고 무슨 지변 정녕 나제(510)" 하

---

16) 신재효본의 영향을 받은 김연수 창본을 제외하고, 정욱의 방자적 기능과 성격이 가장 뚜렷한 것은 임방울 창본이다. 임방울 창본의 해당 부분을 제시하면 다음과 같다. "승상님 말씀 듣자오니 영웅이란 말씀은 삼국에 날 만도 하시오." ; "승상님 목 없으면 말은 어이 하시요." ; "승상님 눈치 밝소. 조그마한 뫼초리 보고 놀라실 적에 독수리를 보셨으면 그냥 잠을 쓰시겠소 그려." ; "이 급한 중에 입맛은 꼭 안 변했소 그려." ; "우리 모두 인자 다 죽어 봤다. 승상이 웃으면 복병이 꼭꼭 일어나니 어떻게 했으면 좋겠느냐?" ; "그러면 승상님, 장담 말고 내가 금방 가서 관공님허고 장비허고 좀 데려올꺼라우?". 천이두,『판소리 명창 임방울』, 현대문학, 1986, 301~302면, 309면, 318면.

17) 해당 부분을 제시하면 다음과 같다. "이애 증욱아 내가 배가 곱흐니 밥 좀 지여라." "예 밥 짓소." "어서 지여라. 배곱흐다. 정욱아 밥 웃지 되엿나냐?" "밥 안치요" "이애 정욱아 밥 엇지 되얏너냐?" "불 늣소." "이애 정욱아 밥 웃지 되얏너냐?" "밥 푸오." "어서 듸려라." "인자 불치오." "증욱이 자버 듸려라." 김택수,『이선유 오가전집』, 대동인쇄소, 1933, 123면.

며 비아냥거린다. 군사들의 조롱과 공격은 조조를 향한 직접적 비판[18]
이 길게 펼쳐지는 '원조타령'으로 이어진다.

이상에서 살펴본바, 「적벽가」에서는 조조를 공격하는 인물의 수를 늘
리고, 서술량을 팽창시키고, 발언의 강도를 강화하는 방향으로 동질 공
간 내적 대립을 강화시키고 있다. 정욱을 중심으로 장수와 군사들, 그리
고 그들의 원혼까지 가세한 조조 공격은 아군으로 전쟁에 참여한 운명
공동체 내부에서의 대립과 갈등을 증폭시켜 보여주는 것이다.

「토별가」의 동질 공간 내적 대립은 '어족회의' 대목과 '모족회의' 대
목에서 잘 드러난다. 이 두 대목은 신재효 개작 당대 소리판에서 불렸던
대목으로 추정된다. '신하입시'에서 '별주부 자원'까지 이르는 '어족회
의' 대목의 서술량을 비교해 보면, 신재효본은 5면 / 37면이고, 이선유
창본은 2.5면 / 33면이다. '모족회의' 대목의 서술량을 비교해 보면, 신재
효본은 4면 / 37면이고, 이선유 창본은 2면 / 33면이다.[19] 이들 대목 또한
판소리 문법의 특성상 신재효본에서 서술량이 확장된 것으로 추정할 수
있다.

동질 공간 내적 대립의 양상을 살펴보면 서술량 팽창보다 더 중요한
특성을 발견할 수 있다. 그것은 신재효본의 어족회의가 수궁 문무(文武)
대신들의 대립과 갈등[20]으로 전개된다는 점이다. 즉, 신재효본의 '어족

---

18) "저 ×××(새 이름)이(가) 꾸짖는다 ～ 너 같은 ○○(역적, 도적 등)이(가) ～ 하니～",
　　"저 ×××(새 이름) 이(가) 조롱한다. 여보소 조승상아～"(512, 514) 등의 형식으로 조
　　조에 대한 직접적 공격이 가해지고 있다.
19) 다음 자료집에 함께 실려 있는 것을 기준으로 삼았다. 김진영 외, 『토끼전 전집』 1,
　　박이정, 1997.
20) 서종문, 「「토별가」에 나타난 신재효의 현실인식」, 『판소리연구』 10, 판소리학회,
　　1999, 87면.

회의'는 누가 출륙할 것인가에 초점을 맞춰 논란이 일어나는 창본의 지평을 출륙 문제를 놓고 무반들이 그 동안 담아두었던 불만을 터뜨리는 공간으로 형상화하고 있다.

'모족회의' 대목의 경우, 현재 전승되는 창본에는 토끼가 상좌를 차지한 후 호랑이가 나타나 모임이 깨지는 형태로 되어 있다. 19세기 중기 이전의 소리판을 반영하고 있는 것으로 보이는 가람본 「별토가」에서는 호랑이가 상좌를 차지하고, 두꺼비가 지략을 발휘하여 별좌를 차지하는 것으로 되어 있다. 두꺼비가 상좌를 차지하는 것은 쟁장설화(爭長說話)의 모습이므로, 「수궁가」에 '모족회의' 대목이 생성될 당시에는 쟁장설화의 두꺼비 상좌 형태였을 것으로 판단된다. 가람본 「별토가」로 미루어 볼 때, 신재효 개작 당시 소리판에서 불리던 '모족회의' 대목은 쟁장설화 지평과 가까운 상좌다툼 형태였을 것으로 보인다.

그런데 「토별가」의 '모족회의' 대목은 상좌다툼 형태로 전개되지 않는다. 「토별가」에서 모족회의는 적대적 공간인 인간 세계로부터의 위협에 대한 방책을 세우기 위한 것이지만, 인간 세계의 위협은 대화를 통해 간접적으로 막연하게 제시될 뿐, 역점을 두어 형상화하는 것은 동질 공간 내에서 벌어지는 수탈이다. 창본에서는 호랑이의 등장으로 모족회의가 깨어짐으로써 공동체 내에서 일어나는 수탈의 모습은 전혀 구체화되지 않았다. 독서물 계열의 「토끼전」이 토끼에게 속은 수궁에서 토끼를 재포획하려는 시도를 함으로써 이질 공간의 대결을 강화하는 방향으로 확장되고 있는 것과도 대조적이다. 결국 '산군(호랑이)―여우―너구리·멧돼지·쥐·다람쥐' 사이의 관계에서 드러나는 육지 공간 내적 대립은 향촌사회 공동체 내부에서 벌어지는 생생한 수탈을 중심으로 한 "손중제폐(284)"를 형상화하고 있다.

　이상 두 대목을 중심으로 볼 때, 신재효는 「토별가」에서 동질 공간 내에서의 대립을 강화하는데 상당한 노력을 기울였음을 알 수 있다. 「수궁가」에서 대결의 중심축은 어디까지니 용왕·자라와 토끼 사이에 있지만, 「토별가」는 동질 공간 내적 대립이라는 중심축을 하나 더 생성시켰다거나, 적어도 무게중심이 대등한 정도까지 변주시켰다고 할 수 있다.[21] 이러한 노력이 「적벽가」에서는 전반에 걸쳐 광범위하게 나타나고, 「수궁가」에서는 특정 부분에 집중되어 나타난다.

　「수궁가」의 경우, 상대적으로 '어족회의' 대목에서의 갈등이 '모족회의' 대목에서의 갈등보다 진지한 의미를 갖고 있지만, 동질 공간 내적 대립이 적대적·이질적 세계의 대립보다 심각한 의미를 갖지 않는다. 그러나 「토별가」의 경우 전체 사설 가운데 '어족회의' 대목과 '모족회의' 대목이 전체 서술량의 1/4을 차지할 만큼 강화되어 있고, 대결과 갈등이 내포한 의미는 이질적 세계와의 대립을 능가한다. 「적벽가」의 경우 창본도 적대적 세계와의 대립보다 동질 공간 내적 대립에 관한 서술이 더 많고 의미도 더 중요한데, 신재효본에서는 이러한 경향을 더욱 강화하고 있다. 적대적·이질적 세계 사이의 대립과 갈등은 당연하므로 향유자에게 충격을 주기 어렵지만, 동질 공간 내에서의 대립과 갈등은 향유자에게 강렬한 의미로 다가가기 마련이다. 통치 집단 내부, 전쟁터의 아군 내부, 그리고 생활 터전을 함께하는 지역 공동체 내부에서 벌어지는 대립과 갈등과 가혹한 수탈이 향유자에게 미치는 충격량은 더욱 클 수밖에 없다.

---

21) 김현양(1996 : 213)은 용왕·자라·토끼와 대응되는 사람(포수)·사냥개·너구리, 산군·여우·다람쥐의 관계를 "기본 구조에 대응되는 대응 구조의 확장"으로 파악하였다.

「적벽가」와 「토별가」에서 공통적으로 드러나는 동질 공간 내적 대립 강화는 작품 전체의 서사적 대립 관계 강화로 귀결된다. 등장인물 증가와 서술량 확대를 통한 동질적 구조의 반복은 외견상 판소리 문법과 가까워 보인다. 그러나 신재효본에서 이것은 자아와 세계의 서사적 대결 관계를 오히려 강화하는 구심력으로 작용한다. 신재효본에서 장면 확장은 서술시간이 흘러가는 가운데 대결 공간을 구체화하는 방식으로 이루어지는 서사적 대결의 확장이다. 「적벽가」와 「토별가」에서 동질 공간 내적 대립 형상는 대화 중심의 사건 전개, 즉 장면제시에 해당하므로, 비록 서술속도가 느리기는 해도 서술시간의 흐름이 지속되고 있다. 요컨대 신재효본에서 창본보다 강화되어 나타나는 부분은 적대적·이질적 세계의 대립이 아니라 공동체 내적 대립이고, 서사적 대결을 확장·심화함으로써 갈등을 심화시키고 있다는 특성을 발견할 수 있다.

(2) 서사문맥 또는 현실맥락으로 내려앉기

'서사문맥으로 내려앉기'란 서사세계와 무관하거나 긴밀하지 않은 사설을 전체적 서사세계와 긴밀하게 재조정하는 것을 뜻한다. '현실맥락으로 내려앉기'는 서사세계와 현실세계가 보다 구체적인 맥락에서 대응되는 것을 뜻한다. 이 둘은 성격이 다르지만, 신재효 개작 「적벽가」와 「토별가」에서는 서사문맥으로 내려앉기와 현실맥락으로 내려앉기가 동질 공간 내적 대립의 확장과 맞물리거나 병행되면서 나타나고 있어 함께 살펴보기로 한다.

신재효본 「적벽가」의 '원조타령'에서 서사문맥으로 내려앉기 현상이 강화되어 나타난다. 「적벽가」에 '새타령'이 수용된 시기가 언제인지 정확히 가늠할 수는 없지만, 「적벽가」에 수용된 초기의 '새타령'은 잡가 계통의 것으로 짐작된다.[22] 이것이 「적벽가」의 서사문맥에 맞게 '원조 타령'으로 변모해 간 것으로 보이는데, 그 시기는 신재효 개작 「적벽가」에 "처량ᄒᆞᆫ 우름소리 구쳔의 사못치니 엄동셜ᄒᆞᆫ 이 시절에 시가 분명 업슬터나 젹벽 오림 호노곡에 원통이 죽은 군ᄉᆞ 원죠가 되야나서 조조의 허다 죄목 죠롱ᄒᆞ야 ᄭᅮ진는다"(510)는 서술자 개입 부분으로 볼 때, 신재효의 개작 이전으로 추정할 수 있다.[23] 그렇다면 신재효는 이미 「적 벽가」 서사문맥으로 내려앉은 '원조타령'을 불의한 권력자를 비판하는 「적벽가」의 주제적 의미를 심화시키는 방향으로 개작함으로써 서사문맥 에 더욱 밀착시키고 있는 셈이다.

'장승타령'의 경우, 이선유 창본에서 장승은 "비나이나 비나이다 장군 전에 비나이다"[24]로 시작하여 신세타령을 늘어놓다가 조조에게 목숨을 구걸한다. 반면에 신재효본은 장승의 신세타령과 함께 "오날 〃 승상 ᄒᆡᆼ 츠 문안을 아니ᄒᆞᆫ다 잡아오라 ᄭᅳ어오라 호긔를 저리 ᄂᆞ니 호긔 조금 두 엇다가 관공님 맛나거든 푸여보게 ᄒᆞ옵시오(518)" 하며 조조를 비판하는 것으로 끝맺고 있다. 이것은 조조를 비판하는 「적벽가」 전체의 서사문 맥에서 일탈하지 않는 방향으로 사설이 변모되고 있음을 말해 준다.

신재효본 「적벽가」의 이러한 서사적 특성은 창본에서 보이는 갈등 관

---

22) 19세기 중엽 이전의 「적벽가」 '새타령'은 잡가 '새타령'이었을 것이라는 추정은 김 기형, 「적벽가의 역사적 전개와 작품세계」, 고려대학교 박사학위논문, 1993, 117면 에서 한 바 있다.

23) 김기형(1993 : 118~119)은 1858년에 저술된 것으로 보이는 『시조연의(時調演義)』에 '원조타령'을 소재로 한 시조 작품이 들어 있는 것을 근거로 적어도 19세기 중반 이 전에 「적벽가」에 '원조타령'이 있었다고 추정했다.

24) 김택수, 1933, 127면.

계의 착종 현상25)이 나타나지 않는 점과 구성상의 개연성을 획득하고 있다. 이선유 창본을 비롯한 대부분의 창본에서 설움을 늘어놓는 군사들을 '놈좀'이라며 공을 세우고 돌아가자는 군사가 등장한다. 신재효본에도 이 군사가 등장하지만, 다른 군사에 의해 "군신유의 싱각ᄒ니 츙신의 아둘이나 가막귀 시벽 우름 승샹의 우읍소리 두 방졍이 모와시니 모르것다 네 신셰가 기가환향ᄒ랴는지 쇠가 환향ᄒ랴는가(472)"며 조롱당한다. 또한 신재효본에서 "무상타 조승상은 군법을 모로던가 무형졔 독신 눌을 귀향ᄒ랴 아니ᄒ고 쳘니 전장 다려다가 불효즈가 되게 ᄒ니"(462) 등으로 조조에 대한 원망을 직접적으로 표출하지만, 박봉술 창본에서는 울음 우는 군사에게 한 군사가 "승상은 지금 대군을 거느리고 천리 전쟁을 나오시어 승부를 미결하야 천하 대사를 바라는데 이놈 요망스럽게 왜 울음을 우느냐"26)며 조조의 전쟁에 대한 긍정적 인식을 내비치는 부분까지 있다.

박봉술 창본의 '군사점고' 대목에서 조조는 "오냐 허무적아, 우지 마라 우지 마라. 네 부모가 내 부모요, 네 권솔이 내 권솔이니 우지 마라 우지를 말어라. 이 허무적아 우지 마라. 우지 말고 거기 있다 점고 끝에 함께 가자."27)고 한다. 관우에게 목숨을 구걸하는 대목에서는 조조와 군사들의 모습을 다음과 같이 그리고 있다.

---

25) 김종철, 「「적벽가」의 대칭적 구조와 완결성 문제」, 『판소리연구』 22, 판소리학회, 1996, 39~40면.
26) 김현주·김기형, 『적벽가』, 박이정, 1998, 321면.
27) 김현주·김기형, 1998, 355~356면. 정권진 창본 「적벽가」에도 거의 같은 사설이 들어 있다. 뿌리깊은나무 편, 『판소리 다섯마당』, 한국브리태니커사, 1982, 222~223면 참고.

조조 듣고 말 아래 뚝 떨어지니 장졸들이 황겁하야 장군 마하에 가 두손 합장 비난듸 사람의 인륜에 못 볼래라. "비나이다 비나이다 장군님 전 비나이다. 살려주오 살려주오 우리 승상 살려주오. 우리 승상 살려주면 높고 높은 장군 은혜 본국 천리 돌아가서 호호만세를 하오리다." 조조 듣고 기가 막혀, "우지 마라 우지 마라 나 죽기는 설잖으나 잔약한 너의 정상 불원견지목(不願見之目)이로구나. 풍파에 곤한 신세 곤귀 고향 가는 길에 장군님을 만나보니 잔약한 우리 정상 설마 살려주시제 죽일 소냐."28)

그러나 신재효본에서 정욱은 관우 앞에 나아가 대신 빌라는 조조의 부탁을 일언지하에 거절한다. 군사들의 모습에 대한 묘사나 서술은 없다. '조조애걸 사설'은 신재효 당대 소리판에서 존재했던 대목으로,29) 신재효는 『삼국지연의』를 의식하면서 이를 수용하여 군사들과 조조의 대결과 조조의 격하를 강화시켰다. 신재효본에서 조조와 군사들의 대립과 갈등 관계는 일관되게 유지된다.

판소리 연행의 특성에 기인한 것으로 보이는 착종 현상은 불의한 권력자인 조조를 비판하고 풍자하는 주제의식을 흐림으로써 「적벽가」 전체 서사문맥의 일관성을 흩뜨리는 구실을 한다. 신재효본은 이런 착종 현상을 지양하고 인물 관계를 주제적 의미에 부합하도록 재조정함으로

---

28) 김현주·김기형, 1998, 355~356면. 임방울 창본과 정권진 창본에서도 이런 특성이 확인된다. 뿌리깊은나무 편, 1992, 227면 및 천이두, 1986, 343면.

29) 이것은 "삼국지에 잇는 스적 조조가 관공보고 말 타고 비러시되 비는 쏀 아니기로 부드기 이 딕문을 셰상이 곳쳣썻다(524)"는 부분을 통해 짐작할 수 있다. "셰상이 곳쳣썻다"는 말은 신재효 자신의 개작 행위를 객관화하여 표현한 말일 수 있으나, 뚜렷한 징표가 없는 한 문면에 충실하여 이해하는 것이 적절하다. 여하간 이를 통해 신재효 개작 이전의 소리판에서 조조가 말에서 내려 비는 형태로 전승되고 있었음을 짐작할 수 있다.

써 불의한 권력자인 조조를 비판하려는 「적벽가」 전체의 서사문맥으로 내려앉기를 강화하고 있다.

서사문맥으로 내려앉기에 비해 「적벽가」에서 조선후기 현실맥락과 예각적으로 대응시키려는 노력은 상대적으로 적다. '군사설움타령' 대목에서 근검절약으로 살림살이를 늘려가는 방법에 대한 서술30)이나, '군사점고' 대목의 "긔갑년 기민 쏜이로구나(498)" 등에서 흉년으로 백성의 삶이 피폐해진 현실을 체험한 신재효 당대 조선의 현실을 노정시키려는 의식을 읽을 수 있다.31)

한편, 신재효본 「적벽가」의 '새타령'에서 조조 비판 발언을 강화함으로써 서사문맥으로 내려앉기를 지향했다면, 「토별가」에서는 '새타령'의 위치 이동을 통해 장면과 상황 설정을 핍진하게 함으로써 서사문맥으로 내려앉기를 지향하고 있다. 즉, 신재효는 "쥬부가 발힝ᄒ여 슈국 풍경은 죠셕의로 보던 듸라 손즁을 어셔 츳즈 만경충파 얼는 지나 천봉만학 편답할 졔(272)"라는 서술자 개입을 통해 당대 소리판에서 불리던 '고고천변' 대목을 삭제하는 대신 '육지풍경'을 생성시키고, 자라가 토끼를 유인하여 수궁으로 향하는 부분에서 "쥬부가 싱각ᄒ직 이번의 가난 길은 톡기의게 미인 목슘 톡기의 ᄒ난 말을 드러야 홀 테여든 그리ᄒ즈 허락ᄒ니(316)"라는 서술자 개입을 통해 해상 풍경을 묘사함으로써 서사문맥으로 내려앉기가 이루어졌다. 이와 같은 서사문맥으로 내려앉기가 「토

---

30) 신재효의 「치산가(治産歌)」를 연상하게 하는 이 부분을 제시하면 다음과 같다. "질 슘으로 모은 돈은 올에 심을 논을 사고 바느질싹을 모와 송치 사셔 남을 쥬고 집안을 둘너보면 묵은 짐치 묵은 간장 솟빗은 얼는 〃 〃 치젼에 풀이 업닉(462)"

31) 「적벽가」 형성 당대의 역사적 실체로서의 난리 체험이 형성 동인으로 작용했을 것이라는 논의(정충권, 「적벽가의 형성과 난리 체험」, 『판소리연구』 24, 판소리학회, 2007)를 받아들일 만하다. 그러나 「적벽가」 문면에 이것이 나타나지는 않는다.

별가」 전반에 걸쳐 나타나고 있다.

「토별가」에서는 서사문맥으로 내려앉기와 더불어 현실맥락으로 내려 앉기를 지향하고 있다. 신재효는 '어족회의' 대목에서 진정성이 결여된 충성경쟁을 벌이고 문무가 대립하는 중앙정계로 수궁을 형상화하여, 보 신과 가문 위주의 관료사회의 생리와 풍토, 세도정치와 파당정치로 흐 른 조선후기 정치사회 현실을 예각화하여 보여준다.[32] 이 대목에서 "용 궁의 베슬 일홈 숭고의 난 거시라 죠선과난 달의것다(256)", "시쇽의 비 흐면은 슌군은 슈령 갓고 여우난 간물 츌픠 슌힝기난 셰도 안젼 너구리 멧쬿시며 쥐와 다람이난 굼쪄 안난 빅셩(284)" 등 조선의 정치와 사회 현실을 의식하면서 개작자적 개입을 통해 끊임없이 이를 서사세계에 틈 입시키려는 신재효의 의식을 읽을 수 있다. 창본에서는 물고기들의 생 김새나 특성에 기초하여 출륙의 부당함을 말했다면, 신재효본에서는 무 관들이 문관들의 권력과 청요직(淸要職) 독점, 막히고 좁은 소견, 무능과 이기적 속성, 보신주의적 정치 생리 등을 신랄하게 비판하는 방향으로 바꾸었다. "슈궁의 벼살더리 인간과 갓즌흐여 셰도로도 못흐옵고 쳥으 로도 못(260)"한다는 발언을 뒤집으면, 조선의 관료사회는 청탁과 세도 로 벼슬하는 곳이라는 말이다. 이처럼 신재효본의 '어족회의' 대목은 무 관의 입을 빌려 조선후기 세도정치와 관료들의 부정부패를 풍자한 것에 다름 아니다.

'모족회의' 대목에서 연장자를 가리는 상좌다툼으로 전개되는 창본은 장유유서의 질서가 문란해진 현실을 반영한 의미가 있다고 할 수 있다. 장유유서의 문란이 유교적 질서 문란이기는 하지만 조선후기 향촌사회

---

32) 최광석, 「「토끼전」의 공간 대립의 양상과 의미」, 『어문학』 73, 한국어문학회, 2001, 483면.

현실과 대응되는 접점이 막연하다. 창본에서는 향촌 서민사회의 강자와 약자의 대립이라는 의미망을 검출할 수 있다. 이에 반해 「토별가」에서 수령(守令)을 정점으로 주구(走狗)인 아전과 간활(奸猾)한 불량배가 가세하여 자행되는 지역 공동체 사회의 민중 수탈이라는 의미망을 검출할 수 있다. 이것은 「토별가」가 조선후기 향촌사회의 구체적 현실과 보다 밀착되는 의의가 있다는 말이다.33) 이처럼 「토별가」 어족회의 대목에서 문무 대립과 모족회의 대목에서 수탈의 현장 형상화는 조선후기 사회의 현실맥락과 밀착되는 현상으로 이해할 수 있다.

신재효는 토끼의 수궁행을 이향(離鄕)의 문제로 인식하고 있다. 이 점은 "수궁이 죠타ᄒ되 이향직 텬이라니 갈슈업졔 〃 〃 〃 〃 (292)", "타국의셔 왓다ᄒ고 쳔디를 ᄒ거드면 그 아니 졀통ᄒ오(294)", "벼슬 싱각 부디 말고 이스 싱각 부디 마쇼 벼슬ᄒ면 몸 위텁고 타관 가면 쳔디 밧니 몸 익은 쳥순 풍월 낫 익은 우리 동무 쥬야즁죵 질기 노싀(320)" 등 거듭되는 발언을 통해 드러난다. 수궁 문지기가 토끼에게 "고향을 니바리고 예ᄭ지 쌀이왓쇼(302)" 하고 묻는 데서 타 인물도 토끼의 수궁행을 이향으로 인식하고 있다. 이러한 인식은 조선후기 향촌사회의 혼란 및 유랑민 증가와 관련된다는 점에서 토끼의 수궁행을 향촌사회 해체의 문제로 이해할 수 있다.

이상에서 우리는 서사문맥으로 내려앉기와 현실맥락으로 내려앉기가 신재효본 「적벽가」와 「토별가」 전반에 걸쳐 나타나고 있음을 확인하였다. 서사문맥으로 내려앉기는 부분과 부분의 서사적 고리를 견고하게 맺음으로써 구성상의 개연성을 강화하거나, 장면이나 상황을 현실에 비

---

33) 최광석, 2001, 477~479면 참조.

추어 그럴듯하게 설정함으로써 현실맥락상의 핍진성을 강화하거나, 대결의 근거(이유, 원인)를 명료하게 함으로써 미적 형상성을 강화하는 방법으로 이루어지고 있었다. 한편, 현실맥락으로 내려앉기는 어느 시대 또는 지역에서 일어날 수 있는 사건을 조선후기 정치 현실이나 향촌사회의 실상과 예각적으로 대응시키는 일로서, 당대 현실을 보다 구체적으로 반영하려는 노력의 소산이다. 신재효는 「적벽가」와 「토별가」에서 동질 공간 내적 대립을 확장·강화시키면서 서사적 연결 고리를 견고하게 만들고 거기다가 조선후기 현실맥락을 틈입시키고 있는 것이다. 신재효본의 이러한 서사적 특성은 조선후기 세도정치의 파행적 현상, 사회의 계층 분화 현상, 동질 집단 내적 갈등이 심화되는 현상 등과 관련지어 이해할 수 있는 일이다. 즉, 이질적 세계 사이의 대립보다는 동질적 집단, 즉 국가나 지역 공동체 내에서의 갈등에 초점을 둠으로써 조선후기 사회의 내부 모순과 갈등을 형상화하고자 했던 것으로 이해 가능하다.

3. 서사적 특성에 내포된 중세적 질서의 제자리 찾기

이제 지금까지 논의한 공간 내적 대립의 강화와 서사문맥 또는 현실맥락으로 내려앉기가 궁극적으로 지향하는 바가 무엇인지 살펴보자. 이를 위해 우선 주목할 것은 「적벽가」와 「토별가」에서 비판의 초점이 권력의 정점에 있는 제왕을 비켜서 있다는 점이다. 「적벽가」의 경우 본래부터 그러했고, 「수궁가」의 경우 용왕에 초점이 있었다. 그러므로 신재효본 「적벽가」는 조조 비판의 성향을 강화한 셈이고, 「토별가」는 용왕에서 대신들로 비판의 초점을 이동시킨 셈이다.

먼저 「적벽가」의 서사적 특성에 내포된 의미 지향을 검토해 보기로
한다.

산천은 험준하고 수목은 층잡하여 만학에 눈 쌓이고 천봉에 바람칠
제 화초목실 바이없고 앵무 원학이 끊겼거늘 새가 어이 울야마는 적벽
강 화염중의 불타 죽은 군사들이 원조라는 새가 되야 조승상을 원망하
며 울더니라. 나무 나무 가지 가지 앉어 우난 각 새소리 도탄에 쌓인 군
사 슬피 우는 저 촉혼조 여산 군량이 소진하고 촌진 노략할 때로다 솟
텡텡 저 흉년새. 백만 군사를 자랑터니 금일 패군이 무삼일고 비쭉 비쭉
저 비쭉새. 자칭영웅 간 곳 없고 백계도생을 꾀로만 한다 아리라오 저
꾀꼬리. 탄평대로 어디 두고 심산총림 찾아 간다 가욱 가욱 저 가마구.
가련타 저 주린 장졸 냉병인들 아니 들었으랴 병에 좋다 쑥국 쑥국 저
쑥국새[34]

저 봉황이 꾸진는다 …… 너 갓튼 역적 놈이 천하를 탁란키로 세상에
못나가고 이손 중에 숨엇노라 ……저 비춰가 꾸짓는다 ……너 가튼 난
신적즈 인군을 구박호야 쳔시지변 종〃호니 이 손 중에 숨엇노라 ……
저 즈고가 죠롱혼다 여보소 조밍덕아 불의지스 저리호고 즈늬 부귀 오
릴손가 …… (잉무―오작―꾀꼬리) …져 비비들기 죠롱혼다 여보소 조
승상아 스빅년 한나라 이 간치집이 아니어든 공연이 빼시랴고 늬 지조
를 호랴호니 아무런들 될거시야……짜옥이 죠롱혼다 여보소 조승상아
간신 힝셰 부쓰려워 황기의 호통 소리 그리도 무섭던가 홍포조차 버서
시니 나 입은 것 빌여줄가……(두견이) ……져 쑥국시 죠롱혼다 욕심만
흔 조승상아 만종녹 조은 고량 무엇이 부죡호양 불의지스 호랴다가 긔
갈이 즈심혼가 ……져 빗죽시 죠롱혼다 통일천하 너를 주랴 안아 옛다
빗죽 이교녀를 너를 주랴 안아 옛다 빗죽 셥쳔즈 호령계후 역젹 놈이
네 아니냐 안아 옛다 빗죽 침살국모 쵹멸츙신 네 죄목을 뉘 모르리 안

---

34) 정노식, 『조선창극사』, 조선일보사출판부, 1940, 114~115면.

아 옛다 빗죽……(검정새)……(512, 514)

앞의 것은 『조선창극사』에 이창운(李昌雲)의 더늠으로 소개된 '원조타령'이고 뒤의 것은 신재효본 「적벽가」의 '원조타령'이다. 이창운의 '원조타령'은 현전 창본 대부분에 수용되어 있다. 사설을 살펴보면 이창운의 '원조타령'은 적벽 전투에서 참패한 조조를 조롱하는 데 초점이 있는 반면, 신재효본에서는 신하로서 임금을 겁박하고 명분 없는 전쟁을 일으켜 천하를 혼란에 빠뜨린 난신적자(亂臣賊子)임을 꾸짖는 데 초점을 두고 있다. 조조를 공격하고 비판하는 「적벽가」의 주제적 의미에 비추어보면 서사문맥으로 내려앉기가 강화된 셈이다. 그런데 발언의 성격을 따지면 이창운의 '원조타령'은 조조 군사의 원혼으로서 발언함직한 내용이지만, 신재효본의 '원조타령'은 신재효 자신의 의식을 원혼을 빌려 대신 말하게 한 것에 가깝다. 이로써 우리는 「적벽가」 사설에 등장인물의 입을 빌려 신재효 자신의 의식을 집어넣으려는 노력을 읽을 수 있다. 신재효가 '원조타령' 개작을 통해 드러내고자 한 것은 중세적 통치 질서가 불의한 권신(權臣)에 의해 깨뜨려진 현실에 대한 비판이라 할 수 있다.

신재효본은 유비와 관우에 대한 긍정적 형상을 강화하고 있는데, 이것은 조조에 대한 공격과 대비되어 조조를 비판하는 힘을 강화시키면서 인의(仁義)를 바탕으로 하는 이상적 군주와 관리에 대한 열망을 드러낸다.35) 이것은 주자(朱子)의 촉(蜀) 정통론 수용 및 관우 숭배와 무관하지

---

35) 신재효 당대의 「적벽가」는 '화용도'에서 '적벽가'로 이행하는 과정에 있었다. 신재효본 「적벽가」는 이런 이행을 선도한 이본으로 알려져 있다. 이것은 '화용도'에서 '적벽가'로의 이행이 유비와 관우를 긍정적으로 형상화하려는 신재효의 개작 의식

않을 것이다. 신재효본 「박타령」 중, 장비가 나타나 놀보를 징치하는 장면에서, 장비가 놀부에게 "남원이나 고금도나 우리 중형 게신 고더 니가 〃셔 뫼셔 잇셔(444)"라는 말을 하고 있는데, 이것은 신재효가 남원(南原)과 고금도(古今島)에 관왕묘(關王廟)가 있음을 근거로 첨가한 사설로 보인다. 특히 관우의 의기(義氣)에 대한 숭앙이 뚜렷한데, 조조의 군사들까지 그를 '관공님'으로 지칭한다. 「적벽가」 끝 부분을 관우의 의기를 칭송하는 것으로 마무리하는 것36)도 같은 맥락에서 이해할 수 있다. 유비의 인품과 관우의 의기에 대한 추앙과 대비되어 난신적자인 조조의 비소함은 더욱 증대된다. "셥천즈 호령졔후(452, 514)"로 황제의 권능을 무시하는 사태는 세도정치에 의해 왕권이 무력화되고 흉년으로 "긔갑년 긔민 쏀(498)"으로 백성의 삶이 피폐해진 조선후기 현실과 대응된다. 이러한 부정적 현실의 원인은 왕권의 약화와 권신의 전횡으로 중세적 통치 질서가 제 기능을 하지 못하기 때문이므로, 중세적 통치 질서가 정상적으로 작동되어야 문제를 극복할 수 있다는 생각을 가진 것으로 보인다.

신재효는 「토별가」에서 용왕에 대한 풍자적 시각을 대신들에 대한 풍자로 초점 이동하기 위해 용왕의 부정적 형상을 최소화하는 전략을 구사한다. 용왕의 병든 형상에 대한 상세한 묘사와 '용왕탄식'을 삭제한 것도 이런 맥락에서 이해할 수 있다. "죠관더리 들어오면 의관신야 어로 향 〃너가 날 테인듸 쇽 뒤집난 비린 너가 파시평 웃슈로다(256)"도 대신들을 향해 한 말이고, 용왕을 직접 겨냥하지 않았다. 용왕이 어족회의를 소집한 속내를 숨기고 대신들을 떠보는 과정에서 드러나는 것은 용

과 부합했기 때문으로 보인다.

36) "관공의 놉푼 의긔 쳔고에 뉘 당ᄒᆞ리(528)" 하며 『삼국지연의』에 있는 관우를 송덕하는 한시를 제시하고 있다.

왕의 의몽함보다는 대신들의 표리부동(表裏不同)한 모습이다. 용왕이 신하의 능력을 제대로 판단하지 못하는 상황마저 "남의 지긔 짐죽ᄒ기 좀 어려운 놀웃시냐 욧님군이 곤니 식켜 홍슈를 다스리고 공명이 마쇽보니 가졍을 직켜시니 허믈며 병든 용왕 신ᄒ 지죠 알슈 잇나(256)"는 구절을 통해 성인군자도 다른 사람을 판단하는 데 실수가 있는 법인데, 하물며 용왕은 병이 든 상황이니 사리판단에 어두울 수밖에 없지 않겠는가의 뜻으로 이해된다. 토끼를 희생시켜 자신의 생명을 연장하려는 근본 상황이 바뀌지 않는 한 용왕의 부정성을 극복할 수 없지만, 그런 한계 안에서 「토별가」는 용왕의 부정적 형상을 탈색시키려는 노력을 일관되게 시도하고 있다.

용왕의 부정적 형상을 탈색하는 작업은 자라를 충신화하는 작업과 맞물려 있다. 왜나하면, 용왕을 불의한 폭군으로 형상화한다면 자라의 충성이 아무런 의미가 없기 때문이다. '어족회의' 대목에서 "효도난 빅힝의 근원이요 츙셩은 슴강의 웃씀이라 쳔셩으로 할 거시졔 갈아쳐 ᄒ오릿가(264)"로 시작되는 발언을 통해 출륙을 회피하는 다른 대신들과 대조시킴으로써 그의 충을 강조한다. 별주부가 모친과 이별할 때 모친은 "네가 지금 벼슬ᄒ야 임군을 셤기다ᄀ 임군이 병환 게셔 약 구하라 간다ᄒ니 쥬위신욕 쥬욕신ᄉ 당당ᄒ 직분이니 지셩으로 구ᄒ다가 만일 약을 못 엇거든 골폭ᄉ장 게셔 죽졔 도라오지 말지여다 디디로 츙신 집의 션영누덕 될 거시니 두어셔 무엇하리(268, 270)" 하며 아들의 육지행을 독려한다. 그의 처와 이별할 때 별주부가 처에게 남생이 조심하라는 삽화를 별주부가 육지에서 남생이를 만나 동족임을 확인하는 방향으로 바꾸었다. 별주부의 충성 행위에 대한 원천적 의문을 제기하는 왕배탕 삽화와 토끼의 암자라 동침 삽화도 삭제했다.[37] 이러한 변화는 별주부의 충신 형상을 일관되게 강화하는 요소들이다. "자라의 충에 대한 강조를 현실의 모순을 더 폭넓게 드러내기 위한 하나의 서사적 전략으로 이해"[38]할 수 있지만, 신재효는 「토별가」에서 현실의 모순을 용왕을 둘러싸고 있는 관료들의 무능과 이기적이고 표리부동한 행태에 기인한 것으로 보려했다.

신재효는 토끼가 사는 산속 공간이 수탈의 현장임을 폭로하면서도 토끼가 육지를 떠나 수궁으로 간 것에 대한 부정적 인식을 줄곧 내보이고 있다. 그것은 앞서 살펴본 바, 신재효가 토끼의 수궁행을 줄곧 이향(離鄉)의 문제로 인식하고 있는 것과 관련된다. 이와 함께 육지위기 부분의 삭제도 생각해 볼 일이다. 창본 계열의 「수궁가」가 판소리 연행 문법에 따라 수궁과 무관한 육지위기 부분을 생성시켰다면, 독서물 계열의 「토끼전」은 이를 지양하고 수궁과 육지의 대결, 즉 이질적 세계 상호간의 대결이 지속되는 방향으로 변모시켰다. 신재효는 두 지평을 모두 지양하고 육지위기 부분을 삭제하는 방향을 선택했다. 육지에서 거듭 겪는 위기는 육지 공간을 떠날 수밖에 없는 토끼의 사정을 드러낸다. 애초에 토끼가 수궁행을 결심한 것도 자라가 이런 위험을 환기시켰기 때문이다. 토끼가 육지로 귀환했지만 떠나기 전의 상황과 조금도 달라지지 않았다. 육지위기는 이 점을 다시금 환기시키는 부분[39]이라 할 수 있다.

---

37) 왕배탕 삽화와 토끼의 암자라 동침 삽화가 신재효본 이전에 존재했으리라는 추정은 가람본 「별토가」에 이 삽화가 있는 데서 가능하다. 특히 암자라 동침 삽화 내에 토끼가 부르는 '사랑가'가 들어 있는데, 이것은 판소리 문법에 따라 생성된 부분으로 보인다는 점에서 이런 추정에 힘을 실어준다. 한편, 이선유 창본에 토끼가 육지로 귀환 후 자라에게 욕하는 부분에서 "좋은 음식 만이 먹고 시녀덜과 대무하고 암자래를 보앗스니"(161면)라는 구절은 토끼와 암자라의 동침 삽화의 흔적으로 추정된다.

38) 김현양, 1996, 217면.

39) 정출헌, 1992, 239면.

그렇다면 신재효 「토별가」의 특성인 비판의 초점 이동과 육지위기 부분의 삭제를 우리는 어떻게 이해해야 할 것인가. 우선 비판의 초점을 대신들에 집중하고 있는 「토별가」의 변모는 신재효와 대원군 및 고종(高宗)과의 긴밀한 관계와 관련지어 생각해 볼 일이다.40) '어족회의' 대목에서 서로 상좌를 사양하며 기린을 상좌에 앉히려는 중론이 일자, 기린이 사양하며 "나난 셰숭 안니 잇고 셩인만 짜라단여 얼풋 왓다 도로 가니 동방 군즈국의 갑즈 월연 셩인 임군 등극하겨시니 좀깐 가셔 단여오즈 훈양으로 가난 길의 모쥭 모음 훈다기예 지면호즈 호온 길이니 열어이 모운 슈셕 손이 엇지 안지리요(278)"에서 성인이 나면 나타난다는 기린의 입을 통해 고종을 성인 임금으로 칭송하고 있다.

육지위기를 구성하는 '그물위기'와 '독수리위기'는 토끼와 수궁의 대결과는 인과 관계가 없는 것으로, 이를 삭제함으로써 구조적 완결성을 높이면서 토끼의 육지귀환 이후의 육지에서의 환란을 제거함으로써 이향에 대한 부정적 시각과 상충되지 않게 배려한 것이다. 이향을 부정적으로 인식하는 신재효로서는 육지귀환 이후 거듭되는 토끼의 수난 서술은 자가당착일 수밖에 없었을 것이다.41) 육지든 수궁이든 삶의 위협은 어디에나 있기 마련이므로 자신이 터 잡고 있는 삶의 공간이 더 낫지 않겠는가 하는 것이다. 이처럼 육지위기 삭제에는 신재효의 이향에 대한 부정적 인식과 향촌사회의 안정을 바라는 신재효의 의식이 깔려 있다.

---

40) 서종문, 「「토별가」에 나타난 신재효의 현실인식」, 『판소리연구』 10, 판소리학회, 1999, 81~85면 참고.

41) 정출헌(1992)은 토끼의 거듭되는 위기를 "중세 봉건체제의 무제한적인 침탈로부터 겪어야 했던 고난, 그리고 어떻게든 그것을 견뎌야만 했던 하층민의 현실적 삶을 문학적으로 형상화한 것"(240면)이라는 지적은 그래서 정곡을 얻었다.

이상의 논의를 통해 우리는 「적벽가」와 「토별가」에서 제왕을 점점으로 하는 통치 체제를 인정하면서 바람직한 군신 관계의 복원을 통해 중세적 질서의 제자리 찾기를 지향한 것으로 판단할 수 있다. 이런 점에서 신재효본은 중세적 질서의 해체된 모습을 노정시키면서도, 그런 해체를 긍정하기보다는 중세적 질서를 되찾는 것으로 정치적 혼란과 향촌사회의 제반 문제를 해결할 수 있다고 판단했던 것으로 보인다.

4. 논의의 확장 가능성 검토

동질 공간 내적 대립의 강화와 서사문맥 또는 현실맥락으로 내려앉기, 그리고 그것에 내포된 중세적 질서의 제자리 찾기가 「적벽가」와 「토별가」를 넘어 신재효가 개작하여 정착시킨 다른 판소리 사설에도 나타나는지 개략적으로 살펴봄으로써 논의의 확장 가능성을 점검해 보기로 한다.

「춘향가」, 「심청가」, 「흥보가」는 적대적·이질적 공간 상호간의 대립을 기본 구도로 하고 있지 않지만, 「춘향가」에서 춘향과 변학도의 갈등은 향촌 공동체 내적 대립이라 할 수 있고, 「흥보가」에서 놀보와 흥보를 중심으로, 「심청가」에서는 심봉사와 뺑덕어미를 중심으로 가족 공동체 내적 대립이 나타난다고 할 수 있다.

「남창 춘향가」에서는 인물의 성격과 대립의 근거를 명료하게 함으로써 동질 공간 내적 대립을 강화시키고 있다. 이선유 창본에서는 춘향 수청 강요 이외 변학도를 응징할 만한 근거가 뚜렷하지 않다. 다른 창본들에서도 변학도는 탐관오리로 설정되어 있지만 서술자의 직접 화법을 통해 제시되었을 뿐 구체적 서사 행위를 통해 구체화된 것은 아니다. 그러나 「남창 춘향가」에서는 두 차례에 걸친 이몽룡과 농부의 문답[42]을 통해 변학도의 탐학한 정사(政事)와 이로 인해 파탄에 이른 남원의 사회적·경제적의 상황이 잘 드러나고 있다. 이 대목에서 이몽룡은 남원 고을의 형편을 은밀히 캐내려는 봉명어사(奉命御使)로서의 본분을 충실히 수행하고 있으며, 농부들은 춘향에 대한 지지와 변학도에 대한 저항의식을 드러내고 있다. 어사출도 후 "본관이 돈 쒸러셔 아니 듸린 부민이며 임츌을 쎄시랴다 아니 들은 아젼이며 츌퓌 디졉 잘못ᄒᆞ야 스혐 잇는 상빅셩덜 다 원통ᄒᆞᆫ 죄인(94)"들이 함께 풀려나는 것을 보면 춘향과 변학도의 문제는 남원 백성 자신의 문제이기도 함을 알 수 있다. 그리하여 「남창 춘향가」는 춘향과 변학도의 갈등을 넘어 탐학한 수령과 남원 백성 전체의 문제로 확대되고 있다. 이것은 「토별가」의 '모족회의' 대목에서의 수탈과 정확히 대응된다. 요컨대, 변학도는 탐학한 관리로서의 형상을, 이몽룡은 봉명어사로서의 형상을 강화함으로써 대립 관계를 강화했을 뿐만 아니라, 춘향의 수청을 둘러싸고 수령과 백성 사이의 대립과 백성의 저항의식을 뚜렷이 드러냄으로써 향촌사회 내적 대립을 강화하고 있다.

인물의 성격과 대립의 근거를 명료하게 하는 방법으로 동질 공간 대립 관계를 강화하는 것은 「박타령」도 마찬가지이다. 이선유 창본에서는 놀보가 흥보를 쫓아내는 이유가 분명하지 않고, 박봉술 창본에서는 남에게 의지하여 할 일 없이 돌아다니는 꼴이 보기 싫다[43]는 것이었다. 신재효본에서 놀보는 흥보가 "나무 일만 ᄒᆞ노라고 ᄒᆞᆫ 푼 돈을 못 버니

---

42) 강한영, 1984, 56면, 62면, 64면.
43) 김진영 외, 『흥부전 전집』 1, 박이정, 1997, 586면.

(328)” 미워하고, “하물며 이 셰간은 나 혼즈 작만ᄒ니 네게는 부당이라(328)” 쫓아내는 것도 정당하다고 주장한다. “아번이 게슬 젹의 나는 싱일 시기고셔 즈근 아덜 사랑옵듯 글공부 시기(330)”는 차별 대우까지 받았다. 이처럼 놀보의 행위는 놀부 자신의 가치관에 따른 것이며, 나름의 이유와 명분을 갖고 있음을 분명히 드러내고 있다.[44] 놀보 처의 성격도 “남드른 놀보 가쇽이 쓰렁이예 밥 쏜 쥬네 진가리 펴셔 쥬고 공알답인 혼다ᄒ이도 모도 거진말(344)”이라고 선행의 사설을 비판하고, “놀보〃단 더 독ᄒ여 낭즈(344)”한 인물로 바꿈으로써 가족 공동체 내적 대립을 강화하였다. 이와 함께 홍부의 성격 또한 변주되고 있다. 놀보에게 쫓겨난 뒤에도 홍보는 빈둥거리고 홍보 처가 구걸하여 연명하는데, 그마저도 “가장틱 ᄒ노라고 가쇽이 더듸 왓듯 집퍼쩐 집꾕이로 믹질도 ᄒ여보고 입의 맛난 반츠 업다 안졋던 물방이 집불도 노와 보랴ᄒ고 별시를 미양 부려(330, 332)” 홍보의 형상이 긍정적이지만은 않다. 이처럼 「박타령」에서는 놀보 악행의 이유를 분명히 하고,[45] 놀보 처의 성격을 악인형으로 바꾸고, 홍보의 성격을 변주함으로써 동질 공간 대립 관계를 강화한다.

「심청가」에서도 「박타령」처럼 가족 공동체 내적 대립을 강화시키고 있다. 그 중심에 심봉사의 성격 변화가 놓여 있다. “양반의 후예로셔 힝실리 쳥검ᄒ고 지죠가 경기하야 일동일졍을 경쇼리 아니ᄒ(156)”던 심봉사는 “즈고로 식계 숭의 영웅열스 업셔쩌든 심봉스가 견듸것나(212)”를 기점으로 성격이 급변한다. 물론 당대 소리판에서 불리던 「심청가」에서

---

44) 정충권, 「경판 「홍부전」과 신재효 「박타령」의 비교 고찰」, 『판소리연구』 12, 판소리학회, 2001, 180면.

45) 다음 논문은 놀보를 세속적 욕망의 자유로운 추구를 바라는 조선후기 향유층의 의식을 드러내는 새로운 악인으로 성격을 파악하고 있다. 진은진, 「「홍보가」에 나타난 악과 세속적 욕망」, 『판소리연구』 26, 판소리학회, 2008.

도 이러한 두 심봉차의 차이는 있었을 것이다. 그러나 신재효본 「심청가」에서는 성격 파탄자라 할 수 있을 정도로 후반부에서 심봉사의 비속화가 이루어져 전반부와는 판이한 성격의 변화를 보인다.46) 작품 전·후반부에서 나타나는 이러한 심봉사의 성격 대립은 가족 구성원의 변화 및 심청의 효 강조와 맞물리면서 이루어지고 있다. 뺑덕어미와 함께 가족을 구성하면서 심봉사는 곽씨 부인이나 심청과 함께 있을 때 잠재되어 있던 비속한 면모가 표출된 것이라 할 수 있다. 곽씨 부인과 심청을 차례로 떠나보낸 후, 가정의 안정을 바라는 심봉사는 "심봉亽 요부타고(214)" 접근한 뺑덕어미에게 철저하게 버림받는다. 심청의 효녀 형상 강화와 심봉사의 비속화는 상반되는 것처럼 보이지만, 심봉사가 비속화될수록 심청에 의한 구원의 절실함이 강조된다고 할 수 있다.

이처럼 세 마당에서 인물의 성격을 명료하게 설정함으로써 대결의 근거를 분명히 하고 대결의 강도를 증대시키는 방향으로 동질 집단 내적 대결을 강화하고 있음을 볼 수 있다.

서사문맥 또는 현실맥락으로 내려앉기 또한 신재효의 여타 판소리 마당에서도 나타난다. 「남창 춘향가」에서는 춘향방 열녀그림, 신행길 사설 등 춘향의 열녀 형상에 부합되는 방향으로 사설을 개작하고, 천장전행 사설, 방자의 역할 약화와 이몽룡의 근엄화로 구성상의 개연성을 강화하고, 동헌 상봉 삭제 등으로 현실맥락상의 핍진성을 강화하는 등 서사문맥으로 내려앉기를 강화하고 있다. 「심청가」에서는 공양미 시주 약속,

---

46) 심청이 떠난 후 심봉사는 동네 과부 있는 집을 무한히 찾아다니며 선웃음과 풋장담으로 정력과 재력(돈, 쌀, 어장)을 과시한다. 뺑덕어미와 함께 살 때는 질투가 심하고, 황성 잔치로 가는 길에서 외설적 방아타령을 늘어놓는다. 신재효본에서는 이러한 모습을 구체적으로 형상화하고 있다.

인당수 투신 대목 등에서 심청의 효녀 형상에 부합되는 방향으로 사설을 개작하고, 심청 하강 화소, 부녀 상봉 대목 등에서 구성상의 개연성 및 현실맥락상의 합리성을 부여하는 방향으로 개작함으로써 서사문맥으로 내려앉기를 강화하고 있다. 「박타령」에서는 흥보 자식들의 밥타령, 흥보 처의 자식 낳기, 박내력 사설, 흥보 제비 조선으로 나오는 데 등에서 현실맥락상의 핍진성을 부여하는 방향으로 개작함으로써 서사문맥으로 내려앉기를 강화하고 있다.[47]

한편, 현실맥락으로 내려앉기는 「남창 춘향가」에서 가장 뚜렷하고 「심청가」와 「박타령」에서도 찾을 수 있다. 「남창 춘향가」에서 "경슐 셩상[48]이 사룽 ㅎ샤 …… 구즁이 깁고 깁퍼 사회가 머러시니 창싱의 질고 사를 옥루의셔 알 슈 잇나 팔도어스 보너기로 양슈 문신 가리는듸(54)"나 '농부가'의 처음과 끝을 각각 "션리건곤 틱평시절 도덕 노푼 우리 셩상 강구미복 동요 듯든 용님금의 버금이라(60)", "경복궁 시 디궐의 요슌 갓튼 우리 님금 칭피시굉 가득 부어 남슨 헌슈 ㅎ여보시(62)"로 엮고 있는 데서 현실맥락으로 내려앉기를 찾아볼 수 있다. 「심청가」에서 관가에 불려갔다 나오는 심봉사를 "숨반 관쇽더리 왜 ㅎ고 달여드러(220)" "우리 쳥으로 가십시다 니 집으로 가십시다 셕쥬가로 가십시다 숨빅 냥 딀일게 효슈 식켜 쥬오 쳔양 니께 이방 식켜쥬오 숀 줍건니 엽 찌건니 셔로 안니(220)" 놓으며 청탁하는 대목이나, 「박타령」에서 흥보가 졸부되었다는 말을 듣고 놀보가 흥보의 재산 뺏을 궁리를 하며 "흥보가 부자로셔 제 형을 박디한다 몹슬 아젼 뒤를 디여 영문 염문 져거 주고 츌피를 돈 빅 멕여 향즁의 발통ㅎ고 도회까지 부쳐시면 이놈의 사름소리

---

47) 신재효 개작 사설의 지평전환 양상은 제1부 제2장에서 논의하였음.
48) 고종을 가리키는 것으로 풀이된다. 강한영, 1984, 58면 주 32번.

단춤의 썰어업제(390)" 하는 부분에서 조선후기 향촌사회의 실상을 드러
낸 것으로 보인다.

이와 같은 서사적 특성은 중세적 질서의 제자리 찾기를 지향하는바,
「남창 춘향가」와 「심청가」에서 그러한 의미 지향을 찾아볼 수 있다. 「남
창 춘향가」에서는 성인 임금이 이몽룡 같은 어진 인재를 등용하여 춘향
과 같은 백성들을 변학도와 같은 탐학한 관리의 질곡으로부터 해방시켜
주는 바른 정치를 폈다는 것이다.[49] 이처럼 「남창 춘향가」에서 문제적
현실은 중세적 질서의 제자리 찾기를 통해 가능하다는 의식을 보여주고
있다. 「심청가」에서는 심청은 전생이 "셔왕모의 양녀(160)"로, "문충셩과
졍혼ᄒ야 밋쳐 힝예 못ᄒ여셔 문충이 쳔명 바더 쳔ᄒ충싱 건지기로 인
간 ᄒ강(160)" 하여 "짜라니려(160)" 온 인물로 설정하였다. 즉, 문창성은
중국 천자가 되고 심청은 황후가 되어 천하의 창생을 건지기 위해 인간
세상에 하강했다는 것이다.[50] 심청이 하늘이 낸 효녀이듯 천자는 하늘
이 낸 성군이다. 심봉사가 사는 마을 본관의 "황졔의 너부신 덕화 요순
과 갓틔시ᄉ 억죠충싱을 격ᄌ갓치 보시오며(218)"라는 말을 통해서도 황
제는 이상적 군주상으로 설정된다. "빅셩 즁의 불승ᄒ 게 늘근 병신이요
병신 즁의 불승ᄒ 게 눈 못 보난 밍인이라(210)"고 했듯이, 맹인은 천하

---

49) 「남창 춘향가」에서 "구원자로서의 이도령에 대한 굳은 신뢰"(206면)를 보이고 있다
는 김현양(1996)의 지적은 적절하다. 한편, 「남창 춘향가」의 개작의식을 극우적 정
치 개혁 의지로 본 조성원(1995)의 견해와 세도정권 하의 피폐한 현실 개혁으로 본
김현양(1996)의 견해가 맞서 있는 것처럼 보인다. 그러나 개혁의 대상은 세도정권
하의 피폐한 현실이고, 개혁의 방향은 현 정권의 그것에 찬동한다는 점에서 우편향
적이라 할 수 있으므로 따지고 보면 대립된다고 보기 어렵다.
50) 심청이 황후가 되기로 예정되어 있음은 태몽 화소를 비롯하여 인당수 투신 후 '범
피중류' 대목에서 만나는 이비, 굴원, 오자서로부터 거듭 확인되고 있다. 강한영 교
주, 1984, 200면, 202면 참고.

창생 가운데서도 가장 질곡의 삶을 사는 부류이기에 심봉사를 비롯한 만좌(滿座) 맹인의 개안(開眼)을 통해 질곡의 삶을 구원하는 상징적 의미를 부여하고 있다. 이상적 군주와 관리에 의한 민중 구원을 지향하는 「남창 춘향가」와 「심청가」는 정치적 측면에서의 중세적 질서의 제자리 찾기를 지향했다고 할 수 있다.

5. 마당의 확장을 위하여

지금까지 신재효가 개작하여 정착시킨 판소리 사설 다섯 마당의 서사적 특성 몇 국면을 밝히고, 거기서 추출할 수 있는 의미 지향성을 검출하고자 하였다. 이를 위해 그가 개작하여 정착시킨 사설 가운데 「적벽가」와 「토별가」를 주목하여, 거기서 발견되는 서사적 특성과 의미 지향을 「남창 춘향가」, 「심청가」, 「박타령」으로 일반화할 수 있는지를 검토하는 방법을 취했다.

「적벽가」와 「토별가」는 공통적으로 적대적·이질적 세계와의 대립을 외피로 하면서 동질 공간 내에서 일어나는 대립과 갈등을 강화하는 특성이 나타나고 있음을 확인하였다. 「춘향가」와 「흥보가」에서는 인물의 성격을 구체화하고 대결의 이유를 명료하게 함으로써 향촌 사회 공동체 또는 가족 공동체 내적 대립을 강화하였으며, 「심청가」에서는 가족 관계의 변화에 따른 심봉사의 성격 대립을 통해 가족 공동체 내적 대립을 강화하였다.

「적벽가」와 「토별가」에서 서사문맥 또는 현실맥락으로 내려앉기가 나타나는바, 「적벽가」는 서사문맥으로 내려앉기가, 「토별가」는 두 가지 특성 모두가 뚜렷하였다. 「춘향가」, 「심청가」, 「박타령」에서도 이런 특성 강화를 발견할 수 있었다. 이로써 신재효본에서는 조선후기 정치적 현실과 향촌사회의 현실, 그리고 경제적 현실을 예각적으로 드러내려는 신재효를 의지를 읽을 수 있었다.

신재효본에서 나타나는 이러한 서사적 특성은 궁극적으로 중세적 질서를 되찾는 방향을 지향하고 있다. 왕을 정점으로 하는 중세적 지배질서를 재확립함으로써 현재의 혼란, 백성들의 삶의 질곡을 해결할 수 있다고 여긴 것으로 판단된다.

이 글에서 개별 마당의 특성에 국한되지 않고 신재효본 다섯 마당 전체를 관통하는 특성이 무엇인가를 찾아내고자 하였다. 특성의 강약과 구체적 실현 방법에 차이가 있으나, 이 글에서 파악한 서사적 특성과 의미망을 공통적으로 가지고 있음을 확인하였다. 그러나 「적벽가」와 「토별가」를 중심으로 서사적 특성과 의미 지향을 논의하고, 다른 마당에 대해서는 그 확장 가능성을 진단하는 선에 그쳤으므로, 여타 마당에 대한 정밀한 논의가 필요하다. 또한 신재효가 몸담고 있는 현실맥락과 연결점을 구체화하지 못한 한계도 있다. 후속 논의에서 이 글에서 부차적으로 논의한 마당을 중심으로 서사적 특성의 다른 국면을 밝혀낼 수 있을 것으로 기대한다.

제3부

야담계 소설의 구조론적 이해

제1장 「허생전」의 형상화 방향과 현실인식의 층위

제2장 「채생기우(蔡生奇遇)」의 구조와 시대적 의미

제3장 「허생전」의 현대적 변용

「허생전」의 형상화 방향과 현실인식의 층위

구전설화 및 한문단편과의 대비적 관점에서

1. 「허생전」을 떠받치는 기둥들

연암(燕巖) 박지원(朴趾源)은 항간(閭巷)에서 전승되고 있는 이야기에 깊은 관심을 가지고 있었으며, 「허생전」의 창작은 그의 이런 관심의 소산이다.1) 허생이란 인물에 관한 사실담(事實談)이 항간에 널리 구연되다가 강담사(講談師)와 같은 전문 이야기꾼을 거쳐 채록자에 의해 야담으로 정착되었는데, 연암의 「허생전」은 이러한 구연 및 한문단편을 바탕으로 창작된 것으로 추정된다.

그렇다면 「허생전」 창작의 배경이 된 서사문학이 무엇이었을까 하는 의문이 제기된다. 이에 답하기 위해 「허생전」의 서사적 골격이 무엇인

---

1) 「허생전」 외에 「광문자전(廣文者傳)」, 「민옹전(閔翁傳)」, 「열녀함양박씨전(烈女咸陽朴氏傳)」 등도 구전설화 및 야담과 관련을 맺으면서 이루어진 작품이다.

가부터 되새겨 볼 필요가 있다. 「허생전」의 서사적 골격을 이루는 것은 전반부의 몰락양반의 치부담(致富談)과 후반부의 북벌(北伐) 화소이다. 몰락양반의 치부담과 북벌 화소는 문헌설화집에 풍부하게 채록되어 있다. 몰락양반의 치부담의 경우에는 구전설화로는 드물지만 북벌 화소의 경우에는 구전설화로도 활발히 전승되고 있다. 이로 보건대 박지원은 당대의 구비전승과 문헌설화를 토대로 「허생전」을 창작한 것으로 판단된다. 그러므로 「허생전」의 서사문학적 배경이 되는 이들 화소를 검토하는 것을 첫 번째 과제로 삼는다.

「허생전」은 이들 선행 화소들을 기계적으로 수용하는 차원에서 그친 것이 아니라 부적합한 것을 버리고 새로운 화소를 첨가하면서 그의 탁월한 형상화 능력과 작가의식으로 변모 굴절시키면서 그 의미를 심화시켰다. 선행의 설화들과 「허생전」을 한번 통독만 해 보더라도 이들 사이에는 작품구조나 작품의 형상화 정도, 문제의식 등 여러 면에서 현격한 수준 차이가 보임을 쉽게 알 수 있다. 그러므로 연암이 선행 서사물을 수용하면서 무엇이 어떻게 달라졌는지 검토하는 것이 두 번째 과제이다. 첫 번째 과제가 「허생전」과의 유사성에 초점을 둔 논의라면, 두 번째 논의는 변별성에 초점을 둔 논의이다. 유사성을 살핌은 관련성을 밝히는 데 기여할 것이며, 변별성의 밝힘은 「허생전」의 형상화 방향을 밝히는 데 기여할 것이다.

이 글의 마지막 과제는 「허생전」에 나타난 작가의 현실인식의 층위를 파악하는 것이다. 이 작업은 「허생전」에서 말하고자한 궁극적 의미, 곧 주제를 찾아내는 작업으로 이어질 수 있다.[2]

---

2) 박영철본(朴榮喆本) 『연암집(燕巖集)』(아세아문화사, 1966) 소재 「허생전」을 텍스트로 한다.

2. 「허생전」 창작의 서사문학적 배경

「허생전」과 한문단편과의 선후 관계는 추정만 가능할 뿐 필연성을 지닌 논의가 어렵다.3) 야담집의 편찬 연대만 따진다면 한문단편들은 대부분 「허생전」 이후의 것이라고 봐야 할 것이다. 그러나 한문단편은 기존의 구전과 구연4)을 바탕으로 기록물로 전환된 것이기에 한문단편의 생성 시기는 야담집 편찬 시기보다 앞선다. 더구나 한문단편은 구연 또는 구전되는 이야기를 바탕으로 한 것이며, 일단 기록된 한문단편은 전사(轉寫)될 때 변이가 거의 일어나지 않는다. 이러한 여러 면을 고려해 볼 때, 이야기의 생성 시기를 작품의 창작 시기로 잡는 것이 합당할 것이다. 그렇다면 야담집에 채록된 「허생전」 관련 이야기들은 「허생전」 이전부터 전승되던 구전설화 및 문헌설화라는 추정이 가능하다. 그러므로 우리는 선행 서사물과 「허생전」을 대비함으로써 「허생전」의 형상화 방향을 검토할 수 있다. 즉 「허생전」에 등장하는 대부분의 화소는 그 구체적인 양상은 다르지만 대부분 「허생전」 창작 이전에 전승되던 것이었기 때문에 연암이 「허생전」을 어떤 방향으로 형상화했는가를 살필 수 있다는 것이다.5)

---

3) 「허생전」과 유사 야담과의 선후 관계를 논의한 업적으로 다음을 들 수 있다.
박기석, 『박지원문학연구』, 삼지원, 1984, 93~95면.
야기충언, 「박지원의 「허생전」 고구―치부담의 시점에서」, 동국대학교 석사학위논문, 1985.

4) 구전과 구연은 구별되는 개념이라 생각된다. 구전이 이야기가 음성언어를 통해 전승됨을 뜻하므로 포괄적이고 일반적인 수준의 용어라면, 구연은 구체적인 시간과 장소에서 구현되는 일회성을 지닌 것이므로 구체적이고 개별적인 수준의 용어이다. 따라서 구전은 구연의 총합으로 존재한다.

5) 이러한 사정을 박지원의 「민옹전(閔翁傳)」, 「광문자전(廣文者傳)」의 창작 과정에서도 짐작할 수 있다.

(1) 몰락양반 치부담(致富談)의 전승

몰락양반의 치부(致富)를 다룬 구전설화는 발견하기 어렵다. 『한국구비문학대계』에서 찾아보면 '양반이 미천하게 되었다가 잘되기' 유형[6] 정도가 있으나 양반이 몰락했다는 설정만 같을 뿐 「허생전」과의 유사성을 발견하기는 어렵다. 이처럼 몰락양반의 치부담이 구전설화로서 전승력이 약한 것은 구전설화의 전승 계층인 일반 민중들이 가난한 양반과 그의 치부에 관심을 갖지 않았기 때문이다.

이와 달리 문헌설화에는 몰락양반의 치부담이 풍부하게 채록되어 있다. 몰락양반이 야담의 채록자로 다수 참여하였기 때문에 자신들이 처한 상황과 문제가 주된 관심사가 될 것은 당연하다. 자료를 검토해 보면 「허생전」과 친소 관계의 차이가 있으면서 관련성이 인정되는 한문단편을 다수 발견할 수 있다.

먼저 몰락양반의 현실대응의 한 양상으로 치부 행위를 하는 치부형(致富型) 한문단편부터 검토해 보기로 한다.[7] 이 유형에 해당하는 한문단편으로는 「석한양사인최생(昔漢陽士人崔生)」(『계서야담(溪西野譚)』),[8] 「영남유한사(嶺南有寒士)」(『삽교만록(霅橋漫錄)』),[9] 「입이적궁유성가업(入吏籍窮儒成家業)」(『청구야담(靑邱野談)』)[10] 등이 있다. 이들 치부담은 몰락하여 가난하게 살

---

6) 조동일 외, 『한국구비문학대계 별책부록(Ⅰ) 한국설화유형분류집』, 한국정신문화연구원, 1989.
7) 몰락양반의 현실 대응을 다룬 한문단편에 대한 포괄적 논의는 최광석, 「한문단편의 서사구조와 그 의미」(경북대학교 석사학위논문, 1994)를 참고하고, 여기서는 「허생전」과 관련 있는 한문단편을 중심으로 논의한다.
8) 서울대 규장각본, 동국대 한국문학연구소 편, 『한국문헌설화전집』 1, 태학사, 1981.
9) 일본 동양문고 소장 필사본, 이우성 편, 『삽교집(霅橋集)』(下), 아세아문화사, 1986.
10) 미국 버클리 대학 극동도서관 소장 10권 10책 필사본. 이하 같음. 이우성 편, 『청구야담』(상)(하), 아세아문화사, 1985.

아가던 몰락양반이 치부를 결심하고 자본을 마련한다, 몰락양반은 임시적으로 신분을 속이거나 생업에 종사하여 치부를 한다, 치부를 하여 부자로 살거나 벼슬까지 하게 된다는 서사 전개를 갖고 있다.

이들 치부담을 자세히 들여다보면 차이가 발견된다. 「석한양사인최생(昔漢陽士人崔生)」에서 몰락양반은 양반 신분을 버리고 생업에 종사하여 치부하며, 「영남유한사(嶺南有寒士)」에서 몰락양반은 비부(婢夫)가, 「입이적궁유성가업(入吏籍窮儒成家業)」의 몰락양반은 안동의 도서원(都書員)이 되어 치부한다. 앞의 한 작품에서 생업 종사는 삶 그 자체이지만, 뒤의 두 작품에서 비부나 이서배(吏胥輩)가 되는 것은 가난을 극복하기 위한 임시방편의 삶이다. 뒤의 두 작품에서 부를 획득한 후 원래의 자리로 돌아온다.11) 신분을 숨기는 것은 무엇보다도 신분 하강을 막기 위함이다. 「석한양사인최생(昔漢陽士人崔生)」의 주인공은 농사를, 「영남유한사(嶺南有寒士)」와 「입이적궁유성가업(入吏籍窮儒成家業)」의 주인공은 상업을 선택한다. 「석한양사인최생(昔漢陽士人崔生)」에서는 몰락양반이 풍년에 사들인 곡식을 흉년에 마을 사람들에게 나누어주는 점이 주목된다. 한편, 앞의 두 작품은 부를 획득하는데 그치지만 뒤, 「입이적궁유성가업(入吏籍窮儒成家業)」에 몰락양반은 이룩한 부를 바탕으로 벼슬길에 나아감으로써 신분 상승까지 이룬다. 이처럼 치부의 구체적 방법이 다르고 치부가 행위 일시적인가 영구적인가의 차이는 있으나 몰락양반의 치부 행위를 소재로 하고 있다는 점에서는 공통적이다.

---

11) 한문단편 가운데 몰락양반이 하위 계층과 혼인 후 생업에 종사하는 유형이 있다. 「경중김성궁생(京中金姓窮生)」(천리대 도서관본, 이우성 편, 1990), 『동패낙송(東稗洛誦)』(아세아문화사, 37~41면), 「하미감승(嚇美酣僧)」(서울대 도서관본, 정명기 편, 1987), 『차산필담(此山筆談)』, 『한국야담자료집성』 8(고문헌연구회, 370~379면) 등이 그것인데, 이들 작품은 자신의 신분을 포기한다는 점에서 전자의 경우와 유사하다.

그런데 치부 후 신분 상승이 구체적으로 서사되는 작품이 있다. 이것은 가난 극복과 신분 상승이 계기적으로 결합한 형태라 할 수 있다. 「치산업허중자성부(治産業許仲子成富)」(『청구야담(靑邱野談)』)와 「삼난금옥(三難金玉)」(『차산필담(此山筆談)』)[12]이 그것이다. 「치산업허중자성부(治産業許仲子成富)」의 주인공은 상업과 길쌈으로 자본을 마련, 논밭을 사서 농업에 종사하여 치부 후 무과(武科)를 지망하여 벼슬을 얻는다. 그런데 「치산업허중자성부(治産業許仲子成富)」의 주인공은 아내가 죽자 아내를 기쁘게 하기 위해 벼슬한 것이라며 벼슬을 버린다. 한편, 「삼난금옥(三難金玉)」의 주인공은 객주의 심부름꾼, 아내는 술청에서 술장사를 하여 치부한 후, 주인공은 문과를 지망하여 과거에 급제, 현직(顯職)을 두루 역임한다. 이런 이야기는 물적 토대가 있어야 신분 상승도 가능함을 보여준다. 「치산업허중자성부(治産業許仲子成富)」의 경우 신분 상승보다 경제적 부에 더 큰 가치를 두는 의식의 변화를 읽을 수 있다.

이상에서 살핀 한문단편은 몰락양반의 치부담이라는 점에서 「허생전」과 관련되지만, 이보다 더욱 「허생전」과 밀착된 작품들이 있다. 「안빈궁십년독역(安貧窮十年讀易)」(『청구야담』), 「영만금부처치부(籯萬金夫妻致富)」(『동야휘집(東野彙輯)』),[13] 「양주염야탐기산진삼천중화사(楊州廉也眈妓散盡三千重貨事)」(『파수록(罷睡錄)』),[14] 「식보기허생취동로(識寶氣許生取銅爐)」(『청구야담』), 「대만금허생행화(貸萬金許生行貨)」(『청구야담』) 등 그것이다. 이들은 '허생형 한문단편'이라 할 수 있다. 허생형 한문단편이란 박지원이 지은 「허생

---

12) 서울대 도서관 소장본, 정명기 편, 『한국야담자료집성』 8, 고문헌연구회, 1987.
13) 대판부립도서관(大阪府立圖書館)에 소장 16권 8책 필사본. 정명기 편, 『동야휘집(東野彙集)』(하), 보고사, 1992.
14) 서울대 도서관 소장 1권 1책 필사본, 동국대 한국문학연구소, 『한국문헌설화전집』 7, 태학사, 1981.

전」의 허생처럼 독서하던 가난한 선비가 심각한 가난에 부딪혀 부자에게 돈을 빌림으로써 사건이 전개되는 한문단편을 말한다.

이 가운데 「안빈궁십년독역(安貧窮十年讀易)」, 「영만금부처치부(贏萬金夫妻致富)」, 「양주염야탐기산진삼천중화사(楊州廉也眈妓散盡三千重貨事)」는 치부담으로 끝난다. 「안빈궁십년독역(安貧窮十年讀易)」에서 허생형 인물은 자신이 직접 치부에 가담하지 않고 아내가 물가 등락의 시세 차익을 이용하여 치부한다. 「영만금부처치부(贏萬金夫妻致富)」에서 허생형 인물이 매점매석의 방법으로 물가를 조작함으로써 부를 획득하고, 그의 아내는 그 나름대로 치산을 잘 하여 부를 축적한다. 「양주염야탐기산진삼천중화사(楊州廉也眈妓散盡三千重貨事)」는 진시황(秦始皇)의 오금(烏金)을 얻어 부를 획득한다. 획득한 부를 갑부가 되돌려 받기를 거절하자 「안빈궁십년독역(安貧窮十年讀易)」의 허생형 인물은 산골로 숨어들어 임진왜란의 피해를 모면한다. 「영만금부처치부(贏萬金夫妻致富)」의 허생형 인물을 끝내 재물을 되돌려주고 생활할 정도의 의식만 대줄 것을 부탁한다. 「양주염야탐기산진삼천중화사(楊州廉也眈妓散盡三千重貨事)」에서 몰락양반은 재물이 자기 것이 아니라며 돌려준다.

이상에서 살핀 바와 같이 이들 작품은 비범한 양반이 가난 속에서 독서를 하다가 독서를 중단하고 국중 갑부에게 거금을 빌린다. 몰락양반은 빌린 돈으로 직접 치부 행위를 하거나 아내가 치부하여 부자가 된다는 서사 전개를 갖고 있다. 치부담으로 끝나는 허생형 한문단편은 가난 극복과 비범함 실현이라는 두 문제가 작품의 초두에 제시되어 있고, 가난 극복의 과정을 통해 비범함 실현의 과정을 보여주거나 비범함 실현의 과정이 곧 가난 극복의 과정이라는 특성을 갖고 있다.

앞에서 다룬 치부형 한문단편은 자기 힘으로 자본을 마련하고 치부가 생활 그 자체이거나 치부가 목적이라는 점에서 허생형 한문단편과 다르다. 허생형에서의 치부는 그 자체로서 의의를 지니면서 동시에 몰락양반의 비범한 능력을 보여주는 기능을 한다. 치부형에서의 치부는 생존과 생활 그 자체이거나 가난 문제의 해결을 위한 권도(權道)이다. 결국 허생형 한문단편과 치부형 한문단편은 가난 문제와 관련된다는 공통점을 지니면서 허생형에서는 비범함의 실현 문제와도 관련된다. 또한 치부형 한문단편은 가난의 극복만이 문제인데 반해, 허생형 한문단편은 비범함과 가난이라는 두 가지 문제를 병행적으로 해결한다는 점에서 구별된다.

허생형 인물의 치부 행위에서 끝나지 않고 북벌담과 결합되는 작품이 있다. 「식보기허생취동로(識寶氣許生取銅爐)」, 「대만금허생행화(貸萬金許生行貨)」가 그것이다. 전자의 앞부분은 「양주염야탐기산진삼천중화사(楊州廉也眈妓散盡三千重貨事)」와 같고, 후자는 「허생전」과 흡사하다. 이들의 전반부는 치부담으로 끝나는 허생형 한문단편의 서사구조와 동일하다.[15]

이들 작품에서 치부하는 사람은 허생형 인물이다. 「식보기허생취동로(識寶氣許生取銅爐)」의 주인공은 진시황의 오동화로(烏銅火爐)를 구하여 치부하고, 「대만금허생행화(貸萬金許生行貨)」의 주인공은 매점매석과 대외무역을 통해 치부한다. 전자는 치부 방법에 있어 비현실성이 강하고 후자는 현실성이 강하다. 허생형 인물은 치부한 것을 부자에게 모두 되돌려주고 치부 이전으로 되돌아온다. 가난의 문제를 해결하기 위해 집을 나가 이를 해결하고도 원래 상태로 복귀한다는 것은 가난이 문제의 핵심이

---

15) 앞에서 검토한 일부 작품에서 두 가지 이상의 문제를 계기적으로 해결하는 것이 있으나 순차적 서사단락을 이룰 만큼 서술량을 이루고 있지 않기에 여기서 다루지 않는다. 이들은 과정이 생략되고 결과만 나타나 있다고 할 수 있다.

아니며, 가난 극복이 문제 해결의 전부가 아님을 뜻한다. 아직 해결하지 못한 보다 근본적인 문제가 있으므로 원상태로 되돌아오는 작품은 여기서 끝날 수 없다. 이 점에서 치부담으로 끝나는 허생형 한문단편과 다르다. 허생형 인물이 이완 대장에게 제시하는 시사삼책(時事三策)에 차이가 있다. 「식보기허생취동로(識寶氣許生取銅爐)」에서는 당론(黨論)을 파하고 널리 인재를 등용할 것, 호포법(戶布法)을 시행하여 고관의 자제라도 빠지지 못하게 할 것, 허례허식을 버리고 모든 백성에게 호복(胡服)을 입게 할 것 등을 제안하였다. 「대만금허생행화(貸萬金許生行貨)」에서는 천하의 호걸과 교결(交結)할 것, 타국을 치기 위해 첩자를 쓸 것, 머리를 깎고 호복(胡服)을 입게 할 것을 제안하였다. 「식보기허생취동로(識寶氣許生取銅爐)」의 경우 항간에 전승되는 허생 관련 이야기들이 야담 작가들은 그들대로, 박지원은 박지원대로 각각 형상화한 것으로 보는 것이 합당하다. 「대만금허생행화(貸萬金許生行貨)」의 전반부는 「허생전」과 흡사한데, 후반부가 달라져 있다. 그래서 그 관계를 정확히 추단하기 어렵지만, 「허생전」이 항간에서 이야기로 전승되거나 야담으로 흘러들어갔을 가능성이 가장 높다.

　이상에서 살핀 바와 같이, 몰락양반 치부담의 여러 화소들은 「허생전」에 변형된 형태로 다수 수용되어 있다. 즉, 양반의 가난, 그 가운데서 이루어지는 독서[주역 읽기], 아내의 형상, 갑부에게 자본 빌림, 물가등락 또는 매점매석을 이용한 치부, 갑부에게 재물 되돌려주기 등은 「허생전」에서도 수용되어 있다. 특히 시사삼책과 관련하여 「식보기허생취동로(識寶氣許生取銅爐)」와 「대만금허생행화(貸萬金許生行貨)」가 주목된다.

(2) 북벌계획 관련 서사물의 전승

① 문헌설화와 구전설화의 전승

북벌계획을 설화화한 이야기가 야담서사체의 양태로 풍부하게 전승되고 있다. 한두 글자의 출입이 있거나 기본 줄거리가 같은 이야기가 여러 야담집에 두루 실려 있다. 이는 북벌계획을 두고 많은 이야기들이 전승되고 있었음을 짐작케 하는 것이다.[16]

[야A]

(1) 이완(李浣)은 효종(孝宗)의 뜻을 받들어 장차 북벌을 도모하기 위해 널리 인재를 구하여 조정에 천거하였다.

(2) 훈련대장으로 있을 때 용인(龍仁) 점막(店幕)에서 키가 십 척이 넘는 박탁(朴鐸)이라는 총각을 발견하였다.

(3) 이완이 박탁의 노모에게 허락을 얻은 후 함께 귀경하여 효종에게 알현시키니 효종이 기뻐하였다.

(4) 이완이 박탁에게 병법과 처세 방법을 가르치니 일취월장하였다.

(5) 이완이 박탁과 북벌을 의논하니 계책이 자기보다 뛰어나 기특하게 여기며 크게 쓰려고 하였다.

(6) 효종이 갑자기 죽자 박탁은 참곡반(參哭班)에 나아가 통곡하기를 그치지 않았으며, 인산(因山)날까지 예를 마쳤다.

(7) 박탁이 이완을 찾아가 영웅을 알아줄 聖君이 없으니 세상에 쓰일 바가 없으므로 떠나겠다고 했다.

(8) 박탁은 그 모친을 데리고 깊은 골짜기에 들어가 어찌 되었는지 알 수 없었다.

(9) 우암(尤菴) 선생이 대하는 사람마다 이 이야기를 하며 못내 차탄(嗟

---

16) 가능하면 동일한 야담집에서 인용하기로 한다. 인용의 주자료는 서울대 규장각본 『계서야담(溪西野譚)』이다.

동국대 한국문학연구소 편, 『계서야담』, 『한국문헌설화전집』 1, 태학사, 1981.

歎)하였다.[17)]

이완이 민간에서 박탁이라는 인재를 발탁하여 북벌을 위해 크게 쓰려 하였으나 효종의 갑작스런 죽음으로 북벅이 무위로 돌아가고 박탁은 떠나 버린다는 것으로 요약되는 이야기이다. 이완이 어렸을 때 만난 도적을 북벌을 위해 발탁했다는 이야기[18)]도 북벌의 시대적 분위기 속에서 생성된 야담서사체이다.[19)]

명(明)나라에서 벼슬하던 어떤 관리가 명이 망한 후 조선에 와서 머물면서 북벌의 가능성을 탐색하는 다음 이야기도 있다.

[야B]
(1) 명이 망한 후 한 중국 벼슬아치가 삭발하고 서울에 와서 반 년 이상 머물렀다.
(2) 어느 날 그가 상좌승에게 회덕(懷德)의 송모(宋某)가 나라의 대의(大義)를 찬조(贊助)하고 진잠(鎭岑)의 신생(申生)도 그 일에 참가한다 하니 떠나서 그 사람들이 하는 일을 보고 싶다고 했다.
(3) 그 관리가 회덕으로 가는 도중에 상경하고 있는 우재(尤齋)를 만났는데, 선생이 반갑게 맞이하며 지금 서울에 가는 길이니 나중에 꼭 자신을 방문해 달라고 하였다.
(4) 또 신생의 집에 가니 신생은 점심을 먹다가 마루에 오르게 하며 친구처럼 대해 주었다.
(5) 그 관리가 작별하고 나와 상좌(上座)에게 조야(朝野)에 모두 인재가

---

17) 『계서야담(溪西野譚)』, 282~286면.
18) 동국대 한국문학연구소 편, 『금계필담(金溪筆談)』, 『韓國文獻說話全集』 8, 태학사, 1981, 263~265면.
19) 구전설화에도 이 유형의 이야기가 풍부하게 전승되고 있으나 북벌계획과 직접 연결되어 있지 않기에 논의 자료에서 제외한다.

있으니 큰일을 이룰 수 있지만 임금이 훌륭해야 이런 사람을 등용할
것이라며 경성으로 돌아왔다.
(6) 효종이 노포(露浦)를 사열한다는 말을 듣고 구경하러 나갔다가 임금
의 얼굴을 보고 피하더니 통곡하였다.
(7) 상좌가 그 까닭을 물으니 임금이 큰일을 할 만하지만 얼굴에 시기(屍
氣)가 가득하고 금년 내로 수한(壽限)이 다할 것 같아서 그런다고 했다.
(8) 그 후 열 달 사이에 효종이 승하(昇遐)하니 그 관리는 사라져 버렸
다.[20]

이 이야기는 명나라의 벼슬아치였던 사람을 초점화자(焦點話者, focalizer)
로 설정하여 그의 눈에 비친 송시열(宋時烈), 신생, 효종을 제시함으로써
북벌의 가능성을 탐색하는 것으로 설정되어 있다. [야A]와 마찬가지로
이 이야기에서도 북벌이라는 국가적 과업과 이념 아래 국왕을 정점으로
조아(朝野)가 일체화된 모습을 드러내 보이고 있다. 그러나 효종의 죽음
으로 북벌계획이 무산되고, 북벌을 기대했던 명나라 관리는 자취를 감
추어 버린다.
그런데 야담서사체 중에서 북벌계획을 다른 방향으로 형상화한 이야
기가 있어서 주목된다.

[야C]
(1) 효종조(孝宗朝)에 우암(尤菴) 선생은 춘추 대의(春秋大義)에 밝아 효종
이 북벌의 일을 위임하였다.
(2) 이때 무리들이 선생의 북벌론을 어리석게 여겼는데, 선생은 다만 천
하 후세에 대의를 천명하려는 데 뜻이 있었다.
(3) 우암이 효종과 독대(獨對) 후 양파(陽坡) 정태화(鄭太和)를 찾아 갔는

---

20) 정명기 편, 『계서야담』, 『한국야담자료집성』 5, 고문헌연구회, 1987, 542~544면.

데, 그 동생 지화(至和)가 우암을 못마땅하게 여겨 자리를 피하였다.

(4) 우암이 양파에게 북벌의 일 중 군량 수송을 맡기자 양파가 승락했다.

(5) 정지화가 옆방에 있다가 "그 놈 갔습니까?" 하자 양파는 웃으며 "과천 산지기 놈은 갔고 송상(宋相)은 아직 계시네." 하고 대답했다.

(6) 우암이 간 뒤 정지화가 무슨 수로 군량의 경비를 충당하겠느냐고 하자 양파는 군사가 압록강을 넘은 후에 군량을 감독하겠다며 한바탕 웃었다.[21]

송시열은 북벌을 위해 열심히 움직인다. 정태화를 찾아 간 것도 북벌을 위해 도움을 얻기 위해서이다. 그런데 송시열도 정태화도 북벌이 불가능하다는 것을 알고 있었다. 그럼에도 송시열은 정태화를 찾아가 군량 수송을 의뢰하고 정태화는 이를 흔쾌히 수락한다. 두 사람 모두 행위와 의식이 같지 않은 인물이다.

송시열과 정태화 사이에 일어난 허구화된 사건을 서사하는 서술자의 시각은 표면과 이면이 대립되어 있다. 표면적으로는 송시열을 두둔하지만 이면적으로는 정태화와 입장을 같이 하고 있다. 그러므로 각 인물의 북벌에 대한 태도와 서술자의 시각이 모두 다르다. [아C]는 북벌이 논의되던 당대의 조정 중신간의 대립이라는 실제 역사적 사실을 문학 작품 속에 끌어들여 특정한 시각을 지닌 서사물로 형상화했다 하겠다.[22]

---

21) 『계서야담』, 425~426면.

22) 이야기가 표면과 이면이 대립되어 있는 이야기로 형상화되기까지의 과정을 추정하여 볼 수 있다. 이 이야기는 북벌을 부정적으로 보는 전승자들에 의해 구비전승되는 이야기였는데, 북벌을 긍적적으로 보는 채록자 또는 편찬자가 송시열의 입장을 두둔하고 자신의 입장을 밝히려는 의도로 기존 이야기에 자신의 입장을 덧입힌 결과로 현재의 모습으로 남게 되었을 것이다. 즉, 가능하면 많은 이야기를 채록하려는 태도를 가진 편찬자가 자신의 입장이나 생각과 어긋나는 이야기를 만자자 이야기의 흐름을 자신의 입장이나 생각과 맞게 바꾸어 놓으려 했으나 설명만 앞서고 이야기의 전개에 깊이 개입하지는 않음으로써 표면과 이면이 대립된 현재의 모습으로 남

　　[야C]와 유사한 야담서사체가 남하정(南夏正, 1678~1751)이 지은『동소만록(桐巢漫錄)』23)에 실려 있어서 검토해 볼 만하다.

　　[야D]

　　(1) 송시열(宋時烈)이 정태화(鄭太和)의 집을 찾아 가서 북벌을 호언하면서, 장차 군사를 일으키면 자신이 앞장서서 이끌겠다고 했다.

　　(2) 정태화는 천하의 대의(大義)와 대사(大事)를 어찌 못 펴겠느냐면서 자기와 같은 늙은 신하는 죽지 않고 살아서 대의를 천하에 펴는 것을 보았으면 더 바랄 것이 없겠다고 했다.

　　(3) 그러자 송시열이 실심(失心)한 얼굴로 주저하며 물러갔다.

　　(4) 정태화의 자제들이 지금이 어느 때인데 북벌이 가당키나 하냐고 물었다.

　　(5) 정태화는 송시열이 자기를 찾아 온 것은 북벌을 시행할 만한 계책이 없자, 불가하다는 한마디 말을 빙자하여 자신에게 죄를 돌리고 자기는 벗어나려는 계략이라고 했다.24)

　　송시열이 효종의 뜻을 받들어 북벌을 계획했으나 아무런 성과도 없이 시간만 가자 불안해진 송시열이 그 책임을 정태화에게 떠넘기려고 그를 찾아 갔으나 정태화가 이를 간파하고 슬기롭게 대처했다는 이야기이다. 이 이야기에서는 북벌이 실행될 수 없다는 것을 알고 있는 조정의 중신

게 되었다고 추정할 수 있다. 야담 편찬자는 가능한 한 많은 야담을 수록하려는 것이 일반적 경향이었다고는 하지만(이강옥,「야담의 연구 시각」,『한국문학사의 쟁점』, 집문당, 1986, 550면), 자신의 입장이나 생각과 어긋나는 이야기는 자신의 기대지평과 부합되는 방향으로 일부 수정하고 있음을 여기서 보게 된다.

23) 이 책의 저작 연대는 1740년대 후반으로 추정된다. 김철희,「동소만록」,『한국민족문화대백과사전』7, 한국정신문화연구원, 1991, 276면. 이하『한국민족문화대백과사전』은『대백과』로 약칭하고 권수와 쪽수만 밝힌다.

24) 남하정 저, 이이화 편,『조선당쟁관계자료집』15, 여강출판사, 1987, 145~146면.

들이 서로 책임을 회피하려는 모습을 형상화하고 있다. 여기에 오면 송시열은 더 이상 북벌을 운운할 수 없는 한계에 부딪히자 책임을 벗어날 계책을 꾸미는 인물이 되어 있다.

[야C]와 [야D]가 상층 지도부의 대립을 끌어와 북벌계획에 대한 일정한 시각을 드러내었다면, 다음에 살펴볼 유형은 하층민이 북벌계획을 어떻게 인식하고 있는가를 잘 보여준다.

[야E]
(1) 어느 겨울날 효종(孝宗)이 미행(微行)을 하다가 궁궐 담 뒤에서 수직하는 군인의 이야기를 엿듣게 되었다.
(2) 그 병사들은 추운 데서 노숙하는 것을 한탄하면서 북벌이 결정되면 요동에서 노숙하게 될 것이라며 걱정하였다.
(3) 이때 한 병사가 임금이 강단이 없어 북벌을 실행하지 못할 것이라 했다.
(4) 다른 병사가 이유를 묻자, 강단이 있었으면 지난 번 강화(江華)에 있을 때 김경징(金慶徵)을 죽였을 것인데, 김경징 하나도 다스리지 못하면서 어찌 중국을 다스리겠느냐고 했다.
(5) 효종이 이 말을 듣고 화가 나서 환궁하였다.[25]

이야기에서 효종이 미행을 한 것은 북벌계획과 관련이 있을 것으로 추정할 수 있다. 한 군사가 북벌이 이루어질 경우 추위로 인해 생존의 위협을 받게 될 것을 걱정하지만, 옆에 있던 군사에 의해 효종이 주도하는 북벌이 결행될 가능성이 없는 것임이 드러나는 이야기이다. 그 군사의 북벌에 대한 회의는 국왕의 결단력이 부족하다는 데서 나왔다. 안석

---

25) 『계서야담』, 337~338면.

경(安錫儆)의 『삽교만록(霅橋漫錄)』26)에는 수직 군사가 아닌 떡장수로 되어 있고, 끝에 효종이 떡장수를 맞이해 오려 했으나 어디론가 자취를 감춘 뒤였다는 내용이 있어 차이를 보인다.27)

한편, 구전설화에도 북벌계획과 관련된 이야기가 비교적 풍부하게 전승되고 있다. 조정 중신들 사이의 대립이라는 점에서 [야C] 유형과 구조적으로 유사한 각편이 있어서 먼저 검토할 만하다.

[구A]
(1) 이완은 힘이 대단했는데, 북벌을 하려고 마음 먹었다.
(2) 하루는 고관인 허정이 불러서 갔다.
(3) 허정이 북쪽에 산과 강이 몇이나 되는가 물으니 이완이 대답하지 못했다.
(4) 허정이 그래가지고 무슨 북벌을 하겠느냐고 하여, 이완이 들어 박히고 말았다.28)

북벌을 계획하는 핵심 인물인 이완이 아무런 대책 없이 북벌을 한다고 떠들다가 허정이라는 조정의 고관에게 그 허구성이 드러났다는 이야기이다. 북벌의 허구성이 [야C]와 달리 두 구조의 대립으로 인한 긴장은 나타나지 않고, 북벌을 비판적으로 보는 인물의 입을 통해 분명히 드러난다.29) 그러나 북벌 이념 자체에 대한 태도는 분명하게 드러나지 않는다.

---

26) 안석경 저, 이우성 편, 『삽교집(霅橋集)』, 아세아문화사, 1986, 97~101면.
27) 박지원의 『열하일기』 중 「옥갑야화」 속에 북벌과 관련된 이야기가 나오지만, 효종대가 배경이 아니라 삼번란(三藩亂)을 전후한 시점이고, 「옥갑야화」 전체를 한 작품으로 보는 견해가 있기에 논의에서 제외한다.
28) 「이완 대장 이야기」, 최정여, 『한국구비문학대계』 7-11(경상북도 군위군 편), 한국정신문화연구원, 1984, 121면. 이하 『한국구비문학대계』는 『대계』로 약칭한다.
29) 이것은 기록서사물과 구비서사물의 특성에 기인한 것이라 생각된다. 즉, 기록서사물

[구B]

(1) 효종이 이완을 불러서 붓을 한 자루 주었다.

(2) 이완이 학문에 힘쓰라는 뜻으로 여기고 붓을 조심스럽게 싸서 공부
하러 갈 채비를 했다.

(3) 이완의 아내가 옆에 있다가 무과 대장에게 문과 정승을 주지 않을
것이라며 붓을 두드려 깨니 붓두껍 속에서 북벌할 지도가 나왔다.

(4) 오월 오일로 북벌할 날을 받았는데, 오월 삼일에 효종이 죽어 버렸
다.30)

이 이야기는 이완 대장보다 그의 아내가 더 현명했다는 점이 강조되
어 있다. 그런데 효종의 죽음을 바라보는 서술자의 시각이 긍정적이라
는 점이 주목된다. 이와 동일한 유형이면서 효종의 갑작스런 죽음을 아
쉬워하는 각편(各篇, version)도 있다.31) [구B] 바로 앞에 구연(口演)된 것이
다. (1) 이완 대장이 본처를 배반하여 방에 가두어 놓았다. (2) 효종이 불
렀을 때 이완이 금관조복을 입고 입궐하려 하자 그의 아내가 갑옷을 입
고 입궐하라고 해서 그렇게 했다. (3) 궁궐문에서 화살이 날아왔지만 갑
옷을 입고 있었기에 무사했다. (4) 효종이 이완을 인재(人才)로 여기며 신
임하게 되었다32)는 것이다. 이 이야기에서도 이완은 효종에게만 비범한
인물로 비쳐질 뿐 이야기의 전승자33)들은 이완을 비범한 인물로 여기지
않을 것이다.

의 경우 기록자가 약간의 문식(文飾)을 가할 수 있는 여지가 있지만, 구비서사물의
경우 서사적 골격만을 유지하는 경향이 크기 때문이다.

30) 「이완 대장 이야기」, 『대계』 7-11, 122~123면.

31) 「이완 대장의 기행(1)」, 박순호, 『대계』 5-7(전라북도 정주시 정읍군 편(3)), 1987,
453~454면 참조. 이 각편을 [구B']라 칭하기로 한다.

32) 「이완 대장 이야기」, 『대계』 7-11, 121~122면.

33) 이야기의 '전승자'는 이야기의 구연자와 그 청중을 함께 일컫는 말이다.

[아C] 유형보다 복잡하게 구성되어 있는 구전설화를 찾을 수 있는데, 이를 서사적 전개에 따라 제시하면 다음과 같다.

[구C]
(1) 효종이 북벌을 하려고 정태화에게 인재를 천거하라고 했다.
(2) 양파가 김집이란 선비를 천거하자 효종이 김집을 예조판서로 봉했다.
(3) 김집이 사양하며 송시열을 천거하자 효종이 송시열을 이조판서로 봉했다.
(4) 송시열이 김자점을 목 베어야 한다고 주장했으나 효종이 받아들이지 않자 내려와 버렸다.
(5) 효종이 다시 부르자 송시열이 독대(獨對)를 청하여 북벌을 건의하였다.
(6) 효종이 송시열을 군량 장관에 임명하려 하자 송시열은 양파를 천거하였다.
(7) 송시열이 양파를 찾아가 군량 장관을 부탁하자 양파가 승락했다.
(8) 양파의 동생 태화가 옆방에서 듣고 있다가 "그자 갔소?" 하니, 양파가 "과천 산지기는 가고 송 산림은 계시네." 하고 대답했다.
(9) 효종이 송시열의 주장대로 북벌을 준비했는데, 비가 오지 않았다.
(10) 효종이 기우제(祈雨祭)를 지내다 비를 맞아 병이 나 죽었다.
(11) 효종의 죽음으로 북벌이 무산되었다.34)

이 이야기의 (5)~(8)은 야담서사체의 [아C] 유형과 유사하다.35) 주목되는 것은 송시열이 북벌을 위한 구체적인 안을 효종에게 건의하고 효

---

34) 「효종 대왕의 인재등용」, 박순호, 『대계』 6-4(전라남도 승주군 편), 1985, 509~514면.
35) 송시열이 찾아 왔을 때 양파의 동생이 자리를 피했다는 대목은 생략되어 있으나 이 야기의 전개로 미루어 보아 구연자가 실수로 말을 빠뜨렸음을 알 수 있다. 야담서 사체와 구전설화는 오랜 시간을 두고 서로 영향을 주고받았겠지만, 이 이야기의 단 락들은 일부 문구가 [아C] 유형과 동일한 것으로 봐서 구연자가 야담에서 읽은 부 분을 구연했을 가능성이 크다.

종이 이를 실행에 옮기는 것으로 설정된 대목이다. 그 뒷부분은 효종이
기우제를 지내다가 비를 맞아 죽는 것으로 되어 있는데, 구연자는 이 죽
음을 오히려 다행으로 여기고 있다.

② 북벌계획 설화화의 방향과 그 의미

앞에서 검토한 서사물 가운데 북벌계획을 긍정적으로 형상화한 것으
로 [야A]와 [야B]의 두 유형과 각편 [구B']가 있다. [야A]와 [야B] 두
유형은 여러 야담집에 두루 실려 있는 것으로 보아36) 널리 전승된 것으
로 추정할 수 있다. 그러나 북벌계획을 부정적으로 형상화한 이야기에
비하여 상대적으로 다양한 유형을 파생시키지 못하였다. 이 점은 구전
설화의 경우도 마찬가지이다. 이는 북벌계획을 긍정적으로 형상화한 이
야기가 전승력은 강하나 생성력이 약한 까닭으로 풀이할 수 있다. 생성
력이 약함에도 불구하고 전승력이 강한 것은 다양한 야담을 수집하려는
야담집 편찬자의 의도 때문일 것이다.37) 또한 강한 전승력의 밑바탕에
는 명분론적 사고를 하는 사람들이 있었을 것이다.

북벌계획을 긍정적으로 형상화하는 요소들은 여러 가지가 있다. 우선
북벌의 주체 세력에 속하는 인물들을 비범한 모습으로 형상한다. 이들
서사체에 설정된 인물의 성향을 보면, 효종은 국가의 최고 결정권자이
며, 이완과 송시열은 조정의 중신으로 이완은 북벌을 위한 군사적 실무
를 담당한 실권자이며, 송시열은 북벌의 이념적 근거를 마련하는 인물

---

36) 『계서야담』뿐만 아니라 『청구야담』, 『동패낙송』 등에 두루 실려 있다.
37) 텍스트로 삼은 『계서야담』만 하더라도 서로 반대 방향으로 형상화한 이야기가 모두
    실려 있다. 긍정적으로 형상화한 [야A]와 부정적으로 형상화한 [야C], [야E]는 모두
    여기서 인용한 것이며, [야B]는 다른 이본에서 인용하였지만 여기에도 실려 있다.

이다. 신생은 송시열과 함께 재야 산림에서 발탁된 인물이다. 박탁(朴鐸)은 초야에 묻혀 있다 발탁된 유능한 인재이다. 이완, 송시열, 신생, 박탁은 모두 북벌이라는 국가적 과업을 성취하기 위해 어느 때보다 인재가 필요한 시기에 발탁된 인물들로 비범한 인물로 형상된다.

그 구체적 방법을 보자. [야A]에서는 인물의 외양 묘사를 통해 그의 비범함을 드러낼 뿐만 아니라, 장수다운 면모를 보이는 행위, 배움의 빠름과 계책의 뛰어남 등 지적 능력 또한 탁월함을 드러냄으로써 비범한 인물로 형상화하는데 성공하고 있다. 더구나 주인공 박탁을 몰락한 양반의 후예로 설정함으로써 고귀한 혈통까지 타고 났음이 드러난다. [야B]에서는 초점화자인 명(明)의 관리가 초점화 대상인 송시열, 신생, 효종을 비범한 인물로 형상화하고 있다. 송시열과 신생은 명의 관리를 한눈에 알아볼 수 있는 비범한 감식력을 지니고 있다. 이러한 지인지감(知人之鑑)은 북벌을 이루어낼 만한 비범한 자질을 증명하거나 뒷받침하는 구실을 충분히 하고 있다. 서술자는 송시열을 시종일관 "선생"으로 부르고 있는데, 이러한 호칭의 사용에 있어서도 인물에 대한 긍정적 시각을 내비치고 있다. 비범한 인물들에 의해 추진되는 북벌계획은 긍정되며 그 성공 가능성이 크게 부각된다.

[야A]와 [야B] 유형에서 북벌은 반드시 이루어야 할 과업이며, 이 과업의 성취를 위해 상하와 조야(朝野)가 일체된 모습을 드러낸다. 이들 이야기의 작중인물들 중 어떤 인물도 서로 대립하거나 갈등을 겪지 않는다. 반면에 인간과 세계의 대립, 인간과 거역할 수 없는 운명과의 대립이 나타난다. 인간은 화합되어 있으나 인간이 행한 노력과 의지는 세계나 운명의 힘 앞에 무너진다. 북벌을 추진하는 작중인물 간의 화합은 북벌을 긍정적으로 형상화하는데 큰 몫을 차지한다.

인간의 힘으로 거역할 수 있는 힘의 구체적 실현은 뜻하지 않은 국왕의 죽음으로 나타난다. 인간은 화합되어 있으며 북벌을 위한 제반 여건이 갖추어졌음에도 불구하고 인간의 힘으로 거역할 수 없는 운명이 모든 것을 무너뜨렸다. [야A]에서는 비범한 영웅이 등장하여 북벌의 가능성이 크게 부각되었지만, 국왕의 갑작스런 죽음으로 가능성이 사라지고, 이것이 영웅의 좌절로 곧바로 이어진다. [야B]에서도 비범한 인물인 명의 관리는 효종이 죽자 통곡을 하며 자취를 감춘다. 북벌을 위해 부지런히 움직이던 송시열과 신생도 좌절을 맛보지 않을 수 없었을 것이다. 영웅의 좌절은 자아와 세계의 대결에서 자아의 패배를 의미하는 것으로서 비범한 인물들이 세계의 횡포 앞에 좌절함으로써 비극미를 창출한다. 마땅히 이루어야 할 북벌을 이루지 못한 비통함이 드러나고 북벌계획과 북벌의 이념은 긍정된다.

여기서 우리는 국왕의 죽음이 곧바로 북벌의 좌절로 어어진다는 점에 주목할 필요가 있다. 국왕의 죽음이 북벌의 좌절로 곧바로 이어지는 것은 북벌계획이 광범한 민중적 기반과 역사적 당위성에 의해 추진되었다기보다는 효종 개인의 북벌 의지에 의존하여 추진되었다는 것을 보여주는 증거로 풀이할 수 있다.[38]

비범한 인물이 사라지는 이유는 국왕의 죽음으로 인해 북벌의 가능성이 사라져버렸기 때문이다. 북벌을 위해 능력을 발휘할 희망에 부풀어

---

[38] 다음과 같은 효종(孝宗)의 생각에서도 이 점을 엿볼 수 있다.
　　"여러 신하는 오직 목전의 부귀만을 도모하고 이런 일을 하다가 나라가 망하고 집안이 엎어질 것만 두려워하기 때문에 말이 이 일에 미치면 마음을 떨지 않음이 없다. 내 혼자 개탄할 뿐이다. 저네들은 단지 모두 자손이나 위하는 생각뿐 즐겨 나를 도우려 하지 아니한다."(『송서습유(宋書拾遺)』 권7 잡저 악대설화(幄對說話)) 이이화, 「북벌론의 사상사적 검토」, 『창작과 비평』 38, 창작과 비평사, 1975, 262면 재인용.

있었는데, 북벌이 불가능하게 되었으므로 세상에 나와 있을 명분과 사명이 사라져 버렸기 때문에 은거의 길을 택하게 된 것이다.[39] 북벌을 역사적 사명으로 인식한 영웅의 좌절이 비장한 미감을 증폭시킨다. [야B]에서도 조선의 북벌에 힘입어 명의 재건을 기대하던 명의 관리가 국왕의 죽음으로 북벌의 가능성이 사라지자 종적을 감춘다는 점에서 [야A]와 다르지 않다.

북벌계획을 긍정적으로 형상화한 서사물은 미개한 오랑캐로만 여기고 있던 북방의 만주족에게 국왕이 무릎을 꿇고 머리를 조아리는 치욕을 당한 충격적인 역사적 체험을 잊을 수 없었던 문학 담당층이 그 치욕을 설욕하고자 하는 강렬한 욕구에 의해 생성되고 전승된 것으로 볼 수 있다. 특히 [야B]는 이미 멸망한 명의 재건을 우리의 북벌에 의지하여 이루려보려는 중국인의 기대까지 끌어들임으로써 북벌계획의 의의와 가능성이 확대되었다. 그러나 역사적으로 볼 때, 북벌계획은 현실성이 결여된 것으로 시간이 흐름에 따라 민중적 지지 기반을 상실해 갔으며, 집권층 내부에서도 정치적 목적을 위해 이용되는 형국이었기에 역사적 당위성이 점차 희박해져 갔다.[40] 이러한 북벌계획에 대한 회의적 사고가 북벌계획을 긍정적으로 형상화되기 어렵게 만드는 요인으로 작용하였던 것으로 보인다. 북벌계획을 긍정적으로 형상화한 이야기의 생성력이 약

---

39) 박탁(朴鐸)은 이완(李浣)에게 자신이 떠나는 이유를 다음과 같이 말한다. "某之來此 非爲哺啜之計也 英雄之聖主在上 可以有爲 皇天不庶無事 皆非 今則 天下事無復可爲 此誠千古不禁英雄之淚矣 吾雖在此無可爲之機 則若拘於顏私浪費衣食 追留不去 亦甚無義 不如從此辭去 以奉老母之爲愈也"(『계서야담』, 286면)

40) 북벌계획에 대한 역사학계의 견해는 부정적인 시각이 우세하다.
강만길, 『한국근대사』, 창작과 비평사, 1984, 60~62면.
이경찬, 「조선 효종조의 북벌운동」, 『청계사학』 5, 한국정신문화연구원, 1988.
유승주, 「북벌계획」, 『대백과』 10, 1991, 368~369면.

한 원인을 이런 데서 찾을 수 있을 것이다. 한편, 북벌계획을 부정적으로 형상화한 야담서사체로 [야C], [야D], [야E]가 있으며, 구전설화로는 [구A], [구B], [구C]가 있다. 이로써 보면, 북벌계획을 부정적으로 형상화한 이야기가 북벌을 긍정적으로 형상화한 이야기에 비해 상대적으로 다양한 유형으로 전승되고 있음을 알 수 있다.

대립의 양상으로 볼 때, 북벌계획의 부정적 형상화는 북벌의 주체 세력이 북벌의 반대 세력에 의해 비판받는 구조를 통해 북벌의 허구성이 폭로·비판되는 양상을 보인다는 점에서 공통적이다. 그러나 세부적으로 보면, 북벌계획을 부정적으로 형상화하는 데 있어 두 가지 양상이 나타난다. 하나는 상층부의 대립을 통해 북벌을 부정적으로 형상화하는 것이고, 다른 하나는 북벌의 주체 세력의 행위가 하층민에 의해 비판받는 형태를 통해서 부정적으로 형상화하는 것이다. 앞의 경우는 [야C], [야D], [구A]이고, 뒤의 유형은 [야E], [구B]이다. [구C]는 두 가지 방식이 복합되어 있다.

기준을 달리하여 부정의 대상으로 볼 때, 북벌계획의 밑바탕에 깔린 이념에 대한 태도가 불분명하면서 당대에 전개되던 북벌계획의 실질적 대책이 없음을 비판하는 경우와 진행중인 북벌계획 자체를 부정하는 유형이 있다. [야C], [야D], [구A]는 앞의 유형에, [야E], [구B], [구C]는 뒤의 유형에 속한다.

이 두 기준에 의해 북벌계획을 부정적으로 형상화한 이야기를 나누어 볼 때 우리는 상층부의 대립을 통해서는 북벌계획의 실질적인 대책이 없음을 비판하고, 하층민을 통해서는 북벌계획 자체를 부정하고 있다는 사실을 발견할 수 있다. 즉, 북벌계획의 부정적 시각이 상층민과 하층민에 있어 차이를 보인다는 점이다.

그러면 북벌계획을 부정적으로 형상화하는 방법을 구체적으로 살펴보자. 우선 북벌의 주체 세력에 속하는 어떤 인물이 모순되거나 별 볼 일 없는 인물임을 보임으로써 북벌계획을 회의하거나 비판한다. [야C]에서 북벌계획 세력의 핵심인물인 송시열은 북벌이 불가능한 것임을 알면서도 북벌을 계획하고 정태화를 찾아가 군량 수송을 의뢰하기까지 하였으니 행위와 의식 사이에 모순을 보이는 인물이다. [야D]의 송시열은 북벌을 위한 대책을 세우지 못한 책임을 남에게 떠넘기려는 인물임이 드러난다. [야E]에서 효종은 결단력이 없는 우유부단한 인물이다. [구A]의 이완은 대책 없이 떠들기나 하는 인물이다. [구B]에서 이완이 효종으로부터 신임을 받을 수 있게 된 것은 전적으로 그의 아내의 비범함으로 인한 것이었다.41) 이완은 그런 아내를 배반하고 가두어 놓았으니, 이완은 사람을 제대로 판단할 수 없는 인물이다. 북벌의 핵심 인물들을 이와 같이 부정적으로 형상화함으로써, 이런 인물들이 추진하는 북벌계획의 성공 가능성에 의문을 갖게 하며, 이것은 북벌계획을 부정적으로 형상화하는 데 이바지한다.

인물간의 대립과 갈등 관계에서 북벌의 부정적 형상화는 더욱 분명해진다. 즉, 북벌의 주체 세력이 북벌의 반대 세력에 의해 그들의 허구성이 폭로되는 구조를 통해 북벌계획이 부정된다. [야A]와 [야B] 유형에서 보이는 작중 인물간의 혼연일체된 모습이 나타나지 않는 것은 당연하며, 인물들은 북벌계획을 사이에 두고 대립 관계에 놓여 있다. 그런데

---

41) 어떤 인물의 비범함은 보다 더 뛰어난 인물의 비범함의 결과임을 보여주는 이야기가 많이 전승되는데, 이것은 우리 이야기의 보편적 논리의 하나이다. 곽재우의 용병술도 그의 부인에게서 나온 것이라고 하는 "곽재우 부인의 슬기"(성기열, 『대계』 1-5(경기도 수원시 · 화성군 편), 1981, 494~498면) 같은 이야기가 그러한 예이다.

부정의 세부적 양상에서 차이를 보인다. [야C], [야D], [구A]에서는 북
벌 이념 자체에 대한 긍정 또는 부정이 불분명하나, 북벌계획의 주체 세
력이 추진하고 있는 북벌계획의 실질적 대책이 이루어지지 않고 있음을
폭로하거나 비판하고 있다. 북벌을 할 수 있는 여건을 제대로 갖춘다면
북벌이 이루어질 수도 있겠지만, 북벌계획의 주체 세력의 인물됨이나
지금 진행되고 있는 북벌계획으로 볼 때, 북벌은 실행될 수 없는 것이라
는 시각이다. 특히 [야D]에서는 북벌이 불가능한 것임이 현실로 드러났
다. 북벌을 기획하다가 북벌이 불가능함을 깨닫게 된 송시열이 자신의
책임을 모면하기 위해 탈신지계(脫身之計)를 꾀하고 있다. 여기에 오면 북
벌은 불가능한 것이며, 실패에 대한 책임을 회피하려는 조정 중신들 간
의 치열한 두뇌 싸움을 보여줄 뿐이다. 정태화도 긍정적인 인물만은 아
니지만, 서술자는 정태화의 입장에서 송시열의 속셈을 폭로하는 서술구
조를 취하고 있기 때문에 송시열이 부정적인 인물로 형상화되고, 따라
서 그에 의해 추진되던 북벌계획도 부정된다. [야E], [구B], [구C]에서는
서술자 또는 구연자의 부정적 시각이 직접 제시된다. 이것은 효종의 죽
음을 대하는 태도에서 잘 드러난다.

북벌의 주체 세력이 북벌이 불가능한 것임을 알면서도 북벌을 계획하
는 까닭은 [야C]에서 잘 드러난다. [야C]에서 송시열은 북벌의 성공 가
능성을 믿고 북벌을 결행하고자 한 것이 아니라 북벌계획의 이면에 담
긴 명분과 대의를 천하에 밝히려는 것이었다.42) 즉, 그는 북벌의 실행과

---

42) 서술자 다음과 같이 송시열의 입장을 변명하고 있는 데서도 이 점이 드러난다. "선
  생이 북벌의 일이 성사되지 못할 줄을 몰랐던 것이 아니라 장차 대의를 천하 후세
  에 펴려 하였던 것이니, 제갈무후가 기산으로 여섯 차례나 출병한 뜻과 같은 것이
  다. 先生非不知北伐事之不濟 而將伸大義於天下後世 如諸葛武侯六出祁山之意"(『계서
  야담』, 425면)

성공을 믿어서 북벌을 주장한 것이 아니라 북벌을 주장함으로써 자신의
지론(持論)인 주자학적(朱子學的) 명분론(名分論)을 세상에 밝혀 자신의 입지
를 강화하는 목적을 달성하려 했던 것이다. 송시열이 찾아와 군량 수송
을 맡아 달라고 했을 때 정태화가 흔쾌히 수락한 것은 북벌이 어차피
이루어질 수 없는 일이기에 굳이 거절할 필요가 없다고 생각한 때문이
다.43) "군사가 압록강을 넘은 다음 군량 감독을 하겠다."44)는 정태화의
말은 군사가 압록강을 넘는 일은 일어나지 않을 것이므로 군량을 감독
할 일도 없을 것이라는 뜻이다. 이것은 송시열 일파의 명분론의 허점을
찌르는 통렬한 비판이 아닐 수 없다. 송시열과 정태화 사이에 일어난 이
사건을 서술하는 서술자의 태도는 이중적이다. 즉 서술자는 표면적으로
는 송시열을 두둔하고 정태화 무리를 비판하고 있지만, 서사구조 자체
는 송시열의 북벌론의 허구성을 드러냄과 동시에 정태화의 입장을 지지
하며 그의 입지를 강화하고 있음을 볼 수 있다. 바꿔 말하면, 서술자의
설명을 따르면 북벌의 이념과 북벌계획은 당연한 것이며 이에 대한 비
판은 어리석은 일이지만, 인물간의 갈등으로 형상화되는 서사구조 자체
는 북벌계획이 허상임을 폭로하고 북벌을 주장하는 무리들을 희화하고
있다. 이야기구조를 통해 북벌계획의 허상이 신랄하게 폭로되고 희화되

---

43) 역사가들이 보는 정태화는 이 이야기에서 형상화된 인물형과 공통성을 지니고 있
다. 당대인이 평한 다음 말을 통해 그의 성격을 잘 짐작할 수 있다. "재주가 뛰어나
고 임기응변에 능숙하여 나라일은 적극 담당하려 하지 않고 처신만을 잘하니, 사람
들이 이를 단점으로 여겼다." 한영국, 「정태화」, 『대백과』 20, 1991, 100면.
  아울러 정태화의 성격을 엿볼 수 있는 흥미로운 설화도 여러 야담집에서 두루 찾아
볼 수 있다. 『동소만록(桐巢漫錄)』에 실린 일화도 좋은 보기가 될 수 있다. 남하정
저, 이이화 편, 『동소만록(桐巢漫錄)』, 『조선당쟁관계자료집』 15, 여강출판사, 1987,
144~145면 참조
44) "兵渡鴨江則吾可督糧矣"(『계서야담』, 426면)

는 것이다.

효종의 죽음을 바라보는 태도에서 북벌에 대한 인식이 잘 드러난다. [구B]와 [구C]는 효종의 죽음으로 북벌이 무산된 것을 하늘의 뜻으로 받아들이며 다행으로 여기고 있다. [구B]의 구연자는 이야기를 하고나서 "어떤 사람이 귀신도 눈깔을 멀었다 뭐 우짜고 커거든. 남산 운수로 오월 삼일 날 잘 죽었어. 왜 잘 죽었나 하면은 그때 만약 북벌을 하고 말았으면 자기 죽을 끼고 다른 사람 똥칠을 망때기 될 기라. 잘 죽었다고, 다 남산 운수로 죽었어."45)라고 했다. 이는 효종의 죽음을 비극적으로 받아들이는 일부 다른 사람의 태도를 비판하고 효종의 죽음을 남산 신의 뜻으로 받아들임으로써 비극적인 것으로 받아들일 수 없음을 분명히 한 것이다. [구C]는 청중이 "웃으개 소리 없냐?"는 요구에 응하여한 것이므로 비장하게 받아들일 여지는 전혀 없다. "그런께 세상 사람들이 말을 대기를 만약 항이를 칠라고 전장을 허다가는 수수만명이 죽을 것인디", "하느님이 사람 한나를 죽여서 수만 백성 살렸다, 그런단 말여."46)라는 구연자의 말은 북벌을 계획하는 효종의 죽음을 긍정으로 받아들이는 전승 집단의 의식을 대변하고 했다. 이는 [구B]에 나타난 구연자의 의식과 동일하다. 이렇게 볼 때 [구B]와 [구C]는 효종의 죽음을 비장하게 받아들이지 않고 오히려 조선의 백성을 구하려는 천명(天命)이었음을 주장하고 있는 것이다.

북벌계획을 부정적으로 바라보는 까닭은 여러 가지로 나타난다. 먼저 북벌은 실행 가능성이나 현실성이 없는 것이기 때문이라는 인식을 내보이는 것으로 [야E], [구A]가 있다. [야E]에서 그렇게 인식하는 까닭은

---

45) 「이완 대장 이야기」, 『대계』 7-11, 123면.
46) 「효종 대왕의 인재 등용」, 『대계』 6-4, 513~514면.

국왕 개인의 성격 때문이다. 수직 군사는 효종을 결단력이 없는 우유부단한 성격으로 파악하고 있는데, 그렇게 생각하는 이유가 나름대로 뚜렷하다. 북벌의 최고사령탑인 효종이 이러하니 북벌을 어려울 수밖에 없다. 또 다른 이유는 군사들에게 중요한 것은 북벌을 결행할 경우 추운 날씨를 노숙하면서 보내야 한다는 것이다. 이는 군사들에게 있어서 생존과 직결되는 중요한 문제의 하나이다. [구A]는 북벌을 위한 실질적인 대책을 세우지 않기 때문으로 파악하고 있다.

한편 [구B]와 [구C]는 북벌이 실행될 가능성은 있지만 북벌이 성공할 가능성을 부정함으로써 북벌계획을 부정적으로 보고 있다. 이들 유형에서는 북벌을 결행했다가는 효종 자신을 물론 많은 백성들이 희생되는 결과만 가져올 뿐이라는 시각을 내보임으로써, 북벌의 성공 가능성을 부정하고 있다. 그런데 효종이 죽지 않았더라면 북벌이 결행되었을 것이라는 생각을 담고 있어서 북벌의 실행 가능성을 믿으나 성공 가능성은 믿지 않음을 간파할 수 있다. [구C]의 구연자는 효종을 성군으로 생각하고 있다.[47] 그럼에도 북벌을 단행하려는 효종의 죽음을 잘된 일이라고 한 것은 효종이 성군이기는 하지만 북벌계획만은 잘못된 생각이라는 구연자의 의식이 표출된 결과다. 이것은 두 전란을 통해 조선의 허약한 모습을 여지없이 드러낸 바 있기에 승산 없는 싸움을 하다가 수만의 인명이 희생되는 것은 마땅하지 않다는 구연자를 비롯한 이야기 전승 집단의 의식을 드러낸 것으로 풀이할 수 있다. 북벌의 허구성이나 실행 가능성을 문제 삼기보다는 북벌의 실행에 따르는 백성들의 고난과 불을

---

47) 효종이 기우제를 지내자 비가 내렸고, 신하들이 우비를 입혀주려 하자 "안온 비를 오시라고 빌어갖고 안 맞을랴면 대례 틀린다."며 그대로 비를 맞았다는 데서 이 점은 잘 드러난다. 『대계』 6-4, 513면.

보듯 뻔한 전쟁의 결과를 예견하였기에 북벌계획을 부정적·비판적 시각으로 보았던 것이다.

이상의 북벌계획을 부정적으로 형상화한 이야기는 북벌의 현실적 조건을 어느 정도 객관적으로 파악하여 그 실행과 성공 가능성을 부정적으로 보는 사람들에 의해 설화화되어 전승된 것으로 볼 수 있다. 북벌을 부정적으로 보는 설화의 생성력과 전승력이 훨씬 우세한 것은 설화가 역사적 진실에 접근하고 있는 것으로 풀이할 수 있다.

③ 북벌계획 설화화의 동인(動因)

문학이 그 주변 영역으로부터 소재를 가져오는 일은 매우 흔하다. 그 중에서도 특히 역사적 사실에서 소재를 차용하여 문학작품의 제재화하는 일은 역사소설을 들지 않더라도 매우 많다. 북벌계획의 문학적 형상화도 문학이 역사를 중요한 소재원(素材源)으로 삼는 특성에서 비롯된 것이다. 그렇다면 북벌계획이 설화로 형상화되는 데 작용한 구체적 동인은 무엇인가 하는 의문이 제기된다.

우선 역사적 사실 자체의 중요성과 흥미성이 형상화의 중요한 동인으로 작용할 것이다. 특히 설화화의 대상이 되는 역사적 사실이 충격적인 체험이거나, 민족 전체의 운명에 중대한 변화를 가져올 가능성이 있는 사안이거나, 당대에 큰 반향을 불러일으킨 사건이라면 문학의 제재로 차용되기에 유리한 조건을 갖추고 있다고 할 수 있다. 임진왜란과 병자호란이라는 민족사의 대전란을 겪은 후 「임진록」과 「박씨전」이 생성된 것이나, 같은 민족으로부터 반복되는 역사적 체험을 겪게 되는 뼈아픈 현실에서 격발되어 「한양오백년가(漢陽五百年歌)」가 지어진 것[48] 등이 좋은 예가 될 수 있을 것이다. 북벌계획도 이러한 요소를 충분히 갖추고 있는 역사적 사건이었다. 북벌계획이라는 역사적 사실이 설화로 생성된 것도 이러한 토대 위에 놓여 있다.

둘째, 역사적 사실에 대한 문학적 대응 논리와 방식이 필요했기 때문이다. 동일한 역사적 사실을 상반되는 방향으로 형상화하고 있다는 사실은 이 점을 잘 말해주는 것이다. 특히 이 글에서 다룬 [구B]와 [구B']는 이 점을 확인하는 데 더 없이 좋은 자료이다. 이 둘은 동일한 유형에 속하는 각편이면서도 효종의 죽음을 대하는 구연자를 비롯한 전승 집단의 태도는 상반된다.49) 이것은 북벌계획이라는 역사적 사건을 설화로 생성시켜 전승시키면서 역사적 사실에 대한 전승 집단의 의견을 개입시키고 있음을 보게 하는 것이다. 명분론적 사고를 하며 춘추대의(春秋大義)를 신봉하는 집단이나 여기에 찬동하는 무리들은 목하(目下)에 진행중이거나 이미 무위로 되어버린 북벌계획을 아쉬워하면서 이를 문학으로 형상화하여 생성시키고 전승시켰을 것이다. 한편, 송시열과 같은 인물이 여전히 집권하고 있고 숙종 때 북벌론이 다시 고개를 든 바와 같이50) 북벌과 같은 무모한 계획이 상층 지도부에서 언제든지 다시 제기될 가능성이 있었다. 이에 대한 문학적인 대응 논리로서 북벌계획의 현실적 조건을 객관적으로 인식한 민중과 비판적 지식인이 북벌계획을 부정적으로 형상화한 이야기를 생성시켰던 것이다. 결국, 북벌계획을 긍정적

---

48) 서종문, 「임진록과 한양오백년가의 관계와 그 의미」, 『관악어문연구』 4, 서울대학교 국어국문학과, 1979.
49) 물론 [구B']의 전승 집단은 [구B]의 전승 집단보다 작을 것이다.
50) 이영춘, 「우암 송시열의 존주사상(尊周思想)」, 『청계사학』 2, 한국정신문화연구원, 1985, 153~163면 참조
    홍종필, 「삼번란(三藩亂)을 전후한 현종·숙종 년간의 북벌운동」, 『사학연구』 27, 한국사학회, 1977.

또는 부정적으로 형상화한 이야기 뒤에는 북벌계획이라는 역사적 사실을 긍정적 또는 부정적으로 보는 전승 집단이 자리잡고 있었다. 북벌계획을 긍정적으로 보는 사람과 부정적으로 보는 사람이 설화 생성에 참여하여 문학담당층이 되었던 결과물이 북벌계획을 다룬 설화들이다.

북벌계획에 대한 긍정과 부정의 두 시각이 공존하되 부정적으로 형상화한 이야기가 다양한 유형으로 널리 전승된 동인도 설명이 필요하다.[51] 우선 북벌을 부정적 시각에서 보는 전승자들이 많았다는 점을 들 수 있을 것이다. 이미 말한 바와 같이 당대에 전개된 북벌의 실현 가능성이 희박함이 드러나고 북벌 준비로 인한 여러 가지 폐단이 속출함으로써[52] 북벌에 대한 비판적 시각이 우세하였던 것이다. 둘째, 야담서사체와 구전설화의 전승자는 당대의 정치 현실에서 소외된 계층이라는 점을 들 수 있다. 야담집의 편찬자나 야담서사체의 전승자의 경우 정치 일선에 참여할 수 없는 처지거나 일선에서 물러나 있음으로 해서 현실을 어느 정도 냉정하게 바라볼 수 있게 된 사람들이다. 구전설화의 전승자는 아예 정치권에 참여할 수 없는 일반 민중이다. 이런 처지의 사람들이라면 당대의 정치 현실에 대해 비판적 시각을 가지기 쉬웠을 것이다.[53] 끝으로, 구전설화의 경우 채록된 지역이 경상도 중심이라는 점이다. 구

---

51) 이 문제를 다루는 데 있어 채록상의 문제가 제기될 수 있다. 구전설화의 경우, 북벌계획에 관한 설화가 채록하는 과정에서 여러 가지 변수로 인해 지역적으로 균등하게 채록되었으리라는 보장은 없다. 그러나 전승력을 가지고 넓게 유포되어 활발하게 전승되는 이야기라면 이야기판에서 구연될 가능성이 크다. 따라서 이러한 변수를 감안하더라도 채록된 자료의 상황이 실제의 전승의 실태를 반영하고 있는 것으로 보아도 무리는 없다고 본다.

52) 이경찬(1988), 류승주(1991) 참조.

53) 특히, 구전설화의 전승자 집단은 북벌계획으로 인한 폐혜의 직접적이 피해자들이었다.

전설화에서 북벌계획을 부정적으로 형상화한 것은 본고에서 대상으로 삼은 구전설화의 전승 기반과 밀접한 관련을 지니고 있다. 본고에서 살핀 구전설화는 모두 영남사림의 본거지인 경상도와 이 지역과 인접한 전라도 지역에서 채록된 것이다. 경상도는 기호 사림(畿湖士林)과 대립적 위치에 있었던 영남 사림(嶺南士林)의 본거지로서 경상도 지역의 전반적인 입장이 북벌을 주장하는 기호 사림과 대립된 의견을 지니고 있었다. 따라서 이야기의 구연자들은 자기 지역의 입장과 반대되는 입장을 지닌 지배계층의 영수격인 송시열 일파를 중심으로 전행되는 북벌계획을 부정적으로 바라보게 된 것이라 생각된다.[54]

지금까지 자료를 검토해 본 결과 북벌계획을 긍정 또는 부정적으로 형상화한 설화 자료들이 비교적 풍부하게 전승되고 있음과 그 가운데 부정적으로 형상화한 설화가 더 강한 전승력을 갖고 있음을 확인할 수 있다.

북벌계획을 긍정 또는 부정적으로 형상화한 이야기는 전승 집단의 북벌에 대한 의식을 드러낸 것으로 해석할 수 있다. 북벌계획은 역사적 사실 자체로서도 매우 중요하고 흥미가 있으므로 설화화되기에 충분한 요소를 갖추고 있다. 이야기 담당층이 역사적 사실에 대한 문학적 대응 논리를 표출하고 있는 것이다. 북벌계획을 긍정적으로 형상화한 이야기는 명분론적 사고를 하며 춘추대의를 신념하는 집단이나 여기에 찬동하는 사람들이 목하 진행 중이거나 이미 무위로 끝나버린 북벌계획에 대한

---

54) [구B]는 경상북도 군위군(軍威郡)에서 채록된 것이고 [구B']는 전라북도 정읍군(井邑郡)에서 채록된 것이다. 앞의 것은 구연자가 효종의 죽음에 대해 긍정적인 태도를 보이는 반면에, 뒤의 것은 효종의 죽음을 아쉬워하고 있다. 이러한 현상은 반북벌 세력의 중심지에서 멀어지면서 지역적 연고에서 비교적 자유로울 수 있었기 때문이 아니었던가 조심스럽게 추정해 본다.

아쉬움을 허구적 서사물로 만들었을 것이다. 한편, 북벌계획을 부정적으로 형상화한 이야기는 북벌계획의 현실적 조건을 객관적으로 인식한 민중과 비판적 지식인을 중심으로 전승되었을 것이다.

3. 「허생전」의 설화 수용과 형상화 방향

앞 장에서 우리는 「허생전」 이전에 몰락양반의 치부담과 북벌계획을 제재로 한 설화적 자산이 풍성하게 존재했음을 확인하였다. 그러므로 「허생전」이 두 설화를 어떻게 수용, 변모, 굴절시켰는가, 박지원이 새롭게 첨가한 화소는 무엇인가를 살피고, 선행 설화와 무엇이 어떻게 달라졌는가를 검토해 보기로 한다. 이를 위해 먼저 「허생전」의 서사단락은 구분 짓는 일이 필요하다.

(1) 허생은 가난했으나 집안 살림은 돌보지 않고 독서에만 열중하였다.
(2) 아내의 추궁에 못 이겨 독서를 중단하고 한양 갑부 변승업(卞承業)을 찾아갔다.
(3) 허생이 변부자에게 만냥을 빌려줄 것을 요구하자 변부자가 즉석에서 승락하였다.
(4) 허생은 물화(物貨)를 독점하고 대외무역을 하여 거금을 벌었다.
(5) 허생은 변산의 도적을 이끌고 해외로 가 살게 하고 자신은 돌아와 변부자에게 나머지 돈 십만 냥을 모두 주었다.
(6) 변승업이 이완(李浣) 대장에게 허생 이야기를 하자 李浣이 허생을 찾아와 북벌의 계책을 물었다.
(7) 허생은 국왕이 삼고초려(三顧草廬)할 것, 명(明)의 유민에게 종실의 딸들을 시집보내고 훈척권귀(勳戚權貴)의 집을 몰수하여 그들에게 나

누어줄 것, 청(淸)에 첩자를 파견하고 청의 문물을 익히며 허실을 엿
보게 할 것의 세 가지 계책을 제시하였으나 이완은 어느 것도 실행
하기 어렵다고 했다.
  (8) 허생이 이완을 꾸짖으며 내 쫓고 어디론가 자취를 감추었다.[55]

  야담집에 채록된 한문단편 가운데「대만금허생행화(貸萬金許生行貨)」[56]는
「허생전」이 야담으로 흘러들어간 사실을 말해주는 자료이다.[57] 이를 통
해 우리는 박지원의「허생전」이 야담으로 전승되었으며 박지원의 한문소
설이 야담 전승과 소통구조를 갖고 있었을 가능성을 유추할 수 있다.

  한편,「식보기허생취동로(識寶氣許生取銅爐)」[58]는 전반부의 허생형 인물
의 치부담과 후반부의 북벌담으로 짜여 있어서「허생전」과 가장 흡사한
작품이다. 전반부의 치부담은 다음과 같이 전개된다. 허생은 가난했으나
집안 살림은 돌보지 않고 아내의 봉양을 받으며 독서에만 열중한다. 그
러던 어느 날 아내가 머리카락을 자른 것을 보고 독서를 중단하고 개성
의 백부자를 찾아간다. 백부자에게 거금을 세 차례나 빌려 기생 초운(楚
雲)에게 탕진한다. 초운을 떠나면서 그에게서 오동화로를 얻었는데, 그것
은 진시황(秦始皇)의 오금(烏金)이었다. 허생은 오금을 팔아 그 돈을 백부
자에게 돌려주고 자기 집으로 돌아간다는 것이다. 북벌담 부분은 다음

---

55)『연암집(燕巖集)』, 298~300면.
56)『청구야담(하)』, 592~605면.
57) 박지원의「양반전」도「수관조부민매양반(輸官租富民買兩班)」이란 제목으로 야담집
   에 편입된 것(『청구야담(하)』, 480~483면)으로 보인다. 야담이 특정 작가에 의해 재
   창작되기도 하고, 특정 작가에 의해 재창작된 작품이 야담집에 편입되기도 하는 현
   상이 흔히 있었음을 짐작할 수 있다. 다만 박지원의 경우, 그의 한문소설이 야담으
   로 편입될 때는 변모가 거의 일어나지 않지만, 박지원이 야담을 수용할 때는 큰 변
   모가 일어난다.
58)『청구야담(상)』, 187~192면.

과 같이 전개된다. 이완(李浣) 대장이 이 소문을 듣고 허생을 찾아와 북벌의 계책을 묻는다. 허생이 당론을 혁파하고 인재를 등용할 것, 호포법(戶布法)을 경상(卿相)의 자제에 이르기까지 확대 실시할 것, 호복 입기의 세 가지 계책을 제시하였으나, 이완은 어느 것도 실행하기 어렵다고 한다. 허생이 시의(時宜)도 모르고 망녕되이 대사를 도모한다며 이완 대장을 내 쫓고 어디론가 자취를 감추었다는 것이다.

이 작품은 「허생전」과의 선후 관계가 다소 모호한 면이 있다. 전반부의 치부담은 앞서 살핀, 「허생전」 이전에 전승되던 허생형 한문단편 유형이라 할 수 있다. 그러나 후반부의 북벌담은 「허생전」 후반부의 영향으로 첨가된 부분으로 생각된다. 즉, 위의 한문단편은 「허생전」 이전의 허생형 한문단편에 구전되던 「허생전」 후반부가 결합되어 다시 야담집에 채록되어 이루어진 작품으로 추정된다. 전반부는 「허생전」 이전부터 전승되던 이야기라 할 수 있지만, 이 한문단편의 생성 시기는 「허생전」 이후이다. 어떤 야담집에서 다른 야담집으로 그 작품이 전사될 때 원래의 작품이 원형 그대로 옮겨지는 것이 보편적 현상이고 보면, 위의 한문단편의 시사삼책(時事三策) 부분이 허생전의 그것과 달라졌으며 분량이 소략한 것은 「허생전」의 구전이 다시 야담으로 채록된 결과로 보인다.

그렇다면 「허생전」 이전 설화의 화소 가운데 「허생전」에 수용된 화소는 무엇인지 치부담의 화소와 북벌계획과 관련된 화소, 기타 화소로 나누어 대비해 보면 「허생전」의 형상화 방향을 파악할 수 있을 것이다. 이를 위해 선행 설화와 「허생전」을 함께 거론할 수 있도록 서사단락을 보다 추상화하여 단락소를 추출할 필요가 있다.

(1) 비범한 몰락양반이 가난 속에서 독서를 하다. (가난, 비범함)

    (2) 독서를 중단하고 국중 갑부에게 거금을 빌리다. (치부의 시도, 비범
       함 실현의 시도)

    (3) 빌린 돈으로 치부하다. (치부 과정, 비범함 실현 과정)

    (4) 이전의 상태로 되돌아가거나 아내의 치부로 부자가 되다. (치부, 비
       범함 실현)

    (5) 비범한 능력을 발휘할 수 없다. (비범함)

    (6) 이완(李浣) 대장이 찾아와 북벌의 계책을 묻다. (비범함 실현의 시도)

    (7) 계책을 제시하나 수용하지 못하다. (비범함 실현 과정)

    (8) 이완 대장을 내 쫓고 어디론가 자취를 감추다. (잠적)[59]

양반 신분의 주인공이 가난 속에서 독서를 한다는 설정은 예사롭지 않다. 양반은 조선시대 최상위의 신분 계층임에도 가난하니 무언가 잘못되었고, 가난함에도 대책없이 독서만 하는 것도 사리에 맞지 않기 때문이다. 양반이 가난한 것은 그가 정치적으로 몰락했기 때문이다. 이것은 신분 제도가 흔들리는 시대라는 뜻이다.

몰락양반의 독서 화소는 허생형 한문단편에 공통적으로 나타난다. 가난함에도 독서만 하는 것은 무엇인가 계획한 바가 있기 때문이다. 그가 읽는 책이 『주역』임이 분명히 드러나는 작품도 있고 그렇지 않은 작품도 있다. 막연한 독서 상황의 제시보다는 서명(書名)을 구체적으로 밝힌 작품이 주인공의 비범함을 드러내는데 보다 적극적이라고 할 수 있다. 「허생전」은 몰락양반이 읽는 책이 『주역』임을 명시하면서 허생의 비범함을 장식하는 구실을 한다. 한문단편에서는 주역이라는 책이 갖는 본래적 의미가 다분히 속화되어 있다. 즉 일반 백성들이 갖고 있는 주역에 관한 막연한 생각이 반영된 것으로 볼 수 있다.[60] 심지어 「안빈궁십년

---

59) 이것은 앞의 제1장에서 이미 제시한 바 있다.

독역(安貧窮十年讀易)」의 주인공의 비범한 능력은 부자에게 돈을 빌리는 것으로 국한된다. 「허생전」은 가난과 비범함의 부조화가 가장 크다고 할 수 있다.

몰락양반이 독서를 중단하고 집을 나서게 되는 과정에 있어서도 차이가 있다. 「영만금부처치부(贏萬金夫妻致富)」의 허생형 인물은 스스로 기한을 이기지 못해 집을 나서고, 「안빈궁십년독역(安貧窮十年讀易)」과 「식보기허생취동로(識寶氣許生取銅爐)」에서 허생형 인물은 아내가 봉양을 위해 머리카락을 자른 것을 보고 스스로 집을 나서지만, 「허생전」에서는 아내의 성화에 못 이겨 집을 나선다.

몰락양반이 비범한 능력을 발휘하는 과정에 있어서도 차이를 보인다. 치부의 방법에 있어서 「영만금부처치부(贏萬金夫妻致富)」에서는 주인공과 그의 아내가 각자 치부 행위를 하며, 「안빈궁십년독역(安貧窮十年讀易)」에서는 주인공이 치부에 참여하지 않고 그의 아내가 치부행위를 한다. 「식보기허생취동로(識寶氣許生取銅爐)」의 전반부와 「허생전」은 허생이 치부행위에 참여한다는 점에서 같다. 그런데 치부의 구체적 방법은 다르다. 한문단편에서 시세 차익이나 매점매석을 통해 치부했다. 「식보기허생취동로(識寶氣許生取銅爐)」의 몰락양반은 기방(妓房)의 오동화로(烏銅火爐)를 얻어 치부하는 야담적 흥미성이 강조되어 있다. 「허생전」은 이 가운데 매점매석의 방법으로 치부하는 선행 화소를 수용하면서 구체적인 모습을 변형시켰다.

독점한 물건이 무엇인가에 있어서도 차이를 보인다. 한문단편에서는 한약재나 생필품이었으나, 「허생전」에서는 제수(祭需)와 의관 등 양반 사

---

60) '주역을 천독(千讀)하면 귀신도 부린다'는 따위의 속신이 그러한 예일 것이다.

대부의 체면치레와 관련된 물품이었다. 더욱이 유사 야담에서는 매점매석에 대한 비판이 보이지 않을 뿐만 아니라, 그러한 방법에 의한 치부를 현명하고 신기한 것으로 여기는 등, 오히려 긍정적인 것으로 형상화하고 있다. 그러나 「허생전」에서는 매점매석의 과정에서 양반 사대부들의 경화된 관념을 풍자하면서 동시에 이러한 치부 방식이 국가 경제를 망치는 일임을 분명히 인식하고 있다.

나아가 더욱이 박지원은 선행 설화에 없는 대외무역 화소를 첨가함으로써 그의 실학자다운 면모를 보였다. 대외무역을 긍정함으로써 매점매석으로 인한 경제적 취약성을 대외무역을 통해 극복할 수 있다는 메시지를 담고 있다.

비범함을 발휘하여 획득한 재물을 처리하는 방법에 있어서도 차이를 보인다. 선행 설화에서는 부자가 돌려받기를 거절하자 도로 가져와 산 속으로 들어가 안락한 삶을 누리거나 끝까지 받지 않는 대신 의식을 부탁하는 차원에서 그친다. 그러나 「허생전」에서는 변부자 스스로 찾아와 의식을 공급하며 그것도 지나치면 허생이 거부한다.

선행 야담에서 생업에 종사함으로써 양반사대부로서의 신분을 포기하거나 일시적으로 신분을 속이고 치부 행위를 하여 다시 본래의 자리로 돌아와 풍족한 삶을 누리거나 경제력을 토대로 과거를 보아 신분 상승을 이루는 방향으로 나아갔다. 즉 선행 야담에서 주인공은 신분이나 처지에 있어서 질적인 변화가 이루어진다. 그러나 「허생전」의 허생은 백만금을 모았으나 모두 돌려주었기 때문에 그의 신분이나 처지에 있어서 전혀 달라진 것이 없다.

「허생전」은 북벌계획을 긍정적으로 형상화한 설화와 부정적으로 형상화한 설화 가운데 후자의 것을 수용하면서 변모시켰다. 남하정(南夏正,

1678~1751)이 지은 『동소만록(桐巢漫錄)』과 노명흠(盧命欽, 1711~1775)이 편저한 것으로 고증된61) 『동패낙송(東稗洛誦)』에 북벌 관련 야담이 실려 있다. 이것은 연암 당대에도 앞에서 살핀 야담 서사체가 전승되고 있었음을 알려주는 자료가 있다. 『동패낙송』에는 위에서 살핀 야담 서사체 중 [야A]와 [야B] 유형이 수록되어 있다. 이 두 유형은 앞에서 살펴본 바와 같이 북벌을 긍정적으로 형상화한 작품이다. 당대에 북벌을 부정적으로 형상화한 작품도 있었을 것으로 생각되는데, 이는 편찬자의 가치관에 따라 의도적으로 누락시킨 것으로 판단된다. 이렇게 본다면 연암도 북벌을 형상화한 한문단편을 이야기꾼에게 전해 들었거나 기록으로 전승되는 것을 읽었을 것이다. 이러한 연암이 위의 이야기를 구조적인 차원에서 참고하여 「허생전」에서 북벌 문제를 다루는 데 반영하였을 것으로 추정할 수 있다.

북벌계획을 부정적으로 형상화한 설화와 「허생전」은 북벌의 주체 세력이 북벌의 비주체 세력에 의해 비판된다는 점에서 구조적으로 유사하다. 그런데 설화에서 북벌이 조정의 중신에 의해 비판되고 「허생전」에서는 재야의 선비에 의해 비판된다는 점에서 차이가 있다. 한편, [야A]는 조정에서 북벌을 위해 재야의 인재를 등용한다는 화소가 차용되어 있는 점에서 「허생전」과 유사하다. 그러나 [야A]에서 재야 인사는 북벌에 공명하며 이에 적극 참여하나, 「허생전」에서 재야 인사는 북벌을 통렬하게 비판한다는 점에서 뚜렷한 차이를 보인다. 이로써 볼 때 「허생전」과 그 유사 야담은 구조적인 유사성을 지니고 으나 위에서 살핀 그 어떤 이야기와도 일치하지 않음을 알 수 있다.

---

61) 임형택, 「동패낙송 해제」, 이우성 편, 『동패낙송』, 아세아문화사, 1990.

「식보기허생취동로(識寶氣許生取銅爐)」와 「허생전」에서 북벌계획은 화소로 차용되어 있다. 서술량으로 볼 때, 허생형 한문단편은 치부 과정을 다룬 부분이 압도적인 분량을 차지하는데 반하여, 「허생전」은 치부 과정을 다룬 부분과 북벌계획과 관련된 부분이 비슷한 비중을 차지한다는 차이점이 있다. 유사 야담에서 치부 과정을 다룬 부분은 기생 초운에게서 진시황의 오금을 얻는다는 비현실적인 화소로 되어 있다. 이것은 허생형 한문단편이 야담적 흥미를 추구하는 방향으로 서사되어 있음을 말해 주는 것이다.62) 이와 달리 「허생전」은 북벌 화소의 서술량을 팽창시킴으로써 유사 야담보다 후반부의 의미를 강화하였다.

치부담과 북벌담 사이에 군도(群盜) 화소는 첨가되어 있다는 점은 별도로 언급할 필요가 있다. 군도 화소는 야담에서 매우 흔한 것이다. 그 양상을 보면, 군도를 양민화시키는 것과 군도를 이끌고 자취를 감추는 것으로 대별된다. 「허생전」의 경우 후자에 가까우면서 크게 달라졌다. 자취를 감춤으로써 국가의 소요가 진정되었다는 차원에서 그친 것이 아니라 그들을 이끌고 이상국을 건설하는 방향으로 나아간 것은 그 어떤 야담에서도 볼 수 없는 설정이다.

지금까지 「허생전」에 수용된 치부담과 북벌담이 선행 설화와 어떻게 달라졌지 각 부분으로 나누어 검토하였다. 이제 이들 부분들의 변화들이 모여 이루어진 「허생전」의 형상화 방향을 살펴보기로 한다.

먼저 「허생전」이 선행 설화와 구별되는 가장 큰 특성은 치부담과 북벌담의 결합에 있다. 선행 설화에서 치부담과 북벌담은 독립된 이야기로 전승되고 있었다. 구슬이 서 말이라도 꿰어야 보배이듯이, 선행의 풍

---

62) 행수를 기준으로 치부담과 북벌담의 서술량을 대비해 보면, 「식보기허생취동로(識寶氣許生取銅爐)」는 43.5 : 12행이며, 「허생전」은 51 : 43행이다.

부한 설화들을 잡다하게 나열해서는 훌륭한 문학 작품이 이루어지기 어렵다. 치부담은 '가난-치부의 시도-치부 과정-치부'의 서사구조를 갖고 있으나, 북벌담은 유형이 다양하게 나타나 하나의 서사구조로 정리하기 어렵다. 그러나 「허생전」의 후반부에 북벌담이 결합됨으로써 「허생전」 후반부의 서사구조는 '비범함-비범함 실현의 시도-비범함 실현의 과정-비범함 실현'의 서사구조를 형성하게 된다. 이 후반부로 말미함에 전반부의 서사구조가 가난의 문제와 함께 비범함 실현의 문제가 복합되는 구조가 된다. 즉, 허생전은 가난 극복의 문제와 비범함 실현의 문제가 복합된 서사구조이다. 「허생전」은 이 두 이야기를 결합하여 탄탄한 구조를 갖춘 소설로서의 질적 비약을 이루게 된다.

둘째, 골계미 속에 진지한 문제의식이 내포되어 있다. 「허생전」은 전반적으로 해학과 풍자가 곳곳에 배어 있다.[63] 허생과 아내의 대화, 허생과 군도의 대화, 허생과 이완의 대화가 그 대표적인 부분이다. 그런데 해학과 풍자가 한 대목에 함께 드러난다는 점이 눈에 띤다. 좀 더 정확하게 말하면 표면적으로 보면 해학이나 이면적으로 보면 풍자이다. 즉, 허생과 아내의 대화에서 다그치는 아내와 "-하는데 어찌하겠소."는 말만 반복하며 변명으로 일관하는 허생의 모습은 해학적이다. 이들의 대화는 허생이 아닌 당대의 평균적 양반을 겨냥하고 있다는 점에서 그들에 대한 풍자적 의미도 있다. 군도와 허생의 대화도 마찬가지이다. 이들의 대화가 표면적으로는 해학적 웃음을 유발하지만, 그 이면에는 당대 지배층에 대한 신랄한 풍자가 담겨 있다. 허생과 이완의 대화는 표면적 해학과 이면적 풍자의 절정이라 할 수 있다. 이처럼 「허생전」 전반은 표

---

63) 김일렬(1991)이 『고전소설신론』, 새문사, 293면에서 이를 개략적을 살핀 바 있다.

면적 해학과 이면적 풍자가 결합된 양상으로 골계의 미학이 지배하고 있다.

셋째, 세밀한 장면 묘사와 서술의 구체화를 통한 형상력의 향상이다. 선행 설화와 야담은 세밀한 묘사가 거의 나타나지 않는다. 예컨대, 「허생전」의 서두 부분에서는 허생이 사는 집의 위치와 정경을 통해 극도의 궁핍한 삶을 묘사했다. 허생이 변부자를 찾아 가는 장면에서는 한번은 변부자의 가솔들을 초점화자로 설정하여 그들의 눈에 비친 허생을 서술함으로써 거지꼴을 한 허생을 효과적으로 그려내더니, 초점화자를 변부자로 바꾸어 설정하여 그의 눈에 비친 허생을 묘사함으로써 허생을 비범한 인물로 그려내고 있다. 이렇게 함으로써 동일 인물이 보는 사람에 따라 전혀 다르게 비쳐지고 있음을 능률적으로 그려내고 있다. 허생이 이완에게 북벌의 계책을 제시하는 장면에서도 그 구체성은 야담과 비교하기 어려울 정도로 치밀하다.

넷째, 개인적 문제 해결 구조에서 집단적 문제 제기 구조로 전환시켰다. 야담에서는 문제를 제기하고 그 문제를 해결하는 과정이 제시되며 종국에 가서는 모든 문제가 해결되는 닫힌 구조이다. 그러나 「허생전」에서는 제기된 문제 중 어느 것 하나도 해결되지 않았다. 몰락양반의 가난이 문제되었으나 자신의 가난은 물론 허생이 해결을 지향한 백성들의 가난 문제도 해결되지 않았다. 북벌계획이 문제되었으나 자취를 허생이 감춤으로써 문제가 완결되지 않았다. 이런 점에서 「허생전」은 문제가 제기되나 그것이 완전하게 해결되지 않는 열린 구조이다. 이것은 「허생전」이 문제 해결을 지향하는 것이 아니라 문제 제기를 지향하기 때문이다. 즉, 「허생전」은 주인공의 활동을 통해 문제가 무엇인가를 보여주는 데 초점을 둔 작품이다.

4. 「허생전」에 나타난 현실인식의 층위

이제 형상화 방향의 근저에 내포된 「허생전」의 작가 박지원의 현실인식 층위를 치부담과 북벌담으로 나누어 살펴본 후 그 총체적 현실인식의 층위를 파악하기로 한다.

선행 치부담 가운데 「영남유한사(嶺南有寒士)」와 「입이적궁유성가업(入吏籍窮儒成家業)」은 '양반의 가난은 극복되어야 하나 생업에 종사해서는 안 된다.'는 현실인식의 층위를 갖고 있으며, 「치산업허중자성부(治産業許仲子成富)」는 '양반이 가난을 극복하기 위해서는 신분을 버리는 한이 있더라도 생업에 종사해야 한다.' 현실인식의 층위를 갖고 있다. 반면 「허생전」은 '참된 선비는 개인의 빈부에 얽매이지 않으며 백성의 후생과 국가의 번영에 이바지해야 한다.'는 인식 층위를 갖고 있다. 첫 번째 것이 기존 관념을 재확인하는데 그친다는 점에서 가장 표피적인 인식 층위라 할 수 있다. 두 번째와 세 번째는 관점에 따라 그 깊이가 다를 수 있다. 즉, 신분제도가 흔들리는 시대이지만 신분사회에서 신분보다 경제적 부에 더 가치를 둔다는 점에서는 두 번째 것이, 개인의 문제에 매몰되지 않고 개인의 문제를 당대 사회 전체의 문제로 형상화하였다는 점에서 세 번째 것이 더 깊은 현실인식의 층위를 형성하고 있다. 그러나 「허생전」은 치부담에서 끝나지 않고 북벌담으로 이어지기에 여기에 머무르지 않는다.

북벌담은 북벌계획에 대한 인식의 깊이를 기준으로 인식 층위를 살펴볼 수 있다. 이 일은 북벌계획의 본질을 얼마나 깊이 있게 투시하고 있는가 하는 문제로서 작품의 가치와 의의에 직결되는 것이다.

인식의 층위를 나누는 데 있어 개연성 있는 준거를 마련할 필요가 있다. 어떤 인식이 보다 표층적이고 어떤 인식이 보다 심층적인 것인가 하는 것이 객관적 준거 없이 층위 지어질 때, 판단하는 사람의 주관이 개입될 소지가 크기 때문이다. 따라서 필자는 그 준거를 작품 자체의 논리를 통해 추출하는 동시에 북벌계획에 대한 역사 연구의 성과에 근거함으로써 얼마간의 객관성을 확보하고자 하는 것이다.

이미 살핀 바와 같이 우리는 [아C] 유형이 표면적 구조와 이면적 구조가 대립되어 있음을 알고 있다. 즉, 표층적으로는 북벌을 긍정하고 북벌에 대해 회의적인 반응을 보이는 무리들을 비판하고 있지만, 심층적으로는 북벌은 실현 불가능한 것으로 생각하고 북벌의 주체 세력을 희화·풍자하고 있음을 보았다. 서술자의 설명은 북벌을 긍정하나 자아와 세계의 대결로 나타나는 서사구조 자체는 북벌을 부정하고 있는 것이다. 서사물에서 서술자의 설명은 서사구조 자체가 보여주는 대결보다 표층적이라 할 수 있다. 독자의 입장에서 볼 때 서술자가 제시해 주는 설명적 의미는 읽어 가는 과정 — 구전설화의 경우 구연자의 설명을 듣는 과정 — 에서 쉽게 파악할 수 있는 데 비해, 서사구조 자체의 대결 구도와 그 대결이 갖는 의미는 독자 스스로의 사고과정을 통하여 분석, 추리, 종합하는 고도의 정신적 능력을 필요로 하는 것이다.

이 밖에 국왕의 죽음을 드러내 놓고 잘 된 일이라 하기는 어려울 것이며, 당대의 지배적 논리를 전면적으로 거부하기도 어려울 것이다. 또한 문학을 자신의 삶과 자기 시대의 삶과 관련지을 수 있을 때 보다 투철한 인식에 이를 수 있다. 북벌계획의 본질을 드러냄과 동시에 창작 당대의 문제까지 투시하는 작품은 보다 투철한 인식을 갈무리하고 있다고 볼 수 있을 것이다.

그러므로 북벌을 긍정적으로 형상화한 작품보다 부정적으로 형상화한 작품이, 부정적으로 형상화하는데 그치지 않고 그것을 작가 당대의 문제로 환원시키고 있는 작품이 더 깊은 인식의 층위를 갈무리하고 있다고 할 수 있다. 이에 우리는 북벌에 관한 인식의 층위를 다음과 같이 정리할 수 있다. 북벌계획을 긍정적으로 형상화한 [야A], [야B] 등은 '북벌은 당위이며 실현 가능한 것인데, 이것의 실패가 못내 아쉽다.'는 인식 층위를 형성하고 있다. 이것은 가장 표피적 인식 층위를 형성하고 있다. 북벌계획을 부정적으로 형상화한 [야C], [야D], [구C] 등은 '북벌의 이념은 당위일지 모르나 북벌은 실현될 수도 성공할 수도 없는 것이다.'는 인식 층위를 형성하고 있으며, [구B], [구D] 등은 '북벌은 잘못된 생각이며, 실현되지 않은 것은 하늘의 뜻이다.'는 인식 층위를 형성하고 있다. 「허생전」과 그 유사 야담은 '북벌은 허구적·시대착오적인 것이다.'는 인식의 층위를 형성하고 있다. 이들은 북벌을 긍정적으로 형상화한 이야기보다 저층의 인식 층위를 형성하고 있다.[64]

북벌담만 따로 떼어 놓고 보면 「허생전」이 북벌을 부정적으로 형상화한 선행 설화보다 심층의 인식을 형성하고 있다고 말하기 어렵지만, 전반부의 치부담과 결합되어 있다는 점에 주목할 필요가 있다. 이것은 「허생전」의 인식 층위가 여기에 머무르지 않게 한다. 이 점에 대한 논의가 필요하다.

「허생전」 유사 야담과 「허생전」은 지배층이 시대를 잘 못 읽고 있다는 점을 강도 높게 비판하고 있다. 지배층이 비판되는 점은 시대의 흐름을 깨닫지 못하고 명분론에만 사로잡혀 있다는 것이다. 그런데 구별해야 할 것은 비판되는 시대가 어느 시대인가 하는 점이다. 유사 야담에서

---

64) 이들을 보다 세분하여 다른 층위로 설정해 볼 수 있을 것 같으나, 현재로서는 같은 층위에 귀속시키는 데 그쳤다.

시대는 북벌론이 진행되던 시대이지만, 「허생전」에서 비판되는 시대는 연암 당대이다. 이는 「허생전」의 작품 배경 설정을 통해서 드러난다. 즉, 작품 전반부에 나타난 사회상은 연암 당대, 즉 18세기 후반의 것이지만,65) 후반부에 나타난 북벌을 중심으로 한 문제는 17세기 중반의 것이다. 이를 연암의 실수 또는 작품의 모순으로 파악하고 말기에서 석연치 않기에, 연암이 작품의 배경을 18세기의 사회상과 17세기의 정치상을 결합시켜 설정한 까닭은 무엇인가 하는 의문을 가져볼 만하다. 이에 대한 해답을 우리는 연암이 17세기 북벌론이 전개되던 정치상과 18세기의 정치상이 근본적으로 다를 바 없다는 인식을 하였다는 점에서 찾아야 할 것으로 본다.

결론적으로 우리는 허생 관련 야담은 명분론적 사고를 작품의 배경으로 설정된 그 시대의 문제로만 해석하고 비판했지만, 「허생전」은 북벌론이 제기되던 그 시대 북벌계획에 관한 두 시각 중 연암은 북벌에 관

---

65) 「허생전」의 전반부에 나타난 사회상이 연암 당대의 것이라는 근거는 다음과 같다. 첫째, 몰락양반들이 생업에 종사하여 부를 획득하는 것은 역사적 사실에서나 이를 다룬 야담에서나 18세기 이후에 일반화된 일이다. 허생의 아내가 허생에게 장사라도 하기를 권유한 것은 당대에 양반이 상업에 종사하는 사례가 어느 정도 일반화되었기에 가능했을 것이며, 허생도 다만 장사의 밑천이 없어서 할 수 없다고 했을 따름이지 양반으로서 어찌 상업에 종사할 수 있느냐는 말은 하지 않았다. 양반 신분으로서 생업, 그것도 농업이 아닌 상업에 종사한다는 생각을 쉽게 할 수 있고 그것을 전혀 이상하게 생각하지 않고 있다는 점은 사회 전반적 분위기가 그러했음을 보여주는 것이다. 둘째, 허생의 치부 방식은 매점매석과 대외무역이었는데, 매점매석은 야담집에서 인물들이 치부하는 일반적 방식이며, 대외무역은 연암 당대에 와서 비교적 활발히 전개된 것이다. 야담의 전성시기가 18세기 이후이며, 북벌론이 제기되던 당대는 청 및 일본과의 공식적인 대외무역을 생각할 수 없는 시기였다. 셋째, 박지원은 『열하일기』의 곳곳에서 수레의 효용성을 강조하면서 이를 활용할 것을 역설하였는데, 「허생전」의 허생도 이와 같은 주장을 하고 있다. 연암이 허생의 입을 통해 연암 당대의 사회 경제적 문제에 대해 의견을 개진하려는 의식을 가졌음을 보여주는 일이다.

한 부정적인 시각을 수용하여 연암 당대의 지배층의 근본 사고가 북벌의 이면에 담긴 명분론적 사고와 같은 뿌리임을 간파한 것이다. 즉, 북벌계획이 내포한 명분론적 사고가 17세기의 문제만이 아니라 연암 당대의 문제이기도 하다는 생각을 드러낸 것으로 판단할 수 있다. 여기서 우리는 연암의 현실인식의 깊이를 가늠할 수 있다.[66]

이상의 논의를 수용한다면, 「허생전」 유사 야담은 북벌론 자체를 비판하는 데 초점을 맞춘 데 반해, 「허생전」은 북벌론을 그 자체로 비판하기보다는 연암 당대의 명분론적 사고를 비판하기 위한 방편으로 설정하고 있음을 알 수 있다.[67] 연담 당대는 송시열의 명분론을 이어받은 노론이 집권하고 있었다. 북벌론은 사라졌지만, 집권층의 지속된 북벌론적 사고방식은 중국을 지배하고 있는 청나라 문화를 선진 문화로 인정하지 않아 중국 문화 수입을 거의 봉쇄하다시피 하여 수입의 통로를 막아 정치적 쇄국주의와 문화적 폐쇄주의를 낳게 하였던 것이다.[68] 그렇다면 「허생전」의 북벌 화소는 연암 당대의 명분론적 사고를 비판하기 위한 수단적으로서 차용되었다고 할 수 있다. 그러므로 「허생전」은 '북벌이 허구적·시대착오적인 것이 듯이 오늘날의 명분론적 사고도 마찬가지이다.'는 현실인식의 층위를 내포하고 있다.

결론적으로 치부담과 북벌담의 결합에서 이루어진 「허생전」의 총체적 현실인식의 층위는 '비범한 능력을 지닌 참된 선비는 명분론적 사고

---

66) 「박씨전」이 패배한 전쟁을 승리한 전쟁으로 허구적으로 재편함으로써 상처받은 민족적 자존심을 회복하는 데 초점을 두었다면, 「허생전」은 연암 당대를 비판하기 위해 북벌계획이라는 화소를 차용하였다고 본다.

67) 당대를 비판하거나 실질적 토대 위의 북벌을 주장하거나 당대 집권층에 대한 비판이 전제되어 있다는 점에서는 같다.

68) 강만길, 『한국근대사』, 창작과 비평사, 1984, 62면.

를 극복하고 백성과 국가의 이익을 위해 봉사해야 하나 집권층의 경직성과 폐쇄성으로 인하여 그것이 쉽지 않다.'는 것으로 정리될 수 있을 것이다. 이렇게 볼 때 「허생전」은 참된 선비는 개인적 가난 극복의 해결에만 매몰될 수 없고 민중 전체의 문제를 해결하는 방향으로 나아가야 한다는 것을 보인 점에서 선행 야담에 대한 반론적 성격을 가진다. 한편, 문제 해결 구조의 문제 제기 구조로의 전환은 박지원이 북벌계획을 수용하여 연암 당대의 문제를 제기하는 데 초점을 두고 있다는 점을 분명히 한다.69)

5. '지금 여기', 그리고 「허생전」

「허생전」은 우리 문학사의 우뚝한 봉우리의 하나이다. 그러나 「허생전」이 진공 상태에서 생산된 것은 아니다. 「허생전」 이전의 많은 유사 이야기와 화소들이 존재했다. 연암은 이들 이야기와 화소를 선행지평으로 삼아 여기서 재료를 취사선택하고 변형·굴절하고 확장·구체화하면서 때로는 새로운 화소를 첨가했다. 그 결과 선행지평과 차원이 다른 작품으로 우리 앞에 그 모습을 드러냈다.

선행 설화 가운데 「허생전」의 창작에 영향을 크게 끼친 것은 몰락양반의 치부담과 북벌담이다. 크게 보아 「허생전」은 이들 두 이야기를 근

---

69) 시사삼책(時事三策)이 연암의 주창이 아니라는 견해(김현룡, 「「허생전」의 소위 「시사삼책」 연구―왕조실록에 나타난 실례를 중심으로」, 국어국문학』 58-60 합병호, 국어국문학회, 1972)가 사실이라 하더라도 「허생전」의 가치가 떨어지는 것이 아님은 북벌 화소가 하나의 수단적 기능을 한다는 점을 생각한다면 더욱 분명해진다.

간으로 하여 연암의 탁월한 형상화 능력 및 문제의식과 결합하여 이루어진 작품이다.

문제 해결 구조를 문제 제기 구조로 전환한 것은 연암이 당대 사회의 문제 해결에 초점을 두었다기보다는 당대 사회의 문제를 드러내는데 초점을 두고자 했음을 간파할 수 있다. 「허생전」은 문제를 제기하고 그 해결의 굵은 가닥을 잡는데 그친다. 그 결과 문제가 드러나고 비범한 선비가 능력을 펴지 못하고 도태되고 마는 사회가 문제된다.

박지원은 「허생전」을 창작할 당시 이상에서 살핀 구전설화 및 한문단편을 소재화하여 「허생전」을 창작하였을 것으로 추정된다. 「허생전」이 『열하일기』의 「옥갑야화(玉匣夜話)」 속의 일부분으로 들어 있고 박지원의 창작 여부가 불투명하지만 박지원이 아니고는 창작하기 어려운 작품임을 확인할 수 있다.

연암은 자기 시대의 선비가 할 수 있는 일, 해야 할 일이 무엇인가를 두고 누구보다도 깊이 고민한 사람이다. 「허생전」은 연암의 이러한 고민을 문학적으로 형상화한 작품이라 할 수 있다.

제2장

「채생기우(蔡生奇遇)」의 구조와 시대적 의미

1. 한문단편소설의 수작(秀作), 「채생기우」

여러 갈래의 서사체(敍事體)를 포함하고 있는 야담(野談) 중에서 소설에 근접에 했으면서 근대적 의미의 소설로는 미흡한 일군의 작품을 '한문단편(漢文短篇)'[1]이란 용어로 불러왔다. 이 한문단편을 우리 나름의 역사적·문학적 전통 위에서 생성된 소설로 보려는 견해가 대두되어 '야담계(野談系) 한문단편소설'[2]이란 용어가 쓰이기도 했다. 이 글에서 논의하고자 하는 「채생기우(蔡生奇遇)」는 위와 같은 단서를 달지 않더라도 소설로서의 요건을 충분히 갖추고 있으며[3] 깊이 따져볼 만한 의미가 있는

---

1) 이우성·임형택 역편, 「이조한문단편집 서」, 이조한문단편집(상), 일조각, 1973.
   임형택, 「한문단편 형성과정에서의 강담사(講談師)」, 『창작과 비평』 49, 창작과비평사, 1978.
2) 박희병, 「조선후기 야담계 한문단편소설 양식의 성립」, 『한국학보』 22, 일지사, 1981.
3) 번역본을 기준으로 200자 원고지로 환산하면, 이 작품은 80매, 박지원의 단편소설 가

작품이다. 이 작품만을 대상으로 한 논문4)이 나온 것은 당연한 일이다.

채생기우(蔡生奇遇)」는 이현기(李玄綺, 1796~1846)가 저술한 야담집 『기리총화(綺里叢話)』에 실려 있던 작품이다.5) 『청구야담』을 비롯한 야담집에는 「결방연이팔낭자(結芳緣二八娘子)」란 제목으로 실려 있다. 이 작품은 18·9세기의 사회·경제사적 변화와 그 현실을 반영, 당대가 안고 있던 몇 가지 문제를 탁월하게 형상화하고 그 해결의 전망까지 제시하고 있다는 점에서 세밀히 분석할만한 가치가 있다.

여기서 작품의 구조를 여러 시각에서 분석하고 그것이 갖는 시대적 의미를 탐색하고자 한다. 이 작품이 갖는 위상을 보다 뚜렷이 드러내기 위해 시대적 의미를 탐색하는 부분에서는 다른 야담서사체나 소설과 견주어보기도 할 것이다.

운데 가장 긴 「허생전」은 50매라고 한다(이신성, 「한문단편 「김령(金伶)」의 연구」, 『한국한문학연구』 3·4, 한국한문학연구회, 1979, 206면). 작품의 길이가 소설인가 아닌가를 판별하는 절대적 기준은 아니지만, 구체적 서술, 상세한 묘사, 자아와 세계의 팽팽한 대결을 형상화하기 위한 요건의 하나이다.

4) 이신성(1979) 외에 다음 논문이 나와 있다.
권혁화, 「「결방연이팔낭자」의 구조와 의미」, 경북대학교 석사학위논문, 1993.

5) 이 글에서는 박희병 표점·교석, 『한국한문소설 교합구해』(소명출판, 2005)에 실린 것을 대본으로 하고, 이우성·임형택 역편, 『이조한문단편집(중)』(일조각, 1978)의 번역을 참고한다.

2. 「채생기우」의 구조

(1) 갈등의 전반적 성격

「채생기우(蔡生奇遇)」는 상당히 복잡한 갈등구조를 형성하고 있다. 우선 대립과 갈등이 왜 생겼는가를 살펴보는 데서 논의의 단서를 찾을 수 있다. 이 작품의 핵심적 갈등은 딸을 재가시키려는 김령(金令)과 이를 거부하는 채생(蔡生)의 부친 사이에서 일어나며, 이렇게 야기된 갈등이 사건전개의 원동력이 되어 작품이 처음부터 끝까지 팽팽한 긴장 속에서 전개되도록 한다.

채부(蔡父)의 입장에서 보면 아들의 첩(妾)을 들이는 문제이지만, 김령의 입장에서는 인연이 그렇게 맺어진 것이지6) 처음부터 양반가의 첩살이로 딸을 보내려 했던 것은 아니다. 채부의 거부로 결연에 장애가 생겼으므로 채부가 결연을 거부한 까닭을 생각해 보면 해답을 찾을 수 있다. 첫째, 결연의 성격이 과부의 재가(再嫁)이기 때문이다. 둘째, 채부의 유교적 관념주의 성향 때문이다. 과부의 재가라 하더라도 그가 주자주의적 정절의식 등 유교적 예법 의식을 지니지 않았다면 결연을 거부하지 않았을 것이다. 셋째, 가문을 부흥시키는 데 장애가 되기 때문이다. 예법의 준수는 이미 정치적·경제적으로 몰락해 버린 가문이 신분적인 몰락까지 이르지 않게 하는 중요한 방편이다. 채부는 비록 몰락했으나 양반

---

6) 김령은 채생에게 경위를 설명하는 과정에서 "현우귀천(賢愚貴賤)을 가리지 않고 처음 만나는 젊은 남자(毋論賢愚貴賤 必以初逢少年丈夫"(846면)에게 딸을 맡기려 했고 했다. 이것은 예법을 따지는 채부에게 "사위를 구하는 수레에 공교롭게 영식이 탄 것(擇婿之車 巧丁阿戎)"(851면)이라는 김령의 말에서도 드러난다.

신분이며 김령은 부귀를 누리고 있으나 중인신분이다. 김령은 채부의 가난을 문제 삼지 않지만 채부는 김령의 신분을 문제 삼았을 것이다. 요컨대, 과부의 재가를 내포한 결연 문제는 유교적 관념주의에 위배되고, 가문부흥에 장애요인이 되는 것이므로 채부로서는 강력히 거부하지 않을 수 없었다.

결연갈등은 사건전개의 원동력이 되면서도 작품의 가장 심각한 갈등은 아니다. 여기서 주목해야 할 것은 결연이 갖는 성격이다. 즉, 이 작품에서의 결연은 신분과 계층이 다른 집안 간에 이루어지며, 그것이 과부의 재가 문제를 안고 있다는 점에 주목해야 한다. 채부의 입장에서 무엇보다 중요한 문제는 자신의 집안이 과부를 재가시키려는 다른 집안의 계획에 말려들었다는 데 있었다.

채부와 김령의 가문은 신분과 계층이 다르다. 신분이 제도적 차원의 상하 관계라면, 빈부는 실질적 힘의 우열 관계이다. 신분상으로 채부는 양반이지만, 김령은 중인이다. 그러나 계층상으로 채부는 끼니조차 잇기 어려운 처지이므로 실질적인 삶이 하류 계층에 속한다. 이와 달리 김령은 많은 전답과 거대한 저택을 소유하고 윤택한 삶을 누리며 상당한 영향력과 위상을 갖고 있으므로 상류 계층에 속한다. 따라서 신분상으로는 채부가 김령보다 상위이나 계층상으로는 김령이 채부보다 상위이다. 이렇게 보면 결연갈등의 이면에는 신분과 계층이 다름으로 인해서 빚어지는 신분갈등과 빈부갈등이 얽혀 있다고 할 수 있다.

신분갈등의 이면을 좀 더 따져보면 그 실질적 내용은 신분이 다르기 때문에 서로 다르게 형성된 가치관의 갈등이라 할 수 있다. 형식화되어 버린 주자학의 이념을 고수하고자 하는 몰락양반과 실질을 숭상하는 신흥부자가 지향하는 바가 서로 다르기 때문에 갈등이 일어났다고 할 수 있다. 따라서 가치관의 차이 때문에 갈등이 일어나고 갈등을 겪는 인물이 신분적으로도 대립되어 있기에 갈등이 증폭된다.

인물들 사이의 갈등뿐만 아니라 한 개인의 내적갈등도 나타난다. 가장 심각한 내적 갈등을 겪는 인물은 채부이다. 채부는 김령을 만나기 전에도 추구하는 이상과 처해 있는 현실의 괴리 때문에 내적갈등을 겪었을 것이므로, 김령을 만나면서부터는 그것이 더욱 심화되었다고 할 수 있다. 김령과의 대결이 채부의 내적갈등을 증폭시키게 된 셈이다. 물질의 가치를 인식하면서부터 채생이 과거의 자신의 삶을 회의하면서 내적갈등을 겪는다고 생각되나 적극적인 행동으로 나타나지 않는다. 김령도 작품 초반에서 현실주의를 실천할 수 없음으로 인해 내적갈등을 겪고 있으나 그의 비범한 능력과 실천적 행위에 의해 해소된다.

외적갈등과 내적갈등은 근본적으로 사회와의 대립과 갈등에 기인한 것이다. 이념을 고수하고자 하나 이념을 고수하면서 살아갈 만한 사회·경제적 여건이 마련되지 않음으로써 추구하는 이상과 처해 있는 현실 사이에 갈등을 겪기도 하며, 현실주의적 행동을 하고자 하나 중세적 가치관이 사회 전반에 폭넓게 자리하고 있기 때문에 갈등을 겪기도 한다. 이상주의적 입장에 있는 인물이나 현실주의적 입장에 있는 인물 모두 사회의 장벽과 부딪히게 되는데, 현실주의적 입장에 있는 인물은 이미 말한 바와 같이 주체적 능력에 의해 사회적 장벽을 극복해 가지만, 이상주의적 입장에 있는 인물은 현실성 있는 대응 능력이 부족하여 사회적 장벽과 처절한 대결을 벌이다가 마침내 굴복하고 만다. 이러한 대결과 그 결말은 당대 사회의 구조적 대결의 전형적 형상화라는 점에서 두 사람만이 겪는 문제는 아니다.

이상의 논의를 정리하면, 이 작품은 과부의 재가로 인해 갈등이 일어나며, 그 과정에서 신분갈등과 계층갈등 또는 빈부갈등, 신분과 계층의 다름으로 인하여 달리 형성된 가치관의 갈등이 형성되었다. 이들 갈등이 서로 얽히면서 당대 사회의 복합적이고 총체적인 갈등의 양상을 드러내고 있다.

(2) 사건 전개의 발전적 반복

작품구조가 반복적인 성격을 갖는 것은 채부와 김령의 양보없이 이루어지는 팽팽한 대립 때문이다. 즉 채부가 예법을 고수하려고 완강하게 버티고 있기 때문에 어떻게든 딸을 재가시키려는 김령은 채부에게 거듭 접근하기 때문에 반복적 성격을 지니게 되며, 이러한 반복을 통해 긍정적으로 변화하기에 발전적 성격을 지닌다. 작품을 크게 세 단락으로 구분하여 이를 좀더 세밀히 살펴보기로 한다.

> 전반부 : 김령과 채부의 첫 번째 만남까지
> 중반부 : 김령과 채부의 세 번째 만남까지
> 후반부 : 채부가 김령이 지은 새 집으로 이사가는 데까지

김령과 채부의 첫 번째 만남에서 채부가 마침내 자신의 고집을 버리고 김령이 마련해 준 집으로 이사하기까지의 과정은 관념주의와 현실주의의 대립·갈등에서 현실주의가 승리하는 단계적인 발전 과정을 보여준다.

> 채부가 큰 소리로 꾸짖었다. "당신은 예법을 어기고 딸의 음분을 방조하였으니 스스로에게 매우 좋지 못한 일일뿐더러, 또한 남의 아들까지

그르치게 했으니 무슨 해괴한 일이오?" 김령이 대답했다. "사위를 구하
는 수레에 공교롭게도 영식(令息)이 탄 것이구려. 피차 불행이 보통이 아
니나 이제부터 물이 흐르듯 구름이 흩어지듯 각자가 편안히 지내며 서
로 간섭하지 으면 그뿐 아니오. 구태여 남의 험을 지적해서 큰 소리로
들추어낼 까닭이야 없지 않소."[7]

위의 인용문은 김령과 채부가 처음 대면하는 장면이다. 채부는 김령
의 잘못을 준엄하게 꾸짖는 반면에 김령은 문제를 무마하려 드는 모습
을 보여준다. 이 만남에서 채부는 김령보다 정당성을 띤 인물로 부각되
면서 채부의 명분과 관념 세계가 우위를 차지하고 김령의 현실주의적
세계가 열세에 있다.

중반부에 속한 두 번째 만남에서는 사정이 다소 달라진다. 두 번째
만남에서 예법을 따지는 채부에게 김령은 사리를 들어 설득시킨다. 그
런데 마침 "교외에 나왔다가 갑자기 소나기를 만났는데 근처에 별로 친
지가 없어 부득이 귀댁에 들른 것이"[8]라는 김령의 말은 신뢰할 수 없으
며, "우리야 친분이 있은 지 오래되"[9]었다는 김령의 말은 거짓으로서
전혀 사리에 맞지 않다. 그럼에도 채부는 김령의 허점을 지적하지 못하
고 승복하고 만다. 왜냐하면 김령이 채부를 방문한 시점에 채부는 심리
적으로 매우 울적한 상태였으며 더불어 대화를 나눌 친구가 필요했기
때문이다. "이튿날 아침에 자기가 속은 것을 알고 깨닫고 후회했다."[10]

---

7) 父勵聲大責曰 君一壞禮常 聽女淫奔 旣不自好 又誤吾兒 何也 金曰 擇婿之車 巧丁阿戎
　彼此不幸 已不可旣 今則水流雲空 兩家安逸 不相干涉 則已矣 何用摘人釁累 高聲彰顯乎
　(851면).
8) 適出郊坰 忽値雾霈 此間無他親知 敢入貴第(852면).
9) 況吾曹托契已久 顏面已厚(852면).
10) 平明乃覺 頗悔昨日爲其所賺(852면).

는 말에서 알 수 있듯이, 김령이 채부의 심리 상태를 간파하고 채부의 판단력을 흐리게 했던 것이다.

김령과 대화를 통해서 김령의 사람됨에 이끌리게 되나 채부가 명분에서 완전히 벗어난 것은 아니다. 김령이 마련해 온 음식에 군침을 삼키면서도 겉으로 사양한다든지 하는 모습에서 단적으로 드러나듯이 허식에서 완전히 벗어나지는 못했다. 그 이후 채부가 끼니를 잇지 못하는 지경에 이르렀을 때, 채생이 김령이 보낸 돈으로 음식을 장만해 올리자 캐물을 여유도 없이 허급지급 먹어치우는 채부의 모습은 웃음을 자아내게 한다. 뒤늦게 음식의 출처를 알자 명분 없는 재물을 받았다며 대노(大怒)했다. 그후 또 김령이 돈과 양식을 보내자 정신이 혼미하던 차에 받아먹고 나중에 출처를 알자 억지로 웃으며 다음부터 받지 말라는 말밖에 하지 못한다. '대노'에서 '억지웃음' 사이의 거리를 짐작할 만하다. 채부가 전반부에 보여주었던 기세가 한풀 꺾이고 있음을 알 수 있다.

또다시 마련이 없자 김령이 이를 탐지하고 돈을 보냈는데 채부가 반을 받아들이면서 득중(得中)한 처사임을 말한다. 그런데 채부의 행위가 과연 득중한 처사인지 따져볼 필요가 있다. 전부를 받건 반을 받건 명분 없는 재물을 받은 것은 마찬가지이므로 반을 받고 반을 물리쳤다고 해서 명분이 서는 것은 아니다. 이는 명분과 현실 사이에서 타협점을 찾은 것으로서, 확고한 관념주의가 물질적 결핍 앞에 서서히 무너지고 있음을 보여 주는 것이다. 세 번째 만남에서 채부는 채생과 김령딸의 결연이 천생연분이며, 남의 일생을 망치는 것이 불가하다며 김령의 집으로 채생을 보낸다. 이는 전반부의 첫 번째 만남에서 채부가 김령를 큰 소리로 꾸짖던 태도와 정면으로 배치된다. 채부가 나중에 속은 것을 알고 후회하는 모습에서 김령이 아직까지 완전한 승리를 거두다고 할 수는 없지만, 그 이후로 의식과 봉제사(奉祭祀)를 김령에게 일임했다는 것은 채생과 김령딸의 결연을 인정한다는 말이 된다. 여기까지 현실주의가 관념주의에 대해 일차적인 승리를 거두었다고 할 수 있다.

후반부에서도 만남은 계속되며 이 만남의 과정이 거듭되면서 채부는 지난날의 명분에 얽매인 삶의 방식에 회의를 품고[11] 현실적 삶의 방식을 긍정하게 된다. 후반부에서는 채부가 오히려 적극적인 자세로 나온다.

> 어느 날 김령이 조용히 입을 떼었다. "영식이 나의 집을 자주 내왕하는 것이 남의 눈에 매우 구애됩니다. 이제부터 발을 끊는 것이 좋겠습니다." 채부는 놀라며 말했다. "그러면 내가 마땅히 자부를 우리 집으로 몰래 맞아 와서 종적을 숨기면 괜찮겠지요." "영식은 아직 연소한 선비로서 위로 부모를 모시고 아래로 정실이 있으니 집에 소실을 두는 것은 결코 옳지 않습니다." "아무튼 무슨 묘책을 생각해서 우매한 나를 깨우쳐 주시오."[12]

위의 인용문에 드러난 김령의 말과 태도는 채부 일가를 새로 지은 집으로 이주시키기 위한 계략의 일환이다. 김령의 속뜻을 모르는 채부는 김령의 말에 몸이 달아 무슨 좋은 묘책이 없느냐고 묻는다. 채부가 말한 좋은 묘책이란 사대부로서의 예법을 지킬 수 있는 방도가 아니라 남의 이목을 피하면서 지금까지 유지해 오던 관계를 지속시키는 묘책이다. 이제 채부에게 중요한 것은 예법이 아니라 김령의 덕으로 안락한 삶을 누

---

11) 서술자의 다음 말에서 짐작할 수 있다. "父早傷於貧 頭髮爲白 及夫坐衣遊食 又日與暢飮 頗覺自適 追念前日苦海 體膚起粟"(659면).

12) 一日 金從容進言日 公子之往來余家 漸礙人眼 願從此告絶 父驚日 然則吾當密迎吾婦于家裏 藏踪滅跡 金日 公子年少布衣 上有庭闈 下有正室 決不可畜媵于家 父日 第思妙策 以詔愚迷(855면).

릴 수 있게 되었는데 이제는 그것을 박탈당할 위기에 놓였다는 점이다.

채생의 어머니가 김령이 새로 마련한 집으로 이사를 가고 채부는 끝까지 고집을 부리다가 예법에 얽매이고 가난 속에서 고생스럽게 살아온 자신의 삶을 되돌아보고 인생의 무상함을 느껴 마침내 이사를 결심하게 된다. 이는 현실주의에 대한 관념주의의 완전한 패배를 형상화한 것이다.

이상의 논의를 정리하면, 이 작품은 크게 세 단계의 발전적 반복구조를 지닌다고 할 수 있다. 첫째 단계는 관념주의와 현실주의가 팽팽한 대결을 이루는 단계이며, 둘째 단계는 관념주의가 서서히 약화되고 현실주의가 점차 강화되면서 관념주의가 열세에 있고 현실주의가 우세에 있는 단계이며, 셋째 단계는 관념주가 패배하고 현실주의가 승리하는 단계이다. 첫째 단계에서는 현실주의와 관념주의가 부딪쳤을 때 쌍방이 용납하지 않는 팽팽한 대결을 벌이면서 관념주의가 우세에 있는 단계이다. 둘째 단계는 관념주의와 현실주의가 표면적으로는 팽팽한 대결을 이루고 있는 듯하나 실제로는 현실주의가 관념주의보다 우세한 양상을 보인다. 셋째 단계는 관념주의가 현실주의를 수용하게 됨으로써 관념주의가 패배하는 단계이다. 첫째 단계에서 둘째 단계를 거쳐 셋째 단계에 이르기까지는 무수한 직·간접적 만남의 반복이 있었음은 물론이고, 이 만남의 반복을 통해 관념주의가 무너지고 현실주의가 승리하는 질적 변화가 이루어진 것이다.

(3) 인물형상의 역전과 서술전략

이 작품에서는 작자의 서술전략에 따라 작중인물 형상의 역전 현상이 일어난다. 이 현상은 사건 전개가 발전적으로 반복되는 것과 밀접한 관련을 맺고 있다.

사건이 진행됨에 따라 작품의 중심인물인 김령과 채부의 인물 됨됨이가 역전되는 사태가 벌어진다. 전반부 첫머리에서 채부는 매우 긍정적인 인물로 소개되고 있다. 비록 가세는 빈한하고 끼니를 거르는 일도 많았으나 성실하고 삼가며 지조가 있고 예의와 염치를 아는 모범적인 선비로 소개하고 있다. 이에 비해 작품 첫머리에서 김령은 예법을 어기고, 무리하고 분에 넘치는 행위를 자행하는 인물로 나타난다. 이미 살펴보았듯이 김령과 채부의 첫 만남에서 김령은 스스로 예법을 어겼음을 인정하면서 앞으로 서로 상관하지 않으면 될 것이 아니냐는 식으로 얼버무리고 말았다. 여기까지 본다면, 채부는 긍정적 인물로 김령은 부정적 인물로 형상화되고 있음을 알 수 있다.

그러나 중·후반부로 가면서 위와 같은 인물형상이 역전되는 사태가 벌어진다. 서술자가 "채부는 성격이 본래 소졸하여 전혀 생계를 차릴 주변이 없"[13)는 인물임을 말하는 동시에 인물의 행동이나 심리묘사를 통해서 채부가 결코 바람직한 인간상이 아님을 구체적으로 보여주고 있다.

> 김령은 거동이 매우 공손할뿐더러 담론이 서슴없어 마치 고치에서 명주실이 나오는 듯한데, 대단히 조리가 있었다. 그러나 지나간 자녀의 일에 대해서는 전혀 말을 비치지 않았다. 채부의 평생 종유가 촌 훈장과 시골 선비에 벗어나지 못하였고, 종일 오고가는 말들은 오직 서로 근천을 떨어 설궁하는 것으로 판에 박은 이야기뿐이었다. 그러다가 김령의 박식하고 시원시원하고 게다가 호감을 사기 위한 다정스런 언변을 대하니 크게 기뻐 심취하고 말았다.[14)

---

13) 父性子本疎拙 不謀産業(853면).
14) 金執禮甚恭 談屑娓娓 正如牛尾蠶絲 甚有綜理 而幷不及葭莩之事 父生平追遊 不越乎

채부는 바야흐로 주림으로 정신이 혼미한 참이어서 앞뒤 모르고 음식을 탐하였다. 채생이 연일 지성으로 공양해서 수일만에 회춘하였고 또 계속 좋은 음식으로 몸을 보양했다. 그제서야 채부가 물었다. "이것들을 어디서 마련하였느냐?" 채생은 또 사실대로 아뢸 수밖에 없었다. 채부는 억지로 웃으며 "김령이 어찌하여 이처럼 때때로 도와주는가? 이후로는 다시 받지 말아야 할 것이며 받으면 응당 매를 맞으리라."[15]

앞의 인용문은 김령과 채부의 인물을 대립적으로 형상화하고 있는 대목이며 뒤의 인용문은 채부의 모습을 골계적으로 형상화하고 있는 대목이다. 가족의 생계조차 제대로 마련할 수 없는 주변머리 없는 인간이 양반으로서의 헛된 명분에만 얽매여 있음이 위의 인용문에서 드러난다.

채부가 긍적적 인물에서 부정적 인물로 전락하고 김령이 부정적 인물에서 긍정적 인물로 부각되는 것과 함께 가치관의 역전이 일어난다. 채부는 몰락양반으로서 몰락 이전의 상태로 되돌아가는 것을 최고의 가치고 여기고 있다. 그리하여 자신의 몸가짐을 바르게 하고 자식을 가혹할 정도로 엄하게 규제한다. 그러나 김령은 유교적 관념에 얽매이지 않고 물질적 가치와 인간적 삶의 추구를 긍정하는 인물이다. 채부가 김령을 반복해서 만남으로써 점진적으로 유교적 관념주의를 최고의 가치로 생각하는 인물에서 물질적 가치를 인정하고 현실주의를 긍정하는 인물로 바뀌게 된다. 즉, 작품 초반에서는 유교적 관념주의가 최고의 가치로 제시되었으나, 작품 후반부로 가면서 현실주의가 더 가치 있는 것으로 드

村學秀才　終日接語　惟相較貧窘　如印一板　及見金辯博軒偉　重以諂笑獻媚　乃大悅心醉(852면).

15) 父方病昏涔涔　惟貪食飮　生連供髓臗　數日乃瘥　繼以甘旨調養之　父曰　此物從誰辦了　生又告其狀　父微笑曰　金令安得時時周給也　此後則決勿有受　受當苔之(854면).

러난다. 이러한 가치관의 역전은 채부의 성격 자체의 변화이면서 작품 구조가 만들어내는 가치관의 역전 구조이기도 하다.

인물형상의 역전 현상은 작가의 치밀한 서술전략에 따라 계획적으로 이루어진 것이다. 작가는 처음부터 채부의 관념주의에 대해 부정적인 시각을, 김령의 현실주의에 대해 긍정적 시각을 가지고 있었으면서도 서술전략에 따라 짐짓 그 반대로 형상화한 것이다. 이렇게 함으로써 숨어있는 진실을 독자에게 드러내 보이는 구조로 되어 있다.

3. 구조의 시대적 의미

(1) 현실반영으로 본 의미

이미 살펴본 바와 같이 이 작품에서 성사시키려는 결연은 과부의 재가이며, 이를 위해 동원되는 방법은 '보쌈'이다. 보쌈에는 남성보쌈과 과부보쌈의 두 형태가 있다. 남성보쌈은 남편을 둘 이상 섬겨야 할 팔자를 타고난 처녀의 액땜을 위해 외간 남자를 보쌈해 오는 일이며, 과부보쌈은 홀아비나 결혼하지 않은 총각이 결혼을 하기 위해 과부를 보쌈해 오는 일이다.[16] 이 작품은 보쌈이 성행하던 당대의 사회현상을 반영하면서 이루어진 작품이다. 물론 설화로 전승되고 있었기에 이 작품의 보쌈화소는 구전설화와도 무관하지 않았을 것이다. 야담의 형성이 설화를 거쳐 이루어졌다는 점을 생각한다면 더욱 그렇다.[17]

---

16) 이영진, 「보쌈」, 『한국민족문화대백과사전』 9, 한국정신문화연구원, 1991, 835면 참조.

보쌈 화소를 소설의 한 부분으로 수용하여 그 시대가 안고 있는 몇 가지 현실 문제를 제기하고 있다. 그런데 이 작품의 보쌈 화소는 외형상 남성보쌈이지만 액땜을 위한 보쌈이 아니라 결연을 위한 것이라는 점에서 과부보쌈의 성격을 닮았다. 한편, 과부보쌈은 혼사장애를 극복하기 위한 행위이지만, 이 작품에서 남성보쌈은 결연 과정에서 갈등의 발단이 된다. 그러므로 이 작품은 두 유형의 보쌈 화소를 역사적 사실과는 전혀 다른 방향에서 결합된 형태로 수용하여 새로운 의미를 부여하고 있는 셈이다.

남성보쌈은 '불경이부(不更二夫)'를 인정하면서 이루어지는 것이기에 주자주의적(朱子主義的) 정절 관념에 대한 저항적 의미가 전혀 없는 반면에, 이 작품에서의 남성보쌈은 과부의 재가를 위한 것이기에 중세적 정절관념을 정면으로 거부하는 행위이다.[18] 재가시키려는 주체가 중인신분의 인물이기에 자손들의 금고(禁錮)에 신경을 쓸 필요가 없기 때문이기도 하겠지만, 그것보다는 의식의 전환이 보다 중요한 동기였다고 생각

---

17) 권혁화는 '지하국대적제치설화' 및 고전소설에 나타나는 강제결연 화소가 이 작품에도 수용되었다고 했다(앞의 논문, 6~18면 참조). 그가 든 강제결연 화소는 여성을 강제로 납치하는 것인데, 이 작품은 남성을 강제 납치한다는 점에서 차이가 있다. 또 이 작품이 야담으로 전승되었다는 점에서 소설보다는 구전설화와의 관련성에 더욱 주목하여야 할 것이다.

18) 설화에서 예기치 못한 사태가 벌어져 주자학적 정절관념을 거부하기도 한다. 남성보쌈의 경우, 「보쌈당한 총각이 벼슬한 꾀」(최래옥·김균태, 『대계』 6-8(전라남도 장성군 편), 한국정신문화연구원, 1986, 458~462면)에서처럼 보쌈당한 총각이 보쌈한 측 딸의 도움으로 죽음의 위기에서 벗어나 마침내 벼슬까지 얻기도 하고, 과부를 보쌈에 걸려든 총각이 보쌈한 측의 처녀와 인연을 맺기도 한다. 이런 유형의 이야기는 『대계』 1-1, 1-9, 8-10, 8-13에 채록되는 등 비교적 풍부하게 전승되고 있으며, 야담집에 채록되기도 했다(『파수록』, 이능화, 『조선여속고』, 한남서림, 1927, 79면 참조). 기존 관념을 거부하고 힘 있는 자의 횡포에 맞서려는 민중의식과 기대양상이 파괴되는 데서 오는 묘미가 이런 유형을 파생·전승시키는 힘으로 작용할 것이다.

된다. 여성의 수절은 조선후기에 평민 이하의 신분에 이르기까지 폭넓게 체질화되었기 때문에 사대부가의 여성이 아니면서도 수절하는 이가 많았다.[19] 따라서 이 작품에서처럼 재가를 시도한 것은 당대의 사회적 분위기로 보아 결단이 필요한 일이었다. 특히 김령은 국중갑부이며, 당상관 벼슬까지 얻은 사람이었으므로 사회적 지위와 명예 때문에 나름대로 고민과 결단이 없지 않았을 것이다. 딸이 청상이 된 지 3년이 되도록 어쩌지 못한 것은 이런 까닭 때문이었다.

작품에서 설정된 양반의 가난과 중인의 부유함 문제를 짚고 넘어갈 필요가 있다. 신분상의 귀천과 계층상의 빈부는 관련성이 없지만, 신분제 사회에서는 이 둘이 밀접한 관련을 지니도록 제도화시켰다. 즉, 신분상으로 고귀한 사람이 계층적으로 부유하도록 하고, 신분상으로 비천한 사람은 계층적으로 빈한하도록 제도화함으로써 계층이 신분에 종속되도록 했다. 신분이 계층을 규제하고 결정하도록 한 셈이다. 따라서 이런 제도적 장치가 제 기능을 발휘하여 신분과 계층이 유기적 관계를 지닌 시기는 안정된 시기일 것이며 그렇지 못한 시기는 동요하는 시기일 것인데, 이 작품의 배경이 되는 조선후기는 후자에 해당한다.

양반은 조선조 신분사회의 최상층으로서 경제적 부와 함께 많은 특권을 누릴 수 있는 신분이다.[20] 그러한 양반이 이 작품에서는 근근히 끼니조차 이어가기 어려운 처지로 설정되어 있다. 반면 중인신분에 속한

---

19) 이능화(1927)에서 성혼하기도 전에 남편 될 사람이 죽자 평생을 수절한 농민의 딸, 사노비(私奴婢), 내사노비(內寺奴婢) 등의 예를 들고 있다(80~81면 참조). 그밖에 첩으로서 수절했다는 기사도 실려 있다(79~80면 참조).
20) 박지원의 「양반전」에서 두 번째로 작성된 文記에 나타난 양반의 횡포는 문학적으로 과장된 것이기는 하지만 양반의 특권에 대한 서민의 인식에 기초하고 있다는 점에서 진실의 일면을 읽을 수 있다.

인물이 국중부자로 행세하는 사태가 벌어졌으니, 이 작품은 신분과 계층의 유기성을 상실한 조선조 후기와 이 시대의 인물형상을 반영하면서 이루어졌음을 알 수 있다. 또한 여기에 그치지 않고 신분적 우위가 무력화되고 계층적 우위가 질적인 힘을 발휘하는 사회·경제사적 현실을 탁월하게 형상화하고 있다. 아울러 몰락양반과 신흥부자의 대립이 작품으로 문제화된 것은 당대 사회에서 계층간의 결연이 실제로 문제화되었고 빈번히 일어나기도 했기 때문이라고 할 수 있다. 당대 사회에서 신흥부자와 몰락양반의 혼인문제가 제기되었을 것이며, 이 과정에서 적지 않은 갈등이 야기되었을 것임은 짐작하기 어렵지 않다.

작품이 반복적인 성격을 갖는 것은 "자아와 세계의 상호우위에 입각한 대결"[21]이라는 소설장르 본질상의 성격 때문이기도 하지만, 이는 또한 당대 사회가 관념주의와 현실주의가 팽팽한 대립을 이루고 있었음을 반영한 것이라 할 수 있다. 갈등이 순환적 반복에 그치는 것이 아니라 현실주의의 승리라는 발전적인 방향으로 나아가는 것은 단순히 현실반영의 차원을 넘어서 작자의 비전까지 함께 제시한 것으로 해석할 수 있다. 추노담 중 「겁구주반노수형(劫舊主叛奴受刑)」[22]처럼 대결을 통해 과거지향적인 방향으로 되돌아가는 작품이 다수 있다는 점에서 이는 단순한 현실반영을 넘어 작자의 진보적 의식에 의해 선택된 방향임을 확신할 수 있다.

따라서 이 작품은 18·9세기의 시대적 움직임을 반영하면서 당대의 이념적 대립을 발전적 반복구조를 통해 문학적으로 형상화했다고 할 수 있다. 즉, 발전적 반복구조를 통해 역사적으로 전개되어 온 이념적 대립

---

21) 조동일, 『한국소설의 이론』, 지식산업사, 1977, 28면.
22) 『청구야담(靑邱野談)』, 407~411면.

을 형상화하면서 대립의 귀결을 제시하고 있는 것이다.

인물형상의 역전도 같은 맥락에서 이해할 수 있다. 작품의 서사구조는 유교적 관념주의와 유교적 관념주의에 충실한 인물이 긍정되는 사회에서 현실주의와 현실주의적 인물이 긍정되는 사회로 발전하는 시대의 반영이면서 그러한 시대에 대한 전망의 제시라고 할 수 있다.

이상으로 보면, 이 작품은 당대 사회의 신분적·계층적·이념적 대립을 문학적으로 형상화한 것이며, 당대 사회의 문제를 반영하는 데 그치지 않고 진보적 방향으로 문제를 해결한다는 점에서 시대적 의미가 심화된다.

(2) 문제 해결 방식으로 본 의미

몰락양반과 신흥부자는 그들 나름대로의 문제적 현실 또는 상황에 부딪히게 되는데 그 문제는 당대의 동향과 밀접한 관계를 맺고 있다. 따라서 작중인물이 부딪힌 문제를 해결하는 방식을 살피는 데서 시대적 의미에 대한 논의를 계속할 수 있다.

몰락양반인 채부가 부딪힌 문제는 관직으로 나아가지 못함으로써 정치적으로 몰락하고, 정치적으로 몰락함으로써 경제적으로 몰락하게 된 것이다. 아직까지 양반 신분은 유지하고 있으나 양반으로서 누릴 수 있는 특권은 전혀 누릴 수 없는 처지이다. 채부 가문의 경제적 기반은 관리로서 받는 보수에 의존하였을 것이므로 관직에 오랫동안 진출하지 못하였으니 경제적으로 몰락할 수밖에 없었을 것이다.23) 양반사대부는 관

---

23) "당쟁 과정에서 정계에서 물러난 양반은 그들의 족적(族的)·재지적(在地的)인 기반 위에서 관한 한에서만 양반으로서의 권위를 보유하게 되었으며, 그 같은 기반마저

료로의 진출을 통해서 정치적 권력을 갖게 되며 아울러 생활기반으로서의 경제적 토대를 마련하게 된다. 양반사대부가 그의 신분에 걸맞은 경제적 지위를 유지하는 유일한 길은 현실적으로 과거를 통한 진출밖에 없었다. 특히 토지기반이 약한 서울·경기지역의 양반이 더욱 그러했다. 그러나 관직의 수는 한정되어 있고 양반의 수는 점점 늘어만 가니 경쟁이 치열해질 수밖에 없다. 경쟁에서 탈락한 축은 몰락의 길을 걷지 않을 수 없는데, 몰락양반들은 서민과 다름없는 비참한 생활을 해야 했다.[24] 따라서 채부와 같은 몰락양반이 몰락을 극복하는 길은 과거를 통한 진출이라고 생각할 수밖에 없으며, 관료 진출에 모든 것을 걸지 않을 수 없었다. 채부가 부딪힌 문제는 바로 정치적 몰락과 이로 인한 경제적 몰락이었으며, 정치적 재기를 통해 경제적 극빈을 극복하는 것이 최대의 과제였다.

몰락양반이 가난 문제를 해결하는 방식은 실제 역사에서 관료로 재진입하거나 생업에 종사하면서 삶을 영위해 가는 형태로 대별될 수 있다. 채부는 전자의 방식으로 자신이 처한 문제를 해결하려고 한다는 점에서 문제 해결 방식의 전형적인 한 유형을 택하고 있다. 그가 후자의 방법을 택하지 않는 것은 그의 관념주의적 사고방식과 양반신분의 유지 때문이었다.

채부가 양반신분을 유지하는 구체적 방법은 양반으로서 마땅히 지켜야 할 주자학적 윤리규범을 지키면서 자식을 엄히 교육하여 그로 하여

확실하지 못한 경우에는 몰락하여 소위 잔반(殘班)이 되어갈 수밖에 없었다."(강만길 외, 『한국사』 9, 한길사, 1994, 266면)는 진술이 이를 잘 말해준다.

24) 조선조 후기 신분변동의 주요 양상은 각 신분층 내부의 분화현상과 상하 신분계층의 이동현상으로 요약될 수 있다. 강만길 외, 1994, 263~265면 참조. 몰락양반의 참상은 이와 같은 총체적 현상 속에서 겪는 일이었다.

금 과거에 급제하여 가문을 유지하는 것이었다. 관계로의 재진입을 통해 정치적으로 재기하여 경제적 몰락을 극복하고 가문을 부흥하는 방식은 몰락양반이 취할 수 있는 가장 전형적이고 소망스런 문제 해결 방식일 것이다. 아래 인용문은 몰락양반의 문제 해결 방식을 잘 보여준다.

> 채생의 부친은 성실하고 근신해서 조용히 자기를 지키며, 기한 때문에 지조를 바꾸지 않았다. 오직 아들 채생을 엄하게 가르쳐서 가통을 이으려 했다. 일호라도 옳지 못한 점을 보면 일찍이 자애로 포용하는 법이 없이, 반드시 발가벗겨 노망태 속에 잡아넣어 대들보에 높이 달아매고 몽둥이로 마구 두들기며 "우리 가문의 흥망은 오로지 네 일신에 달려 있다. 엄하게 꾸짖지 않으면 어찌 허물 고치기를 바라겠느냐?" 했다.[25]

"달팽이 같은 집이 퇴락하고 끼니를 거르는 날이 많았"[26]지만 생업에 종사할 수는 없는 일이다. 생업에 종사하면 양반신분을 유지할 수 없기 때문이다. 채부가 택한 방식은 자신의 양반가문을 유지시키면서 가문을 부흥시키는 유일한 방법으로 인식하고 있다. 채생에 대한 채부의 가혹한 훈육은 가문의 운명이 채생에 달려 있으며, 그 대응방식이 시대적 산물이라는 점에서, 자신이 이루지 못한 것을 자식을 통해 실현해 보려는 보상심리나 대리충족 이상의 시대적 의미를 내포하고 있는 셈이다.

채부의 대응방식은 경제적으로 몰락한 양반의 현실대응이 얼마나 힘든 것이며, 대응방식에 얼마나 무리함이 있는가 하는 점을 잘 보여 준다. 몰락양반의 문제 해결을 위한 대응방식을 서술하는 서술자의 시각

---

25) 生之父 愷悌謹拙 恬靜自守 不以飢寒而易其操 惟嚴訓在生 欲紹家緖 見一不是處 未嘗
    溺愛包容 必裸入繩網之中 高懸梁上 亂椎椎之曰 吾家門戶剝復 亶係余一身 未有酷訓
    何望悛過(843면).
26) 蝸舍頹圮 簞瓢屢空(843면).

이 긍정적인데서 부정적인 데로 나아간 것은 그의 대응방식이 잘 못된 것임을 말한 것에 다름 아니다.

이 작품에서의 몰락양반의 현실대응방식을 영웅소설 및 야담서사체의 그것과 견주어 볼 수 있다. 영웅소설에서는 몰락의 과정이 서사되기도 하고 몰락의 상태만 제시되기도 하는데,27) 「채생기우(蔡生奇遇)」의 경우는 몰락의 과정이 드러나지 않고 이미 몰락한 상태만 제시되어 있다. 양반의 가난을 다룬 대부분의 야담서사체도 이 점에서는 마찬가지이다. 작품에서 몰락의 과정이 드러나지 않고 이미 몰락한 상태만 제시되는 것은 양반의 몰락이 보편화된 현상이어서 특별히 언급할 만한 것이 못되기 때문일 것이다. 따라서 몰락의 과정이 제시되는 작품보다 몰락의 과정이 제시되지 않는 작품이 후대적 양상일 것으로 판단된다.

채생은 영웅이 아니지만 가문을 부흥해야 할 자식 세대라는 점에서 영웅소설의 주인공과 견주어볼 수 있다. 영웅소설과 이 작품의 자식 세대는 이 과업을 성취해내지만, 과업에 대한 자각이나 과업의 성취 방법은 전혀 다르다. 영웅소설의 자식 세대는 나라가 혼란에 빠지자 공훈을 세워서 몰락을 극복하여 몰락 이전의 상태에 이르지만, 이 작품의 아들 세대는 자신의 주체적인 능력으로 몰락 이전의 상태에 이르지 못한다.28) 물론 영웅소설에서도 영웅의 노력만으로 과업을 성취하는 것이

---

27) 「유충렬전(柳忠烈傳)」은 앞의 경우이고, 「장경전(張景傳)」은 뒤의 경우이다.
28) 채생은 채부와 달리 자신의 사명에 대한 자각이 없는 인물이다. 그는 뚜렷한 목표 의식을 갖지 못한 채, 단지 채부에 의해 강요된 학업에 수동적으로 따라갈 뿐이다. 전통적인 이념을 고수하고자 하는 의지도 갖지 못했으며, 그렇다고 변화하는 시대에 적극적으로 대처할 만한 진보적 의식을 지니지도 실천적 행위를 하지도 못했다. 그는 전환기적 시기에 목적의식과 방향감각을 상실한 지식인의 한 전형으로 볼 수 있는 인물이다.

아니라 원조자와 천상적 질서가 개입하지만 주체적인 능력이 없으면 과업의 성취가 어렵다. 그리고 원조자에 있어서도 공통점과 아울러 차이점을 지닌다. 영웅소설이나 이 작품에서나 중요한 원조자는 아들 세대의 장인의 위치에 있는 인물이다.[29] 그러나 신분을 볼 때 영웅소설에서의 처가는 본가와 대등한 자격을 갖추었음에 비해 이 작품의 처가는 하위에 있다.[30] 영웅소설의 원조자는 아들 세대의 과업성취에 보조적인 구실을 하지만, 「채생기우(蔡生奇遇)」의 경우 원조자는 아들 세대의 과업성취에 결정적인 구실을 한다. 채생이 과거에 합격할 수 있었던 것은 김령의 딸과 결연한 후라야 가능했다. 영웅소설에서 보여주는 정계로의 재진출을 통한 몰락의 극복은 현실적으로 이루어지기 어려운 것이다. 이에 비해 「채생기우(蔡生奇遇)」에서 보여주는 아들 세대의 성공은 현실성을 지니고 있다.

신분적으로는 몰락하지 않았으나 경제적으로 몰락한 양반이 당대 사회에 대응하는 방식은 야담서사체에서 몇 가지 유형으로 나타남을 볼 수 있다.[31] 「홍생아사(洪生餓死)」[32]처럼 마땅한 대응방식을 찾지 못한 채 비극적 최후를 맞이하는 경우도 있지만, 「입이적궁유성가업(入吏籍窮儒成家業)」[33]처럼 임시방편으로 아전이 되어서 치부를 하는 경우도 있으며

---

29) 영웅소설의 경우 「소대성전(蘇大成傳)」이 대표적 예이다.

30) 「숙영낭자전(淑英娘子傳)」에서 낭자쪽의 가문과 재산 문제를 언급하면서 이 작품과 관련시킨 사례가 있다. 김일렬, 「도선적 신비 속의 사회적 현실―숙영낭자전의 경우」, 『어문론총』 29, 경북어문학회, 1995, 13~14면 참조.

31) 최광석, 1994, 88~99면에서 몰락양반의 진로를 유형화한 바 있는데, 이는 대응방식과는 다른 것이다. 진로는 궁극적으로 택하게 되는 방향에 무게를 둔 것이고 대응방식은 문제를 어떻게 해결하려고 하는가에 초점을 둔 것이다. 따라서 진로는 결말부분에, 대응방식은 서두 또는 중간부분에 잘 나타난다.

32) 이우성·임형택 역편, 『어수신화(禦睡新話)』, 아세아문화사, 1978, 366면.

33) 『청구야담』, 431~436면.

「석한양사인최생(昔漢陽士人崔生)」[34]이나 「치산업허중자성부(治産業許仲子成富)」[35]처럼 아예 생업에 종사하는 경우도 있다. 「채생기우」의 몰락양반은 체제지향적 대응방식을 보이다가 이를 포기하고 현실지향의 길을 수용하는 방향으로 나아갔다. 이러한 변화는 비현실적 관념을 버리고 물질적 가치가 힘을 발휘하는 현실을 수용할 수밖에 없다는 작자의 시대인식을 형상화한 것이라 판단된다.[36]

(3) 가치 지향으로 본 의미

몰락양반과 신흥부자의 대결을 통한 작품의 가치 지향에 주목하면 이 작품이 지닌 의미의 중요한 부분이 드러날 것으로 생각된다. 이를 위해서는 몰락양반과 대결하는 신흥부자를 주목할 필요가 있다.

신흥부자인 김령의 신분은 역관이므로 중인이며 계층적으로는 국중갑부라 불릴 만큼 부유하다. 종2품에 해당하는 동지중추부사(同知中樞府事)의 직함을 가졌다.[37] 이상과 같은 인물설정은 김령이 신분상으로는 양반보다 낮으나 실질적인 영향력이 상당한 인물임을 말해주는 것이다. 여기서 주목되는 것은 김령이 지닌 막대한 부이다. 그가 형성한 부는 역

---

34) 『계서야담(溪西野譚)』, 동국대 한국문학연구소 편, 『한국문헌설화전집』 1, 태학사, 1981, 401~407면. 작품의 첫 구절을 따서 제목으로 삼았다.

35) 『청구야담』, 177~185면.

36) 강만길(1984 : 121~123)에서 조선후기 벌열층에서 탈락한 양반계층의 유형을 제시하고 있다. 「사우(四友)」(『삽교만록(霅橋漫錄)』, 이우성 편, 『삽교집』(하), 아세아문화사, 1986, 267~270면)나 「회양협(淮陽峽)」(『기문총화(紀聞叢話)』, 이우성 편, 『기문총화(記聞叢話)』 외 2종, 아세아문화사, 1990, 456~465면) 같은 작품은 몰락양반의 시대적 대응방식을 집약적으로 보여주는 좋은 예이다.

37) 역관은 정3품 당하관(堂下官)이 승진의 한계였다고 한다. 이남희, 「역관」, 한국민족문화대백과사전 15, 한국정신문화연구원, 1991, 233면 참조.

관신분과 무관하지 않다. 역관은 통역관으로 사신을 따라 중국을 오가면서 대외무역을 통해 막대한 부를 축적할 수 있었다. 「허생전」의 변승업 집안의 부(富)도 같은 방식으로 축적된 것이다.38) 김령의 당상관 벼슬도 부를 통해 획득한 것으로 판단된다.

한 인간이 지닌 가치관은 그의 말과 행동을 통해서 파악될 수 있다. 특히 문제 상황에서 어떤 행동을 하는가를 살펴본다면 보다 뚜렷하게 드러날 것이다. 김령이 부딪힌 최대의 문제는 그의 무남독녀가 청상과부가 되었다는 것이다. 김령은 이 문제를 두고 오랫동안 고심하다가 마침내 딸을 재가시킴으로써 문제를 해결하고자 한다.

> 다만 슬하에 여식 하나를 두었더니 남의 폐백을 받고 미처 초례도 치르기 전에 사위 될 사람이 갑자기 요절하여서 청춘에 공규를 지키는 형상이 극히 가련하네. 예법에 제한이 있고 이목에 구애가 되어 어디 시집을 보내지도 못하고 어언 3년이 흘렀다네. 여식이 간밤에 문득 애처로이 흐느끼는데 소리소리 한을 머금었고 마디마디 간장을 에는 듯하여 비록 길가는 사람이라도 눈물을 적시지 않을 수 없을 것이네.39)

위의 인용문을 아버지의 자식에 대한 지극한 애정으로 해석하고 말 것은 아니다. 채부도 아들 채생을 사랑하지 않은 것은 아니지만 그는 부

---

38) 『삽교만록(霅橋漫錄)』「북경개자(北京丐者)」에서 이와 같은 역관의 치부 방법에 대해 언급하고 있다. "우리나라 역관을 사신 행차를 따라 북경으로 들어간다. 매번 호조에서 백금을 빌려 가서 중국 물건을 사 와 내다 팔아 호조에 2할 이자로 갚는다. 나머지 이문은 갚지 않고 치부한다. 我東譯官之隨使行入燕都也 每貸戶部白金而行 貿唐貨以來 發賣以償戶部十二 餘利不貰 以之致富"(254면)

39) 但身外搏有一女 受人儷皮 未趙卺禮 而夫壻遽夭 靑春空閨 情事遽憐 禮守有防 瞻聆有碍 未便他適 奄至三稔 女忽於前宵 悲號哀鳴 聲聲呑恨 寸寸斷腸 雖行路之人 亦當爲之傷感(845~846면).

자간의 사랑보다 예법과 가문의 부흥이 더 중요한 문제였다. 그러나 김령은 예법이나 규범의 준수보다 자식의 행복이 더 중요하였다. 김령 자신은 홀로된 딸을 재가시키고 싶지만 "예법에 제한이 있고 이목에 구애가 되어" 생각대로 할 수 없는 고충을 말하고 있다. 즉, 과부의 재가를 금하는 예법의 규제나 이목의 구애됨이 없다면, 마땅히 재가를 시키겠다는 말이다. 이는 김령에 있어 양반 사대부의 예법이 행위의 규범이 아니라 구속일 뿐임을 알 수 있다.

주자학적 윤리 규범의 준수와 딸의 행복 향유 사이의 갈등에서 김령은 후자를 추구하기로 결정하였다. 이를 통해 정절보다는 인간의 본성적인 욕구의 충족이 보다 중요하다는 생각이 드러난다. 중세적 가치보다는 근대적 가치를 지닌 새로운 인간형을 작품 속에 등장시켜 근대적 가치를 긍정하고 이를 지향하고 있는 것이다. 주자학적 정절관념이 상민과 천민에까지 깊숙이 침투해 있던 시대에 김령이란 인물을 통해 인간의 본성적 욕구를 긍정하고 있다는 점은 주목할 만한 일이다.

여성의 재가 문제를 다룬 야담서사체가 비교적 풍성하게 남아 있다.[40] 예컨대 「연상녀재상촉궁변(憐孀女宰相囑窮弁)」[41]의 경우처럼 양반가의 과부와 중인 이하 남자를 맺어주어 몰래 다른 곳으로 가서 살게 하는 작품을 더러 발견할 수 있다. 「연상녀재상촉궁변(憐孀女宰相囑窮弁)」류의 작품은 삶의 근거지를 떠나 아무도 알지 못하는 곳에서 상민으로 살

---

40) 야담서사체에 나타난 여성의 재가에 관해서는 다음 논의를 참고할 수 있다.
　　김상조, 「조선후기 야담에 나타난 재가의 양상과 의미」, 한문학연구 4, 단국대 한문학회, 1986.
　　김영주, 「정절문제를 다룬 한문단편의 서사구조와 문제의식」, 경북대학교 석사학위논문, 1995, 46~59면.
41) 『청구야담』, 152~155면.

아가는데 반해, 이 작품에서는 터잡고 있는 삶의 기반 위에서 재가가 이루어진다는 점에서 차이가 있다.42) 이런 류의 작품도 인간의 기본적 욕구와 가정의 행복을 중요시하는 가치관을 읽을 수 있지만 「채생기우(蔡生奇遇)」가 더욱 진전된 의식의 전환을 보여준다고 할 수 있다.

다음으로 물질적 가치에 대한 긍정과 물질의 위력에 대한 확신이 나타나 있다. 작품은 명분과 관념보다는 실질과 현실을 중요시하면서 현실주의의 승리를 확신하고 있다. 김령의 반복적이고 적극적인 자세는 이런 인식의 바탕위에서 나온 행위였다. 사회에서 실질적인 힘을 발휘하는 것은 신분적 우위가 아니라 경제적 우위였음을 드러내고 있다. 명분에 얽매여 있는 채부에 대한 부정적 시각을 통해 명분을 부정하고, 실질을 중시하는 김령에 대한 긍정적 시각을 통해 현실적 가치를 긍정하였다.

18세기 이후는 상품·화폐 경제의 발달에 따라 신분계층의 분화가 촉진됨과 아울러 전통적 가치관이 크게 동요되면서 부와 신분의 갈등, 남녀간의 정욕과 기존 규범과의 갈등이 중대한 문제로 제기되던 시기였다. 「채생기우(蔡生奇遇)」의 작품구조는 몰락양반과 신흥부자의 대결이라는 서사구조를 통해 궁극적으로 근대적 가치관을 구현하고 있다. 즉, 몰락양반이 추구하는 과거지향적 관념주의와 신흥부자가 추구하는 미래지향적 현실주의의 대결에서 신흥부자의 현실주의가 승리하게 만듦으로써 근대적 가치관을 긍정하고 이를 구현하고 있다. 이를 구현하는 과정이 발전적 반복구조를 가지는 것은 그만큼 관념주의에 대한 현실주의의 승리 과정, 중세적 가치관에 대한 근대적 가치관의 구현이 힘겹고 팽팽한

---

42) 「연상녀재상촉무변(憐孀女宰相囑窮弁)」은 처(妻)이고 「채생기우(蔡生奇遇)」는 첩(妾)이라는 차이가 있기는 하다.

대결을 거쳐서 이루어질 수 있음을 드러내 보인 것이라 할 수 있다.

그런데 「채생기우」가 중세적 가치관을 완전히 부정했다고는 할 수 없다. 중세적 관념주의에 대한 근대적 현실주의의 승리를 형상화함으로써 중세적 가치관의 몰락이 필연적인 것임을 보여주지만, 중세적 관념주의가 패배함으로써 오히려 체제 진입에 성공하게 된다. 채부가 그토록 소망하던 관료로의 진출을 달성하였으나 그 방법이 달라졌다. 관료로의 재진출은 중세적 가치관을 완전히 부정하지 않은 것이면서도 그 방법 때문에 새로운 문제의식을 내포하고 있다. 즉, 유교적 입신양명은 중세적 관념주의에 의해 이루어질 수 없고 오히려 경제적 부가 뒷받침된 근대적 현실주의에 의해 이루어질 수 있음을 보여주고 있다. 이는 경제적 토대를 바탕으로 한 근대적 신분 상승 방식이라 할 수 있을 것이다. 중세적 가치관에 대한 일부 긍정이면서 중세적 가치 또한 근대적 현실주의에 의해 이루어질 수 있음을 보인 것이라 할 수 있다.

4. 관념주의에 대한 현실주의의 승리

「채생기우(蔡生奇遇)」는 서로 다른 신분과 계층에 속한 인물들이 결연 문제를 둘러싼 대립·갈등과 그 해소를 통해 조선후기 사회가 안고 있는 중요한 몇 가지 문제를 제기하고 해결하는 과정을 서사한 소설이다. 결연이 과부의 재가 문제를 내포하고 있다는 점, 신분과 계층이 서로 다른 가문 사이에서 갈등이 일어난다는 점, 신분과 계층이 다름으로 인하여 달리 형성된 가치관이 서로 대립한다는 점 등에서 이 작품은 조선조 후기 사회가 안고 있는 제반 문제를 진지하게 제기하고 그 해결 방향까지 제시하고 있다.

신흥부자와 몰락양반의 대립과 갈등은 양보 없는 팽팽한 대결 속에서 전개되기 때문에 반복적인 성격을 지니게 되며, 중세적 관념주의에서 근대적 현실주의로의 발전적 반복을 이룬다. 이에 따라 몰락양반을 긍정하는 데서 신흥부자를 긍정하는 데로 인물형상의 역전이 일어나며 중세적 관념주의에 대한 긍정에서 근대적 현실주의에 대한 긍정으로의 역전이 일어난다. 이런 역전 현상은 작자 및 서술자의 서술전략에 의해 계획된 것이다.

위와 같은 작품구조는 당대 사회의 과부의 재가, 빈부갈등, 신분갈등, 가치관 갈등 등의 문제적 현실을 형상화한 것이며, 진보적 방향으로 해결함으로써 역사 발전의 마땅한 방향까지 제시해 주고 있다. 궁극적으로 이 작품은 중세적 관념주의에 대한 근대적 현실주의의 승리를 보여줌으로써 근대적 가치관을 구현하고 있다. 인물설정, 문제 해결 방식, 가치 지향 등 여러 측면에서 영웅소설이 이상주의 소설로 나아간 것과 달리 이 작품은 현실주의 소설로 나아갔다.

이 작품에서 제기된 여러 가지 문제는 다른 야담서사체에서도 부분적으로 제기되고 있는 것이다. 따라서 다른 작품과 대비적 관점에서 논의할 필요가 있다. 예컨대, 「염(鹽)」이라는 이야기에서 가난한 평민조차 몰락양반의 혼인 제의를 거절하는 대목이 있는데,[43] 이는 혼인에 있어서 신분적 지위가 하등의 중요한 역할을 하지 못하고 경제적 여건이 보다 중요하게 작용하고 있음을 보인 것으로 주목할 만하다. 이런 차이를 개인적 편차나 개별적 현상으로 생각하고 말 것은 아니라 시대적 추이를

---

43) 『동패낙송(東稗洛誦)』, 이우성 편, 『동패낙송(東稗洛誦) 외 5종』, 아세아문화사, 1990, 37~41면 참조.

반영하고 있는 것으로 볼 수 있다. 「염(鹽)」이 「채생기우(蔡生奇遇)」보다 앞선 문제의식을 보여주는 작품이거나 후대의 시대상을 반영한 작품이라고 할 수 있다. 이처럼 같은 문제를 제기했더라도 자세히 살펴보면 의식의 차이를 파악할 수 있다. 이렇게 함으로써 각 작품이 지닌 위상이 보다 분명히 드러날 것이며, 이를 통해 의식 전환의 추이를 추적할 수 있을 것이다.

제3장

「허생전」의 현대적 변용

1. 「허생전」의 재창조

다수의 고전문학 작품이 여러 근·현대 작가의 손을 거쳐 변용됨으로써 재창작 또는 재해석되어 왔다. 고전소설 「허생전」도 그러한 작품 가운데 하나로서, 이광수, 채만식 등에 의해 거듭 재창조되었다.[1]

고전소설 「허생전」을 변용한 작품에 대한 연구는 주인공 허생에게 나타난 근대적 지식인의 면모를 밝히는 데 초점이 모아졌다.[2]

---

1) 이들 세 작품을 함께 지칭할 때는 '「허생전」'이라 하고, 개별적으로 쓸 때는 '고전소설 「허생전」', '이광수의 「허생전」', '채만식의 「허생전」'으로 부르기로 한다.
2) 주요 논문을 들면 다음과 같다.
   민현기, 「연암·춘원·채만식의 <허생전> 대비 연구」, 『관악어문연구』 8, 관악어문연구회, 1983.
   김일영, 「행위공간의 회귀와 인식공간의 확대―박지원의 '허생이야기'와 이광수의 <허생전>에서」, 『어문학』 53, 한국어문학회, 1992ㄱ.
   김일영, 「채만식의 <허생전>에서의 제재변용양상 고찰」, 『문학과 언어』 13, 문학과

이 장에서는 세 작품을 함께 다루면서 다음 세 가지 문제에 초점을
두어 논의한다. 첫째, 서술구조가 재편되고 서사공간이 확장 또는 축소
된 양상을 살핀다. 둘째, 인물 형상화의 방향을 논의한다. 이것은 세 허
생의 차이점을 논의하는 일이 될 터인데, 그 밖의 주요 인물도 함께 검
토한다. 특히 현대소설에서 새롭게 창조된 인물을 주목할 필요가 있다.
셋째, 작가의 지향의식 변모를 분석한다.3)

2. 서사구조의 재편과 변모

(1) 서술구조의 재편

고전소설 「허생전」은 단편소설이다. 이것을 이광수가 장편으로 확장
시켰다. 채만식의 「허생전」은 이광수의 「허생전」보다 축약하고 고전소
설보다 확장한 중편이다. 단편소설인 고전소설 「허생전」을 각각 장편과

언어연구회, 1992ㄴ.
　　전흥남, 「채만식의 <허생전>에 나타난 고전소설의 현대적 수용과 변용」, 『국어국문
　　학』 109, 국어국문학회, 1993.
　　박혜주, 「글읽기와 글쓰기-다시 쓰는 <허생전>」, 김현실 외, 『한국패러디소설연구』,
　　국학자료원, 1996.
　　한명환, 「<허생전> 개작 및 변형의 고찰-<허생전>의 재창작적 변용의 의의를 중
　　심으로」, 우리어문학회, 『한국문학의 연속성』, 국학자료원, 2001.
　　정홍섭, 「채만식의 조선 고전 패러디 : <심봉사>와 <허생전>」, 『한국학보』 29, 일지
　　사, 2003.
　　김미영, 「허생전 패러디 소설에 나타난 문학적 상상력」, 『비평문학』 24, 한국비평문
　　학회, 2006.
3) 이광수의 「허생전」은 『이광수전집』 3(삼중당, 1965), 채만식의 「허생전」은 『채만식전
　　집』 6(창작과비평사, 1989)을 텍스트로 삼았다.

중편으로 확장하는 방식을 살펴보자. 서사와 묘사의 밀도, 새로운 화소의 첨가 또는 기존 화소의 삭제 등을 통해 양적 팽창과 축소가 이루어진다는 점은 새삼스럽게 논의할 필요가 없을 것이다. 중요한 것은 어떤 부분의 어떤 화소가 확장, 축소, 첨가, 삭제되는가 하는 점이다. 또한 서술 순서의 변화도 주목해야 할 것이다.

고전소설 「허생전」은 논자에 따라 여러 형태로 구분하지만, 크게 전반부와 후반부의 두 부분으로 구분할 수 있다.4) 이광수와 채만식의 「허생전」도 전반부와 후반부로 나누어지므로 서사구조의 기본 골격은 세 작품이 동일하다. 그러나 전·후반부의 서술량을 따져 보면 중요한 차이점을 발견할 수 있다.5) 연암의 「허생전」은 전반부와 후반부의 서술량이 대략 1 : 1의 비중을 지니는데 반해, 이광수와 채만식의 「허생전」은 6 : 1 정도의 서술 비중을 지니고 있다.

먼저 이광수의 「허생전」에서 눈에 띄는 점은 서사공간이 확장되어 있다. 고전소설 「허생전」에서 허생이 말총을 독점한 제주도를 이상국으로 형상화하고 있으며, 한 번만 나타나던 무인도를 두 번이나 제시함으로써 서술량이 확장되었다. 또한 설화를 부분적으로 삽입시키고 있다. 대표적인 예가 이완과 홍총각이 소시에 만난 적이 있다며 제시한 이야기와 이완이 북벌을 한다고 떠들다가 조정의 고관에게 그 허구성이 드러나는 이야기가 허생과 이완의 대화를 통해 재현되고 있는 것이다. 이 이야기는 야담서사체와 구전설화를 통해 폭넓은 전승력을 확보하고 있던 것이다.6)

---

4) 세 부분으로 나누기도 하지만 두 부분으로 나누는 것이 더 합당하다. 이는 전반부의 형태로만 전승되는 한문단편이 여러 야담집에 실려 있는 점을 보아서도 분명해진다.
5) 허생이 변부자에게 돈을 갚는 대목까지를 전반부로, 그 이후 부분을 후반부로 잡고, 텍스트의 면수를 기준으로 계산한 결과이다.
6) 앞의 이야기는 『청구야담』을 비롯한 야담집과 『한국구비문학대계』에 다수 채록되어

또한 판소리가 지닌 어법과 잡다한 사실을 나열하는 방식도 서술량을 팽창시키는 데 한몫하고 있다.7) 또 하나의 방법은 새로운 인물의 창조이다. 그리고 백성의 목소리를 일부 담아냄으로써 고전소설 「허생전」에서는 미약하게 나타나 있는 민중의 모습이 보다 구체화되어 있다.8)

고전소설 「허생전」의 서사전개의 순서가 뒤바뀌어져 있는 점도 주목된다. 처음 부분을 보면, 변부자 소개, 허생과 변부자의 만남, 허생의 안성장의 과일 매점매석, 도적 침입, 허생과 아내의 갈등, 허생의 가출의 순으로 서술하고 있다. 이러는 과정에서 "허생은 본래 어떤 사람인가"(308면) "홍총각이 어찌하여 허생원을 알았나"(347면) 등의 물음을 던지면서 추리소설과도 같은 기법으로 사건의 전말을 캐들어감으로써 독자의 관심을 유도하고 있다. 이러한 서사전개의 기법은 독자의 호기심을 유발하고 독자를 끌어들이려는 신문연재소설의 특성을 살린 결과로 보인다.

그러나 이광수의 「허생전」 개작은 뚜렷한 방향성을 갖지 못하고 있

있으며, 뒤의 이야기는 구전설화로 전승되고 있다.

7) 허생의 아내가 돈을 보고 기뻐하는 부분에서 "꿈이 아닌가 하고 한 번 만져보고, 눈을 한 번 비비고 한 번 만져보고, 발을 한 번 덩 구르고 또 한 번 만져보고, 벙그레 웃으면서 한 번 만져보고, 아무리 만져보아도 돈일시 분명합니다."(311면), 허생이 배로 싣고 온 돈을 짊어지고 가는 도적들의 모습을 그리는 부분에서 "돈! 돈! 돈이로구나! 돈이 많구나! 그 좋은 돈이 암만이라고 있구나! 허리에 둘러 띠고, 등에 짊어지고, 주머니가 터져라 하고 집어 넣고, 두 손에 움키어 쥐고, 입에도 한입 물고, 그래도 끝이 없구나. 더 집어 넣을 곳이 없구나. 더 짊어질 힘이 없구나! 아니나 다를까 그 중에 욕심이 사나운 녀석은 너무 많이 돈을 졌다가 바닷속에 빠져들어가기도 하고, 어떤 꾀많은 놈은 한짐씩 한짐씩 져다가는 바위 틈에도 감추고 모래를 파고 묻기도 하고, 어떤 놈은 너무도 돈은 욕심이 나고 지고 갈 힘은 없어서 돈 더미에 넙죽 엎디어서 엉엉 울기도 하고, 대체 무엇이 다 없었겠습니까."(354면) 등이 그러한 예이다.

8) 이것은 민중의 목소리와 삶의 모습을 얼마나 잘 담아내고 있는가 하는 것과는 별개의 문제이다.

다. 사건전개와 인물의 성격 등에서 모순과 당착이 드러난다. 관권과 결탁한 악덕 자본가인 유진사와 협력하여 허생이 부를 획득하는 것이나, 자신의 정체성을 상당한 수준으로 인식하고 있을 정도로 각성된 조곰보란 인물9)이 무인도에서 횡포를 자행하는 인물로 변모하는 것이나, 허생을 따라 다니는 바보스러운 돌이란 인물이 자신의 힘만 믿고 폭력을 휘두르다가 무인도의 지도자가 되는 것 등에서 볼 수 있듯이, 인물 성격 변화의 납득할만한 계기가 주어지지 않고 갑작스럽게 변모한다. 조곰보와 같은 인물의 성격을 비범한 홍총각과 허생이 간파하지 못하고 있다는 것도 설득력이 약하다.

다음으로 채만식의 「허생전」을 살펴본다. 이 작품은 서사공간에서 무인도를 제외시킴으로써 서사공간을 축소시키는 대신, 제주도를 이상국으로 구체화하고 있다. 또한 이광수가 새로이 삽입시킨 많은 부분을 삭제 또는 축소시키면서 서술량을 줄이고 있다. 이렇게 함으로써 이광수가 무리하게 서술량을 팽창시키면서 노정시켰던 「허생전」이 지니고 있는 여러 가지 문제점과 미흡한 점을 극복하고 있다. 또한 대화를 통해 사건 진행의 중요한 국면에 시간을 지연시키고, 서술자의 설명을 통해 배경적 사실을 길게 제시하는 방법이 두드러지게 나타난다. 이렇게 함으로써 작품이 뚜렷한 방향성을 지니며 형상화되어 있다. 아내가 허생을 추궁하는 부분에서 허생이 어떤 사람인가를 설명하는 부분10)이나, 허생의 "어째서 도적이 도었는고?"(228면) 하는 말에 도적이 "본시야 다

---

9) 조곰보의 다음 말에서 이를 짐작할 수 있다. "농사를 지어먹던 백성들이 굶어 죽을 지경을 당하오나 부자들이 가난한 백성을 도울 줄을 모르옵고, 또 조정이 어찌할 도리를 하지 아니 하옵는지라, 소인의 무리가 하늘을 대신하여 있는 놈의 것을 빼앗아다가 없는 이를 구제하기를 삼년을 하였사오나……"(249면)
10) 210~211면.

양민이올시다마는, 양민으로는 먹고 살 길이 없어 부득이 도적이 되었읍니다.”(229면, 233면)는 대답을 거듭 기술하면서, 이 사이에 당시의 역사적·사회적 상황을 길게 설명하고 있는 부분,[11] 당시 조정의 상황을 말하는 부분[12] 등이 이를 잘 말해준다.

(2) 서사공간의 변모

앞에서 필자는 이광수의 「허생전」은 서사공간이 확대되는 반면에 채만식의 「허생전」은 서사공간이 축소되어 나타나고 있음을 말한 바 있다. 이러한 서사공간이 변모를 자세히 살펴보기 위해 각 작품에서 허생에 의해 전개되는 서사공간의 이동 상황을 차례로 보이면 다음과 같다.

- 고전소설 「허생전」 : 본토(허생의 집-변부자의 집-안성)-제주도-무인도-본토(전국-변부자의 집-허생의 집)
- 이광수의 「허생전」 : 본토(변진사의 집-안성-허생의 집-강경)-제주도-본토(변산)-무인도1-무인도2-본토(변진사의 집-허생의 집)
- 채만식의 「허생전」 : 본토(허생의 집-변진사의 집-안성-강경)-제주도-본토(변진사의 집-허생의 집)

여기서 가장 주목되는 서사공간은 제주도이다. 고전소설 「허생전」에서 제주도는 부의 획득 과정에서 단순히 말총을 독점하기 위해 설정된 공간으로만 나타나는데 반해, 이광수와 채만식의 「허생전」에서 제주도는 허생에 의해 이상국으로 변모되는 공간이다. 이는 이상국이 나라 밖

---

11) 229~233면.
12) 263~266면.

의 가상적 공간에 설정되는 것이 아니라, 실제적·역사적·현실적 공간에 건설되고 있다는 말이다. 고전소설 「허생전」에서 제주도가 단순히 부의 획득을 위한 서사공간으로만 제시되는 것은 시대적 여건을 고려한 때문으로 판단된다. 즉, 제주도는 조선의 지배체제의 힘이 미치는 역사적 공간이기 때문에 허생이 이곳을 독자적인 삶의 공간으로 형상화한다는 것은 현실적으로 상당한 위험 부담을 지니지 않을 수 없는 일이다. 그러나 이광수나 채만식은 이런 염려를 할 필요가 없기 때문에 제주목사를 몰아내고 제주를 이상국화하기에 이른 것이다.

한편, 고전소설 「허생전」과 이광수의 「허생전」은 무인도가 이상국으로 형상되는데 반해, 채만식의 「허생전」에서는 무인도가 서사공간에서 제외된다. 이것은 서사공간을 보다 현실화시키려는 의도로 판단된다. 즉, 고전소설 「허생전」에서 제주도가 이상국으로 형상화되지 못하는 것은 시대적 제약을 의식한 결과라 할 수 있는데, 이광수의 「허생전」은 이러한 제약이 사라졌음에도 무인도가 상존하고 있기 때문에 소설공간의 현실성을 훼손하는 구실을 하고 있을 뿐이라는 판단을 내려 채만식은 이를 서사공간에서 제외하고 제주도를 이상국으로 건설하는 것으로 제한한 것이 아닌가 한다. 이광수의 「허생전」은 한걸음 더 나아가 가상적인 무인도 두 곳이 허생에 의해 이상국으로 변모된다. 이광수가 가상적 서사공간에서의 이상국 건설을 확장시킨 것은 이 작품이 신문연재소설이었다는 점에서 찾아질 수 있다. 즉, 많은 독자를 확보해야 하는 신문연재소설이었기에 어느 정도의 통속성과 흥미성을 통해 끌어들이려는 의도로 가상적 서사공간은 크게 확장시킨 것으로 보인다.

3. 인물의 형상화 방향과 관계 설정

(1) 기존 인물의 형상화 방향

먼저 주인공 허생을 어떤 성격이 인물로 형상화하고 있는지 살펴본다. 기본적으로 이광수와 채만식의 허생은 모두 고전소설 허생의 인간형을 공유한다. 그러나 세부적으로 보면 차이가 없는 것은 아니다.

고전소설 「허생전」의 허생은 참된 선비이다. 이 작품에서의 허생은 신분과 계급을 그대로 인정하고 있기는 하지만, 민중을 지도하는 위치에 선 선각자이다. 선비는 민중의 삶을 윤택하게 할 방안을 제시하고 이것을 실천하는 것을 사명으로 삼는다. 참다운 선비는 개인적 안위를 돌보지 않으며 자기 개인을 위한 부의 축적을 부정한다. 허생은 결코 호구지책이나 마련하려는 인물이 아니며, 허생을 조선시대의 규범적 선비상으로 부각시키려는 작가의 의도가 엿보인다. 이광수와 채만식의 경우 아내에 대한 배려를 염두에 두고 있다. 이는 현실성을 획득하려는 작가의식의 소산으로 생각된다.

이광수의 「허생전」에서 허생은 비범한 시혜자(施惠者)이다. 그는 백성들에게 재물을 나누어 주고, 장사하는 과정에서 자기 덕에 장사치들이 이문을 보는 것에서 무한한 기쁨을 느낀다. 그는 어떤 어려움도 극복할 수 있으며, 어떤 슬픔도 "빙그레 웃으며" 넘길 수 있는 인물이다. 제주 목사가 제주 처녀를 서른 명이 넘게 버려놓았다는 심각한 이야기를 듣고도 "허생은 웃으며"(327면) 전혀 심각하게 받아들이지 않는다. 분개할 줄 모르는 인간일 뿐이다. 허생이 무인도를 떠나면서 데리고 다니던 돌쇠에게 "인제부터는 새나라의 일을 맡을 몸이니 기쁘고 슬퍼함을 사람에게 보이는 것은 좋지 아니한 일이다.”며 훈계한다. 이러한 부분들은 허생을 포용력 있는 인물로, 달관한 선각자로 그리기 위한 것인 듯하나, 실제로 드러나는 허생의 모습은 의도를 살리지 못하며 많은 한계와 문제점을 노정하고 있다.

> 요 조고마한 섬이라도 골고루만 가지고 저마다 일만하면 넉넉히 먹고 사는 것을. 사람들은 일할 생각을 아니하고 서로 남의 것을 빼앗을 생각만 하노라고 서로 못들 사는구나.(341면)

허생이 제주를 이상국으로서의 기틀을 다지고 나서 한라산에 올라가 제주 지경을 내려다보며 한 말이다. 허생의 말대로라면 백성의 가난은 백성 개인의 의지와 노력에 달린 것일 뿐 사회의 구조적인 모순과는 별개의 것이 된다. 즉, 신분과 계급에 의해 지배되는 경제구조의 불평등과 모순, 관리들의 수탈에 기인한 백성의 가난이 백성 개인의 게으름과 백성간의 다툼에 기인한 것으로 돌려지게 되는 것이다. 여기에 이르면 허생이 과연 민중의 지도자로서 자격이 있는가 하는 의문이 생기지 않을 수 없다.

채만식의 「허생전」에서 허생은 평등주의자로 형상화된다. 이는 고전소설 「허생전」에서는 나타나지 않던 모습이며, 이광수의 「허생전」에서 형상화에 실패한 부분이다. 허생의 평등주의자적 성격은 그의 행위와 말을 통해서도 구체화되지만, 서술자의 입을 통해 더욱 잘 드러난다.

> 허생은 본시 양반의 후예는 양반의 후예이면서, 자기가 양반이라고 생각하는 일도 없고, 양반 행세나 양반 자세를 하는 일도 없는 사람이었다. 그는 양반이라는 것을 인정치 아니하는 동시에, 따라서 종이라는 것도 인정치 아니하였다. 다 같은 사람인데 어째서 양반과 상놈이 있으며, 어째서 상전과 종이 있어 가지고 상전은 종을 부려 먹고 천대하며, 종은

양반을 공경하고 일을 해다 바치고 할까 보냐는 것이었다.(216면)

여기서 허생은 양반이니 상놈이니 하는 계급의 구분을 부정하고 모든 사람을 평등한 관계로 파악하고 있음을 볼 수 있다. 그래서 허생은 자신이 데리고 있던 먹쇠란 종을 속량(贖良)하여 내보냈지만 먹쇠는 "허생의 그 어질고, 상전이면서 상전 태를 아니하고, 하인을 하인으로 천대하지 않는 데에 퍽 심복"(216면)하였기 때문에 새 주인을 버리고 스스로 허생을 따라 나서기까지 한다.

허생의 평등의식은 강선달이 교군을 타고 가기를 청하자 그것은 "하늘의 뜻을 거슬리는 것"(238면)이라 하고, 다음과 같이 말하고 있다.

> 사람은 매일반이네, 누구는 교군 위에 편안히 앉어 가고, 누구는 사람 무게, 교군 무게해서 그 무건 것을 메고 가고, 그런 공편되지 못할 데가 있소. 그것도 나이 많은 노인이라든가 병자라든가, 먼 길을 걷기 어려운 여인이나 어린 사람이라든가 그렇다면 혹시 모르지오만, 두 다리와 육신이 멀쩡하여 가지고, 끄떽끄떽 사람을 타고 다녀서야 그 될 말이오.(238면)

신분적 상하관계에 의해 지워진 불평등 관계는 결코 있을 수 없는 일이라는 말이다. 이러한 허생의 모습은 이광수의 「허생전」에서는 찾아볼 수 없다. 이와 대응되는 부분을 이광수의 「허생전」에서 찾아보면 "말을 타면 세 가지 근심이 있고, 보교를 타면 네 가지 근심이 있는 것이요." 하면서 그것을 죽 열거함으로써, 신분에 따른 불평등을 문제 삼는 것이 아니라 근심타령이나 늘어놓고 있다.

허생이 "종 부리기를 반대하는 사람"(217면)으로서, 평등을 주장하게

된 것은 양반이란 자들의 무능과 그들의 학문적 허약성이 오늘날의 잘
못된 세상을 만들었다는 인식에서 나온 것으로 생각된다.

> "선비더러 물꼬를 막으라고 시키니까, 아래께를 막으면 터지고, 막으면
> 터지고하드라고요. 그래, 물꼬는 어떻게 막아야 한다는 것을 글로 쓰라고
> 하니깐, 물을 그 근원을 막아야 하는 법이라고 써놓았드라지요, 허허"
> "나라가 상하없이 이학(理學)만 숭상하고 실학(實學)을 업수이 여긴 탓
> 이지요."
> "그래도 선비네는 세태에 어둡고 둔한 것을 오히려 자랑으로 여기
> 지 않습니까?"
> "선비 그 사람의 자랑일는지는 모라도, 그런 사람네가 정사(政事)를
> 하니, 나라일이 말이 아니지요.(223면)

허생은 평등주의자일뿐만 아니라 애민적 민본주의 사상을 지닌 인물
이다. 안성장의 과일을 매점매석함으로써 열 배의 이득을 얻는 것을 보
고 강선달이 쌀을 독점하기를 권하자 허생은 다음과 같이 말한다.

> 양반이나 부자들은 몇 달씩 먹을 양식을 진작에 다 장만해 두었으리
> 다. 그러니 쌀이 아모리 귀하고 값이 비싸드래도 그 사람네가 밥을 굶거
> 나 답답할 일은 없을게 아니겠소. 쌀이 귀하고 비싸면 당장 죽어나는 건
> 서민고 가난한 사람들이지요. …… 서민과 가난한 사람들을 못살게 하
> 고서 장사 이문을 보려 들다니, 큰 죄가 아니오?(224면)

이윤 추구에서의 윤리성을 강조한 말이면서, 이 윤리성 판단의 기준
은 백성의 생활에 놓여 있음을 볼 수 있다. 이것은 고전소설 「허생전」에
서도 이미 강조된 바 있는 것이다.

고전소설 「허생전」에서 변씨는 조선후기 상공업의 발달로 자본을 축

적한 신흥부자로서, 허생의 비범함을 한 눈에 알아볼 수 있을만큼 감식 안을 갖춘 인물이다. 이광수의 「허생전」에서 변진사도 그러한 능력이 있기는 하나 그는 인색한 자본가에 불과하다. 허생이 찾아와 만남을 요구했을 때 선뜻 응하는 것을 보고 그의 문객들이 "그렇게 구두쇠로 이름 난 변진사가 저렇게 여율령시행을 한담."(308면) 하며 의아해한다. 이렇게 되면, 구두쇠로 이름난 변진사가 허생에게 선뜻 만금을 내줄 수 있었던 것은 비범한 감식안을 지닌 자본가가 자본의 확충을 휘해 적극적으로 투자하는 것일 뿐이다. 채만식의 「허생전」에서 변진사도 "사람을 알아보는 눈이 있었다."(263면)는 점에서는 이광수 「허생전」의 변진사와 같다. 그러나 채만식의 「허생전」에서 변진사는 자본가로서의 이윤 추구보다는 허생을 "만냥 값이 더 나가는 큰 사람"(215면)임을 알아보았기 때문에 선뜻 만금을 빌려 주었다. 그래서 허생은 변진사와 "더불어 천하의 경륜을 논하여도 족하리라."(263면)고 생각하였다. 변진사가 허생의 집으로 찾아와 함께 나누는 대화는 "어떻게 하면, 백성들의 고혈을 빼는 수령 방백과 지방 토호들의 악정과 토색질을 막을까. 어떻게 하면, 조선이 부하고 강성한 나라가 되어 백성이 주리지 않고 편안하며 밖으로 임진왜란이나 병자호란 같은 우리의 약함을 엿보고 침노한 외난을 미리서 막을 수 있을까"(263면) 하는 등의 고담준론(高談峻論)들이다.13) 따라서 채만식의 변진사는 이광수가 제시한 인간형을 비판적으로 검토하고 박지원이 제시한 신흥부자로서의 인간형을 강화함으로써 허생과 함께 새 시대를 열어갈 만한 인물로 형상화한 것으로 풀이된다.

고전소설 「허생전」에서 이완은 부패하고 무능한 사대부를 대표하는

---

13) 이것은 이광수의 「허생전」에서 돈에 관해 지극히 상식적인 수준에서의 대화로 일관하고 있다는 것과 대조된다. 412~413면 참조.

인물이다. 이광수의 「허생전」에서 이완은 허생의 제안을 일부 받아들일 수 있을 정도로 능력있는 인물이다. 홍총각의 말을 빌리며 "두 개 반" 중에서 반을 차지할 수 있는 인물이다. 이것은 집권층이 허생의 건의를 모두 수용하는 것으로 자연스럽게 이어진다. 채만식의 「허생전」에서 이완을 송시열과는 구별하면서 그에 대한 비판은 약화시키고 있다. 신랄한 비판의 대상은 송시열로 대표되는 성리학적 명분론자들이다. 그러므로 이완은 비판과 풍자의 대상은 아니지만 한 시대를 이끌어가기에는 미흡한 인물이다.

요컨대 이광수는 박지원이 제시한 여러 인물들을 보다 합리적으로 설득력 있게 변모시키지 못한 반면, 채만식은 박지원이 제시한 인간형을 나름대로 철저히 해석하고 이광수의 「허생전」을 비판적으로 검토하여 인물이 지닌 긍정적인 측면을 강화하고 인물형상의 미흡한 측면을 보완하였다는 결론을 내릴 수 있다. 이광수 「허생전」의 인물형상이 갖는 한계는 이광수 자신의 인식의 한계를 말해주는 것으로 보는 것이 합당할 것이다. 이것은 이광수 자신이 스스로를 선각자요 지사로 자처하면서 민족을 위해 많은 작품과 논설을 썼다지만, 결과적으로 그것이 친일적 작품이요 논설이었다는 것과 일치한다. 그만큼 이광수 자신의 정신이 허약했다 하겠다.

(2) 새로운 인물의 창조

고전소설 「허생전」에서 보이지 않던 새로운 인물이 두 작품에서 등장한다. 이광수의 「허생전」에서의 김문흠, 조곰보, 홍총각, 채만식의 「허생전」에서 매화 등이 그들이다. 그리고 두 작품에서 제주도가 서사공간으로 확장되면서 탐관오리의 전형으로 제주목사가 등장한다.

김문흠을 통해 이광수는 자신의 지론인 전통부정론을 주입시키고 있다. 김문흠의 아버지는 관권과 결탁한 악덕 자본가인 유진사에게 만냥 빚을 졌다가 집과 아내를 뺏기고 죽으면서 김문흠에게 집과 아내를 되찾아 줄 것을 유언한다. 이에 따라 김문흠은 십 년을 하루같이 아버지의 복수를 위해 살아간다. 그는 만냥을 구하기 위해 허생을 따라 다니는 돌이에게 술을 먹여 자신의 아내를 범하게 하고 허생에게 만냥을 요구한다. 만냥을 위해서라면 "부모의 뼈다귀라도 파"(316면) 올 수 있으며, "내 몸뚱이 내 놓고는 무엇이나 다 드리"(316면)겠다고 한다. 그런데 아버지의 원수를 갚고 유언을 받들기 위해 아버지의 무덤을 파헤쳐 팔겠다는 모순을 보여준다. 그러던 김문흠이 허생에게서 만냥을 받고 유진사를 찾아가 만냥을 내 놓고, 유진사와 어머니를 아버지 유골을 가매장한 곳으로 끌고 가서는 아버지의 시신에다 대고 "내가 아버지 자식으로 태어나서 아버지 빚도 다 갚고 아버지 유언대로 어머니도 아버지 곁에 데려다 드렸으니께루 나 할 일은 다 했지오."(325면) 하며 "아내를 앞세우고는 뒤도 안 돌아보고 달아"(325면)났다. 잘못된 세상에 대응하는 방식 또한 비뚤어져 있으니 어디에도 희망은 없다는 파탄에 이르고 말았다. 정당한 목적을 성취하기 위해서라면 어떤 수단과 방법도 용인될 수 있다는 생각이 깔려 있으며, 한편으로는 아버지의 유언을 맹목적으로 따름으로써 발생하는 파탄을 통해 부(父)의 권위를 비판함으로써 이광수 자신의 지론을 주입시키고 있다. 즉 부모의 뜻을 맹목적으로 따르다가는 파탄에 이르는 과정을 보여줌으로써 그가 '자녀중심론'에서 편 바와 같은 주장을 하려한 것이다. 서사전개의 골격과 관련이 적은 이 부분을 길게 서술하고 있는 것은 이광수 나름대로의 이러한 노림수가 있었던

것으로 보인다.[14)]

홍총각은 사건이 전면에 나서지 않는 막후 인물이다. 그러면서 뒤에서 허생을 조종하는 듯한 인상까지 준다. 홍총각 자신이 해야 할 일을 허생이 대신하게 한다. 이광수의 「허생전」은 당대 지배계층에 대한 비판의식을 결여하고 있는데, 그나마 홍총각에 의해 주자학적 명분론자들이 잠시나마 비판의 대상이 된다.[15)] 이런 점에서는 허생보다 오히려 인식력이 앞선 면모를 보이기도 한다.

(3) 민중과 지식인의 관계 설정

고전소설 「허생전」에서 민중들은 그 존재가 미약하다. 이 작품에서 민중은 도적으로 대표된다. "땅이 있고 아내가 있으면 어찌 괴롭게 도적이 되겠소."[16)] 하는 말에서 알 수 있듯이 이들은 현실적 삶의 고난을 피해 도적이 되었다.

이광수의 「허생전」에서는 백성의 삶이 상당히 구체화되어 나타난다. 채만식의 「허생전」에서는 이광수의 「허생전」에서보다 다소 약화되어 있다. 그런데 이광수의 「허생전」에서의 민중의 모습은 허생의 인간형을 창조할 때와 마찬가지로 혼란을 보이고 있다. 이들은 자신들의 가난이 개인적인 것이 아니라 구조적인 문제에 기인한 것임을 어느 정도 인식하고 있다.

---

14) 김일영(1992ㄱ)에서 이를 두고 행위공간을 인식공간으로 변모시키는 구실을 하고 있다고 했다.

15) 411면 참조.

16) 有田有妻 何苦爲盜

> 내가 남같이 노름을 하거나 술을 먹어 그런 것도 아니요, 일을 하기가
> 싫어서 그런 것도 아니요, 해 뜨기도 전부터 밤까지 뼈다귀가 다 휘도록
> 일을 하건만두 이놈의 세상이 그렇게 생겨 먹어서 그런 걸 어쩌란 말이
> 어? 어떤 놈은 늦잠자고, 뻔뻔히 놀고도 잘 처먹고 잘 처입고, 나같은
> 놈은 밤낮 죽도록 일을 해도 그런 걸 어쩌란 말이어?(318면)

그러나 이러한 인식은 지속적이고 일관되게 나타나지 않아 확고한 기반 위에 놓여 있지 않음을 알 수 있다. 오히려 이광수의 「허생전」에서의 백성은 무지하고 각성되지 않은 존재로서 어떤 저항의식도 없는 모습을 더 많이 보여준다. 민중은 잘못된 세상을 개혁하려는 의지를 가지지 못하고 비뚤어진 삶을 살아가고 있으며 삶의 건강성을 상실하고 있다. 자기 남편에게 천냥을 주고 자신을 데려가 종으로 부리며 밥이나 먹여달라는 아낙네, 폭력 앞에 주눅이 든 모습, 조문흠과 같은 인물 등 어느 누구도 떳떳한 삶을 살아가고 있지 못하고 있다. 채만식의 「허생전」에서 민중은 "관 쓴 도적"(233면)인 양반의 노략질을 피해 도적이 되는 길을 택한다. 그래서 기본적인 삶의 여건이 주어진다면, "도로 농군이 되기가 소원"(234면)인 사람들이다.

이러한 백성은 지식인의 비범한 능력과 탁월한 경영이 있어야 그들의 삶을 영위해 갈 수 있는 존재로 그려진다. 이광수와 채만식의 「허생전」에서 민중은 지식인의 지도로 단합된 힘을 발휘하여 불의한 권력자를 힘없이 물러가게 하는 역량을 지녔다. 권력이라는 것도 민중적 기반이 없으면 안 된다는 것을 실증한 것이라 하겠다. 결국 민중은 지식인을 절대적으로 필요로 하는 존재이며 지식인이 없이는 그들의 삶이 위태로운 존재로 설정되어 있다.

민중과 지식인의 관계에서 중요한 것은 지식인과 민중의 거리가 끝내

좁혀지지 않는다는 점이다. 전반부와 후반부로 소설을 짜야 할 까닭이 어디에 있는가 하는 의문은 민중과 동화되지 못하는 지식인상에서 찾아야 할 것으로 보인다. 즉 민중과 동화되지 못하고 민중과 자신을 구별함으로써, 지식인 자신이 저들 민중과 다름없는 민중의 일원이라는 생각을 갖지 못했기에 결국 이상국을 떠나게 되는 것이 아닌가 한다. 지식인은 그 자신이 민중의 일원으로 살아가려는 행위와 의식을 보여주지 못하며 이것은 민중과 일정한 거리를 두고 그들에게 은혜를 베풀거나 삶의 터전을 마련해주는 존재이다. 그래서 이 삶의 터전만 마련되면 더 이상 지식인은 민중의 곁에 있을 필요가 없게 된다는 것이다. 그렇다고 민중 자신은 지식인을 더 이상 필요로 하지 않는 것은 아니다. 그들은 그들 나름대로 삶의 지표를 설정하고 뚜렷한 목적의식을 가지고 살아갈 만한 역량을 갖추지 못한 사람들로 형상화되기에 그들의 지도자를 계속 필요로 하고 있다. 그러나 지식인은 이를 끝내 거부함으로써 일정한 거리를 유지하고 있다.

4. 작가의 지향의식 변화

앞에서 우리는 고전소설 「허생전」과 이광수, 채만식의 「허생전」의 전반부와 후반부가 서술량의 비중에 있어서 큰 차이를 보이고 있음을 말한 바 있다. 이러한 서술량의 차이는 무시할 수 없는 것이다. 한 작품에서 특정 부분이 차지하는 서술량은 작가가 중요시하는 문제일수록 늘어나게 마련이다. 그렇다면 「허생전」은 이 서술량에 따라 작가의 지향점이 어디에 있으며 어디에 무게중심을 두고 있는가를 짐작할 수 있는 중요한 단서가 될 수 있다.

「허생전」에서 허생은 끝내 이상국을 떠나 조선 본토로 되돌아온다. 두 작품이 원전의 구조를 수용한 것이다. 여기서 우리는 허생이 그렇게 해야만 했던 이유가 있었는가하는 의문을 제기해 볼 수 있다. 고전소설 「허생전」에서 허생이 본국으로 되돌아가는 이유는 이상국이 자신의 큰 뜻을 펴기에는 협소하기 때문이다.[17] 이광수의 「허생전」에서 허생 자신이 이상국을 떠나는 이유는 다음과 같이 말한다.

> 먹을 것은 넉넉하고 아들딸은 많이 나고 이만하면 새나라도 살 만하게는 되었소이다. 나도 여러분이 부족해 하는 것 없이 잘 살아 가시는 것을 보니 맘이 흡족하오이다. 그러나 나는 본래 이런 일을 하려고 집을 떠난 것이 아니라, 내 집이 가난하여 내 아내가 먹을 것을 좀 벌어오라 하기에 나선 것인데, 벌써 내가 집을 떠난 지가 칠년이 되었으니 아내에게 대하여서도 너무 무심하였고, 또 공부를 좀 하던 것이 있는데, 그것도 중도에 쉬었으니 한 삼년 더 해서 마치어야 하겠고, 또 인제는 나 같은 사람은 이 나라에 있을 필요도 없으니 나는 지금 이곳을 떠나 옛 나라로 돌아가겠소이다.(380면)

허생이 궁극적으로 추구하는 바가 무엇인지 불분명하다. 지금까지 그가 해온 일은 그가 궁극적으로 하고자 하는 일과 무관한 것처럼 보인다.

채만식의 「허생전」은 서술자의 입을 빌려 허생이 떠나는 이유가 다음과 같이 제시된다.

---

17) 허생이 "땅이 천리가 못되니 어찌 무엇을 할 수 있겠는가. 땅이 비옥하고 샘물이 다니 부가옹은 될 수 있겠구나. 地不滿千里 惡能有爲 土肥泉甘 只可作富家翁"이라 하는 데서 이를 알 수 있다.

삼 년 동안 허생은 오로지 제주를 살기 좋은 고장으로 만들기에만 정성을 다하였으며, 사람들을 편안히 잘 살 수 있도록 하는 데에만 힘을 썼다. 그리고 모든 것이 허생의 뜻한 대로 다 되었다.

언약한 바를 언약한 대로 성취한 허생은 제주에 더 머물러 있어 할 일이 없었다.

부인 고씨가 가난을 참지 못하여 바가지를 긁고 하는데, 에라 잠시 동안 세상 바람도 쏘이고 세태와 물정도 두루 살펴 훗일의 도움을 삼으리라 하고 집을 나선 것이었다.

막연히 과객질이나 하고 돌아다니기보다는, 자기의 경세하는 재능과 솜씨를 한 번 시험하여 봄도 무방한 일이었다.……

모든 것이 성공이었다. 그러니 인제는 돌아가 글을 더 읽는 것이었다.

허생쯤으로 장사를 하여 돈을 많이 남기고, 사람이나 몇천명, 조그마한 섬으로 데리고 가서 편안히 살게 하는 것으로 만족할 사람이 아니었다. 다만 재주를 시험한 것에 지나지 못하였다.

허생에게는 보다 더 큰 포부와 경륜이 있었다. 그 보다 더 큰 포부와 경륜을 펴기 위하여는 언제까지고 조그마한 섬 속에 끓어 엎드려 있을 수가 없었다. 또 몇 해동안 글도 더 읽어야 하고.(260~261면)

이광수의 「허생전」과 달리 허생이 지금까지 한 일과 허생이 궁극적으로 하고자 하는 일과는 관련성을 지니고 있다. 즉, 지금까지 허생이 이룩한 일은 그가 앞으로 하고자 하는 일의 극히 작은 일부이다. 허생은 더 큰 일을 하기 위해 이상국을 떠난다. 고전소설 「허생전」에서 허생이 떠나는 이유를 보다 구체화했다 하겠다.

그러나 두 작품은 예비된 사건의 진행을 위해 허생이 이상국을 떠나야 할 이유를 인위적으로 만들어간 느낌을 지울 수 없다. 이상국 사람들은 허생이 생각하는 바와 달라 그들에게는 허생이 부모 같은 존재요, 여전히 없어서는 안 될 사람이다. 이광수의 「허생전」에서 허생이 대외무역을 위해 한 달간 자리를 비우자 "마치 목자를 잃은 양 모양으로 맘이 놓이지 아니하여 오늘이나 오늘이나 하고 허생이 돌아오기만 기다"(376면)리는 사람들이다.

이처럼 상당한 무리를 안으면서까지 이상국을 떠나게 한 것은 전·후반부로 구성된 고전소설 「허생전」의 형태를 깨뜨리지 않으려는 작가의 의도 때문이다. 그렇다면 이를 깨뜨리지 않고자 한 까닭은 무엇인가? 사실 「허생전」에서 이 뒷부분이 없다면 「허생전」은 설화적 차원에 머무를 가능성이 커진다. 자아라 할 수 있는 허생이 세계와의 대결에서 어떤 어려움도 없이 쉽사리 승리하는 것은 설화적 차원의 대결 방식이다. 이러한 설화적 차원의 대결 방식을 극복하고 「허생전」을 소설적 대결로 강화시켜주는 구실을 하는 것이 작품의 후반부이다. 후반부가 있음으로 해서 소설이 소설다워지는 것이다. 허생의 떠남이 비록 민중과 지식인의 메울 수 없는 간극을 설정하는 부정적 요소로 작용하는 것이기는 하지만, 소설적 형상화의 측면에서는 상당한 기여를 하고 있는 것이다.

이광수는 허생이란 인물에 자기 자신의 모습을 투영하고 자신의 지론인 전통부정론을 교묘히 주장하고 있다. 허생은 이상국을 떠나면서 남아있는 사람들에게 다음과 같이 말한다.

여러분은 이 아기를 배우시오. 옛 나라에서 쓰던 모든 풍속과 습관으로 이 아기를 물들이지 말고 이 아기가 어떻게 하나 가만히 보아 무엇이나 이 아기가 하는 대로만 하시오. 누구나 이 아기들에게 혹은 행실을 가르친다, 혹은 글을 가르친다 하여 옛 나라에서 가지고 온 무엇을 가르치는 이가 있다하면 그는 방자한 사람이요, 죄가 큰 사람이외다. 이 아기가 지금 옛 나라 일을 아무것도 모르는 모양으로 여러분도 옛 나라에서 하던 생각, 하던 일, 본 것, 들은 것을 하나도 남겨 놓지 말고, 죄다

잊어버리시오. 그 중에서도 티끌만한 것이라도 행여 이 아기들에게 전할세라 하고 조심하고 조심하시오. 이 나라에도 옛 나라에서와 같이 싸움이 들어오고, 불행이 들오 올 것이요. 그러므로 누구든지 아기들을 가르치려고는 꿈에도 생각지 말고, 오직 여러분이 만사를 아기들에게 배워서 하시오.(281면)

박지원이 이용후생(利用厚生) 후에 정덕(正德)을 추구하겠다던 실학사상의 구현을 이광수는 조선의 모든 전통을 부정하는 것으로 변질시키고 있다. 이는 마치 "우리는 先祖도 없는 사람, 父母도 없는 사람(어떤 意味로는)으로 今日今時에 천상으로서 吾土에 降臨한 新種族으로 自處하여야 한다"[18]며 전통부정론을 펴고, 조선 민족은 민족성이 열악하니 이를 개조해야 한다며 민족개조론을 부르짖던 것과 맥락이 닿아 있음을 볼 수 있다. 조선 민족은 도덕적으로 타락했으므로 새나라에 태어난 아기에게 타락한 민족성을 물려줄 수 없으니, 옛 조선에서의 모든 것을 버리고 도덕적, 정신적 개조를 해야 한다는 논리와 허생의 말이 교묘한 일치를 보이고 있다.

채만식의 경우는 지금처럼 "잘 살아가는 도리"를 다섯 가지 제시하는데 그침으로써 이광수의 전통부정론에는 빠져들지 않았으나, 연암의 「허생전」에서 제시한 실학적 면모를 이 부분에서는 뚜렷이 부각시키지 못하고 있다.

고전소설 「허생전」이 집권 사대부 계층의 무능을 비판하는 데 초점을 맞추었다면, 채만식의 「허생전」은 신분제도를 근본적으로 부정하면서 모든 양반계층에 대한 비판으로 확대되어 있다. 허생의 계략으로 제주

---

18) 「자녀중심론」, 『이광수전집』 10, 37면.

공관이 텅 비자 제주목사는 수족도 제대로 놀릴 수 없는 무능한 인물임이 드러난다. "제주 목사가 적이 우둔치 아니한 인간이었다고 하면, 남의 시중과 남의 손발이 아니면 기거범절의 신변사를 비롯하여 모든 공사에 이르기까지 도무지 꼼짝을 할 수가 없는 것이 양반이라는 것, 따라서 세상에 양반처럼 무력하고 양반처럼 불편하고 한 것은 없다는 것을 적이 깨달았을 것이었으나, 그는 타고나기를 우둔하게만 타고난 사람이어서 도저히 그런 데까지 미치는 수가 없었다."(254면)며 제주목사를 통해 양반의 무능을 비판하고 있다.

고전소설 「허생전」과 채만식의 「허생전」은 허생의 조언이 받아들여지지 않고 허생이 사라짐으로써 구조적으로 열려 있다. 허생과 집권층 간의 대립은 여전히 남아있기 때문이다. 이와 달리, 이광수의 「허생전」은 허생이 사라지기는 했지만, 허생의 건의가 받아들여짐으로써 구조적으로 닫혀 있다. 더 이상 허생과 집권계층 간의 대립은 존재하기 어렵게 되었기 때문이다. 이렇게 됨으로써 이광수의 「허생전」에서는 집권층에 대한 비판을 찾기 힘들다. 즉, 집권층은 충분히 허생의 계획을 수용할 만한 역량을 지니고 있기 때문에 풍자의 대상이 되기 어려워진다. 허생과 집권층간의 팽팽한 긴장은 사라지고 허생을 집권층에서 등용하려고 한다. 그러나 고전소설 「허생전」에서처럼 허생은 집을 비우고 사라진다. 집권층에서 허생의 건의를 수용하고 그를 등용하려하는데 허생이 사라진다는 것은 이해하기 어렵다. 집권층과 허생의 대결 가능성은 사라졌기 때문에 허생의 사라짐이 집권층의 폐쇄성을 의미한다고 하기 어렵게 되어 있다.

채만식의 「허생전」은 소설의 배경이 되는 당대의 객관적 현실을 구체적으로 드러내려는 데 힘쓰고 있다. 소설의 배경이 되는 당대의 역사적·사회적 현실을 총체적으로 드러내는데 많은 부분을 할애하고 있는 데서 이러한 점이 드러난다. 앞서 언급한 바와 같이, 허생의 "어째서 도적이 되었는고?(228면) 하는 물음에 도적이 "본시야 다 양민이올시다마는, 양민으로는 먹고 살 길이 없어 부득이 도적이 되었습니다.(229면, 233면)는 대답을 거듭 기술하면서, 이 사이에 당시의 역사적·사회적 상황을 길게 설명하고 있는 것이나, 당시 조정의 상황을 말하는 부분[19) 등이 이를 잘 말해준다. 서술된 시간을 정지시키고 논평적 화자가 나타나는 이러한 부분은 사건의 진행에 독자가 몰입하는 것을 차단하고 대상에 대한 비판적·객관적 성찰을 가능케 한다. 이는 채만식이 「허생전」을 통해 고전소설 「허생전」의 재해석하는 데 초점을 맞추려하고 있다는 것을 말해준다.

고전소설 「허생전」에서 북벌(北伐)의 목적이 드러나지 않는다. 이광수의 「허생전」에서 북벌의 목적은 표면적인 것과 이면적인 것으로 제시된다. 효종과 이완이 생각하는 북벌은 설치(雪恥)가 목적이라 할 수 있는데, 이를 명분으로 제시할 경우 주자학적 사고방식을 가진 유생들이 협력하지 않을 것이므로 명의 원수를 갚기 위한 것이라는 명분을 표면적으로 제시하는 것으로 되어 있다. 이에 대해 허생은 비판한다. 채만식의 「허생전」도 이와 유사한데 북벌의 목적이 두 가지로 나뉨으로써 북벌의 주체 세력이 갈등하는 것으로 설정되어 있다. 역시 허생이 생각하는 북벌의 목적은 이 두 목적과 다르다. 결국 이광수와 채만식의 「허생전」에서 북벌은 세 가지 차원에서 진행될 가능성을 지닌 것이다.

채만식의 「허생전」에서 허생의 북벌 논리는 일견 일제시대의 준비론

---

19) 263~266면 참고.

과 유사한 것처럼 보이기도 하며, 채만식이 해방 이후 우리민족의 진로에 대해 긍정적 자신감을 갖지 못함을 간접적으로 표현한 것[20]처럼 보이기도 한다. 그러나 이것은 해방을 맞이한 시점에서 분열된 시대의 현실을 극복하고 국민의 신뢰를 회복함으로써 경제건설을 새로이 하고자 하는 노력이 필요한 때임을 말한 것으로 보는 것이 옳을 것이다. 준비론과 같은 맥락의 논리이기는 하지만 시대적 맥락이 다르기 때문에 준비론과 연결시키기보다는 영원무궁한 나라와 백성의 앞날을 위해 서서히, 그러나 꾸준하고 끊임없이 해방된 조국의 미래를 준비해 가자는 채만식 나름대로의 비전을 제시한 것으로 판단된다. 같은 준비론이라 하더라도 식민치하의 준비론과 해방공간의 준비론은 그 의미와 가치가 달라질 것이기 때문이다. 이상국 건설에 대한 발언이 4번이나 걸쳐 나타나는 것[21]도 새로운 조국 건설과 관련지어 생각해야 할 것이다.[22] 이광수도 북벌을 위해 같은 논리를 내세우고 있으며 이러한 논리가 집권층에 받아들여진다. 이것이 끊임없이 환기하는 의미가 일제에 대한 무장 해제일 수 있다는 점에서 채만식의 작품과 같은 가치를 지녔다고 보기 어렵다.

고전소설 「허생전」은 전반부와 후반부의 대립이라는 작품구조를 통하여 연암 당대의 비판하고 있다. 고전소설의 「허생전」이 배경으로 하고 있는 효종대는 연암의 시대와 백여 년의 시차를 두고 있다. 북벌계획은 사라졌지만 북벌론적 명분론은 여전히 집권층을 비롯한 사대부를 지배하고 있는 사고방식이다. 따라서 연암은 백여 년 이전의 시대를 끌어

---

20) 김일영, 1922ㄴ, 339~340면.
21) 233면, 234면, 241면, 245면에서 되풀이되어 나타난다.
22) 말미에 있는 "解放 2년 9월 16일 鄕第에서"라는 탈고 일시와 장소에 대한 기록이 "해방"을 맞이한 "2년"이라는 시점을 중요시하게 한다.

와 이를 비판함으로써 연암 당대의 명분론적 사고에 사로잡혀 있는 집권 사대부에 대한 비판을 지향하고 있는 것이다. 이광수와 채만식의 「허생전」은 작품 전체의 구조를 통해 당대를 지향하고 있지는 않다. 이광수의 「허생전」에서는 부분적으로 자신의 지론을 작품 속에 개입시키려는 노력을 읽을 수 있다. 채만식의 「허생전」에서는 작품이 배경으로 하고 있는 시대의 문제를 새롭게 해석하려는 노력을 읽을 수 있다. 즉, 그는 고전소설 「허생전」을 새롭게 해석하려는 태도를 뚜렷이 설정한 것으로 판단된다. 원작에서 제시한 허생의 인간형을 새롭게 부각시키고 있으며, 집권층의 관념론적 사고에 대한 비판적 시각도 계승하였다. 이것은 이광수의 「허생전」에서는 보이지 않던 것이다. 또한 채만식은 작품의 배경이 되는 당대의 사회적 현실을 객관적으로 드러내는데 상당한 노력을 기울이고 있다.23) 이는 채만식 「허생전」의 개작 방향이 고전소설 「허생전」을 향하고 있다는 것을 말해 준다. 다시 말하면, 「허생전」을 통해 자기 시대의 문제를 새롭게 인식하려는 방향보다는 원본 「허생전」을 새롭게 해석함으로써 당대의 역사를 재조명하려는 방향에서 재창작을 시도했다는 것이다. 가공적 서사공간을 삭제한 것도 이와 관련된다.

5. 고전문학 제재 변용의 방향

고전소설 작품을 제제로 하여 이를 변용하는 방향을 두 가지로 상정해 볼 수 있다. 하나는 고전소설 작품 그 자체를 새롭게 인식하는 것이

---

23) 229~233면, 263~266면 등에서 확인된다.

고 다른 하나는 고전소설 작품을 통해 작가 당대의 문제를 다루는 것이다. 작가가 고전소설을 나름대로 이해하고, 거기서 다룬 문제에서 작가가 미진하다고 생각하는 것이나 잘못된 것을 작가의 생각과 의도에 맞게 수정하는 것이 앞의 방향에서 할 일이다. 물론 새로운 문제를 제기할 수도 있다. 다른 하나는 작가 당대의 문제를 다루기 위해 앞선 시대의 작품을 제재 변용하는 것이다. 앞의 경우는 그 지향점이 고전소설을 향하고 있다면, 뒤의 경우는 작가 당대를 향하고 있다. 고전소설 작품을 변용함에 있어 이 두 가지 문제에 대한 인식이 결여될 경우 재창조되는 작품은 단순한 소품으로 전락할 위험성이 크다.

그런데 고전문학 유산의 계승은 이 두 방향을 모두 생각해야 제대로 이루어질 수 있다. 즉, 고전문학 작품을 제대로 이해하고 이를 재해석할 수 있어야 자기 시대의 문제를 제대로 다룰 수 있으며, 기존 작품을 제재로 자기 시대의 문제를 다루려면 기존 작품에 대한 정확한 이해가 필요하다는 말이다. 이 두 가지를 아울러 추구할 수 있다면 현재의 시점에서 과거를 바라보고 미래를 전망할 수 있는 길을 열 수 있을 것이다.

이 글에서 살핀 이광수의 「허생전」은 두 번째 방식을 택했다 하겠으나 고전소설 「허생전」이 제기한 문제를 제대로 인식했다 하기 어렵다. 이광수는 「허생전」을 통해 자기 시대의 문제를 제대로 다루었다고 보기 어렵고, 자신이 지닌 전통부정론을 주입시키려는 목적의식을 드러내는 데 그쳤다. 채만식의 「허생전」은 첫 번째 방식을 택하여 「허생전」이 제기한 문제를 제대로 파악하여 그 문제들을 보다 구체적으로 부각시켰다 할 수 있으나 자기 시대의 문제를 새롭게 인식하는 데 이르지는 못했다.

참고문헌

[제1부]
자료
『삼국사기(三國史記)』권 제41, 열전 제1, 김유신 상.
『과정록(過庭錄)』,『한국한문학연구』6-7 한국한문학회.
「뎐우치젼」, 신문관, 1914.
「전우치전」, 김동욱 편, 나손본 필사본고소설자료총서 55, 보경문화사, 1993.
『계압만록(鷄鴨漫錄)』, 정명기 편,『한국야담자료집성』16, 고문헌연구회, 1992.
『동야집사(東野集史)』, 정명기 편,『한국야담자료집성』10, 고문헌연구회, 1987.
『東野彙輯』, 동국대 한국문학연구소,『한국문헌설화전집』3, 태학사, 1981.
『동패(東稗)』, 정명기 편,『한국야담자료집성』1, 고문헌연구회, 1987.
『송양기구전(崧陽耆舊傳)』, 한국학문헌연구소 편,『김택영전집(金澤榮全集) 오(伍)』,
        아세아문화사, 1978.
『송천필담(松泉筆譚)』, 정명기 편,『한국야담자료집성』18, 계명문화사, 1992.
『조선왕조실록』세조(世祖) 3년(三年) 정축(丁丑) 5월(五月) 조(條),『조선왕조실록』7,
        국사편찬위원회, 1969, 196면 참조.
『한국구비문학대계』, 1-3, 2-4, 2-6, 2-7, 2-8, 4-2, 7-1, 7-2, 7-3, 7-16.
『해동이적(海東異蹟)』, 동국대 한국문학연구소 편,『한국문헌설화전집』6, 태학사,
        1981.
김선풍 편,『조선민족구비문학총서』11, 민속원, 1991.
박희병,『나의 아버지 박지원』, 돌베개, 1998.
신호열·김명호 옮김,『연암집』, 돌배개, 2007.
이우성·임형택 역편,『이조한문단편집 (상)』, 일조각, 1973.
이우성 편,『동패낙송(東稗洛誦)』, 아세아문화사, 1990.

논저
구현정,「유머 담화의 구조와 생성 기제」,『한글』248, 한글학회, 2000.
권진숙,「연암의 김신선전 연구」,『경기어문학』1, 경기어문학회, 1980.

김일렬, 「홍길동전과 전우치전의 비교 고찰」, 『어문학』 30, 한국어문학회, 1974.

김정문, 「'전우치전'의 개작 연구－목판본과 구활자본의 대비를 통하여」, 『배달말』 19, 배달말학회, 1994.

김천혜, 『소설 구조의 이론』, 문학과지성사, 1990.

대곡삼번, 『조선후기 소설독자 연구』, 고려대 민족문화연구소, 1985.

문범두, 「『전우치전』의 이본 연구」, 『영남어문학』 18, 영남어문학회, 1990.

문범두, 「남궁선생전의 기술태도와 작가의식」, 『영남어문학』 27, 영남어문학회, 1995.

문영오, 「연암소설에서의 한의 굴절 양상(2)－「민옹전」과 「우상전」을 중심으로」, 『한국문화연구』 2, 경기대 한국문화연구소, 1985.

문영오, 「김신선전에서의 도교사상 요소 고구」, 『동대논총』 20, 동덕여대, 1990.

박기석, 「김신선전 연구」, 『고전문학과 교육』 7, 한국고전문학교육학회, 2004.

박수밀, 「박지원의 노장사상 수용과 신선관」, 『도교문화연구』 22, 한국도교문화학회, 2005.

박영희, 「조선후기 전에 나타난 신선관」, 『이화어문논집』 11, 이화어문학회, 1990.

박일용, 「전우치전과 전우치 설화」, 『국어국문학』 92, 국어국문학회, 1984.

박희병, 「조선후기 전의 소설적 성향 연구」, 서울대학교 박사학위논문, 1991.

방대수, 「전우치전 이본군의 작품구조 연구」, 서울대학교 석사학위논문, 1988.

서종문·김석배·장석규, 「홍길동전 '율도국'의 생성과 그 의미」, 『국어교육연구』 27, 국어교육연구회, 1995.

신태수, 「전우치전 작품군의 현실주의와 이상주의」, 『하층영웅소설의 역사적 성격』, 아세아문화, 1995.

윤재근, 「전우치 전설과 「전우치전」」, 고려대학교 석사학위논문, 1982.

이영지, 「남궁선생전의 서사적 성격」, 『경상어문』 13, 경상대학교 국어국문학과 경상어문학회, 2007.

이재인, 「허균 전의 탈이데올로기 지향성 연구」, 『논문집』 49, 경기대학교 교무처, 2005.

이정진, 「전의 서술양식과 소설로의 변용 연구」, 원광대학교 박사학위논문, 1993.

이현국, 「'전우치전'의 형성과정과 이본간의 변모양상」, 『문학과 언어』 7, 문학과 언어연구회, 1986.

전상경, 「남궁선생전의 형성과 작품 구조」, 『문학과언어』 14, 문학과언어연구회, 1993.

조동일 외, 『한국구비문학대계 별책부록(Ⅰ) 한국설화유형분류집』, 한국정신문화연구원, 1989.

조동일, 『한국소설의 이론』, 지식산업사, 1977.

조동일, 『한국문학사상사시론』, 지식산업사, 1978.

조동일, 『전우치전』, 시인사, 1983.

차충환, 「남궁선생전의 서사적 성격」, 『고황논집』 17, 경희대학교대학원, 1996.

차충환, 「남궁선생전의 의미구조와 작가의식」, 『인문학연구』 5, 경희대학교 인문학
        연구원, 2001.

최삼룡, 「남궁선생전에 나타난 도선사상 연구」, 『한국언어문학』 16, 한국언어문학회,
        1978.

최삼룡, 「전우치전」, 김진세 편, 『한국고전소설작품론』, 집문당, 1990.

최운식, 『한국의 민담』, 시인사, 1987.

최창록, 「신선전과 신선소설 장르의 설정」, 『인문예술논총』 31, 대구대학교 인문과
        학예술문화연구소, 1982.

[제2부]

자료

『기문(奇聞)』, 민속학자료간행회, 『고금소총(古今笑叢)』, 1958.

김진영 외, 『토끼전 전집』 1, 박이정, 1997.

김진영 외, 『흥부전 전집』 1, 박이정, 1997.

김진영 외, 『적벽가 전집』 1, 박이정, 1998.

김택수, 『이선유 오가전집』, 대동인쇄소, 1933.

김현주·김기형, 『적벽가』, 박이정, 1998.

뿌리깊은나무 판소리 감상회 「박봉술 창본」.

뿌리깊은나무 편, 『판소리 다섯마당』, 한국브리태니커사, 1982.

천이두, 『판소리 명창 임방울』, 현대문학, 1986.

논저

김현주, 「판소리 창자의 거리조정 방식과 그 기능적 의미」, 『판소리연구』 5, 판소리
        학회, 1994.

강한영, 『신재효 판소리사설집(전)』, 교문사, 1984.

권두환·서종문, 「방자형 인물고-판소리계 소설을 중심으로」, 『한국소설문학의 탐
        구』, 한국고전문학연구회편, 일조각, 1978.

김기형, 「적벽가의 역사적 전개와 작품 세계」, 고려대학교 박사학위논문, 1993.

김대행, 「신재효에 대한 평가」, 장덕순 외, 『한국문학사의 쟁점』, 집문당, 1986.

김대행, 「동리의 웃음 : 터무니없음 그리고 판소리의 세계」, 『동리연구』 창간호, 동리
　　　연구회, 1993.
김동건, 「토끼전 연구」, 경희대학교 박사학위논문, 2001.
김병국, 「판소리 서사체와 문어체 소설」, 『한국 고전문학의 비평적 이해』, 서울대출
　　　판부, 1995.
김석배, 「춘향전 이본의 생성과 변모양상 연구」, 경북대학교 박사학위논문, 1992.
김석배, 「춘향전의 지평 전환과 후대적 변모」, 김병국 외 편, 『춘향전 어떻게 읽을
　　　것인가』, 서광학술자료사, 1993.
김석배, 「춘향가의 더늠과 기대지평의 전환」, 『동리연구』 2, 동리연구회, 1994.
김석배, 「김창환제 홍보가에 끼친 신재효의 영향」, 『판소리연구』 15, 판소리학회,
　　　2003.
김종철, 「『적벽가』의 대칭적 구조와 완결성 문제」, 『판소리연구』 22, 판소리학회,
　　　1996.
김현양, 「신재효 판소리 사설의 변주적 특성과 그 성격」, 『민족문학사 연구』 9, 창작
　　　과 비평사, 1996.
김현주, 『판소리 담화 분석』, 좋은날, 1998.
민　찬, 『조선후기 우화소설 연구』, 태학사, 1994.
서종문, 「『홍보가』 ‘박사설’의 생성과 그 기능」, 『한국고전문학연구(백영정병욱선생
　　　환갑기념논총)』, 신구문화사, 1982.
서종문, 「『적벽가』에 나타난 ‘군사점고대목’의 존재양상과 그 의미」, 『판소리연구』
　　　8, 판소리학회, 1997.
서종문, 「『적벽가』 군사설움타령의 생성과 기능」, 『한국 고전소설과 서사문학(하)』,
　　　집문당, 1998.
서종문, 「『토별가』에 나타난 신재효의 현실인식」, 『판소리연구』 10, 판소리학회,
　　　1999.
서종문, 『판소리와 신재효 연구』, 제이앤씨, 2008.
서종문・김석배・장석규, 「신재효 판소리 사설의 형성배경과 현재적 위상」, 『국어교
　　　육연구』 29, 국어교육학회, 1998.
오탁번・이남호, 『서사문학의 이해』, 고려대학교출판부, 1999.
유영대, 『심청전 연구』, 문학아카데미, 1989.
이원수, 「토끼전의 형성과 후대적 변모」, 『국어교육연구』 14, 경북대 사범대 국어교
　　　육과, 1982.
이정원, 「판소리문학의 반복적 수용과 ‘화자선발화’」, 『판소리연구』 10, 판소리학회,

1999.

인권환, 「「토끼전」 이본고」, 『아세아연구』 29, 고려대 아세아문제연구소, 1968.

인권환, 「토끼전군 결말부의 변화양상과 의미」, 『정신문화연구』 44, 한국정신문화연구원, 1991.

장석규, 『심청전의 구조와 의미』, 박이정, 1997.

정노식, 『조선창극사』, 조선일보사출판부, 1940.

정출헌, 「조선후기 우화소설의 사회적 성격」, 고려대학교 박사학위논문, 1992.

정출헌, 「봉건국가의 해체와 「토끼전」의 결말 구조」, 『고전문학연구』 13, 한국고전문학회, 1998.

정충권, 「경판 「흥부전」과 신재효 「박타령」의 비교 고찰」, 『판소리연구』 12, 판소리학회, 2001.

정충권, 『흥부전 연구』, 월인, 2003.

정충권, 「적벽가의 형성과 난리 체험」, 『판소리연구』 24, 판소리학회, 2007.

조성원, 「남창 춘향가의 개작 의식」, 『판소리연구』 6, 판소리학회, 1995.

진은진, 「「흥보가」에 나타난 악과 세속적 욕망」, 『판소리연구』 26, 판소리학회, 2008.

최광석, 「'육지위기'의 삭제로 본 신재효의 「토별가」」, 『국어교육연구』 27, 국어교육연구회, 1997.

최광석, 「토끼전 결말구조의 두 양상과 그 성격」, 『선주논총』 3, 금오공과대학교 선주문화연구소, 2000.

최광석, 「「토끼전」의 공간 대립의 양상과 의미」, 『어문학』 73, 한국어문학회, 2001.

최광석, 「「토끼전」에서 '육지위기'와 '토끼포획'의 공존과 그 의의」, 『판소리연구』 29, 판소리학회, 2010.

최동현, 「판소리 이면에 관하여」, 『판소리연구』 14, 판소리학회, 2002.

최상규 역, 『소설의 시학』, 문학과 지성사, 1985.

최진형, 『판소리의 미학과 장르 실현』, 보고사, 2002.

한국브리태니커, 판소리 감상회본 박초월 창 「수궁가」.

한용환 옮김, 『이야기와 담론-영화와 소설의 서사구조』, 고려원, 1991.

[제3부]

자료

『한국구비문학대계』 5-7(전라북도 정주시 정읍군 편(3)), 6-4(전라남도 승주군 편), 6-8(전라남도 장성군 편), 7-11(경상북도 군위군 편)

김혈조, 『열하일기(상)(중)(하)』, 돌베개, 2009.

동국대 한국문학연구소 편, 『계서야담』, 『한국문헌설화전집』 1, 태학사, 1981.

동국대 한국문학연구소 편, 『한국문헌설화전집』 1, 태학사, 1981.

동국대 한국문학연구소 편, 『한국문헌설화전집』 8, 태학사, 1981.

동국대학교 한국문학연구소 편, 한국문헌설화전집』 7, 태학사, 1981.

이광수, 『이광수전집』 3, 삼중당, 1965.

이우성 편, 『기문총화(記聞叢話) 외 2종』, 아세아문화사, 1990.

이우성 편, 『동패낙송(東稗洛誦) 외 5종』, 아세아문화사, 1990.

이우성 편, 『삽교집』(하), 아세아문화사, 1986.

이우성 편, 『청구야담』(상)(하), 아세아문화사, 1985.

이우성·임형택 역편, 『어수신화(禦睡新話)』, 아세아문화사, 1978ㄱ.

이우성·임형택 역편, 『이조한문단편집(상)(중)(하)』, 일조각, 1978ㄴ.

이이화 편, 『조선당쟁관계자료집』 15, 여강출판사, 1987.

장지연 편, 『일사유사(逸士遺事)』, 회동서관, 1922.

정명기 편, 『계서야담』, 『한국야담자료집성』 5, 고문헌연구회, 1987.

정명기 편, 『동야휘집(東野彙集)』(하), 보고사, 1992.

정명기 편, 『한국야담자료집성』 4, 고문헌연구회, 1987.

정명기 편, 『한국야담자료집성』 8, 고문헌연구회, 1987.

채만식, 『채만식전집』 6, 창작과비평사, 1989.

최광석, 『토끼전의 지평과 변이』, 보고사, 2010.

논저

강만길 외, 『한국사』 9, 한길사, 1994.

강만길, 『한국근대사』, 창작과비평사, 1984.

권혁화, 「『결방연이팔낭자』의 구조와 의미」, 경북대학교 석사학위논문, 1993.

김경숙, 「신분변동야담연구」, 서울대학위 석사학교논문, 1989.

김미영, 「허생전 패러디 소설에 나타난 문학적 상상력」, 『비평문학』 24, 한국비평문학회, 2006.

김상조, 「조선후기 야담에 나타난 재가의 양상과 의미」, 한문학연구 4, 단국대 한문학회, 1986.

김석배, 「추노계 한문단편 연구」, 『문학과 언어』 7, 문학과 언어연구회, 1986.

김영모, 「조선후기 신분구조와 그 변동」, 『동방학지』 26, 연세대 국학연구원, 1981.

김영모, 『조선지배층연구』, 일조각, 1977.

김영주, 「정절문제를 다룬 한문단편의 서사구조와 문제의식」, 경북대학교 석사학위
　　　논문, 1995.
김용섭, 『조선후기농업사연구』 Ⅰ, 일조각, 1970.
김일렬, 「도선적 신비 속의 사회적 현실―숙영낭자전의 경우」, 『어문론총』 29, 경북
　　　어문학회, 1995.
김일렬, 『고전소설신론』, 새문사, 1991.
김일렬, 『문학의 본질』, 새문사, 2006.
김일영, 「채만식의 소설 허생전에서의 제재변용양상 고찰」, 『문학과 언어』 13, 문학
　　　과언어연구회, 1992ㄴ.
김일영, 「행위공간의 회귀와 인식공간의 확대―박지원의 ‘허생이야기’와 이광수의
　　　허생전에서」, 『어문학』 53, 한국어문학회, 1992ㄱ.
김일영, 「현대문학에서 허생 이야기 변용 양상」, 경북대학교 박사학위논문, 1992ㄷ.
김현룡, 「『허생전』의 소위 「시사삼책」 연구―왕조실록에 나타난 실례를 중심으로」,
　　　『국어국문학』 58-60합병호, 국어국문학회, 1972.
민현기, 「연암·춘원·채만식의 <허생전> 대비 연구」, 『관악어문연구』 8, 관악어문
　　　연구회, 1983.
박기석, 『박지원문학연구』, 삼지원, 1984.
박일용, 『조선시대의 애정소설』, 집문당, 1993.
박혜주, 「글읽기와 글쓰기―다시 쓰는 <허생전>」, 김현실 외, 『한국패러디소설연구』,
　　　국학자료원, 1996.
박희병 표점·교석, 『한국한문소설 교합구해』, 소명출판, 2005.
박희병, 「야담과 한문단편 장르 규정의 몇 가지 문제에 대하여」, 『한국한문학연구』
　　　8, 한국한문학연구회, 1985.
박희병, 「조선후기 야담계 한문단편소설 양식의 성립」, 『한국학보』 22, 일지사,
　　　1981.
서종문, 「임진록과 한양오백년가의 관계와 그 의미」, 『관악어문연구』 4, 서울대 국어
　　　국문학과, 1979.
성기동, 「이조후기 문헌설화의 장르 규정 관한 시고」, 『평사민제선생화갑기념론문
　　　집』, 동 간행위, 1990.
신선희, 「고소설에 나타난 부의 구현양상과 그 의미」, 이화여자대학교 박사학위논문,
　　　1991.
야기충언, 「박지원의 「허생전」 고구―치부담의 시점에서」, 동국대학교 석사학위논문,
　　　1985.

이강옥, 「조선후기 야담집 연구」, 서울대학교 석사학위논문, 1982.

이경찬, 「조선 효종조의 북벌운동」, 『청계사학』 5, 한국정신문화연구원, 1988.

이능화, 『조선여속고』, 한남서림, 1927.

이신성, 「한문단편 「김령」의 연구」, 『한국한문학연구』 3·4, 한국한문학연구회, 1979.

이영춘, 「우암 송시열의 존주사상(尊周思想)」, 『청계사학』 2, 한국정신문화연구원, 1985.

이우성, 「실학연구서설」, 역사학회 편, 『실학연구입문』, 일조각, 1973.

이이화, 「북벌론의 사상사적 검토」, 『창작과 비평』 38, 창작과 비평사, 1975.

이현국, 「물질문제를 다룬 고전소설의 성격과 의미」, 경북대학교 박사학위논문, 1991.

임형택, 「한문단편 형성과정에서의 강담사—허생 고사와 윤영」, 『창작과 비평』 49, 창작과 비평사, 1978.

전홍남, 「채만식의 <허생전>에 나타난 고전소설의 현대적 수용과 변용」, 『국어국문학』 109, 국어국문학회, 1993.

정병욱, 「이조말기소설의 유형적 특징—낙선재본 소설의 몇 작품을 중심으로」, 김열규 외 편, 『고전문학을 찾아서』, 문학과 지성사, 1976.

정석종, 『조선후기사회변동연구』, 일조각, 1983.

정홍섭, 「채만식의 조선 고전 패러디 : <심봉사>와 <허생전>」, 『한국학보』 29, 일지사, 2003.

조동일, 「잘 되고 못 되는 사연의 분류 체계」, 『한국설화와 민중의식』, 정음사, 1985.

조동일, 『문학연구방법』, 지식산업사, 1980.

조동일, 『서사민요연구』, 계명대 출판부, 1970.

조동일, 『한국소설의 이론』, 지식산업사, 1977.

조희웅, 「조선후기의 문헌설화 연구—계서야담, 청구야담, 동야휘집을 중심으로」, 서울대학교 박사학위논문, 1980.

진경환, 「야담의 사대부적 지향과 그 변개양상」, 고려대학교 석사학위논문, 1983.

평목실, 『조선후기노비제연구』, 지식산업사, 1982.

한명환, 「<허생전> 개작 및 변형의 고찰—<허생전>의 재창작적 변용의 의의를 중심으로」, 우리어문학회, 『한국문학의 연속성』, 국학자료원, 2001.

홍종필, 「삼번란(三藩亂)을 전후한 현종·숙종 년간의 북벌운동」, 『사학연구』 27, 한국사학회, 1977.

찾아보기

ㄱ

가람본 「별토가」 150
가족 공동체 내적 대립 168
가치관의 갈등 230, 232
가치관의 역전 238
각편(各篇, version) 193
간소한 상차림 121, 125
강담사(講談師) 177
강산제 97
강산제 수궁가 97
개연성 104
개인적 문제 해결 54, 67, 218
개작 의사를 드러내는 방식 117
결말 부분의 변이양상 79, 89
결말 부분의 사건 전개 95
「결방연이팔낭자(結芳緣二八娘子)」 228
결연갈등 230
경판37장본 52
경판본(京板本) 계열 42
경험적 합리성 133
『계압만록(鷄鴨漫錄)』 59
고고천변 118, 156
고금도(古今島) 162
고기타령 107
고제(古制) 소리 143
고종(高宗) 165
골계미 135
공동체 144

공명 축문(孔明祝文) 112, 124, 131
과거지향적 관념주의 251
과도기적 양상 99
과부보쌈 239
과부의 재가(再嫁) 229, 240
관념주의 232, 236
관노(官奴)의 후예 62
관련 요소들의 출입 121
관왕묘(關王廟) 162
관우 숭배 161
구비 연행 가창물 77
구성상의 개연성 104, 127, 154, 169
구전설화의 전승 기반 208
구조적 통일성 92, 93
군도(群盜) 화소 216
군사설움타령 144, 145, 146, 156
군사점고(軍士點考) 144, 145, 154, 156
굴원(屈原) 106
권주가 125
그물위기 91, 165
근대적 가치관 251
근대적 현실주의 252
긍정 판단 125
긍정과 부정의 두 시각 48
기대지평 48, 64
『기리총화(綺里叢話)』 228
기생 춘향 129

기호 사림(畿湖士林)   208
긴 십장가(十杖歌)   125, 134
김연수   138
김유신(金庾信)   56
김이수(김성수)   138
김창환제   138
김토산제   138
김홍기(金弘基)   17

ㄴ

나손본(羅孫本) 계열   43
남궁두(南宮斗)   17
남성보쌈   239
남원(南原)   162
「남창 춘향가」   129, 142, 166, 169,
   170, 171
남하정(南夏正)   190, 214
납속종량(納贖從良)   63
내부 이야기   17
노명흠(盧命欽)   215
논리구조   23
논평적 화자   277
놀보 처의 성격   168
놀이적 흥미   84
능동적 읽기   37

ㄷ

다담상(茶啖床)   121
다담상 차림   125
단락소   211
「대만금허생행화(貸萬金許生行貨)」
   182, 184, 210
대상 세계의 총체성   60
대원군(大院君)   141, 165

대체   124
대화 표지어(對話標識語)   87
더늠   127
도가적 행적   44
도사 집맥 사설(道士執脈辭說)   124
도선(道仙) 사상   14
도선의 초월적 세계   36
도선적 금욕   28
도선적 세계   15, 35
도술 습득   53
도술 습득의 경위   51
도술 행각   53
도술 행각의 이유   65
도술내기   51
도술에 대한 파편화된 관심   60
도술의 사회적 의미   66
도술의 정당함과 부당함   70
도술이 지닌 사회적 문제 해결 기능   70
독서물—육지위기 계열   94, 96
독서물—토끼포획 계열   94, 95, 96
독서물에 적합한 구조   100
독수리위기   90, 91, 165
『동소만록(桐巢漫錄)』   190, 215
『동야휘집(東野彙輯)』   47, 59
동질 공간 내적 대립   143, 145
「동창 춘향가」   129
『동패낙송(東稗洛誦)』   37, 47, 215
동헌 상봉   124, 132

ㅁ

만남의 엇갈림   32
말농질·어붐질 사설   125
명시적으로 개작 의사를 드러낸 경우
   118
모족회의   144, 149, 150, 151, 157

몰락양반의 치부담(致富談) 178
못하고 일화(逸話) 차원 60
문무(文武) 대신들의 대립과 갈등 149
문장체 소설 79, 120
문제 제기 구조 224
문제 해결 구조 224
문제 해결 방식 243
문제의식 70
문제적 현실 70, 253
문학 담당층 198
문학적 구조물 79
문학적 대응 논리 206
미래지향적 현실주의 251
미적 형상성 105, 133
「민옹전(閔翁傳)」 30, 37
민족개조론 275
민족적 영웅 66
민중과 지식인의 관계 269
민중적 영웅 66

||| ㅂ

박내력 사설 114, 125, 136
박봉술 창본 145, 146, 154, 167
박사설 120, 125
「박씨전」 205
박지원(朴趾源) 13
「박타령」 167, 170
박탁(朴鐸) 186, 196
반체제적 성격 65
발전적 반복구조 236, 242, 251
밥사설 114, 125
밥타령 125, 132
방각본 소설 56
방각본 출판 57
방각본 출판업자 56

「방경각외전(放璚閣外傳)」 29
방문(榜文) 68
방자형(房子型) 인물 142, 146
백성환 138
범피중류(泛彼中流) 124
변증법적 합(合) 28
변형 125
별주부와 용왕의 운명 90
별주부와 토끼의 해상경치 문답 112
'병사설' 83
보쌈 239
보여주기(showing) 18
부분의 독자성 83
부정 판단 125
북벌(北伐) 화소 178
북벌계획 자체를 부정 199
북벌계획을 긍정적으로 형상화 195
북벌계획을 긍정적으로 형상화하는 요
    소들 195
북벌계획을 부정적으로 바라보는 까닭
    203
북벌계획을 부정적으로 형상화 199,
    221
북벌계획을 부정적으로 형상화하는 방
    법 200
북벌계획을 부정적으로 형상화한 이야
    기 195
북벌계획의 실질적 대책이 없음을 비판
    199
북벌론적 명분론 278
북벌론적 사고방식 223
북벌을 긍정적으로 형상화 220
북벌의 가능성 197
북벌의 성공 가능성 204
북벌의 실행 가능성 204
비극미 197

비범한 시혜자 262

Ⅲ ㅅ

사건을 경험하는 시간 19
사건을 서술하는 시간 19
사벽도(四壁圖) 사설 124, 127
사승(師承) 78
사회·문화적 맥락 15
사회의 구조적인 모순 263
사회적 문제 해결 54, 67
사회적 질병 32
사회적 차원의 문제 67
삭제 124
산물(散物) 128
산중풍경 112, 118
삶의 건강성 270
『삼국지연의(三國志演義)』 126, 155
「삼난금옥(三難金玉)」 182
『삽교만록(霅橋漫錄)』 192
삽화적 질서 65
상공업의 발달 63
상식이나 통념에 부합하는 방향 130
'새타령'의 위치 이동 156
새타령 107, 126, 130, 152
생리적 구속 28
생성 124
생성력 195
서민 독자층의 기대지평 56
서사공간 257
서사공간의 변모 260
서사문맥으로 내려앉기 152, 156, 158, 169
서사문법 87
서사세계 형성의 기반 64
서사속도 83

서사적 계기 64
서사적 특성 16
서사전개의 기본틀 70
서술구조 201
서술된 시간 277
서술량 22, 146, 216, 257, 271
서술속도 152
서술시각(敍述視覺) 129, 152
서술자에 의한 간접화법을 통해 드러내는 방법 117
서술자의 개작자적 개입 118
서술자의 발화가 인물의 발화에 침투 119
서술자의 설명 259
서술자의 설명적 진술 90
서술전략 236
서화담과의 대결 59
「석한양사인최생(昔漢陽士人崔生)」 180, 247
선행 지평의 수용과 전환 42
선행발화(先行發話) 89
선행지평 제시 107, 114
선행지평 판단 107, 115
선행지평과 전환된 지평의 대비 123
설화적 대결 방식 59
설화적 차원 274
『성수시화(惺叟詩話)』 49
성악적(聲樂的) 재능 84
세속적 세계 35
소모적 삶 28
소설적 대결 방식 59
소외된 선비 29
소외된 인물 30
송시열(宋時烈) 188
수국 풍경(水國風景) 124
수궁 이야기 91

수용　126
시사삼책(時事三策)　185, 211
시점과 서술　16, 21
시조 반말 권주가　125
「식보기허생취동로(識寶氣許生取銅爐)」　182, 184, 210
신문관본 계열　43
신문연재소설　258, 261
신분갈등　230
신분과 계층의 유기성　242
신분제도의 동요　63
신선 이야기　13, 38
'신선되기'와 그 좌절　34
신선되기　22
신선찾기　22
신하입시　85, 129
신행길 사설　108, 125, 128
신흥부자　266
심봉사의 성격 변화　168
「심청가」　168, 169, 170, 171
심청의 인당수 투신　115
십장가　108

⫼ ㅇ

아황·여영(娥皇·女英)　106
악곡(樂曲)　79
악덕 자본가　259, 268
「안빈궁십년독역(安貧窮十年讀易)」　182
안석경(安錫儆)　191
암자라 동침 삽화　163
암토끼 삽화　90
애민적 민본주의　265
야담서사체　246
약사설(藥辭說)　120, 124
'약성가'　81

양반 사랑가　115, 135
「양주염야탐기산진삼천중화사(楊州廉也眈妓散盡三千重貨事)」　182
『어우야담(於于野譚)』　49
어울림과 어긋남　16
어족회의　144, 149, 151, 157, 163, 165
언어유희(pun)　120
여성의 재가 문제를 다룬 야담서사체　250
역사적 당위성　197, 198
연극적 재현　134
「연상녀재상촉궁변(憐孀女宰相囑窮弁)」　250
연역적 논리　30
연행 단위　85
연행문법　87
연행물―육지위기 계열　94, 96
연행물―토끼포획 계열　94, 95, 97
연행물/독서물　80
연행물에 적합한 구조　100
열녀 춘향　129
열녀(烈女) 그림　124, 127
「염(鹽)」　253
영남 사림(嶺南士林)　208
「영남유한사(嶺南有寒士)」　180
「영만금부처치부(贏萬金夫妻致富)」　182
영웅소설　41, 246
영웅소설의 지평　61
영웅의 일생　64
오림(烏林)　130, 148
왕배탕 삽화　163
외거노비(外居奴婢)　63
외부 이야기　17
요약 제시　114
용왕의 신하 천거　112
용왕탄식　162

우리 설화의 보편적 논리 59
우울증[幽憂之疾] 32
우화적 수법 136
원조타령(怨鳥打令) 112, 126, 130, 134,
    145, 146, 149, 152, 161
유가의 현실적 세계 36
유교 사회의 폐쇄성 34
유교적 예법 28
유기적 전체성 83
유기적 질서 65
유몽인(柳夢寅) 49
육담 사랑가 110, 135
육담(肉談) 사랑가 124
육지위기 165
육지위기 계열 91
육지위기/토끼포획 80, 89
육지풍경 156
윤리적 구속 28
음식타령 125, 132
의식의 엇갈림 32
이덕형(李德泂) 51
이도령 꾀배 사설 132
이면(裏面) 121
이물(異物) 55
이본 계열의 파생 과정 96
이본적 가치 95
이상국 260, 272
이선유 창본 143, 145, 146, 148, 149,
    154, 166, 167
이완(李浣) 186
이용후생(利用厚生) 275
이창운(李昌雲) 134, 161
이항(離鄕)의 문제 158, 164
이현기(李玄綺) 228
인간다움 39
인간형 267

인물시점 서술 21
인물에 의한 직접화법을 통해 드러내는
    방법 117
인물의 대결 관계 133
인물의 발화에 서술자의 발화를 침투시
    켜 드러내는 방법 117
인물형상의 역전 243, 253
인욕(忍慾) 28
일인칭 관찰자 시점 19
일인칭 관찰자 서술 시점 22
일인칭 서술자 17
「임진록」 205
<임형택본토공전> 계열 93
입신하기 22
'입신하기'와 그 좌절 34
「입이적궁유성가업(入吏籍窮儒成家業)」
    180, 247

||| ㅈ

자녀중심론 268
'자라등장' 85
작가 맥락 15, 32
작중인물 형상의 역전 236
작품적 가치 95
장면 구체화 127
장면 극대화 81, 127
장면 제시 115
장승타령 113, 126, 131, 153
쟁장설화(爭長說話) 150
적대적·이질적 세계 사이의 대립
    143
적벽강(赤壁江) 130
전(傳) 13
전승 집단의 의식 203
전승력 195

전우치 전승 41
전우치에 대한 긍정적 시각 49
전우치에 대한 부정적 시각 49
전우치의 도술 습득 46
전우치의 도술 행각 46
전우치의 죽음 46
전우치의 패배 46, 53
전쟁터의 아군 내부 151
전지적 서술자 21
전지적 서술자 시점 17
전지적 서술자의 서술 21
전지적 시점 서술 18
전통부정론 268, 274
전환된 지평 서술 107
정광수 138
「정권진창본」 97
정덕(正德) 275
정약용(丁若鏞) 38
정욱(程昱) 142, 146, 155
정응민 97
정재근 97
정태화(鄭太和) 188
제주도 260
『조선창극사』 134, 161
조수삼(趙秀三) 38
「조신선전(趙神仙傳)」 38
조조 애걸 사설 113, 126
조조(曹操) 126
조조를 향한 발언의 강도 146
조조애걸 사설 155
조희룡(趙熙龍) 37
족자(簇 子) 화소 56
존비법(尊卑法) 119
주자(朱子) 161
주자학적 명분론자 269
「죽서조생전(鬻書趙生傳)」 38

『죽창한화(竹窓閑話)』 51, 60
준비론 277
중국과의 대결 66
중세적 가치관 251
중세적 관념주의 252
중세적 질서의 제자리 찾기 166, 171
중세적 통치 질서 161
지역 공동체 내부 151
지평전환 관련 요소 114
지평전환 방향 제시 107, 116
지평전환의 핵심적 요소 123
지향 의식 35
지향 의식의 엇갈림 35
짐승타령 107
집단적 문제제기 구조 218
집단적 영웅 66
짧은 십장가 125, 134

▌▌ ㅊ

참된 선비 262
처해 있는 현실 231
천서(天書) 54
천서(天書) 화소 56
천장전행(天章殿行) 123, 128
천장전행 사설 108, 125, 128
초기 영웅소설 61
초야사설(初夜辭說) 129
초점자(焦點者, focalizer) 18
초점화 대상 196
초점화자(焦點話者, focalizer) 188, 196,
  218
촉(蜀) 정통론 161
추구하는 이상 231
추리소설 258
춘향 산물 사설 125

충격적인 역사적 체험 198
치부담으로 끝나는 허생형 한문단편 183
치부형(致富型) 한문단편 180, 183
「치산업허중자성부(治産業許仲子成富)」 182, 248
침사설(針辭說) 120, 124

∥ ㅌ

토끼 재포획론 80
토끼와 별주부의 해상 경치 문답 125
토끼의 이야기 91
토끼포획 97
토끼포획 계열 91, 92
<토생전> 계열 93
통일된 세계상 60
통치 집단 내부 151
통치권자와 대결 65

∥ ㅍ

판소리 사설 79
판소리 연행원리 97
판소리계 소설 77
판소리사 78
편집자적 논평 17
평등주의자 263
표면적 해학과 이면적 풍자 217
핍진성 104

∥ ㅎ

「한양오백년가(漢陽五百年歌)」 205
『해동이적(海東異蹟)』 49
해방공간의 준비론 278

향유자의 의식 69
허균(許筠) 13, 49
「허생전」의 형상화 방향 211
허생형 한문단편 182, 184, 211
현실대응방식 246
현실맥락상의 핍진성(逼眞性) 105, 130, 169
현실맥락으로 내려앉기 152, 157, 158, 170
현실인식의 층위 178, 219
현실적 가치 251
현실주의 231, 232, 236
형상성(形象性) 133
호로곡(葫蘆谷) 130
호정(狐精) 54
호정 획득 화소 55
「홍길동전(洪吉童傳)」 41, 61
홍만종(洪萬宗) 49
「홍생아사(洪生餓死)」 247
화소의 공유 79
화용도(華容道) 148
황금들보 54, 68
황릉묘(皇陵廟) 116
황릉묘행(皇陵廟行) 123, 128
황릉묘행 사설 125
효종(孝宗) 186
효종의 죽음을 바라보는 태도 203
후대적 교섭 98
후행발화(後行發話) 89
흥부의 성격 168